El vuelo de la libélula

El vuelo de la libélula

Ana Iturgaiz

Rocaeditorial

© 2021, Ana Iturgaiz

Primera edición: abril de 2021

© de esta edición: 2021, Roca Editorial de Libros, S. L.
Av. Marquès de l'Argentera 17, pral.
08003 Barcelona
actualidad@rocaeditorial.com
www.rocalibros.com

Impreso por EGEDSA

ISBN: 978-84-18417-26-9
Depósito legal: B. 4597-2021
Código IBIC: FA

RE17269

A mi madre y a mi hermana,
que me descubrieron el mundo de la lectura.
A Carlos, Amaia e Iratxe, siempre.
Y a todos aquellos que ven los colores de lo diferente.

PARTE I

Con ojos de turista

Antes de llegar a su destino, aproveche para relajarse e informarse del lugar al que se dirige. Una buena guía de viaje es indispensable para el éxito de sus vacaciones. Prepárese para disfrutar de la compañía.

1

$\mathcal{M}$arta se metió por el callejón que tenía delante y encontró lo que buscaba. Su instinto le decía que era una imprudencia que podía salirle cara, pero sabía lo que buscaba. Y asumió los riesgos incluso antes de subirse al avión que la alejó más de diez mil kilómetros de su casa. Y al doblar la esquina tomó aire y se sintió orgullosa de su valentía. Porque allí estaba el verdadero Vietnam, el que vivía a espaldas de los grandes edificios, de las anchas avenidas, del tráfico; donde las calles estaban sin asfaltar y las casas no solo eran de ladrillo, sino de planchas de metal, palos, barro, hojas, plásticos o cualquier otro material barato; el Vietnam de los barrios, donde vivían los dueños de los millones de motocicletas que circulaban por la ciudad de los dos nombres: Ho Chi Minh para las autoridades, Saigón para sus habitantes.

Vio mucha pobreza y mucha basura almacenada. Huertos urbanos junto a vertederos de chatarra, calles embarradas, cables de la luz enmarañados y depósitos de agua sobre los tejados de lata de las barracas.

Al pasar junto a un edificio derruido regresaron sus temores. Se arrepintió de no haberle contado a nadie sus planes. Claro que los únicos a los que podía haberles dicho algo era al... —prefería ahorrarse los epítetos— de José Luis y a la descerebrada de su novia, que era la última secretaria del director para más inri. Bueno, ya no tenía remedio. Sería mejor terminar cuanto antes.

Sacó la cámara de fotos de la mochila y siguió su recorrido. Por las puertas abiertas de las casas pudo ver a varias mujeres afanándose en sus labores cotidianas. De un par de ellas salieron varios niños. Marta dudó si fotografiarlos primero y luego decirles algo, o si sería mejor hablar con ellos antes. La sonrisa desdentada de una pequeña con la cara sucia la decidió. La primera foto del viaje. Disparó de nuevo sabiendo que ninguna de las imágenes de aquella mañana aparecería en la guía. «Los viajeros no van a Vietnam a ver la realidad, sino a encontrar un paraíso lleno de palmeras, mar azul y exotismo», fueron las palabras de José Luis. «Hay muchas clases de realidad», fue su réplica.

Un par de minutos después de poner un pie en aquel callejón, tenía una recua de chiquillos detrás de ella; reían y saltaban, le tiraban de la mochila y de los bolsillos de los vaqueros. Le iban diciendo no sabía qué cosas, mofándose de ella. Y pedían *money* y *sweets* en un inglés mucho mejor que el suyo.

Sin pretenderlo, se había convertido en la atracción del barrio.

Avanzó más tranquila con aquella comitiva detrás. Le hubiera gustado retratar a alguna de las mujeres que permanecían dentro de las casas, pero se escondían en cuanto se acercaba a la puerta. Respetó su vergüenza y decidió limitar el trabajo del primer día a curiosear lo que ofrecían las tiendas de aquel barrio pobre.

Se acercó a una de ellas. Un vistazo rápido le bastó para entender que allí se vendía de todo, desde tabaco a carne y pescado, incluyendo ropa y calzado. Dentro había tres hombres. Al principio no dijeron nada, pero en cuanto la chiquillería llenó el pequeño espacio, el dueño empezó a gritar y a agitar las manos y la echó sin ningún miramiento. Marta se limitó a fotografiar el cartel del exterior.

—Vamos a ver —se dirigió a la docena de niños que la seguían—. Os agradezco que me hayáis acompañado hasta aquí, pero es hora de que os vayáis a vuestra casa. Yo he venido a trabajar y con vosotros a mi espalda está claro que no voy a poder hacerlo. —La miraban con aquellos ojos negros y las bocas abiertas como si fuera la maestra de la escuela echándoles un buen rapapolvo—. Venga, marchaos. —Hizo un gesto con las manos para que la entendieran, aunque estaba claro que como siguiera hablándoles en español no iba a conseguir nada—. *Go on! Go on! Go away to your homes!*

Los niños echaron a correr la tercera vez que los espantó. Marta se quedó mirándolos mientras se alejaban con la misma alegría con la que habían llegado, algunos iban descalzos. Se entretuvo en tomarles unas fotos antes de seguir.

Según se internó por el barrio, las calles se hicieron más estrechas y más oscuras. El temor, que había desaparecido mientras duró la compañía de los pequeños, regresó. Tragó saliva. Daría un par de vueltas más y regresaría a la calle más transitada.

Una mujer que lavaba la ropa a la puerta de una casa dejó que la fotografiara, a ella y a dos bebés que jugaban con unas piedrecillas sentados sobre la tierra. Descartó entrar en otro callejón que le salió al paso y también en el siguiente. Demasiado oscuros, demasiado estrechos, demasiado desconocidos. Y solitarios.

Media hora después repasó las fotografías que había tomado para su archivo personal y decidió que eran suficientes. Un baño de realidad antes de regresar al lujo de los hoteles para turistas donde pasaría todo el mes. Le bastaba para coger el tono de la guía de viaje que le habían encargado. «José Luis escribirá lo que los viajeros más tradicionales esperan, de ti quiero una cosa diferente. Y no me refiero a una guía para mochileros, sino para turistas curiosos», le había dicho Miquel Ferrant, responsable de todo lo que se publicaba sobre Asia en la editorial. Ya. ¿Y eso que quería decir? Era más fácil decirlo que hacerlo.

En su regreso a la vía principal, no se encontró con nadie. Dos de los pequeños que la habían seguido se asomaron detrás de la destartalada valla de una casa, pero desaparecieron asustados antes de que Marta lograra despedirse de ellos.

Al girarse para guardar la máquina de fotos en la mochila, descubrió una figura tras ella.

No, no era una persona sino dos; tres con el adolescente que le cortaba el acceso al callejón por el que había entrado en el barrio. Verles las manos vacías no le sirvió de consuelo. La habían acorralado. Ocultó la cámara a su espalda.

—No... tengo nada —tartamudeó—. No tengo apenas dinero. —Abrió la mochila y sacó un fajo de billetes de quinientos dongs. Al cambio, apenas sesenta euros—. *No money. Only this* —insistió al tiempo que se lo tendía.

Se le hizo un nudo en la garganta cuando se planteó la posibilidad de que aquellos ladrones no supieran ni una palabra de inglés, o que no entendieran su horrible pronunciación.

El más alto hizo un gesto al otro y los billetes cambiaron de mano.

—Bueno, ya está, ¿no? Ahora puedo marcharme, ¿verdad? —masculló intentando mantener la calma y la sonrisa.

La navaja que apareció en la mano del líder le dijo lo contrario. El ruido de la hoja al deslizarse fuera de las cachas le heló la sangre y le encogió el estómago.

—De verdad que no llevo más dinero. —Abrió la cartera de nuevo y se la mostró sin dejar de pensar en los papeles que guardaba en un bolsillo interior. Sacrificaría su instrumento de trabajo para distraer la atención—. La cámara no es de las más caras. —Se la descolgó del cuello y la ofreció.

Entonces entró un hombre en el callejón. Por encima de la cabeza del adolescente, lo vio junto a una bicicleta.

—¡Socorro! ¡Ayúdeme! Me están robando.

A sus chillidos se unieron los del hombre, que soltó la bicicleta y echó a correr hacia ellos.

Todo fue muy confuso. Oyó pasos apresurados a su espalda. El adolescente fue hacia ella, intentando huir del recién llegado, le dio un empujón y la estampó contra la pared. El instinto de Marta se centró en proteger la máquina de un golpe fatal y descuidó la mochila abierta que sostenía en la otra mano.

El chico se la arrebató de un tirón. Ella gritó, el hombre gritó. Los tres jóvenes gritaron. De júbilo.

La realidad del Vietnam que había salido a retratar le estalló en la cara; se quedó sin pasaporte ni visado.

Daniel pasó ante los puestos de fruta que se alineaban en el exterior del mercado de Ben Thành. Admiró la forma en la que los mangos, papayas, yacas, durianes y rambutanes formaban enormes pirámides multicolores y pensó en la escasa variedad de las fruterías de España. Le habría gustado llevarse varias piezas de cada una, pero no tenía tiempo. Había quedado con Thái; le había llamado el día anterior con cierta urgencia.

Thái era un antiguo amigo, hijo de un funcionario de la embajada española, de la época en la que su padre había ejercido de agregado cultural de España en Vietnam. Desde la embajada se promovían salidas y excursiones en las que participaban las familias de los trabajadores. A veces se juntaban hasta quince chiquillos. Apenas tenían trece o catorce años, pero Dan recordaba aquellos tiempos como los más divertidos que había vivido. Sin embargo, la vida de los diplomáticos no solía ser muy estable. A excepción de su familia —cuando su padre se casó con su madre, lo hizo también con el país y nunca accedió a moverse de Vietnam— y de las de algunos funcionarios vietnamitas, cada año salía y entraba nueva gente. Los amigos habían ido desapareciendo poco a poco y al final solo quedaron Huy, Thái y él.

Al marcharse a España a estudiar Sociología perdió el contacto con ellos, pero se reencontraron en Saigón un año después de su regreso. Curiosamente, a pesar de ser de Hanói, los tres habían acabado en la capital del sur o en sus alrededores. Con Thái quedaba regularmente, siempre en el mismo sitio. Comían, bebían y recordaban sus correrías juveniles; a Huy apenas lo veía, y no era solo porque vivía en Biên Hòa, a unos cuarenta kilómetros de la ciudad, sino porque desde que había fallecido su mujer, dos años antes, se mataba a trabajar para dar de comer a sus tres hijos. Además, Dan sospechaba que tampoco tenía el ánimo para celebraciones. Thái no le había dicho que estuviera deprimido, pero conocía su carácter taciturno e imaginaba lo que la muerte de su esposa pesaría sobre él.

Se acercó al puesto de comidas donde había quedado con Thái y se sentó en la única mesa libre, dispuesto a esperar a su amigo, que como siempre llegaba tarde.

El potente olor salado del *nuóc mam*, la salsa de pescado que tanto desagradaba a su familia paterna, le puso a funcionar los jugos gástricos. No pudo esperar y pidió a la mujer un tazón de arroz condimentado con aquella delicia.

Para cuando Thái llegó, ya había dado cuenta de la comida.

—Perdona por la tardanza, mi jefe no me ha dejado salir antes.

Thái trabajaba en aquel mismo mercado, en un almacén de calzado.

—No te preocupes, aunque no he podido esperar. Pídeme otro de lo que pidas tú.

Su amigo lo miró con ojos burlones.

—Sigues como siempre.

El apodo que le pusieron cuando era un crío, Apetito de dragón, bailó en la mente de ambos e hizo sonreír a Dan. Esperó a que Thái hubiera hecho desaparecer la mitad del arroz antes de preguntarle:

—Me extrañó que me llamaras con tanta urgencia, ¿qué sucede?

Sabía que estaba siendo grosero: nada de preámbulos amables, nada de interesarse por cómo estaban sus padres, nada de ponerse al día sobre las últimas novedades, nada de nada. «Tú y tu carácter español», habría dicho Huy.

—Sabía que sería lo primero que dirías en cuanto me vieras.

—Y por eso has tardado tanto en aparecer. ¿Cuál es el problema?

—Huy.

—¿Qué sucede con él?

Thái dejó el cuenco sobre la mesa. A Dan le pareció que se movía a cámara lenta y temió la respuesta.

Imaginó que le hablaría de dinero, que le recordaría los mil problemas que tenía su amigo con los niños. Imaginó muchas cosas, todas malas, pero nunca algo como aquello.

—Hace dos semanas se tiró a las vías del tren. Lo incineraron dos días después, al igual que hizo él con su esposa.

Y de repente nada merecía la pena. Y de repente fue todo tan absurdo.

Huy tenía treinta y dos años y tres hijos.

A Dan le empezaron a temblar las manos; no supo si lo que sentía era dolor o ira.

—¿Cómo? ¿Por qué?

—No sé nada más. Ayer me llamó una vecina y me lo contó; si no llega a ser por ella, no nos hubiéramos enterado. Parece ser que ha sido la que se ha encargado de todo.

—¿Y la familia?

—Nunca nos lo contó, pero sus padres murieron hace años. La mujer que me llamó no conocía a nadie y ella tuvo que hacerse cargo del funeral.

—¿Y cómo ha dado contigo?

—Revisó la casa y localizó el teléfono móvil de Huy. Lo llevó a que le quitaran la contraseña y pudo ver la lista de contactos. Yo era la única persona que había hablado con él en meses.

Dan se sintió culpable por no haberse preocupado más de Huy. Se frotó los ojos al notar que la debilidad se apoderaba de él y las lágrimas le mojaban las pestañas.

—¿Qué hacemos ahora? ¿Y sus hijos?

—Ese era el interés de la vecina; los está atendiendo por ahora, pero me dijo que no podía seguir haciéndose cargo de ellos. Tiene su propia familia.

—Huy no tenía hermanos. ¿Tíos, primos…, conoces a alguno?

—A nadie, ya sabes cómo era. De niño nunca contaba nada que tuviera que ver con él.

—Ya, compartía nuestro mundo como si él no tuviera el suyo. ¿Y su mujer? Esos niños tendrán familiares maternos en algún lado.

—La vecina dice que tienen una tía, una hermana de su madre. Cuando localizó el teléfono, también encontró una carta que le envió su cuñada a Huy al fallecer su mujer.

—Entonces no será difícil ponerse en contacto con ella. Si tiene la dirección, con mandarle aviso…

—Ya lo ha hecho. Dice que aunque está mal de dinero, está dispuesta a quedarse con los niños.

Dan respiró tranquilo.

—Bien, solucionado entonces.

—La tía no vive en Saigón, ni tan siquiera en Hanói.

—¿En dónde?

—En Son Trach, un pueblo cerca del parque nacional de Phong Nha-Ke Bàng. ¿Sabes dónde está?

Dan asintió. Muchos de los artesanos a quienes compraba sus productos vivían en las montañas y las había recorrido para encontrarlos.

—En el norte, en la provincia de Quang Bình, cerca de la frontera con Laos.

—Eso es. Un lugar muy lejano.

Dan se dio cuenta de lo que Thái le estaba pidiendo.

—Quieres que paguemos el viaje entre los dos. No hay problema. ¿Tú puedes hacerlo? Si prefieres, yo me hago cargo de los gastos.

Pero solo consiguió ofender a su amigo con el ofrecimiento.

—No hay problema con el dinero. El problema es otro.

—El viaje —acertó Dan.

—¿Cómo los hacemos llegar hasta allí?

—Habrá que estudiarlo, pero no me parece fácil. Tendrán que cambiar de autobús varias veces. ¿La tía no puede venir a buscarlos? Sería la mejor opción. Viene, revisa lo que los niños pueden llevarse y se van todos juntos.

—La vecina dice que hay que mandárselos.

Dan calculó lo que le costaría encontrar una persona de confianza que los llevara hasta allí.

—Conozco a alguien que igual…

—Dan, no son un paquete, son niños que han perdido a sus padres y que probablemente estén asustados. No podemos dejarlos en manos de cualquiera.

—¿Y qué vas a hacer, ir tú mismo a llevarlos?

—No, yo no puedo faltar al trabajo, ya lo sabes. No tengo la facilidad que tienes tú para ir y venir. El viejo me despediría si lo hiciera.

—¿Qué propones?

—Que los lleves tú.

—¿Yo? ¿Te has vuelto loco?

2

—¿*D*e verdad es tan sencillo como lo cuentas? —preguntó José Luis a Marta a las puertas de la empresa VFS Global, que iba a gestionar el visado que le habían robado a Marta.

—Es lo que me han dicho en el hotel. No hay embajada española en Ho Chi Minh, está en Hanói, y esta empresa se dedica a solicitar los papeles sin necesidad de que me desplace hasta allí.

—Yo creo que deberíamos haber llamado a la editorial para contárselo.

Marta lo miró con desconfianza. ¿Y quedar como una tonta delante de los demás redactores? Por nada del mundo les iba a dar esa satisfacción. Ni siquiera tenía que habérselo contado a José Luis; si no llega a ser por que él insistió en empezar a recorrer el país al día siguiente, ni se habría enterado de lo sucedido. Si se hubieran quedado en Ho Chi Minh unos días más, se las habría apañado para conseguir sus papeles sin que él supiera nada del robo.

—No veo la razón. La editorial no puede hacer nada desde España.

—No pareces preocupada. —José Luis puso cara de tener una idea genial—. Esto lo estás haciendo para incluirlo en tu guía, es por el trabajo, ¿verdad? Ahí me has dado. No se me había ocurrido. Buena estrategia.

—¿Cómo dices? —saltó enfadada—. ¿Crees que me he dejado robar para ver qué pasos hay que dar para solucionarlo o piensas que estoy fingiendo?

—¿Lo estás haciendo? —intervino Ángela, que también los acompañaba para su desgracia.

Marta le echó una mirada asesina. José Luis, por primera vez, suavizó los ánimos:

—No, lo del robo no ha sido adrede, pero esto de venir aquí para enterarte de primera mano de lo que hay que hacer, sí.

El gesto de hastío de Marta fue muy esclarecedor. Su compañero abrió la puerta de la oficina y entró. Ellas pasaron también.

Les hicieron esperar. La chica que atendía la oficina estaba muy ocupada: tecleaba y contestaba llamadas de teléfono sin cesar. Un cuarto de hora después les ofreció asiento frente a su mesa.

A Marta no le quedó más remedio que dejar que José Luis llevara la conversación. Se prometió retomar las clases de inglés en cuanto regresaran a Barcelona. Mientras tanto, puso todos los sentidos en enterarse de lo que decía la chica.

Primer problema: para solicitar copia del visado necesitaba el pasaporte. Segundo: ella no gestionaba pasaportes.

Les señaló otra mesa con un teléfono y pudieron llamar a la embajada española en Hanói. La lista de requisitos para conseguir un nuevo pasaporte era larga.

Empezaba por denunciar el robo en la Policía Local. En voz baja, el funcionario de la embajada indicó que no era extraño que la Policía se negara a tramitar la denuncia y que él le aconsejaba denunciarlo como pérdida en vez de como sustracción. Marta recordó que, a pesar de la aparente apertura social y económica, Vietnam seguía siendo un régimen totalitario. Y no le interesaba en absoluto que se supiera que las calles de sus ciudades eran inseguras.

Después tenían que acceder a la página web de la embajada, sección Servicios Consulares, descargarse un formulario y rellenarlo. Necesitaban también una fotografía «del mismo tamaño y requisitos que les pidieron en España para el pasaporte» y abonar la tasa correspondiente para mostrar el recibo a la recogida del documento.

Marta casi se echó a llorar cuando supo que la entrega del pasaporte podría demorarse unos quince días. ¿Significaba eso que no podría moverse por el país? Por si eso no fuera todo, aunque podía recoger el pasaporte en la Oficina Económica y Comercial de España en Ho Chi Minh, «O Saigón, como seguimos llamando nosotros a la ciudad», para la expedición del mismo era obligatorio personarse en la embajada de Hanói.

—¿Cómo?

No pudo ocultar su desconcierto; estaban en el otro extremo del país, a más de mil setecientos kilómetros de la capital vietnamita.

—Tendrás que cambiar el plan de viaje —planteó José Luis enseguida. No se le veía apenado—. Todos los hoteles están reservados. Tendrás que gestionarlo todo de nuevo. ¿Crees que Carmen podrá encontrarte un vuelo para mañana o pasado y cambiar las reservas?

Marta se quedó lívida, pero se recuperó pronto. Nadie se enteraría de la imprudencia que había cometido ni de sus consecuencias. Era la primera vez que le encargaban una guía de viaje completa. Normalmente se limitaba a corregir, dar coherencia y ordenar los textos que le pasaban. Era su primer trabajo como autora y, además, tenía el encargo de hacer algo especial. No iba a perder aquella oportunidad, no por haber sido un poco temeraria. «O confiada, según se mire.»

La empleada de VFS Global cortó su reflexión cuando preguntó:

—*Any problem?*

Marta le aseguró que no y contactó con la Oficina Económica y Comercial de España. Tuvo que explicar su caso a tres personas. Mencionó la editorial, las guías de viaje y la suerte que tenía al poder escribir en ellas todas sus experiencias, «las buenas y las malas». Añadió que estaba trabajando y no podía quedarse más de los días estipulados. Repitió varias veces el nombre de la editorial y la necesidad de recorrer el país «a la mayor brevedad posible». Era absolutamente imposible que se desplazara a Hanói para tramitar el pasaporte. Sí podía recogerlo a la salida, puesto que el viaje terminaría en la capital. ¿No habría alguna posibilidad de que la Oficina Económica —puesto que se trataba de un asunto de trabajo— lo gestionara de alguna manera?

—Pasen ustedes por aquí y podremos tratar el asunto —contestó la tercera persona con la que habló—. Pero antes acudan a la Policía, tal y como les han indicado en la embajada.

Daniel llegaba tarde. No había quedado con Santiago Morales, pero sabía que lo estaba esperando. Eran ya más de cinco años que el día 15 de cada mes acudía a la Oficina Económica y Comercial para gestionar la salida de los productos que exportaba a España. Eran más de las doce y Santiago estaría pendiente de la hora para compartir su tercer café del día y la comida posterior.

Esa cita mensual a Dan le servía de unión con la parte que había dejado atrás. Su decisión de fijar la vida y los negocios en Vietnam no había sido tan difícil. En España dejaba a su hermana Mai y a la abuela Nieves —el abuelo hacía ya más de una década que había fallecido—, pero en Hanói lo esperaban su madre y la madre de esta. Viajaba a España una vez al año con la excusa de tratar con sus clientes y de paso disfrutar de unos días de vacaciones en Alicante, en casa de su hermana, y ver a la abuela paterna. No le costaba adaptarse a las comidas ni a los horarios y, mientras estaba en Saigón o en Hanói, no extrañaba su otro país. Sin embargo, esperaba el 15 de cada mes como si fuera la brisa en primavera, era su pequeño oasis particular. Ese día adaptaba su jornada laboral a los horarios españoles.

Llegaba tarde; sin embargo, Santiago no estaba esperándolo.

—Está ocupado —le informó Maribel, una murciana muy simpática que había llegado hasta allí en busca del exotismo de Oriente.

—¿Y eso?

—Una española que ha perdido el pasaporte y el visado. Ella dice que le han robado, pero la denuncia es por pérdida. Ya sabes lo que ocurre en estos casos.

Dan elevó una ceja. Por desgracia, era perfectamente consciente de que su país, por mucho que hubiera avanzado en las últimas décadas hacia la apertura económica, seguía gobernado por un partido a todas luces controlador.

—¿Y qué ha venido a hacer aquí?

—Está trabajando, viene con una pareja. Ya sabes cómo va esto, para conseguir el pasaporte tiene que irse a Hanói y no quiere desplazarse hasta allí.

—Y ha acudido al único organismo español que hay en Saigón por si acaso tiene suerte. ¿Crees que podrá hacer algo?

—No te voy a contar a ti cómo funciona esto. «Quien tiene un amigo tiene un tesoro.»

El teléfono de la secretaria de Santiago sonó en ese momento.

—Maribel, ¿no habrá llegado Dan por un casual?

—Por un casual no —contestó él por el manos libres directamente—, sino porque es día 15.

—Pasa un momento, a ver si me puedes echar una mano con un asunto.

Maribel movió la cabeza y repitió:

—«Quien tiene un amigo…». Anda, trae esas solicitudes, que las voy gestionando mientras tú le echas una mano al jefe.

Dan le pasó la carpeta y abrió la puerta del despacho de Santiago.

El «asunto» eran un hombre y dos mujeres.

—Les presento: Dan Acosta Nguyen, ellos son Marta Barrera Rey, Ángela Bergara Martín y José Luis Santisteban Parra.

Dan, en un alarde de simpatía, se inclinó con las manos unidas. El recreo le duró mucho más cuando notó sus caras de confusión. Ningún rasgo físico delataba que fuera vietnamita; solo los ojos le daban un toque indígena.

—¿Habla español? —le preguntó con decisión una de las chicas.

Era la más bajita. Vestía vaqueros y una camisa blanca sin mangas. La tira del bolso le cruzaba por el centro del pecho. Era morena, con una melena corta y lisa que destacaba sus vivos ojos. A Dan no le pasó desapercibido que la otra chica se pegaba al hombre. Estaba claro que eran pareja.

—Dan es hijo de un español y una vietnamita y habla perfectamente nuestro idioma —fue la única explicación que Santiago les dio para justificar su presencia en el despacho—. ¿Sabes si todavía sigue en la embajada aquel amigo de tu padre? ¿Cómo se llamaba?

—Antonio, Antonio González Zamora. Creo que sí, era de la edad de mi padre y todavía le quedará un año para jubilarse.

—Esperemos que no se haya cansado del país o haya cogido la jubilación anticipada —deseó Santiago con el auricular en la mano—. Venga, tú llama a Antonio, a ver lo que puedes conseguir.

Dan dibujó una rayita en el aire: «Me debes una». Santiago aceptó con un levantamiento de ceja.

En cuanto este pulsó el número de la embajada, pasó el teléfono a Daniel. Cuando le dijeron que Antonio seguía en la embajada, pidió hablar con él.

—Antonio, soy Dan, el hijo de Manuel Acosta. Bien, bien, mi madre sigue bien; en Hanói con mi abuela. No te preocupes, se los daré de tu parte. Pensé que quizá te habías jubilado a estas alturas. ¿Un año solo? ¿Te quedarás en el país? Veo que nuestra tierra te ha calado hondo. Me alegro mucho, de verdad. Te prometo que la próxima vez que me acerque a Hanói paso por ahí a saludarte. Yo... —miró a los españoles, que seguían la conversación con gran expectación—, mira, te llamo de parte del responsable de la Oficina Económica y Comercial de España en Ho Chi Minh. Se llama Santiago Morales y tiene un problema con unos compatriotas nuestros que no pueden acercarse a Hanói. Te lo paso. Encantado de haberte saludado. Sí, yo también.

El teléfono cambió de manos otra vez. Santiago sacó su mejor tono.

Dan perdió el interés en la conversación y la centró en los españoles. Se habían levantado de la silla cuando él entró y continuaban de pie. La chica rubia seguía cogida del brazo del hombre. Ambos tenían la mirada clavada en Santiago. La morena no sabía dónde poner los ojos. Los posaba en todas partes menos en él.

—Así que estáis aquí por trabajo.

A ella no le quedó más remedio que mirarlo.

—Sí, bueno.

Él señaló la bolsa de la cámara de fotos.

—¿Qué tipo de trabajo?

—José Luis y yo escribimos guías de viaje.

—¿Los dos?

—Sí, los dos. Dos guías distintas, más... o menos.

—¿Y ella? —Dan señaló a Ángela.

—No, ella no.

A Dan le quedó claro que eso de que se encontraban allí por motivos de trabajo era decir demasiado. Esperó que Santiago no se hubiera dejado engañar por aquella gente y se metiera en un lío.

—¿Qué te pasó?

—Me salí de las calles principales. Quería hacer unas fotos.

—Entiendo, tu intención era ver la parte trasera de la casa.

—Algo así —confirmó Marta.

A Dan le agradó saber que aquella mujer no estaba allí solo para contar que Vietnam era un país con las mejores playas de arena blanca, palmeras y atardeceres de ensueño, sino que la movía algo más.

—¿Crees que conseguirá que me manden el pasaporte aquí?

—Lo veo complicado. Para empezar, tardan más de quince días.

—Eso me han dicho.

—Llega por valija diplomática desde España. —Dan notó las dudas de Marta—. Pensabas que lo imprimían aquí.

—Sí, no. Bueno, no me lo había planteado.

Dan miró a su amigo, que seguía intentando convencer a Antonio de que le hiciera el favor.

—Tendrás que quedarte en el país hasta entonces.

—No hay problema, venimos para un mes.

—Claro, el trabajo. ¿Cuál es vuestro plan de viaje?

—Ho Chi Minh y alrededores, el delta del Mekong y después, ir subiendo hacia Hanói por la costa.

—Dà Lat, Nha Trang, alguna playa, Hué, Hanói y una visita a las tribus étnicas del norte —recitó Dan con apatía.

—Algo así. Lo dices como si no fuera correcto. ¿Qué ocurre?

—Nada, simplemente que me sé a la perfección la ruta que suelen hacer los turistas.

Marta se inquietó. Él pudo imaginar la causa; había llegado a Vietnam pensando en descubrir un nuevo continente y se limitaría a comportarse como otros turistas, comiendo en McDonalds, durmiendo en hoteles de lujo y tumbándose en las playas a tomar el sol. Ese era su plan: hacer exactamente lo mismo que si estuvieran en la costa andaluza, en las islas Canarias o en Jamaica. «Y con el encargo de hacer una guía de viaje.»

Santiago colgó el teléfono con cara de alegría.

—El pasaporte la estará esperando en Hanói cuando llegue. En unas horas, me mandarán un documento justificativo de que lo están gestionando. Será el papel que tendrá que enseñar, junto con la copia de la pérdida del pasaporte, si en algún momento las autoridades vietnamitas le piden la documentación. Por su parte, tiene que enviar por correo a la embajada española una fotografía, una copia de la denuncia compulsada por mí y su DNI. ¿Lo tiene?

—Por suerte, lo había dejado en el hotel. ¿Y el visado?

—No le hará falta, ya está dentro del país, ¿no? Eso sí, no la dejarán salir así como así. En Hanói tendrá que solicitar una autorización de salida. Junto al pasaporte, pida a la embajada una nota verbal y con ella tendrá que ir al Departamento de Control de Inmigración y abonar la tasa correspondiente. Una vez la pague, podrá volver a España.

—Muchísimas gracias por la ayuda —repitió Marta—. No tenías que molestarte, podíamos haber bajado solos.

—Ya has oído a Santiago, todavía tiene que solucionar unos asuntos antes de comer conmigo.

El ascensor se abrió ante ellos. Dentro había ya cuatro personas. Se colocaron entre ellas como pudieron; Ángela del brazo de José Luis; ella y él, en la otra esquina. Nadie dijo nada. Tuvo que ser Dan quien pulsara el botón de bajada, a pesar de no estar al lado de los botones.

Habría sido muy sencillo esperar a bajar las cinco plantas y despedirse en la calle. Pero la cercanía la puso nerviosa y no pudo callarse.

—Tu presencia ha sido providencial. Si no hubieras venido hoy aquí…

—Estoy seguro de que habríamos acabado encontrándonos.

Un silencio.

—¿Tú crees? Ho Chi Minh es muy grande.

—Conozco a Santiago y sé que, de no estar aquí hace un rato, me habría llamado de todas maneras. Es la primera vez que le veo hacer algo así. Normalmente se atiene estrictamente a las normas de la embajada. No entiendo cuál es la diferencia en tu caso.

José Luis la miró a hurtadillas y se le escapó una sonrisilla. A Marta le molestó la soterrada insinuación de que «sus encantos» hubieran tenido algo que ver.

—He descubierto el punto flaco de Santiago.

El juego le alegró el momento a Daniel, que acercó la cara a la suya.

—¿Qué le has prometido?

Marta vio el número uno en el visor digital del ascensor y se apresuró a contestar:

—Un asiento en el palco del Camp Nou la próxima vez que vaya a España —murmuró para que ni José Luis ni Ángela se enteraran.

—¡Si serás…! —masculló él divertido—. Debería ser yo quien se sentara en él.

Las puertas se abrieron y ellos dos fueron los últimos en salir.

—Pues vas a tener que ofrecer algo mucho mejor que un pasaporte.

Pero antes de que le diera tiempo a abrir la boca, José Luis ya estaba con la cantinela:

—Muchísimas gracias por la ayuda. ¿Tienes un rato para tomarte un café con nosotros?

Marta lo vio vacilar. Hasta que la miró a ella.

—Por supuesto, estaré encantado —dijo mientras desplegaba una sonrisa digna de un actor.

Ángela le tocó un brazo a Marta cuando los dos hombres se adelantaron.

—Estaba a punto de decir que no, pero te ha mirado y… —susurró.

—No digas tonterías.

—Es muy guapo. Con cara de europeo y esos ojillos rasgados.

—Te va a oír.

—Muy pero que muy guapo.

—¡Vale ya!

—Yo que tú, me lo pensaba.

No había nada que pensar. Conocer a aquel tipo solo era un accidente. «Estoy aquí para trabajar», pensó.

La calle nada tenía que ver con el bullicio del centro. Los altos y modernos edificios, las casas con jardines y las placas en las puertas dejaban claro que estaban en un barrio exclusivo. Si no hubiera sido por los rasgos de la mayoría de las personas que se cruzaban, podrían encontrarse en cualquier ciudad europea. La cafetería tampoco tenía nada de asiática.

Se sentaron alrededor de una mesa en unos taburetes más bajos de lo que a Marta le hubiera gustado.

El café resultó ser un café bombón como los que tomaba ella de vez en cuando. «Con menos leche y más café. Estupendo.» No fue tan estupendo que José Luis, sin consultarla, decidiera que su novia no tomaba nada.

—Así que eres medio español —le dijo a Dan.

—Oficialmente no. Soy de nacionalidad vietnamita, solo que mi padre era español. Vino a trabajar y se quedó.

—En la embajada —lo interrumpió Marta.

—Fue agregado cultural durante muchos años. Más de treinta.

—¿Tu madre es de aquí? —se interesó ella.

—Sí, trabajó como secretaria de la embajada unos años. Allí conoció a mi padre.

—Hablas muy bien nuestro idioma.

De nuevo aquella sonrisa cautivadora.

—Me enviaron con mis abuelos para que fuera a la universidad en España. Estudié la carrera en Valencia y me quedé unos cuantos años más. No se me ha olvidado todavía.

—¿Tienes familia allí? —intervino otra vez sin pararse a pensar que lo estaba interrogando.

A él pareció no importarle y respondió con naturalidad, como si le hubieran preguntado lo mismo infinidad de veces.

—Mi abuela paterna y mi hermana, que se quedó allí a vivir.

—Entonces, irás de vez en cuando.

—No tanto como quisiera.

La ambigüedad de la respuesta hizo a Marta darse cuenta de que su insistencia rayaba la mala educación.

—¿A qué te dedicas? —José Luis cambió el curso de la conversación.

—Tengo una empresa de venta de productos de artesanía. Los distribuimos aquí en los hoteles y en España en tiendas de comercio justo. También hay algunas ONG interesadas para sus tiendas en Internet y físicas.

—Por eso estabas en la Oficina Comercial hoy —siguió José Luis.

—Sí, por eso. —Pero miraba a Marta cuando contestó.

Un millar de mariposas le revolotearon en el estómago. Aunque desaparecieron con la sonrisa burlona de su compañero. Dan despegó los ojos de los de Marta y volvió a centrarse en la pregunta. Ella comenzó a dar vueltas al vaso vacío entre los dedos.

—Mandamos por barco medio contenedor de productos al mes. En la Oficina nos gestionan los papeles de entrada de la mercancía en el puerto de Barcelona.

El silbido de José Luis dejó claro que le había impresionado.

—¿Medio contenedor cada mes? Pues sí que tenéis un buen mercado.

—No lo creas. Tenemos acuerdos con bastantes tiendas, sobre todo en Madrid, Cataluña y Valencia, pero este no es un negocio para hacerse rico. Los artesanos reciben un precio justo por sus obras, pero los precios finales no pueden ser muy altos para que los clientes se animen a comprarlas. El margen que nos queda es pequeño.

—¿No eres tú solo?

—Tengo un socio. Somos dos y hay que sacar dos sueldos de todo esto. —Le costó confesar lo siguiente—: Y últimamente nos da solo para cubrir gastos. La crisis, ya sabéis.

—Buf. ¡Qué nos vas a contar! En España estamos jodidos.

Marta se sintió obligada a poner un poco de optimismo:

—Las cosas parece que se van solucionando.

—Sí, pero hasta que la recuperación de Europa llegue aquí, pasarán varios años.

El esfuerzo de Marta por ofrecer a Dan un poco de aliento se fue a la basura por culpa de José Luis:

—Tendremos que apretarnos el cinturón mientras tanto y esperar no ir a peor. —Su cara se iluminó de pronto—. ¡Oye, tío! Se me está ocurriendo una cosa. ¿Tú estás muy liado con la empresa estos días?

—¿Por qué lo preguntas?

—¿No dices que tienes un socio? ¿No podría él hacerse cargo del negocio durante un mes? Necesitamos un guía para nuestra estancia. La editorial corre con ese gasto. ¿Te animas a acompañarnos?

Dan parecía ofendido, por eso terció Marta:

—Es un empresario, no un chófer.

Pero su compañero la ignoró completamente.

—No es hacer de chófer, sino de acompañante y asesor. Nos llevas, nos ayudas con el idioma y me hablas del país y de los cambios en cultura, sociedad y política que ha habido estos últimos años. Tú te llevas un dinero, yo consigo la información que necesito y todos contentos.

«Pasar varios días con este hombre tan... *interesante* —se obligó Marta a elegir el adjetivo en su pensamiento—, podía ser *interesante*.» Que fuera tan guapo y que pareciera un buen tipo no tenía nada que ver. Por un instante, juraría haber visto en sus labios el esbozo de una sonrisa; sin duda, el inicio de la aceptación.

Sin embargo, dijo: «No».

3

$\mathcal{D}$an había terminado la mañana de buena manera. La conversación con los españoles le había servido para olvidar a los hijos de Huy momentáneamente. Hacía mucho que no pasaba tanto rato hablando en español —excepto en los encuentros mensuales con Santiago— y ya casi no recordaba lo que era sentirse el centro de las miradas y responder a cuestiones personales planteadas con todo atrevimiento.

Al principio le había parecido raro y no se había sentido cómodo, pero pronto recordó que no era más que parte de su carácter, muy alejado de la discreción asiática, y se relajó.

El tal José Luis era uno de esos tipos a los que les gustaba destacar; Ángela, de las que se mimetizaban con el novio cuando lo tenían, y Marta…, no tenía ni idea. ¿Desconfiada, curiosa, simplemente desagradable porque sí? Estaba claro que no sentía ninguna estima por los otros dos.

El recuerdo de la charla lo llevó a la propuesta. Por un instante, consideró cogerse unos días de vacaciones y unirse a ellos como «acompañante asesor», lo había llamado José Luis; dejar a un lado las convenciones de la cultura vietnamita y portarse como un turista en su propio país era una tentación.

Y una ilusión absurda. Tenía pendiente encargarse de los niños. Además, en la empresa las cosas no estaban como para alejarse de ella. Aunque Bing casi hubiera cerrado la cuestión del almacén y pudiera ponerse a tratar con los transportistas, esta era una gestión complicada. Él mismo había tenido un par de conversaciones con dos de ellos que habían acabado en sendas discusiones. También estaba el proyecto de El Corte Inglés. Aún estaban definiendo la propuesta y, aunque al principio él era el optimista, cada vez le resultaba más complicado. Hacer un informe sin tener claro que cumplirían todos los requisitos no le gustaba en absoluto.

Después del café con los españoles, había llegado a su oficina con ánimo renovado y dispuesto a hacer frente a los asuntos que lo esperaban encima de la mesa. Tenía el teléfono en la mano, aunque antes de que le diera tiempo a marcar, lo había llamado Thái con noticias sobre los niños huérfanos. Una hora le había tenido al aparato intentando convencerle de que estaba obligado a hacer aquel último favor a Huy.

—¿Qué sucede? —preguntó Bing en vietnamita cuando lo vio colgar.

Dan exhaló un suspiro. Estaba agotado y le comenzaba a doler la cabeza. Se le acumulaban los problemas, se le acumulaban las decisiones.

—Un asunto personal —dijo con la esperanza de que la discreción asiática funcionara.

Pero su socio no se comportó serio y distante, como el vietnamita del norte que era, sino que lo hizo como uno del sur, «con mucha influencia francesa», e insistió:

—¿Qué te sucede?

Se prometió dejar de tratarlo como si ambos fueran europeos; sin embargo, no tuvo fuerzas para contestar con evasivas, como lo hubiera hecho un verdadero vietnamita.

—Mi amigo el que murió, ¿recuerdas que te lo conté? —Bing asintió. Que una persona de tu edad se suicidara y dejara tres niños huérfanos no era fácil de olvidar—. Sus hijos tienen una tía en el centro del país, en la zona del parque nacional de Phong Nha-Ke Bàng. Están buscando a alguien que los lleve hasta allí.

—Pero ¡si eso queda a más de mil kilómetros de aquí!

—Casi a mil ochocientos, a cuatrocientos cincuenta al sur de Hanói.

—¿No tienen algún familiar más cercano?

—A nadie, su padre los dejó completamente desprotegidos. —Huy había resultado ser un auténtico desconocido para Dan.

—Y estás pensando en hacerlo tú.

—He dicho que no.

—Mejor.

—Si nadie los lleva, la vecina dejará de hacerse cargo de ellos.

Bing levantó la cabeza del pedido que revisaba.

—¿Vecina?, ¿qué vecina?

—Los niños están con una vecina, pero no puede tenerlos más tiempo.

—Ni se te ocurra ofrecerte.

—Acabo de negarme, ya me has oído.

—Sí, te he oído, pero…

—Pero ¿qué?

—Te conozco y te lo estás pensando.

Sí, se lo estaba pensando.

—No me lo estoy pensando.

—Mejor.

Fin de la conversación.

Levantó de nuevo el auricular para retomar el trabajo que Thái había interrumpido. Lo posó otra vez. El aparato hizo un clic que atrajo la atención de Bing.

—Esto de hablar con los transportistas es más complicado de lo que parece.

—Ya te oí ayer. Eres un buen negociador, podrás hacerlo.

—Espera a que te toque ponerte a ti. ¿Cuándo vas a empezar a llamarlos?

—Mañana por la tarde. Por la mañana tengo que ir al nuevo almacén.

—Sería mucho más sencillo hacerlo cara a cara.

—¿Y gastarnos en los viajes un dinero que no tenemos? ¿Qué te sucede? No piensas lo que dices.

—Lo pienso, claro que lo pienso. —Por primera vez desde que lo había escuchado, se planteó la posibilidad de sacar partido al ofrecimiento de aquella mañana—. ¿Qué te parecería si nos pagaran por ello?

—¿Por visitar a nuestros transportistas? ¿Estás loco? ¿Quién iba a hacer eso?

—Por visitarlos a ellos no, pero sí por acercarnos hasta sus casas. Y con un poco de suerte, hasta las de los artesanos también. Está el asunto de El Corte Inglés, que me está volviendo loco. No podemos desaprovechar la ocasión ahora que sabemos que están dispuestos a escucharnos. Hay que ofrecerles los mejores productos para que no tengan más remedio que aceptar. Es un gran negocio, probablemente una ocasión única, y no podemos dejar nada al azar. No quiero arriesgarme a que lo rechacen si las telas, la ropa o las joyas no cumplen sus expectativas. Tenemos que verlas y explicar a los artesanos todos los beneficios que les pueden reportar estas ventas, a ellos y a sus comunidades. Necesitamos que entiendan que solo la mejor calidad les garantizará ingresos continuados. Si aceptan, algunos tendrán que buscar ayuda para aumentar la producción. Eso son más puestos de trabajo. No hablamos de pequeños artículos con precio moderado, sino de ropa de cama, vestidos y joyas caras que tendrán que competir con firmas reconocidas. Tienen que metérselo en la cabeza, solo la calidad les hará salir adelante. Las pequeñas artesanías no les dan lo suficiente a veces ni para subsistir.

—Si no conseguimos ese contrato, no habrá forma de que suban las ganancias. Nos estamos esforzando mucho para seguir adelante, pero como no cambie algo, tendremos que cerrar.

Dan se levantó y se aproximó a la ventana. A sus pies, un millar de motocicletas y varios coches. Detuvo su mirada durante unos minutos en el lío de cables superpuestos que atravesaba el cielo de Saigón y en los carteles multicolores que anunciaban restaurantes, hoteles y comercios antes de darse la vuelta y contestar a su socio:

—De ninguna de las maneras. Nos ha costado mucho llegar a donde estamos, llevamos ya cinco años y tenemos que continuar. Por nosotros y por ellos.

«Ellos» eran los artesanos que se dejaban la vida en confeccionar muebles y cestos; las mujeres que se dejaban los ojos tejiendo seda y en lacar vasos, tazas y teteras; «ellos» era toda la gente que dependía de sus gestiones con las empresas españolas para ganar el dinero suficiente y seguir adelante; los que, según expresión de su abuela española, «se ganaban las lentejas» fabricando aquello que Bing y él vendían.

—Algo tendremos que hacer porque a este paso, ellos cobrarán dinero, pero tú y yo no vamos a poder pagar la casa en la que vivimos ni la ropa que llevamos puesta.

—¿Qué sugieres?

—Rebajar lo que les pagamos.

—Eso sí que no. No paso por ahí. —Por la cara que puso

Bing, Dan se dio cuenta de que no entendía aquella expresión suya tan española y rectificó—: No quiero llegar a eso.

—No podemos hacer otra cosa. Hay que comprar más barato para poder seguir vendiendo al mismo precio en España.

—De eso nada. Les pagamos lo justo, ni un dong menos de lo que merece un trabajo tan delicado como el suyo.

—Sabes que en las ciudades españolas no se aprecia la calidad de las piezas. Sus tiendas están llenas de baratijas importadas de aquí, de China, Tailandia, de la India o de cualquier otro país. Las compran por el precio, no por la calidad.

—Me da igual. No vamos a hacer como esos desaprensivos que meten a la gente en unos barracones que parecen una prisión y los tienen allí seis días a la semana trabajando diez y doce horas seguidas. Nosotros tratamos con empresas que importan productos de comercio justo. Ellos los venden como tal. Esa es nuestra línea de negocio y no vamos a cambiarla ahora. Además, no podemos dejar a nuestros proveedores desprotegidos. Confían en nosotros como nosotros lo hacemos con ellos. Nos ofrecen sus productos y los fabrican con el mayor cuidado del mundo, nos los guardan. Son piezas excelentes, lo sabes, y se merecen el pago que reciben.

—Lo sé, ya lo hemos hablado antes. Pero de seguir así vamos a tener que cerrar y se quedarán sin lo poco que ganan. Es eso o... ¿De verdad crees que los de El Corte Inglés nos tendrán en cuenta siquiera?

—Estoy convencido de que si lo hacemos bien, sí. —Dan volvió a la carga—. Podría aprovechar el viaje para asegurarme de que lo que vamos a ofrecerles cumple con lo que queremos.

«Y de paso llevar a los niños con su tía.»

—La teoría está muy bien, pero ¿sabes cuál sería el costo de ese viaje? Hay que pagar combustible, alojamiento, comidas... No es un buen momento para gastos.

—Hay una cosa que no te he contado.

Bing se emocionó en cuanto oyó la palabra mágica.

—¿Dinero?, ¿cuánto te han ofrecido?

Casi pudo ver el símbolo del dólar en sus ojos.

—No tengo ni idea, no se lo he preguntado.

—¿Sabes cómo estamos y no te interesas por lo que te iban a pagar?

—Era una proposición para hacer de guía turístico. No sé si podría compaginarlo con la visita a los artesanos. Recuerda que eso es lo prioritario.

—Y ganar dinero rápido también. Un mes acompañando a unos turistas. Podemos arañar un buen pellizco.

—¿Podemos?, que yo sepa me lo han propuesto a mí.

—Lo harías en horario de trabajo, ¿no?

—Sí.

—Un trato: si pagan bien, te vas con ellos; yo me encargo de la empresa.

—¿Podrás con todo?

—Tú preocúpate de que no te pongan pegas para atender a tus propios negocios por el camino. Haz lo que tengas que hacer para conseguirlo. No me importa si te metes en la cama de alguien.

Daniel no pudo menos que reírse.

—Siempre pensando en mí.

—No te quepa duda. Acepto que te marches porque sé que quieres hacerlo, ¿o me vas a decir ahora que te vas a ir con los españoles y vas a dejar en la ciudad a tres niños huérfanos?

Dan no confesó sus verdaderas intenciones.

Tenía que haberse marchado a casa al finalizar la jornada laboral. Meditar la decisión que había tomado no le habría venido mal. En cambio, Dan se subió a la furgoneta y condujo en dirección al lujoso hotel donde se alojaban los españoles.

Eran más de las ocho de la tarde y las calles de la ciudad seguían repletas de motocicletas. Mujeres y hombres con vestimentas de todos los colores y mascarillas para no respirar el aire contaminado de una de las metrópolis más grandes del sudeste asiático. Aguardó pacientemente a que las filas de vehículos que le precedían comenzaran a moverse. No tenía prisa. O mucho se equivocaba, o Marta, Ángela y José Luis mantendrían el mismo horario que en España y los encontraría descansando, tras una tarde de papeleo y caminata, antes de salir a cenar.

Tardó más de cuarenta y cinco minutos en recorrer las últimas tres calles. Aparcó en el acceso para los proveedores y el personal del hotel. No lo echarían, lo conocían. Una de las tiendas del Majestic Saigon era cliente y cada quince días Bing o él se pasaban por allí para reponer productos. A pesar de la hora, las cocinas y los pasillos del sótano estaban llenos de gente. Saludó al guardia de seguridad y a un ayudante de cocina, a un camarero y a la gobernanta, que pasó junto a él con ropa de calle y el casco de la moto en la mano. Salvó la lavandería a toda prisa. Por suerte, el ruido de los tambores de las máquinas girando a la vez acallaba cualquier ruido procedente del corredor. No quería planteárselo de nuevo. Hacer un viaje de mil ochocientos kilómetros con tres adultos y tres niños y aprovechar el tiempo libre —¿«tiempo libre», con tres niños pequeños a su cargo?— para visitar a los proveedores. Mejor no reconsiderarlo.

En recepción debería haber preguntado por José Luis Santisteban, que era el que le había hecho la propuesta; sin embargo, le salió el nombre de Marta.

—La señorita Barreda espera a sus amigos en el bar —le informó un chico nuevo a quien Dan no conocía.

No le podían haber dado mejor noticia. Además, el bar del hotel estaba en la terraza y tenía una vista excepcional sobre la ribera del río. El paisaje del atardecer, con las luces de la ciudad reflejándose en el agua, no podía ser más bonito.

Marta estaba sola.

Sola y guapísima, con una chaqueta azul y el pelo brillante, sentada a una mesa junto a la barandilla y con la mirada perdida en los barcos que navegaban frente a ella. Encima de la mesa tenía una libreta abierta, un bolígrafo y la cámara.

—¿Puedo sentarme?

El sobresalto no pudo ser mayor. Dan no alcanzó a leer lo que había escrito antes de que cerrara el cuaderno.

—Sí, claro —concedió cuando se recompuso.

Dan tomó asiento mientras ella guardaba cámara y papeles.

—Una vista preciosa, ¿verdad?

—Impresionante. No puedo decir que haya visto la ciudad, pero solo por esto merece la pena estar aquí.

—Y sería mucho mejor si no se oyera el estruendo del tráfico.

—Espero que sea solo en Ho Chi Minh. Siempre imaginé Vietnam como un país tranquilo.

—No todo el país es así, pero te advierto que somos bastante ruidosos, sobre todo la gente del sur.

—Pero tú eres de Hanói, ¿verdad? Lo dijiste en el despacho de la Oficina Económica esta mañana.

—Sí, pero llevo varios años establecido en Saigón.

—No me lo digas, conociste a una chica y la seguiste —comentó ella con aire inocente.

Dan escudriñó su rostro. Le quedó clara la intención del comentario. Aquella chica sabía cómo enterarse de las cosas que le interesaban. En el fondo estaba deseando que lo supiera.

—Nada de chicas.

Ella sopesaba la respuesta. Dan no podía verla bien, las lámparas estaban situadas entre las mesas, a la espalda de los clientes. Las caras de ambos se movían entre la penumbra y la luz.

—¿Puedo…? —rompió ella el silencio.

—Puedes.

—Dan —Su nombre le sonó muy bien cuando lo dijo ella—, ¿qué haces aquí?

—¿En esta ciudad? Pensé en el negocio y se lo propuse a un amigo. Los dos creímos que era mejor llevarlo desde aquí. Hanói es la ciudad más importante del norte del país, pero Ho Chi Minh, Saigón como nosotros la seguimos llamando, es la capital.

—No me refería a eso. Quería decir aquí, en el hotel.

Tragó saliva. No supo qué responder, por eso se asió a la realidad.

—Viene a aceptar la propuesta de esta mañana —contestó José Luis por él.

Dan aprovechó la interrupción. Se levantó y estrechó la mano que le tendía el hombre.

—En realidad, a plantear unas cuestiones antes de tomar la decisión.

Ángela y José Luis ocuparon las dos sillas libres. Dan necesitaba un rato más a solas con Marta, aunque si la propuesta se cerraba, pasarían juntos mucho más tiempo, incluso más del que ambos podrían desear.

—Dos mil euros —ofreció José Luis antes de que dijera nada—, una llamada mía y te hacen una transferencia el mismo día que termines el trabajo. Los hoteles corren de mi cuenta.

—No, de eso nada. —Dan pensó en los tres niños que tenía que llevar—. Yo me busco mi propio alojamiento.

—Dos mil euros, ese es el presupuesto que tengo asignado para este proyecto; gastos de transporte y gasolina, aparte. Si los quieres, son tuyos.

—No tan deprisa.

—¿Vienes con tus propias condiciones?

—Yo pongo el transporte, una furgoneta no muy grande ni demasiado cómoda. Además, haremos una parte del camino con tres niños.

—¿Niños? —preguntó Marta un tanto alterada.

—Tres niños, sí, tres hermanos, necesito llevarlos a un lugar en la zona central del país.

—No sé si…

Ahí estaban las dudas de José Luis que Dan sabía que llegarían.

—No puedo dejarlos aquí, no tienen a nadie con quien quedarse. No os molestarán.

José Luis no lo consultó con Ángela ni con Marta. Se frotó la barbilla durante más de un minuto.

—¿Bebés?

—El pequeño tiene seis años, nueve la mediana y doce la mayor. La furgoneta tiene tres filas de asientos, vosotros iréis en una y ellos en la otra.

—¿Me aseguras que no se interpondrán en los planes que hagamos?

—Asegurado.

—De acuerdo entonces —dijo y volvió para ofrecerle la mano.

—Hay otra cosa —añadió Dan antes de cerrar el trato—. Necesitaré de vez en cuando un rato libre.

—¿Cómo que un rato? —se erizó José Luis.

—Ya os dije a qué me dedicaba, quiero aprovechar el viaje para atender mi negocio, eso implica tener unas horas libres para acercarme a las casas de los artesanos.

—El acuerdo es que nos hagas de guía.

—Y lo haré, pero imagino que no hace falta que haga de niñera. Querréis estar solos de vez en cuando, ¿no?

—En eso tiene razón —intervino Ángela.

39

—¡Tú cállate!

El desconsiderado exabrupto abrió un abrumador silencio que Dan se apresuró a romper:

—Estoy dispuesto a cobrar menos, pero lo de los niños y el tiempo libre no es negociable.

—A mí me parece justo —lo ayudó Marta—. Como dice Ángela, tiene razón; no necesitamos a nadie que nos lleve de la mano. Una cosa es que nos dé una idea de por dónde movernos y otra… Además, a mí me vendrá bien.

Dan no entendió la última frase de Marta, pero prefirió callarse. Se lo preguntaría en otro momento. A José Luis todavía le costó decidirse.

—Está bien —aceptó al final.

Dan notó que esta vez no le ofrecía la mano. Estaba claro que la confianza había durado poco.

—Y ahora, a lo que importa. Si os parece, contadme lo que tenéis pensado para el plan de viaje.

Antes pidieron unas cervezas: Heineken para los españoles, una Saigon para Dan. La mesa se llenó de mapas y planos que Dan había llevado consigo.

—Mañana quiero ir a la santa sede Cao Dai, el día siguiente lo pasaremos en Ho Chi Minh —dispuso José Luis—. ¿Puedes conseguirme los horarios de los museos? Dos días más para ver el Mekong, necesito ir a la isla del Dragón, a la de la Tortuga y a la del Unicornio, puesto que no las tenemos incluidas en la guía. Después, nos vamos hacia el norte.

Esa era la parte que le interesaba a Dan, cuando partieran de Saigón y comenzaran la ruta.

—¿Hacia dónde exactamente?

José Luis sacó de la mochila la guía que su editorial editó en 2011 y se la puso delante.

—Estos son los sitios a los que tengo que ir. Sobre todo, a los que consideres que han podido cambiar más en estos tres últimos años.

Dan no tuvo ni qué pensarlo: toda la costa de playas que se había vuelto tan turística en los últimos años.

La camarera llegó con las copas y José Luis recogió los mapas. Marta aprovechó, abrió la guía y comenzó a ojearla.

—Yo tengo otra idea. —José Luis se envaró, pero ella no

hizo caso a su malestar y continuó—: El problema es el siguiente: no estamos aquí para hacer una guía de viaje, sino dos.

—¿Dos?

—José Luis tiene que actualizar la información de esta y aumentarla con nuevos sitios que considere de interés. Lo suyo es una guía turística para viajeros tradicionales. Pero yo tengo el encargo de hacer algo alternativo; orientada no a turistas sino a visitantes, no a mochileros pero tampoco a personas que no salen de los hoteles. Me interesan parques naturales, barrios antiguos, calles y tiendas tradicionales, talleres de artesanos, poblaciones costeras sin masificar, zonas del interior poco conocidas, y cualquier otra cosa que tú decidas enseñarme y que yo —levantó como muestra el libro que tenía en la mano— no voy a encontrar en estas guías.

—Intereses contrapuestos, ¿eh?

—¿Crees que podrás atendernos a los dos?

—Es complicado, pero lo intentaré. Creo que los ratos libres que os he pedido se acaban de convertir en ratos de trabajo.

Marta sonrió ante el comentario.

—Yo creo que también. Estaré encantada de acompañarte. Además, necesito actualizar la información social y política sobre el país.

—Eso lo dejaremos para las largas horas de viaje, ¿te parece?

Y de verdad que iban a ser largas. Cuando hablara con Thái para decirle que llevaría a los niños tendría que pedirle que llamara a la tía para explicarle que no llegarían antes de semana y media. Decidió que aquel no era el momento de establecer cada una de las paradas del plan de viaje, aunque sí tendría que hacerlo antes de salir de la ciudad. No podía marcharse con los niños sin informar del día en que los dejaría en Son Trach. ¿O sí?

—De acuerdo entonces.

—¿Brindamos? —propuso Ángela.

Todos chocaron las copas, José Luis lo hizo con desconfianza; Ángela, con alegría; él, con esperanza, y Marta, con precaución.

Dio un trago al líquido helado sin dejar de mirarla y echó de menos a la chica curiosa de hacía un rato.

4

Marta vació todos los cajones del armario y colocó la ropa sobre la cama. La maleta permanecía abierta mientras intentaba poner un poco de orden antes de meterlo todo en ella. De fondo, el ruido de la tele en un canal internacional con documentales sobre el país. En los cinco días que llevaba allí ya había visto varios en inglés, francés, ruso —o al menos eso creía— y español. «Control de los medios de comunicación», se llamaba a eso. Nadie veía, nadie oía ni decía nada en público que no fuera políticamente correcto a menos que quisiera que su libertad quedara seriamente restringida. «Una dictadura en toda regla, vamos.»

Se centró en su tarea. Al día siguiente saldrían de viaje. No sabía el tiempo que pasaría hasta tener cobertura de nuevo y le entró el deseo de hablar con los suyos. Seleccionó el número en el móvil, activó el manos libres y lo dejó sobre la cama mientras doblaba una camisa.

Su hermana Espe no tardó nada en responder.

—¿Estabas con el teléfono en la mano? —la saludó con alegría.

—¡¿Marta?! ¿Qué tal todo? ¿Cómo estás? ¿Es tan bonito como en las fotografías? ¿Dónde estás ahora? ¿Qué…?

—Para un poco —la calmó—. Estoy perfectamente. Todo es estupendo. Estoy en la capital, al sur del país. Hace un calor y un bochorno horroroso que se te pega en la piel y hay muchos mosquitos. Fin del parte. ¿Qué tal todo por ahí? ¿Qué es esa megafonía? —Marta detuvo la labor—. ¿Estáis otra vez en el hospital? ¿De nuevo papá…?

—No te alarmes. No es nada. Esta mañana le costaba respirar y la médica ha preferido que viniéramos, pero ya nos ha dicho que es solo algo de líquido en los pulmones. Le ha dado una pastilla diurética. En un rato nos mandará a casa.

—¿Ha ido mamá contigo?

—No he conseguido que se quedara en casa. Ya sabes cómo es, decía que iba a estar más intranquila allí que aquí. Así que la he ayudado a vestirse y hemos venido en un taxi.

Le oyó susurrar: «Es Marta». Con un suspiro, se sentó en la cama y cogió el teléfono.

—Luego me la pasas. No tenía que haber ido. Ya sabía yo que iba a pasar algo. Tú bastante tienes con lo que tienes, el trabajo, los niños y ahora los padres a tiempo completo.

—Es lo mismo que tengo todos los días, Marta. Tú vives en Barcelona, no en el pueblo.

—No, no es lo mismo. Si pasa algo, yo me planto en Fraga en dos horas; a las malas, me lo traigo a Barcelona a urgencias como hicimos después del susto.

—Bueno, no te preocupes, ya hablaremos de esto en otro momento. Ahora cuéntame, ¿qué tal todo?, ¿es tan bonito como parece?

—En parte sí y en parte no. Si no quieres ver lo malo, no lo ves. Ya sabes cómo funciona, es precioso hasta que pasas a la trastienda y te das cuenta de que lo que parecía un paraíso natural tiene mucho de decorado. El primer día me asal… —estuvo a punto de contarle lo del robo, pero pensó que su hermana estaba en el hospital haciéndose cargo de las enfermedades de sus padres y no pudo echarle más problemas encima—. Es muy exótico. Hemos estado unos días en el delta del río Mekong. Hay mercados sobre el agua donde las mujeres venden los productos y los pasan de barca en barca. Es muy curioso. También hemos pasado por la sede oficial de Cao Dai, una religión que solo se profesa en Vietnam. Es un templo enorme, una especie de Vaticano. Y hemos visto Ho Chi Minh, claro. Pero esta ciudad no es distinta a cualquier gran urbe moderna, con rascacielos de infarto y todo el mundo con prisa. Lo que es horrible es la circulación. Hay tantas motocicletas que no se ve ni un centímetro de asfalto. Intentar cruzar una calle es como tirarse de cabeza por un precipicio; sales viva de milagro.

—Jajaja. Mira que eres exagerada. Ya será para menos,

seguro que tanto ese Vaticano que cuentas como el Mekong te han encantado.

—Es todo muy interesante. Y conmovedor.

De la santa sede Cao Dai se había llevado la imagen de los arrozales, los manojos de incienso alineados para secar junto a la carretera y una enorme catedral en color rojo y azul intenso; el suelo de azulejos más bonito que había visto, la perspectiva de las inmensas columnas con cabezas de dragones saliendo de ellas y el firmamento dentro del templo. Hacía mucho tiempo que no visitaba una iglesia, y la marea de fieles vestida de blanco, sentada en el suelo, moviendo las cabezas al mismo ritmo cual espigas mecidas por el viento, la impresionó mucho más que las coloridas vestiduras de los sacerdotes. La paz interior que reflejaba aquella gente le removió algo por dentro, algo que creía no tener. Salió de allí con un desasosiego inundándole el alma.

Del Mekong, en cambio, se volvió con las pupilas llenas de luz y color, inundadas del rojo de sandías y pitayas, del amarillo de los plátanos, el verde de las limas y el naranja de las papayas, entre los sombreros de paja y la muchedumbre. Regresó con la sensación de que fuera lo que fuese lo que viniera después, nada sería comparable a un paseo por el delta al atardecer, cubierto de nenúfares y con una cúpula de palmeras sobre su cabeza. Del Mekong se trajo el sol muy dentro de ella, la libreta repleta de recuerdos y la cámara abarrotada de imágenes.

—¿Has hecho muchas fotos?

—Tengo que hacerlas, mi trabajo depende de ellas.

—Me gustará mucho verlas. Sería fantástico que nos las pudieras enviar para que las vieran los niños. De esa manera, seguiríamos tu ruta. Sería como estar un poco contigo y que tú estuvieras con nosotros.

Marta se sentía tan culpable por haber cargado toda la responsabilidad como hija sobre la espalda de su hermana que aceptó.

—Voy a hacer un blog. En los hoteles hay Internet. Cada vez que pueda, subiré fotos. Así podrás enseñárselas a los niños. ¿Qué te parece?

—¡Qué ilusión! Será genial. Les va a encantar, ya verás. Se me ocurre un nombre: «Muy cerca del paraíso». ¿A que es estupendo?

Marta se acordó del robo, de la pobreza, de la falta de libertades, de la contaminación, de… Sin embargo, accedió a sabiendas de que con ese título no iba a poder colgar nada —ni imágenes ni comentarios— que desmintiera la imagen idílica de aquel país.

—Un título precioso. Pásame con mamá, venga. Un beso muy fuerte para ti y otro muy gordo para mis sobrinos. ¡Espe! —alzó la voz para que la oyera antes de ceder el teléfono a su madre—, llámame con cualquier cosa que les pase a papá o a mamá.

—Te va a costar una millonada.

—Me da igual. Tú llámame.

—Vale —concedió su hermana—. Pero no te preocupes demasiado. En Navidad se vienen a mi casa, así que los tendré controlados. Te paso con ella.

A Marta se le hizo un nudo en la garganta cuando recordó que el día siguiente era 23 de diciembre. Sin embargo, supo controlar la voz para que su madre no notara lo que le afectaba estar aquellos días tan señalados lejos de la familia. Tras las tres anginas de pecho que le habían dado a su padre seis meses antes, Marta fue consciente de que cada año que pasara podía ser el último para disfrutar de ellos.

—¡Hola! —exclamó muy animada—. ¡Feliz Navidad, mamá!

Recorrieron cuarenta kilómetros y cruzaron dos ríos antes de llegar a Biên Hòa. Marta no había dejado de observar a Dan. No le había visto ni una sola sonrisa desde que subieron a la furgoneta y se colocó al volante, tras recogerlos en el hotel. Al principio pensó que era porque necesitaba poner todos los sentidos en la carretera, pero cuando Ho Chi Minh y sus cinco millones de vehículos quedaron atrás, tampoco relajó su expresión.

José Luis parloteaba en el asiento delantero. Marta se preguntó si se daría cuenta de que el conductor estaba perdido en sus pensamientos. Dan mantenía la mandíbula rígida a pesar de la cantidad de anécdotas divertidas que su compañero contaba sin parar. «Será la presión de ver a su… familia.»

¿Estaría casado? No había anillo por ningún lado, pero tampoco sabía si era costumbre en Vietnam que las personas casadas se identificaran de alguna manera.

45

—Ya entramos en Biên Hòa —les anunció de repente.

A Marta le pareció que estaba más tenso aún que antes, y se preguntó si no estaría divorciado y la posibilidad de volver a ver a su ex lo ponía de aquel humor.

Culebrearon unos veinte minutos más antes de detener la furgoneta ante un edificio oficial. Marta no pudo distinguir qué era, un colegio o la sede del partido comunista, imposible saberlo a menos que hiciera un curso intensivo de vietnamita. La sensación de que si se quedaba sola no sabría salir de allí la puso muy nerviosa.

Aunque no tanto como estaba Dan. De eso no tenía ninguna duda. Él tardó en quitar la llave del contacto y esperó todavía a que el motor dejara de sonar. Lo vio inspirar hondo un par de veces antes de desprenderse del cinturón de seguridad y abrir la puerta.

—Espero no tardar demasiado.

Nadie dijo nada. Él pegó un portazo y cruzó la calle en dirección a un grupo de casas en las que Marta no había reparado hasta entonces.

Lo vio golpear una puerta y esperar. Tuvo que volver a llamar hasta que le abrieron. A Marta le sorprendió ver a una anciana que se inclinó para saludarlo.

—Viajar con tres enanos no me hace ninguna gracia —declaró José Luis, que tenía también los ojos clavados en lo que sucedía ante la casa.

—No podíamos negarnos.

—No podías tú, te va a venir de perlas para tu libro.

—¿Y a ti no?

—Os va a venir bien a los dos —saltó Ángela. Estaba claro que era un tema que ya habían discutido entre ellos, en privado—. A José Luis le gusta la idea de conocer ese parque nacional donde hay que dejar a los niños. Sería la primera guía en español que lo incluya.

—¡Cállate, Ángela!

Marta estuvo a punto de saltar por la forma en la que trataba a su novia. Ya era la segunda vez que le gritaba estando ella delante.

—No, si al final hasta te va a venir bien esto de los niños.

—Sí, pero como den algún problema…

—Tendrás que aguantarte. ¿Qué pretendes hacer con ellos, dejarlos en una cuneta?

—Espero que no sean unos llorones.

Lo que esperaba Marta era que no fueran sus hijos. No sabía por qué, pero no tener esa certeza la ponía nerviosa.

—¿Adónde los llevará?

—Con una tía, dijo.

—¿Por qué?

—¡Y qué nos importa a nosotros! —sentenció José Luis—. Lo que sé es que, como sean unos mocosos llorones y él no cumpla con las condiciones que acordamos, se queda sin cobrar.

Su agresividad provocó aversión en Marta. En ningún momento le había visto hablar con Dan de la manera en que lo hacía cuando él no estaba. Cobardía, se llamaba a eso. Empezó a sentir pena por Ángela, por haberse enamorado del hombre mezquino que se adivinaba detrás de aquel arrebato.

—Serán vacaciones escolares —aventuró Marta.

—Serán.

Se quedaron en silencio durante un rato.

—¿Cuánto tiempo llevan dentro?

—Más de un cuarto de hora.

—Deberíamos estar ya en marcha.

No soportó la idea de que José Luis volviera a empezar con las recriminaciones. Salió del vehículo y se apoyó en él. La brisa era más fresca que en Ho Chi Minh, los cuarenta kilómetros al norte comenzaban a notarse.

Cinco minutos más tarde había visto pasar cuatro coches y catorce motos. «Nada comparable con el tráfico de la capital.» Examinó con minuciosidad el pequeño jardín delantero de la casa donde se había metido Dan. La puerta seguía sin abrirse.

Dan comprobó de nuevo la hora en su reloj. Se impacientó, más aún que cuando entró en aquella vivienda. Los niños estaban sentados sobre unos cojines en el suelo. Estaba ante ellos, de cuclillas, a la espera de que la mujer los convenciera para que lo acompañaran.

Los tres pares de ojos no se despegaban de su rostro.

—Este hombre va a llevaros con vuestra tía —repitió la anciana.

—Estaremos unos días de vacaciones y luego iremos a verla, ¿os parece bien?

Ni bien ni mal. A aquellos niños no les parecía nada.

—Lo pasaréis muy bien —insistió la mujer.

—El lugar donde vive vuestra tía es precioso, un sitio lleno de bosques —continuo él.

Tampoco a eso hubo respuesta.

Dan se fijó en cómo estaban alineados. La mayor en medio, el pequeño a la izquierda y la mediana a la derecha; los tres con las manos fuertemente unidas. Se preguntó cuántas pérdidas podían soportar unos niños tan pequeños. Todavía recordaba la impotencia y el dolor cuando lo llamaron a Valencia y le contaron que su padre había fallecido de un ataque al corazón. De esto hacía ya seis años, recién cumplidos los veintisiete.

Se arrepintió de haber entrado solo, una sonrisa femenina habría podido suavizar la situación.

—Xuan, Kim y Dat —se dirigió a ellos por sus nombres—, no vais a estar solos conmigo. Ahí fuera tengo unos amigos que también nos acompañarán en el viaje

Kim, la niña mediana, intentó moverse, pero su hermana mayor la sujetó con firmeza para que no se levantara. Así que era Xuan la que tenía miedo a marcharse. La mujer decidió cambiar de estrategia:

—No os podéis quedar, yo no puedo teneros aquí más tiempo. No tengo comida para todos. Debéis marcharos con vuestra familia. Yo ya estoy vieja y cualquier día me iré a vivir con mi hija y os quedaréis solos.

A Dan se le encogió el estómago al imaginar lo que debían de pensar aquellos niños.

—¿Queréis conocer a mis amigos? Si os asomáis a la ventana, los podréis ver.

Dan no sabía si habrían salido de la furgoneta. Si hiciera falta, iría a buscarlos y los invitaría a entrar en la casa. «A las chicas, al menos.»

Pasaron unos segundos antes de que Xuan se moviera. Los dos pequeños esperaron a que ella se pusiera en pie. Los tres juntos, y con las manos unidas, se dirigieron a la ventana.

Por suerte, Marta estaba en la calle. Apoyada en el vehículo, miraba lo que sucedía alrededor. En ese instante, entre ella y la casa circulaba una moto con tres ocupantes: un joven vestido de azul, un niño de unos doce o trece años y, entre ellos, un perro sentado tranquilamente sobre las patas traseras mientras observaba el paisaje. Marta comenzó a reírse. El chico agitó una mano al pasar y ella le devolvió el saludo divertida.

Xuan la examinó antes de reaccionar. Luego dijo algo al oído de sus hermanos, que ni Dan ni la mujer pudieron escuchar, y los soltó. Todavía esperó a que los dos pequeños volvieran a darse la mano para moverse. Desapareció por una puerta. Dan temió que se ocultara en algún sitio; sin embargo, la niña apareció al instante. Llevaba una pequeña maleta en la mano.

Fue despacio hacia la puerta, los hermanos la siguieron y se quedaron allí, aguardando.

Xuan daba su conformidad a acompañarlo. Dan respiró a la vez que la mujer. Le pareció una gran victoria.

La vecina se despidió de los niños con unas palabras amables y de él con un *Cam on*. Dan no se molestó porque le hubiera dedicado solo un simple gracias; percibió el tono de amabilidad que había expresado. Estuvo seguro de que era un alivio para ella que los niños se fueran, pero le pareció que más por saberlos a salvo que por haberse librado de ellos.

Cuando abrió la puerta para salir, Marta los vio y se adelantó. Xuan debió de sentirlo como una amenaza y dio un paso atrás.

—Espera ahí —le advirtió Dan para que la niña no se asustara. Era consciente de que el español sonaba mucho más agresivo que el vietnamita. La falta de tonos en las palabras les hacía creer a sus compatriotas que quien hablaba así estaba enfadado.

—¿Qué sucede?

—Un momento —le pidió. Se agachó junto a la niña—. ¿Ves a esa mujer? Es una amiga mía. Se llama Marta. Es muy simpática, siempre está sonriendo.

Eso no era cierto, pero tendría que hacerlo a partir de entonces; él se encargaría de que sucediera. De sus tres acompañantes, si tenía que contar con alguien para atender a los niños, era con ella.

49

Como si le hubiera leído el pensamiento, Marta esbozó una sonrisa luminosa y fue aproximándose poco a poco. Xuan no se movió y esperó a que llegara hasta ellos. «Una nueva batalla ganada.»

Marta se puso a su altura.

—Hola —susurró.

Dan se agachó también.

—*Xin chào* —le tradujo.

—*Xin chào* —repitió ella.

—*Tên tôi là Marta* —siguió diciendo Dan.

Ella pronunció despacio las mismas palabras para no equivocarse.

—*Tên là gi?* —continuó Dan.

De nuevo imitó la pronunciación de Dan. La niña parpadeó un par de veces antes de contestar:

—*Tên tôi là Xuan.*

—Xuan, tienes un nombre muy bonito —dijo en español al tiempo que le tendía la mano.

—*Ten dep, Xuan* —tradujo Dan las cariñosas palabras de Marta.

Pero antes de que a ella le diera tiempo a volver a hablar, la niña le dio la maleta. En cuanto desocupó las manos, volvió a asir a su hermano pequeño.

Dan respiró.

—¿Te lo estaba poniendo difícil? —le preguntó Marta mientras caminaban detrás de los niños.

—Empezaba a pensar que no lo conseguiría —reconoció—. Gracias por acercarte.

—No me ha costado nada. ¿Cómo se llaman sus hermanos?

—La niña Kim y el niño Dat. Xuan, Kim y Dat Nguyen.

Marta hizo un gesto extraño al escuchar el apellido de los pequeños, gesto al que Dan apenas prestó atención, concentrado en la reacción de los niños cuando se encontraran con Ángela y José Luis. Él no era religioso —de la mezcla de cristianismo, budismo, taoísmo, confucionismo y la espiritualidad nativa del país se había quedado solo con que lo importante era ser buena persona—, pero rogó a todos los dioses para que los críos subieran a la furgoneta sin más demora.

5

*D*an había previsto que los niños se sentaran en la fila del medio, pero no hubo forma de convencer a Xuan. Se quedó clavada ante la puerta lateral de la furgoneta y, hasta que Ángela no abandonó los asientos traseros, los niños no entraron.

Se alegró de pasar la noche en Dà Lat; los niños no hubieran aguantado mucho tiempo más en el vehículo. Miró hacia atrás para confirmar sus sospechas. Ángela y Marta tenían los ojos cerrados, al igual que los pequeños, de los que apenas distinguía las cabezas por el retrovisor. Solo José Luis, a su lado, seguía impertérrito, ajeno a los tentadores valles sobre los que habían pasado, al lago La Nga, a los prados verdes de las colinas y a las plantaciones de té, café y moras. El hombre no miraba por la ventanilla, solo preguntaba, comprobaba la guía que tenía que actualizar y revisaba lo apuntado. No disfrutaba, solo trabajaba.

—Ya casi estamos —dijo Dan alegremente al ver el cartel de la autopista QL-20.

—Menos mal. 266 kilómetros en cinco horas y media, todo un récord —bufó el español.

—¿No pensarías que esto era como la A-3?

Dan esperaba cualquier respuesta, pero la réplica lo pilló por sorpresa.

—Tenía claro que no venía a un país civilizado.

Desprecio. No arrogancia, ni altanería, ni desdén. Cada una de las palabras de José Luis destilaba desprecio. Y eso era mucho más de lo que estaba dispuesto a soportar.

—Según tú, ¿a qué clase de país has venido? No, no hace falta que me contestes. Puedo imaginarme cómo nos ves.

—¿Ah, sí?

Lo peor: parecía que su enfado lo divirtiera.

—Solo tengo una duda, y es si te parecemos más pobres que paganos o más paganos que pobres —le planteó de malas maneras.

—No me dirás que los agujeros del asfalto que llevamos sufriendo todo el día son propios de un país civilizado —se defendió.

—¿Y qué es para ti la civilización? No parece serlo un país que en el año 1000 antes de Cristo ya tenía un reino que controlaba desde Hanói a Indonesia. Creo que no podéis decir lo mismo de España.

Dan era consciente de que había cargado el ambiente de hostilidad.

—Ni que estuvieras ciego. Motos en vez de coches, vendedoras ambulantes de comida por las aceras y por todas partes. Todavía llevan el sombrero ese cónico de paja y la pértiga sobre los hombros. Parece sacado de una ilustración de *Las aventuras de Tintín*.

—El sombrero ese se llama *nón lá*, por si te interesa. Aunque, por lo que dices, mides la civilización por el tamaño de los vehículos que circulan por las ciudades, los tenedores que hay en la puerta de los restaurantes y la ropa de sus habitantes.

—Pues claro, y por las carreteras asfaltadas y la cantidad de teléfonos que tiene la gente.

—Si tu definición de civilización y el respeto por la diversidad de otras culturas no va más allá de esos cinco absurdos parámetros que acabas de mencionar, no tengo ni idea de a qué demonios has venido a este país. Mejor te habrías ido a Alemania a esperar a que se ponga verde el muñeco del semáforo para cruzar la calle.

Dan apartó la vista de la carretera para comprobar que a José Luis ni se le hizo una arruga en el entrecejo. Simplemente esperó unos segundos antes de contestar:

—Creo que no te has dado cuenta de quién paga aquí, ni de quién tiene más que perder.

—¡Eres un…!

—¿De qué estáis discutiendo? —preguntó Marta, que debió despertarse al oír sus voces alteradas.

—De nada —gruñó José Luis.

Dan estaba tan indignado que juzgó prudente aplazar la

conversación. «Mejor para después de que los dos mil euros estén en la cuenta corriente de la empresa.» Con los ojos fijos en la carretera, decidió que tendría que morderse la lengua o Bing lo mataría por haber dejado escapar ese dinero.

Por suerte, la cabeza de Marta apareció en medio de las suyas. Se había soltado el cinturón de seguridad.

—¿Falta mucho?

Dan le señaló un cartel.

—Nada, cinco kilómetros y estamos.

—¿Nos dará tiempo hoy a ver algo?

—Ahora nos vamos al hotel. Ya callejearás después de que descansemos —dispuso José Luis.

—Me muero por una ducha —añadió Ángela.

—¿Qué tal van los pasajeros del fondo?

Marta le puso una mano en el hombro.

—No te preocupes, están tranquilos.

—Tendrán ganas de llegar.

—Todos tenemos ganas de llegar —intervino Marta con alegría para suavizar el ambiente—. En cuanto salgamos de aquí y comamos un poco, estaremos mucho mejor, ¿no creéis? —Se dirigió a Dan—: ¿Es bonito Dà Lat?

—Un lugar precioso. La llaman la Ciudad de la Eterna Primavera, y también la Ciudad de los Enamorados. Es el lugar preferido de los vietnamitas para su luna de miel. Como está en las montañas, tiene un clima fantástico y un pasado francés muy acusado. Ya lo veréis en los hoteles, las casas y las calles.

A Dan le hubiera gustado seguir charlando de lo que iban a encontrar en la próxima etapa. Una conversación relajada para terminar el día. Pero la intervención de José Luis lo hizo imposible:

—Ahí tienes la guía. Puedes leerlo en alto para que nos enteremos todos —le encargó a su novia.

Y Ángela hizo lo que le había ordenado.

Hasta el momento en que Dan detuvo el motor, Marta no se cuestionó cuál sería su alojamiento y el de los niños.

—No te preocupes —contestó él mientras le tendía el equipaje que acababa de sacar del maletero.

Ella se quedó con la maleta en la mano y no reaccionó hasta que el vehículo rugió de nuevo. Metió la cabeza por la ventanilla del copiloto para evitar que arrancara.

—¿Vais muy lejos?

—Estaremos bien. Nos vemos mañana a las nueve para la visita por la ciudad.

Y se marchó sin que pudiera explicarle que no se trataba de eso.

—Este tío a cada rato me parece más soberbio —masculló José Luis.

—Pues a mí me cae bien —declaró Ángela al tiempo que lo seguía dentro del Du Park Hotel Dà Lat.

—Tú no tienes nada que opinar sobre él.

Marta tardó en moverse; continuaba con la vista fija en la furgoneta que se alejaba del hotel de cinco estrellas donde se iban a alojar aquella noche.

El vestíbulo y las habitaciones eran de auténtico lujo, y el bar, revestido de madera oscura, con suelos de cerámica y asientos de cuero, ¡estaba decorado de Navidad! Las ramas de abeto y los lazos rojos cubrían paredes, mostradores y techos. Si no llega a ser porque los empleados eran vietnamitas, podía haber estado en cualquier otro país, ni siquiera tenía que ser de Asia. No era difícil abstraerse del lugar del mundo en que se encontraban, solo había que acercarse al Larry's Bar o al Café de la Poste a esperar la llegada de Santa Claus.

No le gustó en absoluto. Excepto la terraza.

Cuando bajó, Ángela y José Luis no habían aparecido aún. Agradeció estar un rato a solas.

Se sentó a una mesa de espaldas al edificio y pidió una cerveza. La tarde empezaba a caer. Miró el reloj, más de las seis. Se alegró de las horas que quedaban todavía antes del amanecer, más de doce, para descansar el cuerpo. Sobre todo, la cabeza.

Además de la jarra, la camarera le dejó una vela en medio de la mesa. Estuvo un buen rato determinando qué le parecía más maravilloso, si el amargo frescor que le resbalaba por la garganta cada vez que se llevaba el vaso a la boca o el ligero temblor de la llama. No pudo decidirse.

Las puertas del restaurante estaban abiertas. Por encima del murmullo de los comensales que apuraban la última comida del día, se elevaba una melodía clásica. Cerró los ojos y se dejó llevar por la música.

Habría reconocido la voz de José Luis entre mil. A sabiendas de que la pareja no estaba a más de diez pasos de ella, se resistió a salir del letargo y a agitar la mano para llamar su atención. Cuando descubrió que no venían solos, su sosiego se tornó alegría al pensar que Dan había regresado.

El joven se llamaba Sergio. Había salido de Madrid cuatro meses antes, los mismos que llevaba recorriendo India, Nepal, Birmania, Indonesia, Filipinas y Vietnam.

—Después me marcho a Camboya. Otra vez a coger la mochila y a esperar en estaciones de autobuses.

—¿Qué haces en un hotel de cinco estrellas? —le preguntó Marta cuando él les describió algunos de los extraños lugares en los que había dormido durante todos aquellos meses.

—De vez en cuando me doy un capricho. Vengo de Nha Trang, a unos 150 kilómetros de aquí, en la costa. Dormir en la playa no es tan romántico como puede parecer.

—¿Qué se puede hacer allí? —preguntó José Luis.

—De todo —respondió Sergio con picardía—. No os lo podéis perder. Es brutal.

—¿Cómo de brutal?

—Para empezar, es como salir del país. Imaginaos Miami.

Marta frunció el ceño, pero a Ángela la comparación la excitó.

—Cuenta cuenta.

—Como Miami, pero lleno de rusos. Fiesta las veinticuatro horas, así es Nha Trang.

A José Luis también le debió de parecer interesante porque sacó la libreta.

—¿Hay muchos bares? Dame los nombres de los mejores.

—¿Pubs? Te daré algo mejor. Quédate con este nombre: Mama Hanh y sus Green Hat Boat Tours.

—¿Y eso qué es? —preguntó Ángela, más interesada aún que José Luis en la *mamá* esa y sus barcos verdes.

—Eso es una mujer baja y arrugada, con vaqueros y un sombrero verde. Dicen que tiene la mitad de los bares y restaurantes de Nha Trang. Yo solo sé que organiza las mejores fiestas en las que he estado.

55

—¿Cómo de buenas? —se interesó José Luis, dispuesto a enterarse de algo que se saliera de las palmeras, las playas de arena blanca y el *windsurfing*.

—La abuela se sube a un barco y todo el mundo la sigue. Mucho alcohol, bastante hierba y un poco de comida. De repente la vieja grita: *Get fucked!*, y el descontrol se apodera de la gente. La fiesta más brutal que he vivido nunca.

José Luis y Ángela lo miraron con envidia.

—Es nuestro lugar, conejita —le dijo él.

Ella se rio, encantada con la fiesta y el apodo supuestamente cariñoso. A Marta le entraron ganas de darles un guantazo a ambos; a él, por ser un machista y a ella, por permitírselo. Además, la imagen de un montón de turistas borrachos o colocados, o las dos cosas a la vez, tirados por la cubierta de un barco o montándose una orgía en una playa desierta, no le atrajo lo más mínimo. Alegó cansancio y se marchó a su habitación sin cenar. Prefería pasar hambre antes que soportar esa conversación.

Cerró de golpe las puertas del antiguo ascensor de madera y pulsó el botón de la planta cuarta. Se dejó caer en la pared del fondo sin quitarse de la cabeza el «conejita» de José Luis y deseó haberse marchado con Dan y los niños a pasar la noche, aunque el lugar no tuviera nada que ver con aquel hotel.

Una vela encendida y rodeada de acebo en la habitación le recordó que era víspera de Nochebuena. No pudo evitarlo y cogió el teléfono. No podía disfrutar de los suyos aquellos días, pero al menos les diría lo mucho que los echaba en falta.

—Todo bien, no te preocupes, Thái. Que no, que los niños están bien. Dile a la mujer que todo va bien. No hablan mucho, pero están tranquilos. Aquí los tengo, a mi lado, desayunando los tres.

Dan miró los cuencos de *pho gà* que los niños tomaban con la cuchara. Dat, el pequeño, comía poco a poco; Xuan todavía era más moderada y seleccionaba los fideos, el pollo, los brotes de soja y las hierbas. Sin embargo, a Kim apenas le quedaba ya nada aparte del caldo.

Dan tenía que hacer otra llamada antes de ponerse en marcha para visitar a sus proveedores.

—Hoy va a ser un día divertido, ya lo veréis. Dà Lat es una ciudad muy bonita y vais a poder ver muchas cosas.

A Kim le debió de parecer un plan estupendo porque le dedicó una sonrisa enorme. Xuan y Dat se limitaron a mirarlo con algo parecido a la apatía.

En cualquier caso, siguieron sin hablarle. Al igual que habían hecho la noche anterior cuando los llevó a casa de la familia Ly, un matrimonio que trabajaba para una organización internacional que trataba de erradicar la pobreza en el mundo y a los que Bing y Dan habían conocido en su primer viaje en busca de proveedores. Habían sido muy amables al dejarles una habitación para que él y los tres huérfanos pasaran la noche. Los Ly vivían en una pequeña casa a las afueras de Dà Lat y les habían abierto su hogar con tanta confianza que hasta se habían marchado a trabajar mientras ellos desayunaban.

—Simplemente, cierra la puerta al salir —le habían dicho.

Dan no podía estar más agradecido. Gente como aquella era la razón por la que había dejado su trabajo y los cuatro años vividos con Pilar, y había regresado de España.

Sacudió la cabeza para sacarse de la mente los días felices y regresó a los problemas actuales. Apartó el tazón vacío y se centró en el teléfono. Un par de toques en la pantalla y la imagen de su socio apareció antes que su voz.

—¿Dónde estás? —le preguntó Bing sin saludar antes.

—Donde debía, ¿qué imaginas?

—¿En Dà Lat?

—Exactamente.

—¿Cuándo llegas a Nha Trang?

—Esta noche.

—La mercancía de Hòn Bà no le ha llegado al transportista. Lo llamé ayer y no sabe nada de ella.

—Habrá que esperar unos días, ya sabes que a veces no encuentran quien lo lleve y se retrasan en bajar a la ciudad.

—Tenía que haber estado hace una semana. No podemos esperar más. Me ha dicho que si en dos días no la tiene, hace el envío sin nuestros artículos y ya sabes lo que eso significa.

—Que habrá que aguardar un mes más para tenerla.

—Y nos habíamos comprometido con las dos tiendas de Madrid a que estaría antes de febrero.

—Te ha dicho dos días, ¿verdad? Convéncele para que sean tres. Mañana no creo que pueda escaparme, pero te prometo que el jueves me acerco al pueblo. Yo mismo bajaré las alfombras a Nha Trang.

—¿Seguro que podrás hacerlo? ¿Y los españoles?

—A los españoles los entretengo mañana y que el martes se distraigan solos y yo me voy con la furgoneta hasta Hòn Bà y regreso con los productos. El miércoles la tienes de camino.

—Entonces, todo solucionado —se alegró su socio, que colgó sin preguntarle nada más.

«Genial», pensó Dan y se dejó caer junto a los niños. ¿No podían suceder más cosas?

Los niños lo miraban como si compartieran sus preocupaciones y Dan no pudo evitar revolver el pelo del más pequeño.

—No pasa nada, Dat. Terminad de comer, que tenemos que irnos.

Kim apuró a toda prisa lo que quedaba del *pho* en el tazón y lo puso sobre la mesa muy contenta.

—¿Con Marta? —le preguntó con los ojos muy abiertos.

La sonrisa saltó en la cara de Dan sin que pudiera detenerla.

—¿Te gusta?

La niña cabeceó entusiasmada, tanto que él no pudo evitar añadir:

—A mí también. La verdad es que sí. —Saltó del asiento cuando se dio cuenta de que se estaba confesando con unos niños de los que apenas sabía nada más que su nombre—. Venga, a terminar, que nos vamos.

Si Kim tenía ganas de ver a Marta, él desde luego no se las iba a quitar.

6

A Marta le encantó Dà Lat. De hecho, se quedó prendada de algunas villas de la ciudad, pero sobre todo del reflejo del sol del atardecer sobre las vidrieras de la catedral. A pesar de todo, la visita tuvo un regusto amargo. Ella quiso acercarse al valle del Amor y a sus cascadas para fotografiar a los recién casados vietnamitas. Le pareció interesante para su guía cuando Dan lo definió como «un lugar un tanto *kitsch*», pero José Luis se negó en rotundo. Así pues, la discusión entre Marta y su compañero estuvo servida. Y ella no dejaba de preguntarse por qué demonios seguía con él. Ni ella ni la guía que tenía que escribir saldrían beneficiadas. Desde España había parecido lo más lógico: «Juntos os complementaréis en el trabajo», había dicho su jefe. Pero estaba claro que José Luis y ella nunca se complementarían en nada: ni en lo laboral ni, mucho menos, en lo personal.

—Bueno, entonces, ¿lo hacemos o no? —preguntó Ángela en medio del desayuno del hotel de Nha Trang, adonde habían llegado el día anterior.

—¿Hacer qué? —salió Marta del ensimismamiento.

—Lo de Mama Hanh.

—¿Lo de quién?

—Lo de la fiesta en los barcos, ¿no te acuerdas de lo que nos contó Sergio en Dà Lat?

—¿Estáis pensando en ir?

—Pensando no, lo estamos deseando —apuntó José Luis—. ¿Verdad, conejita?

A Marta le chirriaron los dientes de nuevo, pero Ángela ni se inmutó. Se le hizo insoportable pasar el día con ellos.

—Yo paso. Conmigo no contéis. Paso de emborracharme con desconocidos.

—Nunca pensé que fueras tan mojigata —la insultó José Luis con una sonrisa que decía a las claras lo contento que le ponía la idea de perderla de vista unas horas.

«Y yo nunca pensé que tú fueras tan imbécil.»

—Llámame lo que quieras, pero no voy. ¿Se lo habéis dicho a Dan? Imagino que no contáis con él y los niños en esa fiesta.

—Lo decidimos anoche —le informó José Luis para justificar su falta de tacto con el guía.

Marta pensó que el teléfono móvil era una manera fácil y rápida de avisar a alguien, pero prefirió dejarlo estar. No le extrañaba lo más mínimo que no se le hubiera ocurrido evitarle una molestia, más teniendo en cuenta que él se movía con tres niños.

—¿Decidir qué? —saludó Dan al tiempo que acercaba una silla y se sentaba con ellos.

Marta localizó a los tres hermanos fuera de la zona del comedor que el hotel disponía para el desayuno de sus huéspedes. Verlos cogidos de la mano y con aquella mirada desvalida la revolvió por dentro. Dan no parecía preocupado por haberlos dejado solos. Se alegró de la falta de tacto de José Luis. Estaba claro que aquel hombre se merecía el madrugón. Lo malo era que también pagaban los pequeños.

—Hoy no te necesitamos —le espetó José Luis a bocajarro y se puso en pie sin más explicaciones.

—Nos vamos a una fiesta —añadió Ángela siguiendo a su novio.

Marta vio cómo Dan enarcaba una ceja. Aquella fue la única muestra de que le molestara la noticia o las formas.

—Hasta mañana no te necesitamos. Puedes cogerte el día libre —concedió José Luis para terminar de arreglarlo y empujó a Ángela. Se marcharon sin despedirse.

—¿Tú no vas también?

Marta aún los siguió con la mirada mientras pasaban al lado de los niños sin hacerles caso.

—No, yo me quedo a descansar.

—¿De verdad estás cansada? No lo creo. Una de dos, o te sientes una carabina o no eres chica de fiestas.

Marta valoró que Dan se estaba riendo de ella y no le apeteció seguirle el juego.

—Las dos cosas. Lo mío es más una buena conversación delante de un café frío.

Él señaló la taza que tenía delante y que no había terminado.

—¿Como ahora?

Marta apartó los restos del café con leche.

—Yo no llamaría a esto una buena conversación sino más bien un intercambio de frases amables entre dos conocidos.

—¿Qué planes tienes para hoy?

—Nada en especial. Yo tampoco sabía lo de la fiesta y no había previsto una alternativa. —Cuando creyó que él se estaba ofreciendo a acompañarla le entró una extraña inquietud—. Ya has oído a José Luis, hoy no eres nuestro guía.

—¿Lo dedicarás a pasear?

—Imagino que daré un paseo por el mercado, comeré algo y…

Él echó un vistazo nervioso a los niños, que seguían sin moverse y con los ojos fijos en ellos.

—¿Puedo pedirte un favor?

—¿Un favor?

—No debería pedírtelo, al fin y al cabo apenas nos conocemos y los niños…, pero ¿puedes hacerte cargo de ellos durante un rato? Prometo estar de regreso lo antes posible.

—No no no no. ¿Cómo voy a quedarme con ellos yo sola? No hablo vietnamita.

Dan llenó los carrillos de aire y lo dejó escapar poco a poco.

—Necesito acercarme a un lugar. Es una gestión de trabajo. El último envío de uno de nuestros artesanos no ha llegado y no sabemos cuál es el problema. Quiero hablar con los transportistas para ver si ellos saben algo de él. La semana que viene parte del puerto de Saigón un *container* camino de España y las esteras de bambú tienen que estar en él.

—Voy contigo.

—Vais a aburriros.

—Sí, pero yo me quedo más tranquila y tú también. E igual, con un poco de suerte, lo que vea me sirve para mi guía.

—No lo creo.

—Deja que sea yo la que lo decida.

Se fueron todos juntos en la furgoneta.

La empresa de transportes era un pequeño local junto a la playa con dos viejos camiones aparcados en el exterior.

—Esperadme aquí —les dijo Dan.

Los niños apenas intercambiaron unas palabras y a Marta el silencio se le hizo tan denso que pensó que la aplastaría. Así que comenzó a hablar:

—Ya sé que no me entendéis, pero no pienso dejar que este día tan maravilloso —señaló la arena que se extendía apenas unos metros delante de ellos— se convierta en el peor rato de mi vida. Tenemos aún muchos kilómetros por delante, así que ya va siendo hora de que nos conozcamos un poco. Me llamo Marta, tengo treinta y dos años y solo una hermana. Siempre quise que fuéramos más para jugar como seguro hacéis vosotros. Tenéis mucha suerte, se nota que os queréis mucho y que Xuan os cuida muy bien.

Los niños la miraban como si la entendieran. Aquellos tres pares de ojos atentos fueron lo mejor de lo que llevaba de día.

Dan no tardó en volver. No tenía buena cara.

—¿Malas noticias?

—Ninguna. El transportista no sabe qué ha ocurrido. Simplemente, el artesano no ha hecho la entrega.

—¿No puedes llamarlo?

—En medio de la selva no suele haber teléfonos.

—¿Y ahora?

—Me ha contado que hay un joven de Hòn Bà que trabaja en un hotel cercano. Se lo dijo el artesano una vez que se acercó a saludarlo.

—¿A qué estás esperando? —lo animó ella.

Dan los dejó junto a la playa, no sin antes darle a Marta su número de teléfono, «por si sucede algo».

—¿Algo como qué?

—No creo que tarde mucho. A ver si hay suerte y hoy le toca turno.

Ella lo detuvo antes de que se marchara.

—¿Es tan importante?

—Siempre es importante cumplir los compromisos. Las cosas no van bien en el negocio y no podemos permitirnos fallar a nuestros clientes, no solo porque Bing y yo nos quedaríamos sin trabajo sino porque también perderían los proveedores.

—Hablas de los artesanos.

—Y de todas las familias que dependen de ellos. —Dan sacó unos dongs del bolsillo y señaló a un vendedor un poco más adelante—. Cómprales un helado a los niños.

Marta hizo más que eso; compró tres helados y una pelota.

Después de aquello, las cosas rodaron solas. Aunque, como la pelota de Dat, a veces se quedaban varadas en la arena, pero conseguía remontarlas con una caricia en el pelo, una sonrisa o un empujoncillo voluntario. Corrieron por la arena, pero no les dejó meterse en el mar; tenía miedo de que les sucediera algo. Además ninguno tenía bañador.

Ya habían pasado más de dos horas cuando Marta vio que le entraba un mensaje: «Se me complican las cosas. Tardaré más de lo previsto. ¿Todo bien?». Respondió: «Todo bien. Te esperamos en la playa».

Compraron comida en un puesto callejero. Dejó a los niños que eligieran lo que quisieran y Xuan lo hizo por los tres. Ella pidió lo mismo. Se sentaron en el paseo marítimo a comer *bánh rán thit*. Nunca había probado buñuelos rellenos de carne y setas. Le parecieron deliciosos. La próxima vez se animaría con la versión dulce.

Marta tuvo que buscar un nuevo entretenimiento. Por suerte, tenía experiencia suficiente con sus sobrinos como para saber lo que les gustaba a los niños. Les prestó el teléfono móvil, les hizo fotos y dejó que ellos se hicieran algunas con ella. La que sacó Xuan salió bastante bien; la que hizo Kim, regular, y la que tomó Dat estaba del revés. Se rieron. Todos a una.

Y cuando las chicas se cansaron de que Dat acaparara el teléfono, se fueron a buscar a Dan.

Lo esperaron en la calle porque los niños no quisieron entrar en el hotel. Aunque estaba más que cansada, Marta no los culpaba por querer disfrutar un rato más al aire libre. Llevaban tres días con muchas horas de carretera y cuando no estaban encerrados en la furgoneta habían tenido que seguir por templos, calles y bares a cuatro adultos que apenas les dirigían la palabra. El jardín delantero fue un lugar estupendo para terminar el día.

Estaba tan ensimismada mirándolos que ni se dio cuenta de que le sonaba el teléfono. Debían de haber sonado más de seis tonos antes de que atendiera la llamada.

63

—Estoy llegando —anunció Dan—. ¿Dónde estáis?

—Delante del hotel.

Marta no había terminado de hablar cuando una furgoneta se metió en el carril de acceso al hotel y paró un poco más adelante para no entorpecer la entrada de otros vehículos.

—Lo siento —se disculpó Dan al tiempo que se sentaba también en el murete desde donde Marta observaba jugar a los niños.

—¿Cómo ha ido todo?

—Me ha costado, pero al final he dado con el chico. Ya no trabaja aquí y he tenido que ir a buscarlo a su casa. Me ha dado la dirección un camarero.

—¿Qué te ha contado?

—Estuvo hace una semana viendo a sus padres. El artesano está enfermo: tifus.

—¿Qué vas a hacer?

—No estoy seguro todavía. —Pero por el brillo decidido de sus ojos le pareció a Marta que su respuesta no era del todo sincera. Dan ya sabía qué hacer, otra cosa era que no se lo contara a ella—. ¿Qué tal los niños?

—Ahí los tienes: disfrutando.

Como si se hubieran dado cuenta de que hablaban de ellos, Dat soltó una carcajada cuando logró dar dos patadas a la pelota sin que esta rebotara en el suelo.

—Parecen felices.

—Sí, por primera vez desde que los conozco.

Dan ladeó la cabeza.

—¿Es una crítica?

—Es un hecho. Todavía no los había visto reírse, apenas hablar, mucho menos jugar.

—Me alegro. ¿Cómo lo has conseguido?

—¿Quieres el truco? —bromeó ella.

—No me digas que has tenido una larga conversación en la que les has explicado las bondades de mantener una buena relación con los adultos a su alrededor. —Se rio Dan—. ¿En vietnamita?

—Algo de eso ha habido. Les he hablado, eso es cierto, aunque no hayan entendido nada de nada.

—Has conseguido en unas horas mucho más que yo en

varios días. —Se puso serio de repente—. Ya estaba empezando a preocuparme.

—¿Quiénes son los niños? ¿Por qué están contigo?

—¿No vas a preguntarme si son míos? —Dan abandonó la seriedad de un momento antes.

—Creo que no lo son.

—¿Lo sabes o lo supones?

—Son algún tipo de pariente. ¿Los hijos de un primo tuyo, tal vez? Se apellidan como tu madre.

—Nada de eso. El Nguyen en Vietnam es como el Martínez, Pérez o García españoles. La mitad de los vietnamitas tienen el mismo apellido.

—¿Entonces?

—Son hijos de un amigo, bueno, lo eran. Su padre murió hace un mes.

—¿Y su madre?

—La perdieron hace dos años.

Marta clavó los ojos en los huérfanos que trotaban detrás de la pelota y un enorme peso se le instaló en el pecho. Dan terminó de explicarle su encargo.

Cualquier idea que Marta se hubiera hecho de Dan cambió después de su explicación. No conocía a muchas personas que aceptaran hacerse cargo de tres niños pequeños en esas circunstancias.

—¿Me equivoco si digo que no los conocías de antes?

—Imagino que la salida de la casa de la vecina lo dejó claro. No los había visto nunca. Huy era un hombre muy celoso de su intimidad. Éramos amigos de niños: él, Thái y yo. Nos volvimos a encontrar años después y quedábamos de vez en cuando, pero nunca nos invitó a su casa ni nos presentó a su familia.

—Ya.

Dan se quedó callado y a Marta le pareció anclado a algún momento del pasado. El ruido de una moto lo sacó de sus evocaciones.

—Se está haciendo muy tarde. Vamos a tener que irnos.

Marta no le preguntó en qué lugar dormían él y los niños en Nha Trang. Dan ya se había levantado y se acercaba a los pequeños.

—¡Xuan! —gritó ella para llamar la atención de la mayor.

Esta se quedó paralizada cuando vio que Dan iba hacia ellos. Marta notó cómo le cambiaba el gesto. Corrió hacia allí.

Llegó a la vez que Dan. Este les dijo algo en vietnamita y Kim recogió la pelota. Marta vio cómo Dat se aferraba de nuevo a la mano de su hermana mayor y se agachó junto al pequeño.

—Se está haciendo muy tarde, Dan ya ha venido, os tenéis que ir con él.

Nadie, excepto Dan, la entendió. Sin embargo, Marta esperaba que su voz sonara tranquilizadora. Debió de serlo porque el pequeño le cogió la mano. Ella se puso en pie notando la fuerza del niño a través de la palma. Y la de Kim en la otra.

Xuan le dijo algo a Dan y este le contestó un tanto irritado.

—¿Qué sucede?

—Al parecer, han decidido que les gustas más que yo y quieren adoptarte.

—No entiendo.

—Dicen que no se van a ninguna parte sin ti.

Marta miró las cabezas de los tres niños que la rodeaban.

—¿Y entonces?

El malhumor de Dan se había vuelto a esfumar.

—Ahora solo hay una pregunta posible: ¿en tu casa o en la mía?

Ellos se alojaban en la zona más antigua de la ciudad; nada que ver con los lujosos hoteles donde Marta había dormido desde su llegada a Vietnam.

Dan detuvo la furgoneta ante un estrecho edificio de tres pisos. Un enorme toldo de rayas cubría la entrada del hotel. A un lado, un restaurante anunciaba el sempiterno *pho* en grandes letras azules, y al otro, una tienda de todo un poco con un cartel en el que ponía «Photocopy».

El chico de recepción no dijo nada cuando Dan le pidió la llave de la habitación; tampoco cuando ella los siguió por las escaleras. Se preguntó cuántas veces uno de sus clientes habría llegado con compañía nocturna.

Había solo dos habitaciones por planta; por suerte, eran bastante grandes. La suya contaba con tres camas, que al parecer el día anterior se habían repartido sin problemas: dos para los niños y la otra para él. Aquella noche Marta ocupaba la cama mientras que Dan dormía en el duro suelo.

Una hora después de haberse acostado tuvo que levantarse; el calor no lo dejaba dormir y las piernas le cosquilleaban por debajo del pantalón del pijama. Se sacó la camiseta sudada y la tiró sobre la manta que hacía las veces de colchón. Salió al pasillo con ganas de asomarse a la ventana y relajarse con la brisa del mar.

Casi lo había conseguido. Había centrado la mirada en el sinfín de motos, que seguían pasando a pesar de la hora, y casi había olvidado los problemas del trabajo, a los pequeños y a la mujer que ocupaba su cama. Casi. Lo habría conseguido, seguro, si no llega a ser porque uno de los problemas que le quitaba el sueño apareció silencioso junto a él.

Marta se acodó a su lado en la ventana, tal y como él hacía. De un vistazo, Dan abarcó desde los tirantes de la camiseta al pantalón corto de su pijama.

—No conseguía dormir.

Intentó sonreír y parecer relajado. Ensayó una voz de hermano mayor que, sin embargo, le sonó a amante despechado.

—Tenías que haberte quedado en tu hotel.

—No podía defraudarlos después de pasar con ellos todo el día.

—Seguro que podríamos haberles convencido.

—No lo sé. Además, está lo que me has contado de sus padres. Esos niños no se merecen lo que les pasa.

—Lo que no se merecen es la compasión de nadie —soltó él. Por la forma en la que ella lo miró, supo que no entendía el significado de sus palabras. No se lo explicó.

—Tengo que pedirte otro favor. Bueno, otros dos.

—¿Dos?

—Necesito que te quedes mañana también con ellos y que le expliques a José Luis que tendrá que arreglárselas solo durante todo el día. Prometo que el jueves estoy con vosotros.

—¿Vas a ir hasta su pueblo? —dijo ella, pero a Dan le sonó sin los interrogantes.

—Voy a ir a las montañas. La semana pasada llevaba varios días con fiebre y no se levantaba de la cama. Mañana le subiré medicamentos. Espero que sirvan y se reponga cuanto antes.

Marta lo miró entre las sombras antes de fijarse de nuevo en el tráfico nocturno. A Dan le hubiera gustado que los envolviera el silencio, habría sido más fácil oír su negativa. Sin embargo, los cláxones del enjambre de motos hacían difícil hasta oír sus propios pensamientos. Ya estaba a punto de decirle que no hacía falta que se molestara, que se las arreglaría como pudiera, cuando ella le contestó alto y claro:

—Me quedaré con ellos. No hay problema.

—¿De verdad que no es una molestia?

Ella se limitó a girarse un poco hacia él. Su cara quedó oculta por la luz de las farolas que la iluminaban desde atrás.

—Podré sacarles las palabras que no les he sacado hoy.

—¿Demasiado desconfiados?

—Sí.

Dan no disimuló la risa.

—¿Tan mal ha ido? Antes no lo parecía.

—Mal no, peor. Hasta casi media tarde no he sido capaz de arrancarles una sonrisa.

—Ya has logrado más que yo. Vas por el buen camino.

—En ese caso, me siento halagada.

—Hay que brindar por ello —dijo Dan y volvió a la habitación, que Marta había dejado abierta.

No tuvo que rebuscar mucho. Regresó al pasillo y le tendió la botella.

—¿Qué es?

—Descúbrelo —la animó él—. Será una nueva experiencia.

Pero ella se lo pensó dos veces antes de posar los labios sobre el gollete de la botella. Y aun cuando lo hizo, apenas lo probó. Él, en cambio, le dio un buen trago. No era precisamente lo más apropiado. Estar con Marta, ambos medio desnudos, le estaba resultando mucho más costoso de llevar de lo que había supuesto cuando la invitó al hotel.

—Es muy fuerte...

—Es *sâu chít*, licor de arroz con gusano. Lo llevo siempre que visito a uno de nuestros proveedores. Es mucho mejor negociador que yo. ¿No te animas con más? —Señaló la etiqueta escrita a mano—. Aquí dice que proporciona una piel hermosa a las mujeres.

Se calló el resto de la leyenda: «Y mayor potencia sexual a los hombres». Ahora que lo pensaba, lo del licor no había sido muy inteligente, una ducha de agua bien fría hubiera sido más efectiva.

7

Aquello era la casa de los locos en una noche de luna llena, a pesar de que era por la mañana y estaban en el hotel de Marta. Dan paseaba por el vestíbulo a grandes zancadas. Hablaba por teléfono, con un médico según le había dicho. Xuan estaba sentada a su lado, pero no había conseguido que ni Kim ni Dat lo hicieran. Corrían de aquí para allá detrás de la pelota y ya era la tercera vez que la recepcionista les echaba una mirada asesina.

Marta sacó el estuche y su libreta para todo y los llamó. No tuvo más que enseñarles los bolígrafos verde y rojo y los tuvo a su lado, pintando todas las hojas que le quedaban libres.

Eran más de la diez de la mañana, pero ni Ángela ni José Luis habían aparecido. Sabía que estaban en el hotel porque se lo habían confirmado en recepción.

—Yo misma les he atendido esta mañana cuando han llamado para que les subieran el desayuno a la habitación.

«Volver, han vuelto, y no en muy malas condiciones si tenían ganas de comer.»

Observaba el monigote que estaba dibujando Kim y no se dio cuenta de que Dan se había acercado.

—Creo que te has quedado sin tu cuaderno —dijo mientras señalaba las hojas que la niña había arrancado y dado a su hermano para que pintara en ellas.

—Tendré que hacerme con otro.

—Espera un momento.

Fue un visto y no visto y en su regazo tenía un nuevo bloc.

—¿Y esto?

—Para que puedas seguir escribiendo tus aventuras.

—¿Mis aventuras? —preguntó ella escéptica—. Serán mis

impresiones, porque aventuras, lo que se dice aventuras... con un chófer particular y tres niños..., no sé yo.

—¿De verdad quieres aventuras?

—Pues...

—Tengo una idea. —Les dijo algo a los niños y estos dejaron lo que hacían—. Nos vamos.

—¿Adónde? —Tuvo que correr con Xuan detrás de él para que la pregunta no se perdiera en el aire—. ¿Adónde vamos? —repitió al meterse en la furgoneta.

Él ya había arrancado sin confirmar siquiera que los niños se hubieran puesto el cinturón de seguridad. Marta volvió la cabeza y los vio a los tres, sentados y quietos, sin atarse, pero muy formales. ¿Qué más quería?

—A buscar una aventura para que presumas de ella con los amigos.

Marta se acordó de la conversación de su hermana sobre el blog y se emocionó.

—Pero ¿adónde?

—Al pueblo del artesano. Está en las montañas, no muy lejos de aquí.

—¿No ibas a ir tú solo?

—¿Tienes otro plan?

Marta imaginó la cara de disgusto de José Luis cuando le informaran de que ni ella ni Dan estaban y sintió una especie de divertida maldad.

—La verdad es que no.

Dan se incorporó a una calle principal dando un bandazo. Casi se llevan por delante a tres motoristas. Dejaron atrás a sus cinco ocupantes, que se despidieron de ellos entre maldiciones, pararon en una de las muchísimas farmacias que había en Nha Trang y salieron de la ciudad.

En pocos minutos desapareció todo rastro de civilización. Pasaron ante una zona de terrazas cultivadas y poco a poco se internaron en un paisaje más frondoso.

—¿Cómo sabías las medicinas que tenías que comprar?

—Me las ha dicho un médico. Llamé a los amigos de la casa donde nos alojamos en Dà Lat. Trabajan en una organización social y ellos me dieron el contacto. Por lo que me han podido explicar, hay un médico que se encarga de esa zona y que pasa por allí dos veces al mes. Seguramente se las ha recetado ya.

—Entonces, ¿por qué…?

—Espero que esté enfermo porque no las han comprado y no porque no le hayan hecho efecto.

Marta notó el temor en la voz de Dan y se vio forzada a tranquilizarlo.

—Seguro que sí. Tifus, ¿verdad?

—El nombre exacto es fiebres tifoideas.

—Me suena de cuando mi madre era pequeña. ¿Son contagiosas y llevamos a los niños?

Él la miró con una sonrisa amable.

—No te preocupes, no se acercarán al enfermo. No nos acercaremos ninguno. Yo solo hago de mensajero. Llevo las medicinas y…

—Pagas las medicinas y las llevas.

—Y nos quedamos a pasar el día. Así podrás estrenar el cuaderno.

El camino empezó a cambiar en cuanto llegaron a un lago.

—Este sitio es maravilloso —comentó Marta con la cabeza fuera de la ventanilla para recibir el frescor del aire cargado de humedad.

—Una pena que no podamos quedarnos. Igual, si esta tarde regresamos pronto, podemos parar, aunque no sea más que para que los niños se mojen los pies.

Marta observó a Dat, que estaba completamente absorbido por su móvil. Se lo había ofrecido hacía más de media hora para que se distrajera y aún no lo había soltado.

—No sé a ellos, pero a mí me encantaría.

Y a las niñas también, imaginó Marta, a tenor de las sonrisas que aparecieron en la cara de Kim y Xuan mientras observaban el agua.

—¿Falta mucho para llegar?

—Desde Nha Trang es algo más de hora y media. ¿Cuánto tiempo llevamos?

—Unos cuarenta y cinco minutos.

—La mitad, entonces.

Marta se perdió en las extensiones de plataneras que lamían la orilla del lago.

—¿Habéis visto esa isla? Es preciosa. —La señaló para que los niños la vieran en mitad del lago.

—¿Intentando mantener una conversación? —Se rio Dan de ella.

—¿Y cómo quieres que hable con ellos?

—Si quieres comunicarte con ellos, vas a tener que aprender algo de vietnamita.

Ella se soltó el cinturón de seguridad, a riesgo de salir disparada por la ventanilla delantera en la siguiente curva, y se volvió hacia él.

—¿Puedo preguntarte una cosa?

—Lo que quieras.

—¿Por qué estás aquí?

—Ya lo sabes, porque uno de mis proveedores está enfermo y...

—En Vietnam, me refiero.

La sonrisa que Daniel no se había quitado en todo el trayecto se amplió más.

—Porque es mi país.

—Podías haberte quedado en España. Estudiaste allí, ¿no? Viviste allí y podías haber buscado un trabajo de... —lo animó con un gesto a completar la frase.

—De sociólogo. Graduado en Sociología y Ciencias Políticas por la Universidad de Valencia. Lo cierto es que estaba trabajando cuando decidí volverme.

—¿Fue por la familia?

—Esté donde esté, siempre tendré el corazón dividido. Aquí tengo a mi madre y a mi abuela materna; allí, a mi hermana y a mi otra abuela.

—Háblame de tu hermana.

—Mai es la pequeña de la casa. Aunque ahora esté casada. Vive en Alicante con Albert, un tío majísimo.

—Te volviste por tu madre, entonces. Y por tu abuela, claro. Te entiendo, la familia tira. A mí me pasa algo parecido, aunque no estoy ni remotamente tan lejos de ella como tú estabas.

—No lo hice solo por ellas, también por mí.

A Dan no le dio tiempo a explicarse. Se dieron de bruces con el cartel: «Hòn Bà Nature Reserve», ponía sobre fondo azul con letras blancas.

—Ya estamos casi.

—¿Es una reserva natural?

—Vietnam está llena de ellas. Es un sitio precioso.

Marta sacó el cuaderno.

—Pues yo venía a disfrutar, pero tú me obligas a trabajar.

—Te dejo que hables de este sitio en tu libro si me prometes que no lo van a invadir los turistas.

—No puedo garantizarlo, aunque pondré una nota a pie de página para disuadirlos —siguió ella la broma.

Él se rio.

Ni cinco minutos pasaron y las primeras casas de madera, encaramadas a unos postes, aparecieron detrás del último recodo. Habían llegado.

Dan apenas había parado el motor de la furgoneta y la mujer ya estaba allí. Había salido de la nada y se había acercado tan silenciosamente que Marta se preguntó si no sería un espíritu.

—Es la esposa del artesano. Voy a acompañarla para explicarle lo que me ha dicho el farmacéutico sobre la manera de darle la medicina.

—Ten cuidado.

—No te preocupes. Estoy vacunado y no voy a tocar nada. Hazte cargo de los niños. No creo que tarde.

Marta lo vio caminar unos pasos por detrás de la mujer. Esta llevaba el pelo recogido en un moño y el *nón lá* en la mano. Vestía un pantalón ancho de color pardo y, sobre él, una especie de *ao dai*, la túnica larga que había visto usar a muchas estudiantes en Ho Chi Minh, aunque esta era mucho más sencilla. Ambos giraron a la derecha una vez pasada la primera casa y los perdió de vista.

—Bueno, creo que ya podemos bajar.

Los niños no se movieron. Parecían desconcertados. Marta salió del coche y les abrió la puerta.

Xuan le preguntó algo mientras bajaba. Frustración fue lo que sintió Marta al constatar, tal y como había dicho Dan un rato antes, que le resultaba imposible comunicarse con ellos. Les habló en español, como había hecho hasta entonces:

—Nos vamos a quedar hoy aquí. Dan tiene una cosa que hacer.

73

Miró a su alrededor. Árboles y helechos. El verde brillante en contraste con la blanca niebla que no había terminado de disiparse. Sin embargo, en lo alto del cielo, el sol parecía querer asomarse.

—Creo que hoy hará un día precioso. ¿Por qué no vamos a explorar un poco? Seguro que nunca habéis estado en un sitio como este.

Que eran niños de ciudad y que no habían visto nunca un bosque le quedó claro un rato después, cuando un sapo cantó detrás de unas hierbas y los tres hermanos brincaron cual canguros asustados.

Estuvo a punto de soltar una carcajada, no en vano se había criado en un pueblo de Aragón donde la única diversión era pasarse el día saltando por las acequias, pero otros se le adelantaron.

En ese momento descubrieron que no estaban tan solos como pensaban. Media docena de niños, de entre ocho a doce años, formaban una divertida barrera detrás de ellos. Tenían aspecto de no haber disfrutado tanto en su vida.

Despeinados y vestidos de cualquier manera, mostraban un gran contraste con los tres hermanos. El campo contra la ciudad, dos mundos completamente distintos. Marta miró la estampa que tenía ante sí y se sintió fuera de lugar. Era una blanca, una europea, en medio de un bosque tropical rodeada de gente con la que no compartía nada, ni ideas, ni creencias ni el concepto de la vida, y a la que no era capaz sino de contemplar con escepticismo, o peor, con la breve curiosidad de una turista, y a la que solo recordaría si tenían la suerte de pasar ante el objetivo de su cámara de fotos. Se sintió extraña y fisgona. Se sintió mal.

Uno de los niños se acercó a Dat y le señaló la pelota que tenía fuertemente sujeta debajo de su brazo. El pequeño apretó los labios muy serio. Otros tres intentaron convencerlo. Marta no supo qué le ofrecieron para que cediera al fin. Xuan intentó retener a su hermano pequeño junto a ella, pero Kim y las ganas que tenían ambos por integrarse en el grupo vencieron la reticencia inicial.

—No os vayáis muy lejos —les gritó Marta cuando los vio salir corriendo y el grupo de niños se perdió entre las casas.

Después extendió la mano hacia Xuan. Era la única que se había quedado. Marta exhaló un suspiro cuando la aceptó. A pesar del acercamiento del día anterior, aquella mañana se había negado a que la peinara, tampoco le había dejado que lo hiciera con sus hermanos. A falta de un padre y de una madre, Xuan había asumido el rol de cabeza de familia.

Comenzaron a caminar entre las cabañas. El pueblo que le había parecido a Marta pequeño cuando bajó de la furgoneta no lo era en absoluto. Las casas se extendían colina arriba más allá de lo que alcanzaban los ojos. De la calle principal salían otras laterales en las que se podían apreciar dos o tres grados de desnivel.

Tropezaron con algunas mujeres que inclinaron la cabeza como saludo. Marta les correspondió de la misma manera y pudo ver que Xuan también lo hacía. Según avanzaban, las ventanas se llenaron de caras curiosas. Empezó a sentirse nerviosa al saberse estudiada. Fue un alivio cuando distinguió a Dan en la parte trasera de una vivienda. Aunque la tranquilidad se volvió inquietud al notar que discutía con una mujer mayor. Parecía muy enfadada. Dan la intentaba convencer y ella rechazaba sus palabras con viveza y exagerados ademanes. La mujer le devolvió la bolsa de las medicinas. Sin embargo, el altercado no terminó. Cuando la mujer callaba, él volvía a hablar. Y así una y otra vez sin que ninguno de los dos diera su brazo a torcer.

Marta optó por acercarse. Con un poco de suerte, al verlas a ella y a la niña, la conversación se recompondría un poco.

Lo hizo; la mujer se dio media vuelta y se metió en la casa tan pronto como contestó al saludo de Marta.

—¿Algún problema?

—Antes querías saber por qué no me quedé en España —dijo Dan echando a andar cuando Marta y la niña estuvieron a su altura—. Eso mismo me pregunto yo —bufó.

Dan había visto la mirada de Xuan cuando lo descubrieron discutiendo con aquella mujer y no la quería asustar más. Deseó estar solo para no pagar la frustración con ellas.

—¿Qué ha sucedido? ¿Quién es esa mujer?

Escuchaba las preguntas que no quería responder, no al menos delante de la niña. Como Marta seguía interrogándolo, aprovechó que habían llegado a la furgoneta y le pidió a Xuan que los esperara allí. Retrocedió unos pasos con Marta pisándole los talones y se detuvo varias decenas de metros más adelante. Optó por respirar hondo, a pesar de que la impotencia que sentía le pidiera soltar un buen grito.

—No te preocupes —comentó sin dejar de mirar al fondo del profundo valle que se abría a sus pies—. No ha sucedido nada grave.

—Entonces, ¿por qué pareces tan disgustado?

—Esa anciana es la madre del hombre al que le compro las esteras.

—El que está enfermo.

—El mismo. No se fía de la medicina moderna y no quiere que su nuera se la dé a su hijo ni a su nieto.

—¿Cómo a su nieto?

—El niño ha caído enfermo y también la suegra del artesano, la madre de su mujer.

—Y estabas intentando convencerla.

—Tú lo has dicho: intentando, sin conseguirlo.

—¿Hay algún otro remedio?

—No tengo ni idea. ¿Crees que sé algo sobre medicina natural? —replicó de mala manera en un arranque de ira—. Perdóname, sé que no debería pagarlo contigo, pero me siento tan… tan…

—¿Frustrado?

Dan asintió agradecido por que ella le pusiera un nombre racional a la causa de su rabia.

—Según ella, lo mejor es un té hecho de no sé qué hierbas y un cinturón de lodo alrededor de la cintura por la noche.

—¿Lodo?

—De barro, lo quiere cubrir de barro y esperar a que funcione cuando el hombre lleva quince días sin aceptar ninguna comida.

—¿Está muy mal? Igual deberíamos llevarlo a un hospital.

A Dan se le distendió el rictus ante la preocupación de Marta.

—Su mujer dice que ya está mejor, pero aun así, tiene que tomar los antibióticos. La suegra tiene más suerte; como no es familia de esta señora, a ella le da igual y no ha prohibido a su nuera que le dé la medicina, pero el marido y el niño… Debería hacer algo.

—¿Quieres que lo intente yo? Lo digo por aquello de ser mujer.

—¿Tú? No, creo que no funcionará; no eres más que una extranjera.

—Ya. Podías insistir con la esposa, a ver si ella consigue convencer a su suegra.

—Si tuviéramos más tiempo, igual podría probarlo, pero no lo tenemos.

—Pues la otra opción es marcharnos y abandonar al padre y al niño a la voluntad divina.

Marta dio en el clavo; Dan no era de quedarse de brazos cruzados a esperar y volvió a la furgoneta. Le dijo a Xuan que buscara a sus hermanos y se quedara con ellos. Marta lo alcanzó junto a la casa del artesano.

Ambos subieron las escaleras. Pero sin decir una sola palabra que alertara a la esposa del artesano de su presencia, la anciana madre les cortó el paso. Antes incluso de hablar, Dan supo que tenía la batalla perdida:

—Entiendo sus prevenciones con los medicamentos modernos, pero hace mucho que fueron creados por los hombres. Se han probado y son más eficaces que los de nuestros ancestros.

Un ligero gesto en el rictus de la mujer le dejó claro lo que pensaba de él y de sus ancestros: que eran europeos. Marta podía ser una extranjera, pero él, con su más de metro ochenta y sus anchos hombros, no era menos extraño.

Marta percibió también la desconfianza y le rozó el brazo.

—Déjame a mí. Tradúceme.

—De acuerdo —aceptó él. ¿Qué tenían que perder?

Marta cogió aire y empezó a hablar:

—Los conocimientos tradicionales son sabios y antiguos. Hace miles de años que se han usado para sanar, y usted está aquí, y su familia, su hijo y su nieto siguen aquí gracias a ellos. —Dan notó el esfuerzo de Marta por elegir las palabras más delicadas y menos directas y sonrió—. La naturaleza les ha dado salud y les ha sanado, no solo el cuerpo sino también el espíritu. Lleva cuidando de ustedes más de dos mil años. —Dan hizo un gesto indicando que en la traducción iba a aumentar la cifra puesto que la cultura vietnamita no tomaba el nacimiento de Cristo como referencia—. Pero en estos últimos tiempos se ha estudiado mucho cómo funciona la medicina natural y se ha mejorado. Eso que Dan quiere entregarle a su nuera es lo mismo que su madre le daba a usted cuando era niña, solo que en pequeñas pastillas.

Dan repitió a la mujer una por una las palabras de Marta. La anciana permanecía hierática. Los ojos perdidos en un incierto lugar del infinito. No estaba en absoluto conmovida. Aquella conversación era absurda.

Dan se arrancó:

—Si no lo hace por su hijo, hágalo por su nieto. Su hijo está mejor, pero el niño no. Lleva un montón de días con una fiebre muy alta, podría morir si no permite que le den las medicinas. ¡Es solo un niño!

La mujer no lo miró, no se movió ni un milímetro. Y Dan supo que tras la batalla, había perdido la guerra.

—Vámonos de aquí —se dirigió a Marta—. No sirve de nada.

—¿Qué le has dicho?

Pero Dan lo último que quería era ponerse a hablar en español, para no reforzar la idea que aquella mujer tenía de que las medicinas las habían traído unos extranjeros. Así que la cogió por el codo y la instó a descender las escaleras de madera de la casa.

8

*P*ero en vez de dirigirse a la furgoneta, Dan atravesó el pueblo hasta chocar con la vegetación. Se detuvo al borde de los árboles, donde la civilización desaparecía y daba paso a la naturaleza.

—¡Joder! —gritó.

Era la primera vez que Marta lo veía tan afectado. En las discusiones que había mantenido con José Luis, era este el que se descolocaba mientras que Dan parecía controlar la situación.

—Hay que regresar y hablar con la nuera.

—Ella va a obedecer a la anciana y, ya lo has visto, no vamos a convencerla.

—Hay que hacerlo —insistió Marta.

—Para ella no somos más que unos extraños en los que no confía. Nos ve como tú verías al enemigo en caso de una guerra.

—Tú no eres extranjero.

Dan se dio la vuelta y se separó de ella, ofreciéndole una buena vista de piernas, trasero y espalda.

—¿Te parece a ti que alguien que me vea de este modo creería que soy vietnamita? —Se giró de nuevo y Marta vio el brillo de la pena en sus ojos rasgados—. Mis párpados caídos no significan nada para ella.

—Pues entonces necesitamos a alguien en quien confíe; a alguien que no esté por debajo de ella. No nos valen la nuera, ni los hijos o hijas si las tuviera. Tiene que ser otra persona. Quizás un hermano —aventuró—, porque imagino que un padre, con la edad que tiene la mujer, sería un milagro —bromeó para quitar hierro.

Dan no pudo controlar la sonrisa. El comentario jocoso lo ayudó a aclarar las ideas.

—No, imagino que no. Nada de padres reales, pero sí uno ficticio.

—¿Qué quieres decir?

Dan señaló un tronco caído sobre los helechos que tenían delante. Se sentaron en él.

—El presidente del Comité del Pueblo es quien ostenta el poder y toma las decisiones.

—¿Es costumbre ese tipo de injerencia en Vietnam? Entiendo que si no lo ha hecho hasta ahora, es porque no ha podido o no ha querido. ¿Por qué va a cambiar de opinión?

—Por lo que mueve el mundo, por dinero.

—No te entiendo.

Dan le explicó su proyecto para El Corte Inglés que salvaría su empresa.

—Y el proyecto se trata de… —lo interrumpió Marta al ver que él no acababa de explicarle los detalles.

—Comercializar productos artesanos de mucha calidad para que los incorporen a sus colecciones de alta gama. En una palabra, venderles artículos caros, exclusivos, de los que compra la gente de postín. Pero para eso tengo que asegurarme los mejores productos, hechos con las más depuradas técnicas y los mejores materiales. Junto con el informe, hay que mandar una muestra de los artículos que les ofrecemos. Seleccionarlos es una de las razones por las que acepté este viaje.

—¿Y cuáles son esos artículos?

—Muebles grandes, joyas, alfombras, ropa de cama, textiles y vestidos confeccionados —enumeró.

A Marta se le encendió una luz.

—¿Alfombras de bambú como las que hace el artesano enfermo?

—Sí, grandes y resistentes, con un lijado tan perfecto y con un barniz tan fino que caminar descalzo sobre ellas es como hacerlo sobre la seda.

—Veo que tienes pensado el eslogan.

—Lo que no tengo es el artesano que me las haga.

Marta se levantó de un salto, muy animada.

—Pues habrá que solucionar ese problema. —Se dio la vuelta hacia las casas—. Todas son iguales en tamaño. ¿Cuál es la del presidente del Comité del Pueblo?

—No tengo ni idea.

No fue difícil encontrarlo. Al igual que el resto de los hombres, estaba realizando tareas de desbroce en la selva. Fue la esposa quien le dio a Dan las indicaciones precisas para encontrarlos.

—Busca a los niños y quédate con ellos hasta que regrese —le indicó a Marta.

—Sería mejor que te acompañara —se quejó ella al verse apartada del siguiente paso.

—Me quedo más tranquilo si haces lo que te pido.

—¿Por qué? ¿Tienes miedo de que te suceda algo? ¿Crees que ellos… se pondrán violentos?

A Dan le dio la risa.

—De ningún modo, lo que pienso es que no vamos a tener suerte y que nos iremos con las manos vacías. La derrota duele menos si la retirada es rápida.

Pero Marta, en vez de marcharse, hizo algo que no esperaba: le apretó la mano para infundirle fuerza.

—Vas a ganar, ya lo verás. Lo conseguirás.

Y esas palabras, aquellas simples palabras junto con el brillo de sus ojos, decidieron su ánimo.

—Lo intentaré al menos.

Las explicaciones eran sencillas: «Hacia la montaña, descendiendo al valle y otra vez monte arriba por el sendero grande». Pero después de perderse un par de veces, atendió a su propia intuición y siguió el rastro que habían dejado las pisadas de los hombres sobre la maleza aplastada.

Los encontró inclinados sobre la vegetación, limpiando el suelo. Dan supuso que con intención de prepararlo para la próxima plantación.

No tuvo que preguntar por el presidente porque en cuanto salió al claro, un hombre se separó del resto y fue a su encuentro.

Delgado, de pómulos altos y aspecto serio, no era demasiado mayor, aunque lo parecía por las abundantes canas. Dan lo conocía, lo había visto la primera vez que estuvo allí para negociar con el artesano enfermo, y, por el gesto que hizo, el hombre también sabía quién era él. A pesar de eso, Dan se presentó con toda formalidad. Pero después del intercambio de cordiales frases de saludo, no fue capaz de controlar la impaciencia y fue al grano:

—Hay un asunto del que quiero tratar. Dung, el fabricante de esteras que trabaja conmigo, está enfermo.

—Conozco lo que sucede en mi pueblo.

—También lo están su hijo pequeño y la madre de su esposa.

—También me han contado eso.

—He traído los medicamentos.

—Te agradecemos la atención.

—Pero la madre de Dung no permite que ni su hijo ni su nieto los tomen; no se fía de ellos.

—Es una mujer mayor; tenemos que considerar sus deseos.

—Entiendo su postura y sus ideas. Respeto las tradiciones de nuestro país y la sabiduría de los ancianos, ellos son sabios y nos han transmitido sus conocimientos durante milenios. Sin embargo, también sé que vivimos en un tiempo nuevo y no podemos crecer como pueblo dando la espalda a todo lo bueno que eso conlleva. Hay nuevos avances que han mejorado nuestra vida. La luz eléctrica, el agua corriente, los automóviles y las medicinas son poderosos inventos que no hay que ignorar.

A pesar de los circunloquios de Dan, el presidente intuyó enseguida cuál era su verdadera intención:

—Yo no tengo poder dentro de las casas. No es costumbre contradecir las decisiones de las familias.

Se inclinó y dio por finalizada la conversación. Pero Dan no se dio por vencido.

—¿Tampoco si esas decisiones afectan al futuro del pueblo?

—Le escucho.

—Estoy en negociaciones con un grupo extranjero muy importante. Quiero presentarles las esteras de Dung como ejemplo de la calidad de nuestros artesanos. Esa es la razón por la que estoy aquí. Si sale bien y esa poderosa cadena decide comprarlas, será un gran negocio. Dung tendrá que trabajar bien y más rápido, necesitará gente que lo ayude a hacerlas de mayor tamaño; eso significa más hombres para cortar y refinar el bambú, y mujeres para teñir y tejer las telas que las bordean. Dung no solo tendrá que trabajar sino también revisar los objetos que fabriquen los otros. Para eso necesitará estar bien, necesitará estar contento.

—Es un hombre fuerte, se repondrá de la enfermedad y podrá trabajar cuando todo eso suceda.

—Uno no está contento si se le muere un hijo.

El presidente se quedó callado un instante, con la vista fija en algún punto detrás de él. Por instinto, Dan se giró y vio a Marta unos pasos por atrás. Estaba claro que aquello de quedarse a esperar no iba con ella.

—Tu esposa.

—Está preocupada por Dung y el niño, yo estoy preocupado por ellos y por el negocio, y el pueblo debería estarlo también. Entrará mucho dinero si Dung se recupera pronto. Las pequeñas esteras que ha hecho hasta ahora no son suficientes. Necesito una grande, que sirva para tapar el suelo de una estancia. Cuanto antes la pueda hacer, antes la enviaría y podrían darme una respuesta. ¿Qué me dice?

Dan se quedó sin el veredicto porque se dio la vuelta y regresó junto a los hombres, que habían perdido interés en el extraño y habían retomado su tarea.

Marta aprovechó su retirada para acercarse.

—¿Cómo ha ido?

—Ya lo ves, mal.

Ella le rodeó un brazo con las manos. Dan notó consuelo en ese silencioso y simple gesto. Le sonrió para hacerle ver que se lo agradecía.

—¿Y ahora?

—Ahora nos vamos. Venga, que los niños están solos.

—No te preocupes, los he dejado jugando con los demás, hasta Xuan se ha integrado en el grupo.

Pero antes de que pudieran dar un solo paso, Dan oyó un ruido detrás de él. El presidente había regresado. A su lado venían otros dos hombres, más o menos de la misma edad que él.

—Lo que es bueno para un hombre es bueno para el pueblo —dijo simplemente antes de echar a andar.

A pesar de que a Dan le habría gustado, no se atrevió a pedir estar presente en las negociaciones. La madre de Dung podría ponerse a la defensiva si lo veía aparecer de nuevo. Así que se acercaron hasta la furgoneta, donde no estaban los tres hermanos, se sentaron sobre el capó y se limitaron a esperar.

—¿Crees que saldrá algo bueno de esto?

Él la miró con agradecimiento.

—Siempre sale algo bueno de todo, aunque solo sea aprender a encarar los problemas.

—Tienes razón. —Marta se miró los zapatos llenos de polvo antes de decidir avanzar en la intimidad con Dan—. No hay mucha gente como tú. Eres un hombre excepcional.

Era una declaración seria, pero consiguió arrancarle una carcajada.

—¿De verdad lo crees? Es la primera vez que me lo dicen.

—Aunque no lo hayan hecho, seguro que más de uno lo piensa.

—No creo que lo sea. En el fondo es puro egoísmo; solo defiendo mi negocio.

—No es cierto. Quieres que ese hombre y ese niño se tomen las medicinas para que se curen, pero como no te han dejado otra salida, has apelado al dinero y al negocio para conseguirlo.

—De esa manera mato dos pájaros de un tiro —insistió; por alguna razón, prefería refugiarse en su lado cínico antes que en el sentimental.

—Si sale bien, será una jugada perfecta; todo el mundo sale ganando. Cruzo los dedos.

La espera se hizo larga, muy larga. Los niños aparecieron un par de veces y se volvieron a marchar. Los pequeños, corriendo por delante; Xuan y otro par de niñas mayores, detrás.

A la hora de comer, una joven y la esposa de Dung llegaron con un olla humeante. La mujer del artesano se disculpó por no atenderlos en su casa, tal y como hubiera sido su deseo, y les presentó a su hermana menor. Cuando Dan le preguntó por los enfermos, casi se echa a llorar. El presidente del Comité todavía parlamentaba con su suegra y, mientras tanto, su marido y su hijo seguían sin tomar la medicación. Dan no supo cómo consolarla puesto que darle un abrazo hubiera estado completamente fuera de lugar. Marta, en cambio, la reconfortó con un apretón de manos y una sonrisa, y Dan echó de menos la facilidad con la que los españoles entregan su afecto.

Como no tenían donde colocar la comida ni los cuencos para el *pho*, esperaron a que el resto de los niños se fueran a sus casas y volvieran Xuan, Kim y Dat. Se instalaron sobre el muro que separaba la pequeña plaza de la selva y comieron en silencio. Dan solo tenía la cabeza para pensar en cuál sería el siguiente paso si el presidente no conseguía convencer a la anciana. Decidió que en cuanto regresaran a Nha Trang llamaría a las autoridades; alguien habría que pudiera enviar a un médico para controlar a los enfermos. Si lo enfocaba como una posible epidemia, garantizaría que le hicieran algún caso.

Las cosas se precipitaron después de tanta espera. Acababan de terminar de comer y estaban pensando en acercarse hasta la casa del artesano para devolver la cazuela y los tazones —y de paso intentar enterarse de qué sucedía— cuando los tres hombres dejaron atrás la protección de las casas y se acercaron a ellos.

Dan no pudo esperar más y, después de una inclinación apresurada como saludo, preguntó:

—¿Da su consentimiento?

—La anciana madre es una mujer sabia y por eso ha entendido que lo que es bueno para el pueblo es bueno para el hombre.

Aparentó serenidad aun cuando tenía unas ganas locas de abrazar a alguien. Lo había conseguido.

—Doy las gracias por hacérselo entender. Me gustaría hablar con la esposa de Dung; me ha dicho que antes de enfermar había estado trabajando mucho.

—Puedes ir; la anciana madre ha dado su permiso para que te acerques a la casa.

Dan no se demoró. Cogió a Marta de la mano y siguieron a los hombres.

—¿Qué ha sucedido? —preguntó ella en voz baja.

—La han convencido. Vamos a la casa del artesano. Tengo que explicarle a su esposa las dosis que tiene que administrarles al marido y al niño.

—Solo has traído medicación para uno. ¿Cómo lo vas a arreglar?

—No lo he pensado, ya lo solucionaré luego.

Estuvo algo más de media hora para leer el prospecto de los medicamentos y explicando a la esposa de Dung y a la hermana de esta las dosis para cada enfermo. Se lo hizo repetir tres veces a cada una, hasta estar seguro de que lo habían memorizado sin errores. Él era el responsable de que padre, niño y abuela se repusieran cuanto antes. Además, le prometió a la mujer de Dung que volvería al día siguiente con el resto del tratamiento para los tres enfermos. Sabía lo que aquello significaba, que el enfrentamiento con José Luis estaba garantizado, pero lo primero era lo primero.

Salió de la casa de madera bastante más ligero de lo que había entrado e infinitamente más animado de lo que estaba después de enfrentarse a la prohibición de la anciana.

—¿Y ahora? —preguntó Marta en cuanto pisaron de nuevo la tierra de la calle.

—Ahora a lo siguiente en importancia: el negocio.

Esperaron a la mujer de Dung, que los acompañó hasta un pequeño cobertizo por detrás de la casa. Le habían dicho que había estado trabajando antes de caer enfermo, pero Dan no esperaba que tanto.

—Aquí hay al menos treinta esteras. ¿Cómo nos las vamos a llevar?

—No nos las vamos a llevar. Sin embargo, no podemos dejarlas aquí, el barco zarpa la semana que viene y estas preciosidades tienen que salir en él. Tendré que hablar con el transportista y que suba él a buscarlas. —Eso significaba más tiempo libre para negociar el precio que le iba a cobrar por el traslado. Dan apartó las alfombras más pequeñas para acceder a las depositadas al fondo—. Ayúdame con esta.

Entre los dos, la sacaron al exterior y la extendieron sobre el suelo. Era lo más bonito que Dan había visto en años. Dung había pulido el bambú por algunas zonas hasta dejarlo casi blanco, mientras que en otras lo había cubierto de una pátina brillante. El resultado era una especie de mandala intrincado con aspecto de enorme flor bicolor.

—Es preciosa —valoró Marta.

La emoción se hizo patente en el rostro de Dan.

—Varias cosas como esta y rompemos el mercado. Señores de El Corte Inglés, ahí vamos.

Y mientras Marta lo ayudaba a enrollar la alfombra de nuevo, las nubes que pesaban sobre su negocio y el futuro de los artesanos que dependían de él se disiparon en parte.

9

*U*na bronca los esperaba a la puerta del hotel. José Luis empezó a gruñir incluso antes de saludarlos.

—¿Dónde has estado? —soltó al tiempo que abría la puerta de la furgoneta.

Dan salió con toda la tranquilidad del mundo y ayudó a bajar a los niños.

—Hemos estado de excursión.

—¿Todo el día?

—El día entero. Tuve que ir a las montañas y me llevé a los chicos.

Marta se sintió incluida en aquel «chicos».

—Podrías habérmelo dicho, por si me interesaba ir.

—No lo creo. Un pueblo humilde más en medio de la vegetación. Nada que te interese a ti ni a tus lectores —sentenció—. Palmeras, plataneros, plantas por todas partes. Poco sol, mucha niebla. Niños dando patadas a un viejo balón. Nada que llame la atención. Un lugar de lo más anodino para los turistas. Ya sabes, demasiada gente con los ojos rasgados —soltó Dan con un deje extraño.

—No eres quién para decidir lo que incluyo en la guía. ¿Y ella? —preguntó con un tono rebosante de desprecio.

—¡A Marta sí, a Marta le ha parecido muy interesante! Escribe otro libro distinto al tuyo.

—¡Da igual! —cortó José Luis la disputa—. Hoy quiero ir a las islas. Mañana salimos hacia el norte.

—¿Y la ciudad? ¿Nos vamos sin verla?

—¿Y qué crees que hemos estado haciendo mientras no has aparecido? Además, estoy harto de estos mocosos. Mañana salimos sin ellos.

—¿Y qué sugieres que haga con los niños?

—¡Me da igual! Búscales una niñera para que los cuide.

—No puedo hacerlo. Tú mismo aceptaste que nos acompañaran.

—Pues he cambiado de opinión. No quiero volver a verlos.

—No conozco a nadie más ruin que tú. No eres hombre de palabra.

José Luis desplazó a Dan de un empujón. Marta se dio cuenta de la cara que puso Ángela. No era de enfado ni de vergüenza por el espectáculo que estaban dando en la calle. No, era de miedo, era como si temiera a su novio, como si aquella discusión pudiera convertirse en algo más y ella lo supiera, como si no tuviera claro que José Luis pudiera poner límites a su enfado.

Marta se fijó también en la actitud de Xuan, Kim y Dat: tenían los ojos pegados a las figuras de los hombres que seguían discutiendo sin ser conscientes de ser el centro de atracción de todo el que pasaba por allí. Decidió que ya era suficiente.

—Vale ya. No es tan grave. En el hotel nos dijeron que habíais pedido el desayuno en la habitación y pensamos que estaríais cansados después de un día de juerga. Yo le pedí a Dan que me enseñara algo especial para mi guía. Ha sido cosa mía.

Dan intentó que no se echara la culpa del cambio de planes, pero ella le hizo un gesto para que la dejara continuar:

—Al fin y al cabo, le pagas con el dinero de la editorial y también trabaja para mí.

—Pues eso se ha acabado —zanjó José Luis. Se dirigió a Dan, que casi pudo oír cómo le rechinaban los dientes de rabia—. Estás despedido. No quiero volver a verte, ni a ti ni a esos críos de mierda.

Ángela parecía más asustada aún. Marta no pudo quedarse callada:

—¡Cierra el pico de una vez! No tienes ningún derecho a hacer eso.

Se enfrentó a la mirada de un loco; Marta pensó que la pegaría. Sin embargo, se calló y se fue. Al pasar junto a Ángela le ordenó:

—Sube de una puñetera vez.

Que esta obedeciera a José Luis sin rechistar afectó a Marta mucho más de lo que esperaba.

Había visto a una antigua compañera comportarse así ante su pareja, asustada y obediente, como un perrito desvalido. Ella no había hecho nada, no había preguntado nada, lo había dejado pasar sin darle demasiada importancia. Hasta que tuvo que visitarla en el hospital. «Una mala caída», le explicó. Pero Marta sabía que las contusiones tenían nombre propio. La maltratada no regresó a la editorial. Según le dijeron después, había encontrado otro trabajo. Marta no había vuelto a pensar en ella. Hasta entonces.

—¡Ángela! —la llamó. La otra se dio la vuelta—. ¿No quieres que tomemos algo en la cafetería?

La joven pareció aliviada. Luego miró a su novio, que traspasaba ya la puerta del hotel.

—Será mejor que me vaya.

La vio alejarse con los hombros caídos, derrotada. Se le revolvió el estómago.

—Perdona, no quería que esto sucediera, pero no he podido controlarme —se disculpó Dan.

Marta se acercó a los niños, que se habían quedado en una esquina con cara de estar aterrados. Dat se cogió a una de sus piernas.

—No te preocupes, es un imbécil.

—Y yo un estúpido por permitir que sus palabras me alteren de esa manera.

—Seguro que lo podemos solucionar, creo que sí…

—No, Marta. No pienso retractarme. Después de esto no voy a poder seguir a su lado sin saltar a la primera ocasión.

Marta se quedó dolida por lo que aquello significaba.

—Entonces, ¿tú, los niños? —«¿Entonces yo, qué pasa conmigo?»

—Puedes despedirte de ellos. Me temo que aquí se acaba lo nuestro. —Y dio un golpecillo a las niñas en el hombro.

Marta se limitó a abrazarlas y a besarlas en la cabeza mientras la pena la desgarraba por dentro.

Más tarde, en la soledad de su habitación, cuando intentaba recordar cómo había sido todo, solo conseguía rememorar los cuerpos de los niños contra su pecho. Dan no llegó a tocarla, se inclinó ante ella como había hecho el primer día en Ho Chi Minh. Como si fuera una desconocida para él.

89

Υ

Más de las doce de la noche. No era hora para andar por los pasillos del hotel, tampoco para gritar. Había cogido cinco veces el teléfono para llamar a la habitación 687 y otras tantas lo había vuelto a colgar.

Sin embargo, no era una mujer que daba la espalda a los problemas, así que había decidido hacerlo cara a cara. «Cuanto antes mejor.» No quería esperar a la mañana, no quería consultarlo con la almohada. En las horas que habían pasado desde que se había despedido de Dan y de los niños había pensado mucho, demasiado. Y había tomado dos decisiones. Solucionar lo que creía que estaba sucediendo en la habitación de al lado era la primera. La otra vendría después.

Dudó un instante; las voces que había oído parecían haberse calmado. Llamó con los nudillos un par de veces.

No oyó nada. Barajó la posibilidad de darse media vuelta y marcharse a todo correr. Pero sustituyó aquel pensamiento por la imagen de su antigua compañera en el hospital.

Llamó de nuevo, esta vez con más fuerza.

—¿Quién es? —preguntó José Luis desde dentro.

Marta habría preferido que la hubiera abierto. Ponerse a dar voces en medio de la noche en un pasillo y perturbar el sueño de decenas de personas no era precisamente la idea que tenía de la discreción. Aunque él no le dejaba otro remedio.

—Soy Marta, ¿puede salir Ángela un momento?

Percibió unos susurros y un largo silencio antes de que abrieran la puerta y la joven apareciera detrás de su novio.

—¿Sucede algo? —preguntó este sin dejarla intervenir.

—No, bueno, quería comentarle unas cosas. —De repente le entró miedo de la reacción de José Luis ante su presencia—. Cosas de mujeres.

Ángela no la invitó a entrar. Marta lo prefirió también. José Luis y lo que tenía que hablar con ella eran incompatibles.

—Tú dirás.

—¿Te importaría venir a mi habitación? —Señaló la puerta de la derecha.

Esperó una negativa por parte de su compañero de trabajo,

pero este se había alejado de la puerta. Aprovechó el silencio para coger a Ángela del brazo y tirar de ella.

La siguió de mala gana. Tan pronto como Marta cerró la puerta de su habitación, le preguntó:

—¿Qué quieres? —Parecía impaciente por acabar con aquello.

—Nada. Solo quería hablar contigo.

—¿Conmigo?, ¿de qué?

—Es que..., verás... He oído voces, estabais discutiendo.

—¿Nos estás espiando? —Ángela se puso a la defensiva.

—No estoy espiando a nadie. Sois vosotros los que habláis para que se entere medio hotel. No me interesan vuestras conversaciones privadas, solo quiero saber una cosa. ¿Va todo bien con José Luis?

Una estatua de piedra, así fue como se quedó Ángela, como si alguien hubiera descubierto el secreto que llevaba toda la vida ocultando. Parpadeó una docena de veces antes de reaccionar.

—Eso es algo que no te importa.

A Marta se le acabó la paciencia. La hostilidad de Ángela manifestaba justo lo contrario de lo que pretendía hacerle creer. Si ella se negaba a hablar, lo haría Marta.

—Pues sí, sí me importa. No te voy a decir que me preocupo por ti como lo haría con una amiga porque no es cierto. Pero llevamos compartidos muchos días y kilómetros y me parece que las cosas no van bien. Conozco a José Luis desde hace tiempo; nunca ha sido un hombre amable sino más bien huraño, demasiado serio en cualquier caso. Sin embargo, en los últimos días, sobre todo cuando trata contigo, me parece que está especialmente agre... —aligeró el adjetivo que le venía a la mente—, suspicaz.

—José Luis es mi novio, llevamos seis meses juntos —declaró Ángela como si aquel tiempo fuera toda una vida.

—Eso no le da derecho a tratarte como te trata a veces.

—José Luis me quiere.

—Yo no digo que no te quiera..., a su manera.

—Se preocupa por mí.

Marta empezó a ponerse nerviosa al ver que Ángela no se lo iba a poner fácil.

—No te das cuenta, ¿verdad? Controlar a alguien no es preocuparse por él.

—Quiere lo mejor para mí.

—Te mira el móvil, nunca es amable contigo, no te pide las cosas, te las ordena, nunca te sonríe, si te toca es para empujarte y no para acariciarte.

—Él es así a veces, pero luego se arrepiente y tiene muchos detalles. Hace un mes me llenó la casa de flores.

Lo peor fue comprobar que el entusiasmo de Ángela era sincero.

—Te compra con esos detalles, pero no te trata como a una igual.

—Es que no quiero que lo haga. Soy joven y guapa; él lo sabe y yo sé que me valora por ello. Yo no quiero ser su amiga, quiero ser su novia. Yo lo necesito y él me necesita. Él me quiere y yo lo quiero. Eso me basta.

¿Qué podía decir Marta después de aquella declaración?

—Espero que no te equivoques.

—¿Por qué iba a hacerlo?

—He visto… a una compañera… Los malos tratos…

Ángela la cortó tajante:

—No sé de qué hablas. Además, sé llevarlo perfectamente. Conozco sus cambios de humor y me amoldo a ellos. Y si no tienes nada más que decirme, creo que voy a marcharme.

—Solo una cosa más. Quiero que me prometas algo.

—Dime.

—Prométeme primero que lo vas a cumplir.

Marta vio curiosidad en sus ojos.

—Prometido —consintió Ángela.

—Cuídate; mientas estés en Vietnam al menos, mientras estés sola con él.

Lo había hecho. Había hablado con Ángela y le había contado sus temores; el resto quedaba en sus manos. Primera de las decisiones llevada a cabo.

«Ahora con la siguiente. —Miró el reloj, casi las doce y media de la noche en Vietnam—. Las seis y media en España.» Demasiado pronto para despertar a nadie. Programó una alarma para dos horas después y se acostó.

No pudo dormir. Al fin y al cabo, la conversación que tenía

prevista sería definitiva no solo para su estancia en Vietnam —separarse de Dan y de los niños era una pesada losa que no estaba dispuesta a soportar si podía evitarlo—, sino para su valía como profesional. Separarse de José Luis en todos los sentidos del término le permitiría tomar su propio rumbo en la editorial. Estaba convencida de ello.

Dejó pasar las siete, y las siete y media. A las ocho y media de la mañana, hora española, las dos y media de la madrugada en Vietnam, cogió el teléfono y llamó a su hermana.

—Me pillas fatal, estoy a punto de salir de casa camino del campamento urbano al que los he apuntado —le dijo Espe por el altavoz.

—Solo es un momento, ¿qué tal todo? ¿Papá?

Marta la oyó trajinar con sus hijos.

—Todo bien, ya te dije que no te preocuparas. —Marta oyó de fondo la voz de su sobrino pequeño—. Mateo y Rubén te mandan un beso.

—¡Otro para ellos!

—De verdad, Marta. Llámame luego.

—No, solo una cosa. Espe, por favor, quita el manos libres, que así no hay manera.

Un sonido y la comunicación se volvió más nítida.

—No me asustes. ¿Sucede algo?

—No, no te preocupes. Solo que creo que voy a estar sin cobertura unos días.

—¿Y eso?

—Ya te contaré. Voy a hacer una ruta distinta a la prevista, por el interior del país. No te asustes si no me localizas. Te llamaré yo en cuanto pueda.

—Ah, genial. Pasadlo muy bien. Por aquí todo controlado. Papá se cansa mucho y no quiere andar, pero mamá y yo lo obligamos a salir todos los días. Los niños me tienen loca como siempre. ¿Y tu blog?

—Ni lo he creado.

—Pues hazlo. Recuerda el título: «Muy cerca del paraíso». Los niños están deseando ver las fotos.

—Precisamente ahora que voy a estar desconectada.

—Créalo, y lo actualizas cuando puedas. Escribe tus impresiones en un cuaderno y ya las pasarás. Te dejo, que voy tardísimo.

93

—¡Muchos besos a todos!

Marta dudó de que su hermana la hubiese escuchado. Sonrió al imaginársela bajando por las escaleras a todo correr con las mochilas en la mano y sus dos hijos detrás.

«Y ahora, lo importante.»

No tuvo que buscar el número de su jefe, se lo sabía de memoria, extensión incluida.

—Miquel, soy Marta Barrera. Te llamo desde…

—¡Hombre, la vietnamita! ¿Qué tal todo?

Marta se lo imaginó recostándose en la silla.

—Me gustaría hablar contigo del viaje.

—Tú dirás.

—En su momento pensamos que aunque José Luis y yo íbamos a dar a la guía una orientación distinta, lo más lógico era que fuéramos juntos, pero ahora que estoy aquí me he dado cuenta de que no es lo más acertado.

—¿Qué quieres decir?

—Quiero tu permiso para abandonar la ruta fijada para el viaje y para la guía.

—Me estás pidiendo libertad absoluta para este trabajo.

—Me gustaría enfocar el libro de otra manera, Miquel. La costa de Vietnam está ya muy trillada, y aunque se ha modernizado estos últimos años con nuevos hoteles y nuevas actividades y se han descubierto nuevas playas, no hay nada que la diferencie de otras costas vacacionales.

—Seguro que…

—Desde los enclaves en los que hemos parado, he buscado los parajes cercanos menos explotados, algún templo poco visitado, varias rutas de senderismo, un río navegable y poco más. Pero, Miquel, tengo la posibilidad de adentrarme en la selva, este país está lleno de reservas naturales, de comunidades auténticas. Si me das la oportunidad, se las descubriré a los lectores.

—Demasiado arriesgado. ¿Tienes la seguridad de que vas a conseguir material suficiente? Estamos hablando de una guía de viaje, no de una novela.

—¿Y por qué no una guía con comentarios de la autora? Les daremos no solo datos objetivos, sobre horarios, precios o medios de transporte. Yo te hablo también de que los lectores palpen, toquen, huelan, vean los colores, noten la humedad, pasen calor y frío. La llenaremos de fotos y de comentarios, de mis sensaciones. Les hablaré del régimen comunista, de las consecuencias de la guerra con los estadounidenses, de la pobreza de las calles.

—Lo que describes parece más un blog.

—¿Y por qué no? Un blog en diferido. ¿Sabes la cantidad de gente que los consulta antes de salir de viaje? Los que vienen con un paquete planificado no, pero ¿y el resto? Para los primeros tenéis la guía de José Luis; para llenar el vacío del resto, a mí.

Por el silencio que se estableció en la línea, Marta pensó que Miquel había colgado el teléfono. A punto estaba de preguntarle si seguía ahí cuando él habló de nuevo:

—¿Tienes un itinerario? Los del departamento de viajes lo necesitarán para cambiarte las reservas.

El corazón le saltó en el pecho.

—¿Eso significa que aceptas mi propuesta?

—Algo así —confirmó él de mala gana—. Espero no arrepentirme.

—No lo harás. Te lo pondré fácil. Anula mis reservas, todas. No hace falta que me busquen dónde dormir, lo haré yo misma. Ya los llamaré si necesito que me reserven algo.

—¿Y los transportes?

—Esa parte la tengo cubierta. No te preocupes.

—Espero que no pretendas luego cobrar la gasolina porque…

—No te costará un euro. Te lo garantizo.

—No tienes ni un día más de lo estipulado.

—No lo necesitaré. ¿Me das el okey, entonces?

—Te lo doy. Espero no arrepentirme.

—Mil gracias, Miquel. No te decepcionaré —le aseguró y colgó antes de que cambiara de opinión.

Aún le quedaba un problema por solucionar. ¿Y si le decía que no?

El corazón le brincaba en el pecho al tiempo que escribía el mensaje: «¿Estás despierto?».

La respuesta llegó inmediatamente: «¿Tú tampoco puedes descansar?».

95

10

*D*an se separó de la ventana del pasillo al oír que alguien subía por la escalera del hotel y se ocultó entre las sombras. No es que pensara que pudiera ser un maleante, sencillamente no quería ver a nadie que no fuera ella.

Una figura menuda avanzó hasta situarse ante la puerta de la habitación donde dormían los niños. Solo en ese momento confirmó que era ella.

Incapaz de decir nada, avanzó un paso. Marta dio un respingo, asustada al descubrir que no estaba sola.

—Soy Dan —susurró él.

Gracias al leve resplandor que entraba a través del cristal, notó cómo relajaba los hombros al descubrirlo.

—Quería hablar contigo. —Tenía la voz cansada.

Se quedaron callados, mirándose como sombras silenciosas. Dan prefirió no preguntar qué era lo que tenía que decir, pero no pudo controlar su desatado corazón, que comenzó a correr libre.

No quiso repetir la misma secuencia de dos noches antes, cuando se apoyaron en el marco de la ventana mientras veían el discurrir de la vida nocturna de la ciudad, igual porque esperaba que algo fuera distinto aquella noche, y la condujo hasta una terraza que se alzaba sobre un patio interior lleno de vegetación; un remanso de paz alejado del ruido de los motores. Había un par de sillas en un extremo.

Dan le dejó tiempo para que empezara a explicarse.

—Yo…, bueno, quería decirte que podría haber intentado hablar con José Luis, pero que…

—Me alegro de que no lo hayas hecho. No voy a volver a trabajar con ese tipo aunque me ofrezca la luna.

Aquello pareció hacerle gracia a Marta, que soltó una risilla.

—No te la va a ofrecer.

—Tampoco la querría, desde luego no de semejante…

Marta lo ayudó a terminar la frase:

—Tiparraco.

—Buena definición.

—No se me ocurre nada más ofensivo.

—Despreciable.

—Sí, también.

—Despreciable tiparraco.

Ambos rieron. Y la camaradería de la que habían disfrutado en la furgoneta, a su vuelta de la reserva natural con los niños, apareció de nuevo.

—¿Qué han dicho los pequeños cuando os habéis marchado?

—Ya los conoces. Xuan, nada. Dat me apretaba la mano con fuerza. Solo Kim ha preguntado si volverías mañana.

—¿Y qué le has contestado?

—La verdad. Que no volveríamos a verte.

—Ya ves que no has acertado.

Dan miró más allá de la barandilla de madera desconchada. Le encantaba fallar los pronósticos.

—¿A qué has venido, Marta?

—¿Quieres la versión oficial o la extraoficial?

—Ambas.

—Estoy aquí para pedirte que me dejes acompañarte. La versión oficial es que lo hago porque pienso que es lo mejor para mi trabajo. —Al ver su cara de sarcasmo añadió—: Lo pienso de veras. Hasta ahora me he limitado a retocar lo que otros redactaban. Corregía sintaxis y revisaba ortografía. Eran otros los que visitaban los lugares sobre los que yo leía. Ahora tengo la oportunidad de escribir yo la guía y no voy a desaprovecharla. Lo he pensado mucho. Hasta ayer no había terminado de creérmelo. Me he dado cuenta de que desde que he llegado me he comportado como la ayudante de José Luis; él decía adónde íbamos y por dónde volvíamos, y yo me limitaba a buscar algo más en esos sitios que me sirviera para no repetir clichés en mi guía. Pero ayer algo cambió. Acabo de hablar con mi editor. Le he pedido carta blanca y me la ha dado.

97

Le habría gustado preguntarle qué era lo que había cambiado el día anterior para que ella hubiera dado aquel paso. Pero tenía demasiada prisa por conocer la otra versión.

—¿Y la extraoficial?

Ella aspiró hondo.

—Quiero ir contigo, Dan, contigo y con los niños. Déjame acompañarte, al menos hasta que los dejes con su familia —se apresuró a añadir.

—¿Y después?

—¿Aceptas?

—¿Por qué lo haces?

—¿No está claro? Porque quiero seguir con vosotros, porque prefiero los dulces silencios de Xuan antes que la charla absurda de José Luis, porque sé que contigo encontraré el verdadero Vietnam, porque vosotros sois mi familia en este país, mientras que Ángela y José Luis solo son unos desconocidos cada vez más desagradables. Y porque siento que en vuestra compañía soy más feliz. Además, tú no tienes ni idea de hacer coletas y yo soy una experta en peinar a niñas.

—Esa sí que es una razón de peso. Aceptada. Acabas de unirte al equipo perdedor —dijo él con ironía.

—No creo que lo sea.

—Pues no es el ganador, de eso puedes estar segura.

—¿Me dejas o no me dejas formar parte del grupo?

Dan se acercó a la barandilla. Dejó que el frescor de la brisa matinal le despejara la mente.

—¿Eres consciente de que si vienes con nosotros tus días de turismo se han terminado?

Ella se acodó junto a él. Dan sintió su mano colarse bajo la suya.

—Perfectamente consciente. De eso, y de que, si no lo hago, me arrepentiré el resto de la vida.

Nada, nada más había sucedido entre ellos.

Dan dejó pasar la oportunidad, a pesar de que deseaba besarla.

Lo ocurrido unas horas antes en el hotel, cuando había tenido que despedirse de ella, lo había dejado confuso y asustado.

Le había dado miedo la velocidad de su corazón, el dolor en el pecho y el vértigo en el estómago. Hacía mucho tiempo de todas esas sensaciones, seis años, desde que regresó a Vietnam y dejó atrás las conversaciones eternas después de hacer el amor, las risas al unísono y las miradas llenas de significado. Dejó pasar el momento cuando el roce de su mano daba paso a un posible futuro, breve, sin duda, pero lleno de sorpresas, estaba seguro. Lo dejó pasar.

Cuando ella se dio cuenta de que él no iba a hacer nada para retenerla, la retiró con suavidad. Él no pudo evitar que el vacío se instalara en su interior.

—Mañana tengo algo que solucionar.

—Tienes que conseguir los medicamentos para el tifus.

El cielo comenzaba a iluminarse con la luz del alba.

—Y quedar con el transportista para que vaya a recoger las esteras que vimos ayer. Si parto ahora puedo hablar primero con él, pasar por la farmacia y luego subir hasta Hòn Bà.

—Es hora y media de ida y otro tanto de vuelta.

Dan consultó el reloj.

—A las once de la mañana estaré de regreso.

—Intentaré estar preparada. Te espero en mi hotel. —Ambos sabían que no podía abandonar a los niños—. Vete tranquilo, yo me quedo con ellos. En cuanto se despierten, me los llevo conmigo.

—Hablaré con el recepcionista para avisarle. Nos tomaremos el resto del día libre y saldremos al amanecer.

Ella asintió en silencio.

Y allí acabó todo, con aquellas palabras y un «buenos días» susurrado que Dan deseó que estuviera lleno de esperanza.

Dan no llegó hasta las doce. Los niños ayudaron a Marta a recoger y aún le quedó tiempo para escribir la crónica de la primera parte del viaje. Si su hermana y sus sobrinos le solicitaban un blog y muchas fotos, las tendrían. Era lo menos que podía hacer por ellos, ahora que los tenía tan lejos.

Consciente de que igual no tendría otra oportunidad para encontrar un ordenador hasta dentro de muchos días, creó el blog; lo llamó «Muy cerca del paraíso», desde luego, y escribió su primer *post*. Se esmeró hasta que consiguió redactar el texto y seleccionar las imágenes adecuadas. Incluyó unas palabras especiales para sus padres y se despidió.

Casi sin pausa, elaboró el segundo *post*. No pretendía que reflejara su cambio de actitud, pero concibió los dos artículos como un antes y un después. Se acababa la Marta viajera y ajena a lo que sucedía a la gente de Vietnam y comenzaba otra nueva, si no comprometida aún, al menos interesada en otros aspectos.

Terminó de subir las fotografías de Hòn Bà y de la selva de su reserva natural con Dat sobre las rodillas y las niñas a su lado. Dan todavía se demoró un rato más en reunirse con ellos.

—Perdona la tardanza. No querían dejarme marchar —se disculpó al encontrarlos en un sofá del vestíbulo.

—¿Ha ido todo bien?

—Mejor de lo que esperaba. Dung está mejor que ayer y, al parecer, su suegra parece más recuperada.

—¿Y el niño?

—Más o menos igual. Espero que las cosas no se compliquen.

—Seguro que no —lo consoló Marta.

—¿Preparada?

—He intentado hablar con José Luis, pero no me ha cogido el teléfono. Así que le he mandado un mensaje explicándoselo todo. Esta es mi maleta y la de los niños.

Antes de marchar pasó por la recepción para preguntar por José Luis. No le parecía bien desaparecer sin hablar con él.

—Los señores salieron esta mañana muy temprano —le informaron.

Se quedó perpleja. Se preguntó si se habría marchado antes o después de leer su nota. Si lo había hecho antes, la había dejado tirada como una colilla. Esa actitud le provocó una desazón que solo desapareció al sentir la mano de Xuan en la suya.

—Será mejor que nos vayamos —dijo Dan.

«Mejor, mucho mejor».

Una vez en la calle, Marta se dio cuenta de que no tenía ni idea del plan. La respuesta llegó enseguida:

—¿Alguien necesita un bañador?

Hubo bañadores para todos, y además un *ao dai* blanco para ella. Marta no resistió la tentación de vestirse con aquella ropa tan sugerente.

Si elegir el traje de baño fue emocionante para los niños, no lo fue tanto convencerlos de que en la playa se hacía algo más que jugar al balón en la arena. Ni se atrevían a pisar el límite de la arena mojada.

—Creo que sus padres nunca los llevaron a la costa.

Dan se acordó de su amigo y asintió.

—Creo que Huy no era de los que disfrutaba lo que ofrece la vida.

—Pues como amigo de su padre vas a tener que solucionarlo.

—¿Yo?

—Yo soy la que hace las coletas, ¿recuerdas? Te toca la parte de enseñarles a nadar.

—¿A nadar? —preguntó perplejo. Pero pronto acompañó a Marta en sus risas—. Quédate aquí y espera a ver cómo Dat hace los cincuenta metros mariposa.

Corrió hacia los niños, cogió a Dat al vuelo y, sin detenerse, se metió en el mar con él a cuestas.

Marta se levantó de un salto cuando vio que el pequeño pataleaba en el aire.

—Si será bestia —gruñó mientras se acercaba a la orilla. Puso las manos en la boca a modo de bocina y vociferó—: ¡Ni se te ocurra tirarlo al agua o yo…, yo…, yo…!

Se calló al darse cuenta de que los movimientos nerviosos del pequeño se debían a las cosquillas. Dan recobró el sentido común y lo acercó a la orilla sin haberlo siquiera mojado.

—Lo haremos todos juntos —anunció tras organizarlos en fila sobre la arena. Marta tenía una niña a cada lado y Dan estaba entre Kim y Dat—. Nos damos las manos. Y ahora…, adelante. *Chuyen tiep!* —los animó.

Pero nadie se movió hasta que lo hizo Marta. Primero dio un paso cortito y luego otro más largo, para que los niños se acostumbraran a que la lengua de agua les acariciara los pies.

En contra de lo que había imaginado, los dos pequeños estaban extrañamente serios y fue Xuan la primera en soltar un grito de emoción.

Marta miró a Dan encantada de que la niña abandonara su seriedad habitual. Se lanzaron una sonrisa cuando Xuan se soltó de Marta y el agua le llegó a las rodillas.

Con su hermana mayor dentro del mar animando a los pequeños a que la imitaran, estos no tardaron en unirse.

—Ha sido fácil. —Dan se apuntó el tanto.

—¡Y tan fácil! Como que no has hecho nada.

—¿Cómo que no? Se han metido gracias a mi grito de guerra.

—A tu grito de ¿qué? —Se desternilló Marta y lo salpicó con el pie—. ¡Si tendrás cara!

Dan esquivó el agua con un salto atrás.

—Así que quieres pelea, ¿eh? —la amenazó avanzando con lentitud hacia ella.

—No serás capaz.

—¿Que no? Y además voy a pedir refuerzos. —Les gritó algo a los niños y estos dejaron de saltar.

A una señal, los cuatro se lanzaron en pos de Marta, que no tuvo ninguna oportunidad. Enseguida salió de debajo de las olas completamente empapada.

—Vais a ver ahora lo que os voy a hacer a vosotros.

Gritos, chillidos, risas y diversión. Felicidad fue lo que percibió Marta durante el resto del día.

Cuando se cansaron de mojarse, les enseñaron a los niños a excavar pozos y a llenarlos de agua, a hacer castillos rodeados de un foso y coronados por almenas. Enterraron a Dan y se subieron sobre él. Se bañaron, se secaron y se volvieron a mojar. Hasta que el sol descendió donde se termina el mar y dejó paso a la luna.

Dan empezó a recoger las toallas mientras Marta se acercaba a la orilla.

—Tenemos que irnos ya —informó a Xuan, aunque los dejó terminar de jugar y regresó junto a Dan para hacerse cargo de la ropa de todos.

Los niños se acercaron enseguida.

—Todo recogido. En marcha —anunció Dan y comenzó a andar sobre la arena. Marta lo siguió.

No oyó el crujido de la arena bajo los pasos de los niños y se dio la vuelta. Xuan le dijo algo a Dan, este contestó y la niña volvió a hablar; sus hermanos confirmaron con un gesto que estaban de acuerdo.

—¿Qué sucede?

—Ponen una condición para marcharse de la playa.

—¿Es fácil de cumplir?

—Depende de ti.

—No entiendo.

—Quieren que nos demos la mano.

—¿Por qué?

—Porque estos enanos son unos auténticos chantajistas. ¿Tienes algo en contra de que lo hagamos?

Marta unió su mano con la de Dan. Una sonrisa apareció en la cara de los niños. No fueron los únicos que se alegraron.

Nota para el blog, del 27 de diciembre de 2014

Salgo de Nha Trang sin saber hacia dónde me dirijo, dispuesta a disfrutar de las virtudes de este país, a soportar sus penurias y con la preocupación de cómo entretener a tres niños durante los días que tenemos por delante.

PARTE II

Con otros ojos

No te quedes solo con sus paisajes,
fíjate en sus pueblos, en sus costumbres,
fíjate en su gente.

11

$\mathcal{M}$arta se despertó la primera y comprobó que Dan estaba en la habitación. Dejó caer la cabeza sobre la almohada, aliviada al verlo en el suelo, todavía dormido. Por la noche no volvieron juntos. Cuando ella sugirió que era muy tarde y afirmó estar muy cansada, él había preferido quedarse en la calle un rato más. Su negativa a acompañarla creó en Marta una mezcla de confusión y calma.

El día anterior había disfrutado muchísimo. Incluso cuando se sintieron continuamente vigilados por las miradas incriminatorias que, al parecer, Xuan había enseñado a sus hermanos para recriminarles a Dan y a ella que incumplieran la condición pactada. Al principio les resultó embarazoso, pero se convirtió en un juego más que incorporaron a la diversión del día: se cogían de la mano cuando los niños los controlaban y se soltaban cuando dejaban de hacerlo. Terminaron por caminar de la mano.

Curiosamente, ese juego infantil había reducido aquel gesto romántico a un hábito sin importancia. Marta sentía que, a pesar de esa cercanía física, se encontraba más lejos de Dan que nunca.

Los niños estaban esa mañana especialmente perezosos y Dan desapareció camino del baño comunitario en cuanto se separó de las sábanas. Le tocó a ella hacerse cargo de levantar a los pequeños y mandarles que se peinaran y asearan. Y por eso aún no estaba preparada cuando él regresó con intención de salir a desayunar. Cuando se reunió con ellos, estaban a punto de terminar; Marta se abrasó con el *pho* y tardó tanto en acabar que se subieron a la furgoneta más tarde de lo previsto.

Llevaban más de una hora de carretera y Dan aún no había dicho nada, tampoco los niños.

—Al parecer, hoy no es día de palabras —soltó Marta cuando el silencio estaba a punto de hacerle estallar el alma.

—Pensaba.

Estaba claro que Dan necesitaba un acicate.

—¿Se puede compartir?

—Creo que te vas a arrepentir de no parar para ver Hué. Es una ciudad preciosa. Te hubieran encantado las pagodas, la Ciudad Imperial y las aguas del Sông Huong, a las que los franceses llamaron río Perfume, imagínate el entorno.

—Lo apuntaré para la próxima vez que venga. Ayer convertimos esto en un viaje de trabajo. Tu prioridad es encontrar los productos para garantizar que consigues ese contrato, y la mía, localizar lugares perdidos, exóticos y maravillosos, y convertirme en una escritora de éxito.

—Y la de ambos, llevar a los niños con sus tíos.

A Marta le costaba incluir aquel punto en la lista de prioridades.

—¿Crees que estarán bien? ¡Me siento tan impotente!

El día anterior había salido la conversación. Kim aseguró más de cinco veces que no quería que la dejaran en casa de una tía desconocida, y Dat, que se escaparía con Dan a su casa. Xuan fue la única que no se quejó. Cuando Dan le preguntó si tenía ganas de vivir con la familia de su madre, se limitó a decir que era el lugar al que debían ir. Ninguna opinión personal, ningún sentimiento. La resignación de la hermana mayor le dolió a Marta en el alma.

Pero la mirada apática de Xuan no fue lo único que aumentó su angustia; también estaba Dan reflejando dolor en sus pupilas cada vez que traducía las palabras de la niña.

—Sabes que tenemos que hacerlo —insistió él—. Son su familia, la única que tienen. La alternativa es una institución. ¿Crees que estarán mejor allí?

—Los tratarán bien, ¿verdad?

—Estarán bien. Su vida cambiará, no voy a negarlo. La vida en el campo no tiene nada que ver con la de la ciudad. Ganarán en casi todo, aunque perderán algunas cosas.

—¿Como qué? —preguntó Marta inquieta.

—Oportunidades para estudiar, por ejemplo. Dudo mucho que puedan hacer algo más que la secundaria.

—Pero ¿crees que serán felices?

—Estoy seguro. —Dan no se atrevió a mencionar a Huy porque estaba casi seguro de que no se había reído ni una vez con sus hijos después de la muerte de su mujer—. Espero que igual que cuando vivía su madre.

—Pues yo no estoy tan convencida. Nada podrá resarcirles de la pérdida de sus padres.

—Y sin embargo, sentirse querido a veces compensa muchas cosas, tantas que hasta terminas por atesorar los malos recuerdos con cariño —dijo Dan.

A Marta le pareció que se dejaba llevar por los recuerdos.

—¿Hablas de los niños?

Dan dio un respingo.

—¡Claro! ¿De quién si no? Estarán bien. Ya lo verás.

Marta echó la cabeza atrás, cerró los ojos y respiró hondo.

—¿Sabes? Apenas los conozco, pero me va a costar mucho despedirme de ellos.

De todos; le iba a costar mucho separarse de todos.

—Volvamos a las prioridades —dijo Dan para cambiar de tema—. Yo ya he empezado con las mías; conseguí una alfombra estupenda. Ahora le toca a una de las tuyas.

—Está bien; cuéntame algo del país que no sepa nadie.

Dan se rio.

—Eso es mucho pedir. Vamos a ver por dónde empiezo. La personalidad del país y de los vietnamitas es una mezcla de un sinfín de culturas que pasaron por aquí y dejaron su impronta.

—¿Como cuáles?

—Los chinos, para empezar, tuvieron mil años de dominación con todo lo que eso significa. Imagínate su influencia en nuestra lengua, cultura, alimentación, religión, alfabeto…

—¿Quiénes más estuvieron?

—Portugueses, franceses como has visto en muchos lugares, y más recientemente los estadounidenses, por supuesto.

—Pero a esos los echasteis al final.

—Ellos son los que más han influido en el Vietnam moderno.

—¿Lo dices por los sitios en los que estuvieron los soldados?

—Y por cómo reaccionamos ante ellos. Por los que se aliaron con ellos y por los que lo hicieron en su contra. Los que nacimos después estamos influidos por la decisión de nuestros familiares. Ellos nos pasaron sus ilusiones y la fuerza para nadar a favor o en contra de la corriente. Estamos hechos de sus miedos y de sus inseguridades, de su arrojo y de las ganas de supervivencia. Todo eso, junto con todo lo que lleva el país a sus espaldas desde el año 200 antes de Cristo, es lo que ha hecho al pueblo vietnamita ser como es hoy.

—Dan, ¿qué vestigios quedan de la guerra?

—Junto a Saigón, los túneles de Cu Chi. Ampliados, acondicionados y adaptados completamente al turismo.

—¿Y en el resto del país?

—¿Qué te parece si vamos a la ZDM? Puede que te interese. No es muy visitado y no creo que aparezca citada en muchas guías. Nos pilla de camino.

—¿Se puede ir a la Zona Desmilitarizada?

—Claro. Es una franja de unos cinco kilómetros, declarada libre de bombas en la guerra, pero que en realidad sufrió el mayor diluvio de proyectiles de la historia.

Ella echó un vistazo al asiento trasero de la furgoneta.

—¿Te parece apropiado para ellos?

Dan encogió los hombros y el gesto le aclaró a Marta lo que pensaba de los hombres y de sus traiciones.

—No es como las casas-jardín de Hué, pero también forma parte de su historia.

—¿Crees que lo aprobarán sus parientes?

—No va a ser nada especialmente angustioso, solo una muestra del esfuerzo colectivo y de la valentía individual. Además, hasta que los dejemos con su tía nosotros somos su familia, ¿no? ¿Qué dices, vamos?

—¿Está cerca?

—Todo está cerca en Vietnam.

Ella no pudo menos que sonreír.

—Entre las dos mayores ciudades hay más de mil setecientos kilómetros. ¿Consideras eso cerca?

—Los días pasan demasiado deprisa, ¿no te parece?

Gracias a esa pregunta, Marta se dio cuenta de la oportunidad que le brindaba Dan: un día más, unas horas más, con él, con los niños.

—Digo que sí, que vamos a la ZDM.

—También iremos por Vinh Moc.

Marta prefirió no preguntar qué era o qué había que hacer en ese lugar. Todo lo que tenía que ver con el último conflicto bélico que había arrasado aquel maravilloso país le provocaba mucho interés, pero prefería que la sorprendiera. Decidió compartir con Dan algo que llevaba dando vueltas en su cabeza desde que tomó la decisión de acompañarlo en aquel... encargo, trabajo o aventura.

—Quiero aprender vietnamita —declaró. La sonrisa ladeada de Dan y la manera en que se le rasgaban más aún los ojos cuando se divertía le hicieron rectificar—: Me refiero a que me enseñes algunas frases para que yo pueda comunicarme con los niños.

Si a él le pareció una idea ridícula puesto que faltaban pocos días para que los niños desaparecieran de su vida, no lo expresó.

—¿Qué te parece si tú me cuentas lo que les quieres decir, yo lo traduzco y lo repites después?

—Me parece magnífico.

111

Su primera frase fue: «No tenéis que tener miedo de lo que veáis ahí dentro. Nosotros estamos para protegeros».

Marta pensó que los túneles de Vinh Moc serían un lugar estrecho y claustrofóbico construido para que se refugiaran los vietnamitas y se encontró con que habían sido el hogar de los habitantes de una aldea de pescadores cercana, arrasada por los bombardeos estadounidenses. Los refugiados habían vivido durante cinco largos años a más de doce metros de profundidad y lo habían abandonado debido al riesgo de verse sepultados bajo uno de los quinientos proyectiles que caían a diario sobre sus cabezas.

Coraje y desesperación fueron las primeras palabras que le vinieron a la cabeza. Sin embargo, muy pronto cambió de opinión. Cuando llegaron a la maternidad en la que, según le tradujo Dan, habían nacido más de diecisiete niños, se preguntó de dónde había sacado aquella gente las ganas para seguir viviendo, de dónde las fuerzas para mantener la esperanza. El escalofrío que sintió no se debió a los diez grados de temperatura que había allí abajo.

Buscó a los niños en la oscuridad, apenas paliada por la linterna del guía, y les tocó la cabeza para asegurarse de que seguían bien. Al deslizar la mano por el hombro de Dat, se tropezó con la de Dan. Marta no sintió la necesidad de apartarse, él tampoco el impulso de soltarse, y la dejó allí, devolviéndole el calor que a su vez recibía de él.

El recorrido abandonaba las galerías de vez en cuando y el guía les dejaba unos momentos para respirar aire puro antes de continuar por los subterráneos. En una de esas ocasiones, Marta se acercó a Dan para comentar lo poco que había entendido y lo mucho que había imaginado.

—¿Es verdad que las familias se hacinaban en esos pequeños cubículos?

—Completamente cierto.

—No me imagino pasar cinco años viviendo de esa manera, enterrados en vida.

—Y soportando el miedo a que una bomba penetrara en la tierra y derrumbara los túneles con ellos dentro.

—¿Y los niños? Cinco años sin vivir, moviéndose como topos. ¿Seguro que no salían?

—Solo por la noche, cuando nadie podía verlos. Era la única manera de conseguir suministros y de ayudar al Ejército del país.

—¿Cómo ayudaban?

—Realizando el transporte de mercancías hasta la isla de Côn Co.

—¿Dónde está eso?

—A 28 kilómetros de la costa. Desde ella se mandaban municiones hacia el sur.

—Por más que lo intento, no consigo imaginarme la situación. No solo vivían en estas condiciones, sino que aún les quedaban fuerzas para luchar por su país, en vez de huir de él.

—El ser humano, ese enorme desconocido. Nunca sabemos de lo que somos capaces hasta que lo hacemos. Por eso algunas familias se sorprenden tanto de las decisiones de sus seres queridos —añadió meditabundo.

—¿Y vosotros… en tu casa…, tu familia… se vio afectada por la guerra? Tu madre debía de ser pequeña, ¿le pasó algo?

—Por suerte no, mi abuela se refugió en las montañas del norte, donde había nacido. Mi abuelo ya había muerto para entonces. Mi madre…, eran dos hermanas, no había ningún varón en la familia. —A punto estaba Marta de soltar un suspiro de alivio cuando Dan finalizó—: Pero sí a una tía, a la hermana mayor de mi madre.

—¿Qué le sucedió?

—Cayó en la ruta Ho Chi Minh. Tenía dieciocho años y combatía desde hacía tres.

—¿La ruta Ho Chi Minh?

—Es una red de senderos antiguos. A principios de los años sesenta comenzaron a utilizarse para abastecer al sur. Mi tía se enamoró de un combatiente y huyó con él. Se pasó esos tres años transportando mercancías por esa ruta, a pie, con los fardos a la espalda y caminando a través de bosques de bambú durante más de doce horas seguidas. Esa fue su contribución a este país y la forma de demostrar su entrega al hombre que amaba. Desapareció para la familia, pero a su muerte, su marido hizo llegar a mi abuela sesenta cartas que ella le había escrito durante aquellos años.

—¿Cómo murió?

—Los estadounidenses arrojaron sobre la ruta más de trescientas mil toneladas de bombas en un año; una de ellas la mató.

—Imagino que sería un duro golpe para tu madre y tu abuela.

—Fue hace muchos años, pero el altar de la casa de mi abuela siempre está lleno de flores de loto y de fruta de dragón; eran las preferidas de mi tía.

—Y algo me dice que también está presente en muchas conversaciones familiares.

—¿Cómo lo sabes?

—No la conociste y parece que la tienes en gran estima.

—Me enorgullece. Era una mujer valiente.

Marta no veía a Dan apoyando actos violentos, ni siquiera los de la tía que había tomado parte en la guerra.

—¿Por combatir contra los enemigos de su país?

—Por luchar por lo que creía y quería. Una gran heroicidad, ¿no te parece?

—En eso te doy la razón. Hay que ser muy valiente para romper los lazos que te atan a los seres que amas, aunque a veces no queda más remedio. Me alegro de que los tiempos en los que las personas tenían que elegir hayan pasado. Estamos en otra época, con Internet y los teléfonos, esas cosas ya no suceden.

—No lo creas, Marta. Somos los mismos hombres y mujeres, con los mismos deseos y los mismos miedos que hace tres mil años; solo cambian las formas.

La voz del guía acabó con su conversación.

Nota para el blog, del 28 de diciembre de 2014

El camino me ha hecho descubrir los horrores de la guerra y el poder de supervivencia de los hombres. Mañana se presenta un día menos desgarrador. Vietnam muestra al mundo la belleza de sus montes y, sin embargo, oculta la que crean las manos de sus gentes.

12

$\mathcal{T}$al y como le había explicado Dan, estaban casi en la frontera con Laos.

—Unas millas más y podrías dar un salto al país vecino.

—¿Así de fácil?

—De eso nada, para hacerlo tendrías que tener tus papeles y preparar un buen fajo de dongs. Y no lo digo solo para abandonar Vietnam, sino también para entrar en Laos.

—¿Tasas de salida oficiales? —Marta sacó la libreta en la que lo apuntaba todo y empezó a escribir.

—Extraoficiales completamente. Corrupción pura y dura.

—¿Y si nos acercáramos e hiciéramos la prueba?

Dan la miró como si se hubiera convertido en un mono alado.

—¿En busca de situaciones arriesgadas? Sin el visado, ni loco te llevo hasta allí. ¿Quieres probar las cárceles vietnamitas para contarlo después en tu libro?

—Tengo el papel que me dieron en la Oficina Comercial.

—Y yo no quiero gastar mi tiempo en intentar rescatarte de la Policía. Lo siento, tendrás que volver de nuevo para probarlo.

Marta aceptó de mala gana que él tenía razón.

—Así que nada de aventuras.

—Hoy la única aventura que vas a tener es quedarte boquiabierta con lo que te van a enseñar.

—¿Y se puede saber qué es?

—No, no se puede saber. Tendrás que esperar para averiguarlo.

—¿Bueno o malo? —insistió ella.

—Soy una tumba.

Y cumplió su palabra porque cuando llegaron a Sa Ry, Marta no tenía ni idea de cuál era la labor de los artesanos que habían ido a ver. Dejó que Dan se adelantara, como había hecho en Hòn Bà, y ella decidió llevar a los niños a explorar el pueblo. Xuan y Kim bajaron de la furgoneta de buena gana, pero a Dat solo consiguió convencerlo haciéndole chantaje con su teléfono móvil. En apenas unos días se había hecho experto en los tres juegos que Marta usaba para mantener distraídos a sus sobrinos y no había forma de que dejara el aparato.

Al principio pensó que era un pueblo de mujeres. Mujeres por las calles transportando agua, mujeres en las ventanas con la sonrisa en la cara, mujeres peinándose en la puerta de sus casas, vistiendo a niños pequeños, hablando entre sí, pintándose unas a otras, riéndose, cuchicheando a su paso… Si no llega a ser porque Dan le había asegurado que estaban allí para visitar a un hombre, hubiera llegado a creer que se trataba del reino de las amazonas.

Los hombres aparecieron mucho más tarde, a la altura de las últimas casas. Una veintena de jóvenes y mayores aparecieron por la calle. Notó que varios vestían una indumentaria similar: una túnica hasta los pies de un azul cielo muy brillante. Las miraron como si hubieran cometido un sacrilegio al acercarse allí. Apretó la mano de Xuan, empujó a los dos pequeños y se apresuró a regresar por el mismo camino.

No quería correr, no quería asustarse. Aceleró el paso y ellos también. Miró hacia atrás con disimulo. Eran al menos una veintena. Veinte hombres detrás de ella. Empezó a inquietarse.

Miró hacia todos lados. No había ni rastro de Dan. Según pasaban junto a las casas, las mujeres los seguían observando, algunas hasta sonreían, pero ninguna hizo nada para detener a los hombres.

La visión de la furgoneta calmó el temor; no quería llamarlo miedo puesto que en el fondo sabía que no pasaba nada grave. La aparición de Dan la tranquilizó.

—¿Dónde estabais? Tengo una noticia excelente. Prepara la máquina de fotos, y prepárate tú porque esto sí que no lo esperabas. Es una oportunidad única.

Una boda, acababan de invitarlos a una boda. Y, al estilo tradicional de Vietnam, duraba todo el día. En cuanto se lo dijo, Marta entendió la separación por sexos, los preparativos femeninos y las túnicas azules de los hombres.

Dos mujeres los esperaban al pie de la primera casa. La novia era la hija del artesano al que Dan había ido a ver.

El rosa era el color de las vestimentas femeninas. Nada de rosa palo ni clarito, sino un rosa chicle, chillón y ácido como los caramelos, con dibujos geométricos en color dorado. Así era el *ao dai* que le prestaron, una camisola que le llegaba por debajo de las rodillas y con largas aberturas desde la cintura, dejando ver el pantalón dorado. Era precioso. Pero lo que de verdad hizo que se sintiera como una princesa asiática fue el recogido que le hicieron en el pelo. Tras ponerse en manos de una de las mujeres, desapareció la joven occidental con melena corta. Lo que hizo aquella chica con un par de peinetas y un adorno vegetal dejó sin palabras a Marta. Una mujer guapísima, sofisticada y exótica apareció en el espejo de madera que circulaba de mano en mano por las distintas habitaciones de la casa en la que ella y otras doce mujeres se arreglaban para la fiesta.

La actitud de Marta fue cambiando con la ropa que llevaba encima. Retraimiento mientras se despojaba de los vaqueros y la camisa blanca, vergüenza al sentirse desnuda ante aquellas desconocidas, serenidad al verse con el *ao dai* y animación al mirarse en el espejo. Cuando le pusieron el detalle final, una preciosa flor del mismo color que el vestido prendida a un costado del moño que la peluquera había conseguido formar, aparecieron las sonrisas en las caras de las mujeres. Y en las de las niñas.

A Marta le emocionó tener a Xuan y a Kim a su lado durante el proceso de transformación. Todas las demás niñas tenían puesto un precioso *ao dai* para la ceremonia, pero no parecía haber nada parecido para las hermanas.

—Venid aquí, que vamos a solucionar esto enseguida —dijo Marta mientras se acercaba a la cesta de las flores y a la de las peinetas.

Se sentó detrás de Xuan y le soltó la coleta recogida con una goma roja que le había comprado en Nha Trang. Le costó varias pruebas antes de lograr algo razonable. Al final, con el coletero y un par de peinetas convenientemente situadas, consiguió hacer una especie de moño. El de Kim le costó bastante menos y se dijo que con un poco más de práctica acabaría siendo una experta.

Cuando terminó con ellas, notó que el bullicio dentro de la

casa había ido en aumento. Las mujeres entraban y salían de las cuatro estancias charlando entre ellas con alegría y nerviosismo. Kim no duró mucho sentada en el suelo y enseguida desapareció detrás de otras niñas. Marta ocupó el hueco que había dejado la pequeña y se arrimó a Xuan.

—Ya verás cómo pronto empezará todo y nos lo pasaremos bien.

Dicho y hecho. Una mujer mayor entró en su habitación instándolas a levantarse y salir. Se unieron al resto en el porche. Marta era la única que no tenía la cabeza cubierta. Alguien había colocado un arco de flores en la entrada de la casa. No tuvo tiempo de fijarse en más porque la mujer comenzó a explicar lo que iba a suceder. Las chicas saltaban y daban palmadas, entre divertidas y emocionadas, ansiosas por lo que estaba por llegar.

Ni se dio cuenta de cómo, pero de repente se encontró la primera en una fila de diez mujeres que esperaban a alguien. «A la novia no, desde luego.» La novia, vestida con un *ao dai* color naranja, se metió rápidamente en la casa. Su lugar fue ocupado por un hombre y una mujer. Los padres, sin duda.

Marta miró a su alrededor y descubrió a Xuan y a Kim detrás de las damas de honor —al menos ese era el papel que creía que desempeñaban ella y el resto de las chicas— y se relajó un poco, solo hasta que descubrió la fila de hombres, vestidos de azul brillante, que descendía la colina en su dirección.

Los cuchicheos de las jóvenes desaparecieron. A Marta le pareció que algunas dejaban de respirar mientras esperaban la llegada de los hombres.

Delante de la comitiva masculina iba una pareja de ancianos. Los seguía un hombre de amarillo, que imaginó sería el novio, por lo dispar de su vestimenta, con un ramo de flores en la mano. Detrás de él, una fila de jóvenes con bandejas cubiertas con paños de colores. Dan cerraba el cortejo con una túnica azul hasta los pies, llevaba a Dat de una mano y una bandeja en la otra. A Marta se le escapó una sonrisa; a Kim una carcajada.

—Chsss —reprendió a la niña cuando notó que hasta Xuan se reía en silencio.

Aquel fue el único desahogo que se permitió. A partir de ese momento, fijó la vista al frente y se mantuvo todo lo seria que pudo.

Uno, dos, tres, cuatro…, diez. Cada uno de los hombres se colocó frente a una chica formando un pasillo. Dan resultó ser su pareja. Llevaba un presente cubierto con un paño rojo brillante. Y una enorme sonrisa en el rostro.

Oyó reírse a los niños.

—¿Y ahora qué? —le preguntó sin apenas mover los labios.

Los hombres dieron un paso al frente. Los regalos cambiaron de manos y pasaron a ser responsabilidad de las chicas.

Dan le deslizó la cámara de fotos del hombro y se la quitó.

—Ahora —contestó él—, tienes que entrar en la casa y ofrecérselo a la novia.

—¿Yo?

Ni tiempo tuvo para pensarlo porque la empujó para que no perdiera el lugar en la fila. La primera de las damas desapareció por la puerta. Dio unos pasos acelerados para no quedarse atrás. Mientras subía las escaleras, los nervios le burbujeaban en el estómago.

Los regalos eran enormes bandejas de hojas de betel y nueces de areca, de pasteles de arroz y frutas adornadas con flores de todos los colores. Todas las chicas ponían los presentes sobre una mesa tras la cual estaba la novia para recibirlos. Marta seguía las delicadas presentaciones de cada plato sin darse cuenta de que era el turno de la muchacha que tenía delante. Esta depositó la bandeja más grande, y Marta se preguntó si sería un racimo de plátanos. Cuando quitaron el paño que lo cubría apareció un cerdo asado. ¡Enterito! Se echó a temblar. El suyo era el más pequeño. Mal asunto.

Lo peor: tenía detrás al resto de los invitados. Imaginó treinta pares de ojos pendientes de ella mientras entregaba a la novia ¡un montón de tierra! Rogó para que aquello tuviera un significado especial.

Debía de tenerlo porque la novia se demoró bastante tiempo contemplándolo. Marta pudo ver cómo los ojos se le cuajaban de lágrimas. Esperó que fueran de felicidad.

Las cosas se precipitaron. El novio se dejó ver y les dijo algo a los padres de ella. Ellos contestaron; la novia también. Aparecieron los anillos. Marta aprovechó el avance de la procesión de familiares para hacerse a un lado con la idea de ocultarse al fondo de la sala.

119

No pudo escabullirse como era su deseo. La ceremonia había terminado; empezaba la fiesta.

De repente se vio rodeada de mujeres, niños y hombres. Unos hablaban con otros y todos con ella, que no entendía nada y se limitaba a sonreír. Llegó un momento en que le dolía la mandíbula.

El banquete estaba preparado en una casa de la zona alta de Sa Ry. A pesar de que el edificio era mayor que el resto y tenía un gran salón, no cabían todos. El mobiliario se limitaba a unas enormes telas dispuestas a modo de alfombras. Los mayores comenzaron a sentarse. Ella dudó si imitarlos. No pudo consultárselo a Dan porque estaba tan integrado que no hubo un solo momento en que lo encontrara solo. Además, alguien había decidido que ella fuera la fotógrafa del enlace y se pasó lo que quedaba de mañana y el resto de la tarde cámara en ristre. Lo bueno de la situación era que conseguiría unas imágenes maravillosas; lo malo, que se sentía fuera de lugar. Dejó a los mayores comer tranquilos entre las paredes de madera, salió a la calle y se integró en uno de los grupos que se habían formado junto al asado.

Le sorprendió que muchas jóvenes supieran inglés. Le explicaron que era frecuente que las mujeres se fueran a la costa para trabajar en los hoteles. Algunas, como la novia, regresaban para casarse.

Descubrió que los vietnamitas eran mucho más curiosos de lo que pensaba. El estado civil de Dan fue la primera pregunta que le hicieron. La chica era muy joven, no le echó más de veintidós años, y en cuanto supo la respuesta, se le iluminó la cara. Luego siguió con su interrogatorio en inglés: «¿Sois novios?», «¿por qué viajas con él?», «¿de quién son hijos?», «¿de dónde eres?», «¿adónde os dirigís?», «¿te gusta el país?», «¿en qué trabajas?», «¿por qué has venido?», y muchas más cuestiones que esquivó como pudo.

Los niños llevaban todo el día trotando de acá para allá, hasta Xuan parecía haber conseguido un grado razonable de integración, y Marta se despreocupó de ellos.

Comieron, merendaron, cenaron. Y le enseñaron a bailar. Apenas fue capaz de repetir los suaves movimientos que ejecutaban las muchachas con pies y manos.

Fue una larga y divertida jornada y, cuando quiso darse

cuenta, el sol había desaparecido detrás de las copas de los árboles. Estaba muy cansada.

Se sentó en el suelo junto a unos arbustos. La tarde se había quedado bastante fresca, pero por nada del mundo iba a preguntar a Dan cuándo se irían. No deseaba que el día terminara. Estaba segura de que ninguno lo quería.

«Mi guía no, desde luego», se dijo cuando una chica se acercó al grupo de hombres con los que Dan charlaba y lo convencía para compartir con ella unos pasos de la danza que Marta había aprendido. Le molestó que aceptara y estuvo a punto de levantarse y unirse a ellos solo por importunarlos, pero entonces vio que Xuan llegaba con Dat de la mano.

La alarma inicial desapareció cuando constató que estaban bien. El niño se desplomó en su regazo y la hermana a su lado. No tuvieron que explicarle nada. Dat estaba muerto de cansancio, sin fuerzas siquiera para reclamarle el teléfono móvil para seguir jugando. Apoyó al niño en su pecho, pasó un brazo sobre los hombros de Xuan y la atrajo hacia sí. La niña se refugió en el calor de su cuerpo.

No supo el tiempo que estuvo allí, mirando cómo Dan simulaba caminar sobre las olas y movía abanicos con las manos. Él estaba feliz; la chica que le enseñaba, encantada, y ella, seria. Cuando un rato más tarde apareció Kim y se sentó en el suelo con ellos, Marta llegó a la conclusión de que era hora de volver a la furgoneta.

Intentó llamar la atención de Dan sin ningún éxito. Estaba demasiado entretenido con el baile y, sobre todo, con la chica. Quiso levantarse, imposible sin despertar a los niños.

La madre de la novia se acercó a ella y le dijo unas palabras mientras señalaba colina abajo. Se lo repitió varias veces, pero como Marta fue incapaz de entenderla, la mujer le arrancó a Dat de los brazos y echó a andar.

—¡Pero…!

—*Sleep.*

Sin palabras se quedó Marta cuando oyó a Xuan dirigirse a ella en inglés. La niña señaló a la mujer calle abajo y le repitió:

—*Ngủ! Sleep!*

Miró a Dan que seguía absorto en su baile y se decidió. Cogió a Kim con una mano, a Xuan con la otra y siguió a la mujer.

121

Ella y los niños se quedaban a dormir en una casa de Sa Ry. Y él que hiciera lo que quisiera.

Dan los encontró en la cabaña que había servido de vestidor a las mujeres. Estaban en la habitación del fondo, la más estrecha de las tres. Le enterneció pensar que Marta se sentía más protegida en un lugar pequeño que en uno amplio.

Alguien había cubierto el suelo con alfombras hechas con cuerda y cañas. Los niños y ella dormían sobre ellas. «Un duro colchón para alguien que no está acostumbrado.» En teoría, los cuatro compartían dos mantas, pero Marta había salido perjudicada en el reparto ya que Kim se había hecho con la que les correspondía a ellas dos.

Dejó a un lado el farol, se quitó las deportivas y sacudió la manta que le habían dado. Se tumbó al lado de Marta y los cubrió a los dos con ella.

—¿Qué…? —se asustó ella cuando lo sintió acostarse.

—No te preocupes, soy yo. Duerme otra vez.

—¿Qué hora es?

—Solo hace un rato que os vinisteis. Tenemos toda la noche por delante.

Marta pestañeó un par de veces. A él le dio la impresión de que intentaba despejar la mente para encontrar el significado de sus palabras. También le hubiera gustado descubrirlo a él.

—¿Nos quedamos hasta mañana?

—Así es, descansa tranquila.

—Los niños estaban cansados —justificó ella.

—Ha sido un día duro. Yo también lo estoy.

Dan estaba agotado, pero tenía demasiadas cosas en la cabeza y se encontraba demasiado cerca de ella para dormir. Esperó a que Marta retomara el sueño y luego, poco a poco, se deslizó fuera de la manta y salió fuera para alejarse todo lo que pudo.

No fue suficiente; Marta apareció unos minutos más tarde. Él se había sentado a esperar a que el cansancio lo fatigara de tal manera que le diera igual dónde, cuándo y junto a quién dormía.

Marta se había quitado el *ao dai* y, como él, solo llevaba puesta la camiseta con que había llegado esa mañana.

Ella se sentó contra la pared de la cabaña. Dan la observó cubrirse las rodillas estirando los bordes de la camiseta.

—¿Te he despertado? Lo siento, no era mi intención.

—No te preocupes, no conseguía atrapar el sueño profundo. —Bostezó dejando patente que estaba exhausta.

—Deberías intentarlo.

—Gracias —dijo ella de repente.

—¿Por qué?

—Por invitarme a venir.

—Lo de la boda no ha sido cosa mía, lo prometo. Pero ha estado bien, ¿verdad?

—Más que bien. Los niños han disfrutado mucho.

—¿Y tú?

—Yo... Al principio me puse muy nerviosa, cuando estaban cambiándome de ropa, ya sabes. Después me relajé. Aunque... cuando descubrí que le regalaba tierra a la novia, me volvió la inquietud, a pesar de que ella se emocionó y todavía no sé por qué.

—Porque no eras tú la que se la regalabas, sino el novio. Todas las ofrendas eran regalos del novio antes de pedir su mano.

—¿Cómo que pedir la mano? ¡Pero si se estaban casando!

—La ceremonia es así. El novio llega con su familia y amigos a la casa de la novia y pide permiso a los padres de ella para casarse. Si estos acceden y ella también, se celebra la boda.

—¿Y si ella dice que no?

—No ha sido el caso. Parece que era una relación consentida por todos. Por cómo lloraba, estoy casi seguro de que hay amor entre ellos.

—¿Tiene algún significado especial la tierra?

—No es una costumbre, si preguntas por eso. Según me han dicho después, él ha adquirido un terrero al norte de aquí para edificar la casa familiar y se lo ha regalado a ella. Por eso estaba tan emocionada.

—Has dicho que era una relación consentida, ¿los matrimonios en Vietnam son concertados?

—Normalmente no.

—He entendido que no suelen ser por amor.

—Nuestra cultura es muy distinta a la vuestra —dijo con

123

toda intención—. Aquí la concepción del amor no es ese amor romántico al que estáis acostumbrados los europeos.

—Entonces, ¿cómo es?

—Es un asunto mucho más práctico. Las mujeres a una edad tienen que estar casadas, se buscan a un tipo que les guste y lo hacen. A ellos les pasa lo mismo.

—¿Así de frío?

—Ha sonado muy distante, ¿verdad? Yo no digo que no se quieran, pero incluso aunque haya enamoramiento, siempre está presente ese punto de realidad y de practicidad en la relación.

—Lo cuentas como si fuera un intercambio.

—¿No has oído que para un vietnamita lo primero es su negocio y luego todo lo demás? —dijo en tono de broma; sin embargo, Marta no se rio.

Una ráfaga de aire hizo que ella se abrazara aún más las piernas. A Dan le pareció que la conversación había abierto una grieta entre ellos. La idea no le gustó lo más mínimo. Se levantó de un salto, entró en la casa y salió con la manta. Se sentó contra la fachada y palmeó el hueco delante de él.

—¿Qué…?

—Nos vamos a quedar helados. Solo pretendo que no nos congelemos. ¿O prefieres volver dentro?

A ella le costó decidirse, pero al final accedió y se sentó entre sus piernas. Él le dio un ligero empujón para que se apoyara contra su pecho y los tapó a ambos.

—No ha sido una mala idea —murmuró Marta.

—¿Cómo dices? —insistió él para que lo dijera más alto.

—Que ha sido una buena idea.

—En realidad, muy buena.

Se quedaron en silencio un momento, un largo momento. Dan notó que se relajaba por la cadencia de su respiración y la laxitud de sus músculos. Todavía pudo oír las voces de los invitados. Se le antojaron muy alejados de ellos.

—Es un lugar increíble —dijo Marta de repente—. Cuando regrese a Barcelona voy a pensar que nunca estuve aquí, que todo esto forma parte de un sueño.

—¿Todo esto? —preguntó él confuso. No sabía si se refería a la boda o a estar recostada en él.

—Lo que ha sucedido hoy —aclaró ella sin captar la duda de Dan—, este país, el viaje, los niños y...

«Tú», le habría gustado escuchar, pero ella se estremeció. Él la rodeó con los brazos.

—¿Tienes frío? —preguntó como excusa.

—Sí —contestó ella y se apretó un poco más.

Dan apoyó la barbilla en su hombro. Marta lo aceptó con naturalidad.

—Me alegro de que lo sientas como un sueño.

—¿Sabes? He visitado muchos países: Italia, Escocia, Grecia, Turquía, Egipto, Suecia... Todos me han encantado, pero esto es distinto. Los otros lugares eran, de alguna manera, más reales. Los tengo presentes en mi vida y cuando miro las fotos es como si abriera una guía de viaje y la hojeara, pero aquí... estoy segura de que cuando vea las imágenes que he tomado de Vietnam sentiré con ellas y recordaré cada uno de los momentos mágicos. Como este.

—¿A pesar de todo?

—A pesar de la pobreza, de la falta de servicios, del gobierno, del bochornoso calor, de las supersticiones de la gente... Sí, a pesar de todo.

Dan quiso besarla. Lo tenía muy fácil. Un movimiento y lo podría hacer.

Le dio miedo. Miedo de que ella lo rechazara, de que se marchara. Miedo de malograr aquel instante de felicidad. Miedo de romper la confianza, de perderla a ella. Por eso se centró en seguir respirando.

—¿No dices nada? —Ella se giró hacia él.

—¿Decir? —masculló—. No podría.

Fue ella la que se giró y lo besó. Dan lo sintió suave como un almohadón de seda, húmedo como el rocío sobre la piel, brillante como las estrellas del firmamento. Maravilloso como ella. Y una vez que empezó no pudo ni quiso dejarlo. Cálido como su piel debajo de la manta. Excitante como una aventura por descubrir.

—¿Dan? —musitó ella cuando se separaron.

—No digas nada. —Le puso un dedo sobre los labios.

No quería que ella pronunciara: «Esto es un error», o «No tenía que haber sucedido». Se alegró de que hubiese ocurrido.

Lo que no le gustó tanto fue ver aparecer una sombra en el umbral de la cabaña.

—Dat —susurró Marta.

El chiquillo parpadeó sin dar muestra de reconocerlos.

—No lo despiertes —le indicó Dan.

Ella se acercó al niño a todo correr. Cogió el farol y lo empujó con suavidad.

—Vamos, cariño, vamos a la cama otra vez.

Dan entró detrás, lamentando que la magia de la que había hablado Marta se hubiera evaporado. En efecto, cuando entró en la habitación, ella se había acostado con el pequeño, que se abrazaba a ella. Él se tumbó al otro lado de Dat y los tapó a los tres con la manta. A falta de almohada, apoyó la cabeza en el brazo.

El silencio los envolvió. Sin apenas darse cuenta, el sueño se fue apoderando de él. Aunque fue perfectamente consciente cuando ella lo cogió de la mano.

Se durmió con el acompasado sonido de su respiración y el tacto de su piel entre los dedos.

126

Marta abrió los ojos y lo primero que hizo fue buscarlo. No estaba. Con delicadeza, despertó a los niños y los animó a vestirse con la ropa del día anterior, que habían dejado doblada en un rincón. A falta de otra cosa, recompuso la coleta de las niñas usando los dedos a modo de peine. Dat se negó a peinarse y no hubo modo de convencerlo. Ni la mirada airada de Xuan surtió efecto.

Una vez que preparó a los niños, se arregló ella. Usó la pantalla del teléfono móvil como espejo y vio el desastre en que se había convertido su pelo. El recogido que tanto le había gustado parecía una fregona. No pudo hacer otra cosa más que soltárselo y agitar la melena para intentar recomponer su aspecto. La siguiente vez que miró su imagen, la sofisticada chica del día anterior había sido sustituida por otra mucho más corriente.

«Es lo que soy y lo que seré. ¿A quién quería engañar? El hábito no hace al monje. ¿Cuántas veces me lo ha dicho mi madre?»

—Creo que podríamos ir a buscar a Dan. A mí me hace falta un desayuno. ¿No estáis de acuerdo? —Recordó que Xuan le había hablado en inglés—. *Breakfast. Would you like to have breakfast?*

Xuan y Kim se pusieron muy alegres nada más escuchar sus palabras y Marta cayó en la cuenta de que no tenía ni idea de si los niños habían cenado algo o se habían acostado con el estómago vacío. Los había visto corretear alrededor de la comida mientras duró la fiesta y había imaginado que ellos también habían comido, pero no lo sabía con seguridad. «Apuesto a que Dan tampoco se acordó de ellos. ¡Vaya par de irresponsables!»

—*Yes, breakfast, yes.* —Xuan se dirigió al pequeño—: *Dat, bua an sáng.*

Marta nunca había visto tanto entusiasmo, ni cuando le compró la pelota en Nha Trang ni cuando el pequeño le robaba el móvil. Hubieran o no cenado el día anterior, estaba claro que tenían hambre.

«Si la montaña no va a Mahoma…» Estaban a punto de abandonar la cabaña cuando Mahoma apareció por la escalera con una bandeja y cuatro humeantes tazones de *pho bò*.

—Ya os habéis levantado —dijo Dan con voz alegre.

—Y vestido y peinado. —Marta lo vio fruncir el ceño al mirar a Dat—. Él no se ha dejado.

Dan le hizo un comentario en vietnamita al pequeño y este se ruborizó. Después puso la bandeja en el suelo y los animó a terminarlo todo. Marta no esperó a que repitiera el ofrecimiento; los niños tampoco. Se abalanzaron sobre los tazones como lobos hambrientos. En pocos minutos no quedaba rastro del caldo, de los fideos ni de los trozos de carne.

—¿Y ahora?

Dan les dijo algo a los niños y estos asintieron. Kim y Dat salieron sin esperar a nadie. Dan tuvo que animar a Xuan para que los siguiera, luego se dirigió a Marta:

—Tengo que trabajar. ¿Quieres venir?

—¿Puedo?

—No creo que haya inconveniente. La mitad del pueblo piensa que estamos casados y les parece normal que la esposa esté cerca del esposo; el resto cree que no lo estamos y que tengo que tener cuidado, no vayas a dejarme por otro.

Marta lo miró incrédula.

—¿Es eso cierto?

Él se limitó a guiñarle un ojo antes de echar a andar.

La cita era en el mismo edificio donde había sido la pedida

127

de mano y donde ella entregó el montón de tierra a la novia. Marta recordó que el padre de la novia era el artesano con el que Dan trabajaba.

Aún quedaban algunos restos de la celebración. Las flores que formaban el arco de entrada a la casa estaban un poco mustias, pero seguían desprendiendo su olor. Dentro, Marta atisbó en una esquina las mesas sobre las que habían ido depositando los regalos. Por lo demás, todo estaba recogido y limpio, como si después de acabada la fiesta hubiera pasado la cuadrilla de limpieza del Ayuntamiento de Barcelona.

La madre de la novia los hizo pasar a una sala. Su esposo esperaba a Dan con una gran sonrisa. El artesano se acomodó sobre un cojín y les señaló un lugar frente a él. A partir de ese instante, Marta se limitó a observar. Dan se inclinaba, ella también; él aceptaba un vaso de té, ella bebía de otro; él sonreía, ella lo imitaba. La conversación duró treinta minutos. A la media hora exacta llegaron las telas. Cuatro mujeres, entre las que Marta reconoció a dos de las bailarinas de la boda, portaban once rollos de tejido de distintos colores. La gama iba desde el marfil al morado, pasando por varios tonos de rosa, lilas y violetas. Dibujos vegetales, en un tono más oscuro que el fondo, daban mayor viveza aún al tejido. Marta apreció su sutileza. Las mujeres los desenrollaban de un tirón y los lazaban por encima de su cabeza; se mantenían en el aire un segundo y caían después en el centro de la estancia, entre ellos y el artesano.

—¿Es seda? —preguntó a pesar de haber decidido permanecer en silencio.

Dan cogió el extremo de una pieza de color rosa y la arrugó entre los dedos para comprobar la textura.

—Según él, de la mejor.

A Marta le dio la impresión de que las cosas no iban tan bien como estaba previsto.

—¿Y no es así?

Pero su curiosidad no se vio satisfecha porque Dan comenzó a hablar con el artesano. Fue una negociación en toda regla. La primera media hora había sido una charla amigable, pero el tono cambió tras examinar el producto. Quince minutos después, Dan parecía preocupado, y el artesano, enfadado. Y tras otros diez minutos, llegó la despedida.

Marta de nuevo imitó a Dan: inclinación con las manos uni-das, sonrisa y salida sin prisa. Todo muy amable, muy civilizado. A la puerta de la casa, otra reverencia ante la dueña y un *cám on* de despedida. Le quedó claro que el matrimonio se quedaba con ganas de colgarles por los pies sobre una hoguera encendida.

Dan resopló en cuanto se alejaron calle abajo.

—¿Qué ha sucedido?

Él se frotó los ojos, parecía cansado a pesar de haberse le-vantado apenas un par de horas antes.

—La tela es demasiado fina.

—Pues mi concepto de seda combina muy bien con finura y suavidad.

—No para lo que yo la quería. Me consta que ha hecho un esfuerzo por implantar su cultivo y producción en este lugar. Por eso todavía me duele más. Es un tejido excelente para un pañuelo de cuello, delicado y sutil. Pero no son pañuelos lo que yo necesito para el proyecto, sino algo de más calado.

—Algo como…

—Blusas de mujer.

—Y querías que te las confeccionara él.

—No no. Él pondría la tela y las confeccionaría una coope-rativa de mujeres con las que trabajamos. Hasta ahora hacen ropa de lino, pero quiero intentar que reorienten la produc-ción. Con este inconveniente, se cae parte del proyecto.

—¿No puede confeccionar telas más gruesas?

—Dice que lo va a intentar, pero yo me quedo sin la mues-tra que quería enviar a mi regreso de este viaje. Y él, que ha dejado su comercio en la ciudad de Hôi An para instalarse aquí, sin comprador para sus telas.

Marta esperó al siguiente paso de Dan, segura de que no se iba a quedar sin hacer algo al respecto.

—Le he pedido que confeccione unos pañuelos. Se vende-rán bien en las tiendas de los hoteles de Saigón con las que tra-bajamos. Enviaré algunos también a España en el barco del mes que viene. Tendrá que hacérmelos llegar como pueda. ¡Maldita sea! —Dio una patada a una piedra con saña y esta aterrizó varios metros más allá.

—Has hecho todo lo que podías.

—No es la sensación que tengo.

—Le has dado una solución.

—Una pobre solución, en realidad.

—La que has podido por el momento.

—En medio de la selva y sin móvil, no hay otra posibilidad. En cuanto lleguemos a... —dudó un instante—, a un sitio civilizado, llamo a Bing y que busque una solución —comentó más animado—. Creo que voy a volver para tranquilizar a la familia. Se han quedado muy alterados.

—Bien, y en cuanto las cosas estén más calmadas, ¿crees que accederán a contarme su historia y a enseñarme los talleres y dónde alimentan a los gusanos?

Los ojos de Dan brillaron divertidos y libraron a Marta de la angustia que le atenazaba el pecho desde que lo viera tan descompuesto.

—Favor por favor, ¿eh? Así que jugamos a eso.

—Yo consigo que tú pienses con cordura y tú me consigues un buen reportaje para mi libro.

—Tengo otra opción.

—¿Cuál?

—Terminamos lo que empezamos anoche y yo te consigo un buen reportaje.

—¿Aquí? —Marta se ruborizó.

Él le rodeó la cintura y la atrajo hacia sí.

—Estamos en Vietnam, en medio de la selva, esta gente no tiene televisor ni teléfonos móviles, pero ¿crees que no han visto nunca besarse a una pareja?

No esperó a que Marta pusiera alguna pega: antes de que se diera cuenta, él la había atrapado contra un árbol y la besaba. Con el ímpetu de las olas durante la marejada.

Nota para el blog, del 29 de diciembre de 2014

Cuando llegué a Vietnam, esperaba encontrar un cielo inmenso y un profundo mar, campos de arroz encharcados y mercados flotantes en medio de los ríos.

Pero lo que no había previsto era encontrarlos a ellos y, en cierta medida, encontrarme a mí.

13

*L*os besos correspondidos junto al árbol, una mirada a Marta mientras descansaban al borde de un camino y las risas de los niños con los pies dentro de uno de los muchos lagos por los que pasaban le decidieron a tomárselo con más calma de lo debido.

El negocio que pretendía hacer con el tejido de seda no había salido bien. No ganaría dinero, pero sí tiempo.

Sacó el mapa del país de debajo del asiento del conductor y lo desplegó sobre el capó de la furgoneta. Necesitaba tomar unas notas, pero su libreta no aparecía por ningún sitio. La buscó como loco hasta que se acordó de que se la había regalado a Marta, que estaba anotando en ella sus impresiones.

La cerró en cuanto lo oyó acercarse.

—¿Para qué la necesitas? —respondió recelosa a su petición.

—No la voy a leer si es lo que temes, con que me dejes unas hojas me vale. Voy a ver si encuentro una ruta razonable.

—Yo pensaba que ya sabías por dónde íbamos. ¿Tengo que preocuparme?

La conversación sería más larga de lo previsto porque se sentó en el suelo junto a ella y encogió las piernas.

—¿Recuerdas por qué acepté unirme a vosotros?

—Para hacer de guía de José Luis. Asesor, dijo él.

—Dinero, estoy aquí por dinero.

—Y por los niños.

—Lo de los niños lo acepté solo porque ya venía hacia aquí.

—¿Qué quieres decirme?

—¿Te parecería muy mal si nos demoramos un poco más en dejarlos?

Ella dejó la libreta sobre unos helechos.

—¿Cómo de poco?

—Un par de días, tres a lo sumo.

—La tía de los niños se preocupará, no podemos hacerlo. Se alarmará al ver que no llegan y podría avisar a…, no sé…, a la Policía.

—No lo creo. Las cosas aquí no funcionan como en España, sobre todo porque en cuanto sales de la zona costera y te adentras en los montes, los móviles dejan de servir para algo. Hasta ahora nos hemos cruzado con bastantes coches por el camino, pero para llegar hasta donde estoy pensando ir deberemos adentrarnos en las montañas. Se acabó el teléfono y estar localizable durante varios días. Los vietnamitas son gente paciente, hay veces que un día se convierte en una semana sin ningún problema. No se preocuparán, ya lo verás. Entonces, ¿te parece bien?

—He prometido a mi hermana que la llamaré en cuanto pueda. Mi padre está delicado y prefiero estar localizable por si acaso. ¿Crees que pasaremos por algún lugar con cobertura?

—No, no lo creo.

Marta se lo pensó un momento.

—Bueno, creo que… no pasará nada durante unos días. Todavía no me has dicho adónde se supone que iremos.

Dan se levantó de un salto, cogió el plano y regresó con él.

—Aquí. —Señaló.

Marta se inclinó para leer el nombre indicado:

—Dá Chát. ¿Qué hay ahí?

—La cooperativa de mujeres de la que te hablé ayer y artesanía en madera. Son dos de mis productores, te gustará el lugar. La zona de Truòng Son es preciosa.

—¿Solo el lugar?

—Y las personas. —Dobló el enorme mapa y puso una piedra encima para que no se lo llevara el viento. Se recostó sin dejar de mirar a Marta—. Son auténticos artistas. Las mujeres de Dá Chát pasan gran parte de la vida tejiendo. Lo aprenden desde la infancia. Verás a niñas que apenas despegan un metro del suelo sujetando hilos y haciendo madejas para que, después, sus madres, tías y abuelas elaboren las telas y las prendas.

Marta sonrió al ver surgir la pasión en sus ojos.

—¿Y cómo son esas telas?

—Una auténtica preciosidad. Suaves, muy finas y delicadas. No es la seda de ayer, pero si no eres un entendido las puedes confundir con ella.

—¿Y qué confeccionan?

—Hasta ahora, blusas para mujeres sobre todo. Pero ya sabes que quiero proponerles un cambio de orientación. Quiero quedarme allí un par de días para darles tiempo a pensarlo.

—¿En qué consiste ese cambio?

—Me ha fallado lo de las blusas de seda, pero les llevaba también otra idea: ropa de cama. Sábanas y fundas nórdicas. En España cada vez se valora más ese tipo de producto. Además, Vietnam no puede competir con los precios de la ropa que se elabora en India, China o Bangladés, a menos que no sea algo especial como la seda. Bing y yo hemos pensado que es buena idea entrar en el mercado de la ropa de casa de calidad. Nada de tergal sino lino, del bueno, tejido a mano y teñido con tintes naturales. Tenemos mucha confianza en el proyecto de El Corte Inglés, aunque también hay varias ONG españolas interesadas, Oxfam Intermón es una de ellas. Espero que la cooperativa de mujeres de Dá Chát considere nuestra sugerencia.

—Y si no aceptan, ¿qué harás, dejar de comprarles?

—Seguiremos como hasta ahora. Las blusas tienen salida por el momento, pero, sinceramente, creo que ganarían mucho con el cambio si sale como esperamos.

—Pero todavía no contáis con clientes en España.

—No, no podemos comprometernos con nadie hasta que no sepa la contestación de las mujeres. Si consigo que tomen una decisión estos días, podríamos acelerar el proceso con los clientes de España con los que ya hemos tratado. En cuanto al Corte Inglés, seguro que dice que sí; en cuanto les envíe la primera muestra y tengan la tela entre las manos, la toquen y vean el brillo y la textura, no podrán negarse. Tienes que verlas. No hace falta bordarlas ni ponerles puntillas. El propio tejido lo dice todo. ¿De qué te ríes?

—De tu entusiasmo.

—Es decir, de mí.

—No, de ti no, sino de la ilusión con que cuentas las cosas. Es como si hablaras de tus propios éxitos en vez de los de unas desconocidas.

133

—Sus éxitos son los míos porque no son unas desconocidas. Aunque lo fueran, lo que tienen es gracias al esfuerzo y la dedicación; se merecen todo mi respeto y admiración.

—Unas pocas mujeres de un enclave remoto —musitó Marta.

—Espera a ver lo que hacen. Por un casual, ¿no te fijarías en unas mesitas que había en la tienda del hotel de Saigón donde os alojasteis?

Marta asintió.

—Tiêt es el artesano que las fabrica. Tiene sesenta y tres años. Su hijo trabaja con él. Entre los dos nos surten de todos los muebles pequeños que exportamos. Tenemos como cliente a la mayor tienda de España especializada en muebles exóticos, Lieu se llama. Todos los marcos, consolas, mesas y sillas que venden salen de los bosques de Truòng Son. No tenemos ninguna entrega prevista hasta dentro de un par de meses, pero los artesanos se alegrarán de que pase a verlos. Son una gente estupenda y...

La boca de Marta era suave y fresca como el musgo en primavera. Dan ya lo sabía, pero este fue más suave, más tierno. Más maduro, más abierto. Fue más húmedo, más cálido e infinitamente mejor. El colofón de los anteriores y la promesa de los siguientes.

—Me fascina tu entusiasmo a veces.

—Y a mí el tuyo siempre —contestó él con la voz enronquecida al tiempo que la tumbaba y la instaba a rodearle el cuello.

Marta sabía que no era el momento ni el lugar. Las voces de los niños resonaban en la lejanía, como si hubieran cruzado el lago a nado y los llamaran desde la otra orilla para mostrarles su hazaña. Y sin embargo, los tenían muy cerca, a menos de veinte metros.

Algo dentro de la cabeza le dijo que mientras los oyera jugar, todo estaría bien. Significaba que ignoraban a qué se dedicaban los adultos.

Los gritos siguieron y ella también continuó, con lentitud, sin descanso, con pasión. Toda la que había estado conteniendo desde que probó sus labios por primera vez.

La situación no era la más propicia, pero Dan profundizó en

el beso. Ella hizo lo mismo. Buscaba la respuesta silenciosa y la entrega del hombre al que se aferraba, el mismo que la había tumbado en vez de apartarse de ella.

El estómago de Marta se encogió al oír un suspiro, al sentir la lengua húmeda, los labios hambrientos, al notar la forma en la que se entregaba a ella.

Debieron de ser unos largos segundos, aunque parecieron muy cortos. Bajo el calor de su boca y la presión de sus labios se dio cuenta de que no le bastaba un beso efímero. Necesitaba una hora, un día, una semana, un mes para saciarse de él.

Se olvidó de todo. Los niños, los gritos, el tiempo, el sol dejaron de importarle. Solo atendía a las caricias de los labios, a la calidez de la lengua, a la suavidad de los dientes. Boca, brazos, pelo, pecho… eran lo único real. Sus suspiros, sus jadeos —¿o eran los propios?—, el único sonido que oía y el único que quería escuchar.

—Esto lo cambia todo —murmuró él con la cara escondida en el hueco de su cuello.

Marta no contestó, prefirió aferrarse a la certeza de lo sucedido antes que a la alegría del futuro. Sin embargo, no le quedó más remedio que enfrentarse a la realidad cuando él repitió la frase. Cobarde como era, más ahora que temía que la ensoñación desapareciera, respondió con los ojos cerrados:

—Todavía podríamos hacer como si no…

—¿Como si no hubiera sucedido nada? —completó él mientras le rozaba los labios con los suyos.

A pesar de haber sido la primera en sugerirlo, le dolió escucharlo de él.

—Sí, si tú quieres.

—No creo que lo hicieras —le aseguró él.

Marta apretó la boca y contuvo la congoja.

—Podría hacerlo, olvidarlo todo y seguir como hasta ahora.

—¿Podrías?, ¿lo harías?

A Marta le habría gustado encontrar en su mirada la misma ira que en la voz. «Los ojos nunca mienten.» Las palabras sí. Pero no se atrevió a mirarlo, aún no, temerosa de descubrir que en realidad a Dan no le importara si había o no sucedido.

—Sí —mintió.

El asalto de la boca llegó sin previo aviso. Él la tomó con

135

rabia, dispuesto a demostrar que lo que ella aseguraba no era cierto. No tuvo que esforzarse demasiado.

Marta no pudo contenerse y lo besó. Con toda el alma. Enroscó la lengua a la de él y succionó para evitar que la abandonara. Lo obligó a pegarse a ella, más todavía; lo atrapó con las manos; lo enlazó con las piernas. Lo mordió, lo besó, lo lamió. Hizo todo lo que estuvo en su mano para excitarlo y lo consiguió.

Sentía la boca descender, desde el cuello hasta sus pechos, el rumbo que tomaba la lengua por la montaña de los senos, las manos adentrándose por la cintura del pantalón.

—Ahora, ¿crees de verdad tus palabras? —farfulló él mientras le soltaba los primeros botones de la camisa—. Yo te lo diré: no. Todo ha cambiado, todo —jadeó—. Olvídate de hacer turismo, olvídate de la filantropía, olvídate de la amistad.

Y para dejarlo claro, apretó el pubis aún más contra ella. Marta notó la dureza de su sexo contra su vientre. Y también sintió… tres pares de ojos sobre ellos.

—Dan —susurró. Pero este peleaba por soltar el botón del pantalón. Marta lo empujó—. Dan, los niños…, los niños están aquí.

—¿Dónde? —musitó él paralizado de pronto.

—Detrás de ti, encima de ti —rectificó. Hizo un gesto con la cabeza—. Ahí arriba.

Ahora el que cerró los ojos fue él. Apoyó la frente contra la de ella.

—No me digas que…

—No nos quitan los ojos de encima. Deberíamos…

—Dejarlo para otro momento.

—Estoy de acuerdo —confirmó. No se movió.

—¿Qué aspecto tienen?

—¿Los niños?

—¿Parecen enfadados?

Marta no tuvo más remedio que observar las caras que había estado evitando mirar.

—Más bien lo contrario —le informó al ver una sonrisa pícara en Kim, una de asombro en Dat y una expresión relajada en Xuan.

Dan le dio un beso rápido, le cerró los botones de la camisa con disimulo, extendió la prenda cubriendo la cintura abierta de su pantalón y se levantó como si no hubiera sucedido nada.

Pero como él había dicho antes, no era posible fingir que no había ocurrido nada. Todo, había ocurrido todo.

—No debéis creer todo lo que ven vuestros ojos —fue lo primero que dijo Marta, antes incluso de terminar de vestirse.

Dan se quedó de piedra y se dio la vuelta para constatar que, tal y como había supuesto, se dirigía a los niños. Le pareció divertido verla justificándose ante los tres mocosos.

—¿De verdad piensas que te van a creer?

—Tradúceselo —le instó nerviosa—. ¡Venga!

Dan empezó a hablarles en vietnamita, pero no pudo terminar la frase. Los tres hermanos se echaron a reír. Él se trabó y terminó la confusa explicación entre las carcajadas de los niños y la expresión atónita de Marta.

—¿Qué les has dicho?

Dan se sentó en la tierra, los niños hicieron lo mismo. Ninguno había borrado la enorme sonrisa de la boca.

—Exactamente lo que tú me has dicho.

Xuan hizo una pregunta a Dan. Este la vio tan feliz ante la posibilidad de que Marta y él estuvieran juntos que no pudo aclararle cuál era la situación real.

—*Vâng.*

—¿Qué sucede? —se apresuró a preguntar Marta cada vez más inquieta.

—Acabo de decirle que estamos juntos.

—Pero ¿por qué? ¡Eso no es cierto!

—Díselo tú. Cuéntale que entre nosotros no hay nada aparte de un revolcón. Pero hazlo de tal manera que ella lo entienda, hazlo tú porque yo no pienso decirle nada que le borre la ilusión.

Marta eligió su malísimo inglés para comunicarse con Xuan.

—*We are not... Dan and me..., we...* —balbució.

Los ojos de Xuan y de sus hermanos no perdían detalle del movimiento de los labios de Marta ni de los monosílabos que no terminaban de decir nada.

—No —se dirigió a él—, no puedo, lo siento. ¿Has visto el brillo de sus ojos? —Volvió a mirar a los niños—. *Yes, we are... ¿cómo se dice?* —farfulló enfadada. Pero a Dan no le dio tiempo a responder porque ya había encontrado la palabra que buscaba—: *He is my boyfriend.*

Kim fue la primera en aplaudir y Dat dio saltos de alegría, pero lo que realmente llegó al corazón de Dan fueron los ojos de Xuan.

—¿Ves, ves cómo *eso* lo cambiaba todo? —musitó al oído de Marta justo antes de besarla en la sien como un novio cariñoso.

—¿Qué hacemos ahora?

Marta parecía preocupada. Por primera vez desde que la había conocido, Dan se sentía relajado a su lado. Todo su afán por controlarse en su presencia se había venido abajo. Y no le importaba lo más mínimo.

—¿No ves la cara de felicidad de tus espectadores? —bromeó al tiempo que la cogía por la cintura—. Démosles el espectáculo que esperan —sugirió y le plantó un ruidoso beso en la boca que Kim jaleó como merecía. Dan notó la rigidez de Marta y decidió romper la situación—. ¿Alguien tiene hambre?

La pregunta fue recibida con tanto júbilo como el beso.

Pero tener el estómago lleno desató la curiosidad de los niños y también la de Dan. Marta se convirtió en el centro de las preguntas de los pequeños y Dan aprovechó que era el intérprete oficial para dar un paso más allá.

—Tengo una hermana —respondió Marta a la pregunta de Xuan sobre su familia—. Es menor que yo y vive en un pueblo con mis padres. Sí, cariño, viven los dos. —Dan vio cómo Dat se levantaba y se acomodaba en el regazo de Marta, que lo acogía con naturalidad—. Son ya bastante viejitos, y mi padre está bastante malito, pero viven los dos. Mi hermana Espe los cuida. También tengo dos sobrinos: dos niños. Y los quiero mucho, tanto como a vosotros.

El interrogatorio continuó.

—Se llaman Mateo y Rubén. No estoy con ellos tanto como quisiera porque ellos viven en un sitio y yo en otro. Vivo en una ciudad. Se llama Barcelona. Vivo sola, en un piso que es solo mío. —Sonrió a la traducción del comentario de Xuan—. Dan también puede venir cuando quiera, pero él vive aquí y yo me marcharé dentro de unos días.

Dan tradujo la nueva pregunta de Xuan. Los ojos de Marta se quedaron clavados en él antes de responder.

—Claro que quiero que él me acompañe a España. Pero las cosas son a veces muy complicadas. Él tiene aquí a su madre y a su abuela, y se ponen muy tristes cuando se aleja de ellas.

Una sombra pasó por la cara de la niña.

—Dice que a su padre no le importaba no tener madre, padre o hermanos, pero que también se puso muy triste cuando se murió su madre. Cree que si te vas de Vietnam, yo me pondré tan triste que me moriré como él.

Marta cogió de la mano a Xuan. Kim se había quedado muy seria con el comentario de su hermana.

—No todo el mundo es igual —respondió—. Hay personas que quieren tanto a otras que les resulta muy difícil seguir sin ellas. Eso es lo que le pasó a vuestro papá, que quería muchísimo a vuestra mamá.

Ahora fue Kim la que intervino.

—Dice que si te marchas y me dejas, es porque no me quieres mucho.

Marta exhaló aire con fuerza.

—Yo te quiero —dijo dirigiéndose a Dan directamente—. Me encantaría quedarme en Vietnam, pero no puedo porque en España tengo mi trabajo y mi familia, y quiero estar con ellos.

—¿Esto es una declaración? ¿Y me la dices así?

Marta cayó en la cuenta de lo que sucedía y lo empujó.

—A ella, tradúceselo a ella. Pretende ser un consuelo para la niña. ¿No es lo que estamos haciendo, aliviar un poco su pena por la pérdida de sus padres con alguna alegría, aunque sea mentira?

Dan tradujo la opinión de Kim divertido.

—Dice que si te quedaras en Vietnam, estarías muy guapa con un *ao dai* color naranja y el pelo recogido como lo tuviste en la boda.

Y para demostrar a Marta lo que quería decir exactamente, la niña se levantó, se sentó a su espalda y empezó a peinarla con los dedos. Marta la dejó hacer, a pesar de los tirones que le daba.

Xuan observó a su hermana y luego intervino de nuevo.

Nunca antes le había visto Dan hablar durante tanto rato seguido, ni siquiera con sus hermanos. Cuando terminó, fue incapaz de repetirlo. Tenía un nudo en la garganta.

—¿Qué pregunta? —se alarmó Marta.

—Dice que si me dejas a mí, que soy tu novio, es normal que los abandones también a ellos. Dice que no me quieres lo suficiente, que su padre tampoco los quería a ellos y que prefirió marcharse con su madre antes que quedarse con ellos.

Dan la vio morderse los labios para no echarse a llorar. Deseó poseer las palabras mágicas que hicieran desaparecer el dolor de aquellas cuatro personas que se habían convertido, sin pretenderlo, en parte de él.

Marta le pidió ayuda con la mirada. Sin embargo, ¿qué podía hacer?, ¿qué podían hacer ambos para paliar el dolor de aquellos niños? Las palabras no servían de nada. De eso estaba seguro. Por eso hizo lo que hizo. Los abrazó. Se arrimó a ellos todo lo que pudo, los abarcó entre los brazos y les brindó su apoyo y fortaleza. Porque sabía que para sanar un corazón herido valía más un sencillo gesto que un discurso brillante. Y porque sabía que a veces las heridas había que dejarlas supurar y no cerrarlas en falso con un buen cosido, por muy bonitas que fueran las puntadas.

Nota para el blog, del 30 de diciembre de 2014

Miro las imágenes de mi cámara de fotos y veo sus sonrisas, amables, silenciosas, curiosas. La amargura del pasado podría ser su presente y su futuro.

Sin embargo, espero y deseo con todas mis fuerzas que sean felices.

14

Xuan metió las manos en el agua tal y como le indicaba la mujer. Llevaba ya un rato mostrándoles todos los procesos a los que sometían el lino antes de conseguir algo que se pudiera parecer remotamente al hilo.

La niña tanteó en el río hasta que dio con lo que buscaba. La alegría de haberlo encontrado le iluminó la cara. Mostró el tesoro a Marta: dos manojos de hierbas completamente empapadas.

Con un gesto, le instó a que la imitara y Marta sumergió también las manos. Media hora después habían sacado un buen montón de lino del río. Ayudaron a la mujer a limpiarlo y a trasladar los manojos a la carreta que habían dejado entre la maleza y regresaron al pueblo. El camino se les pasó intentando comprenderse unas a otras.

Habían llegado al pueblo de Dá Chát al atardecer del día anterior, y a la hora de comer ya estaban completamente integrados. Xuan y ella entre las mujeres; Kim y Dat en los juegos de los niños. A Dan no lo había visto en todo el día. Por lo que sabía, había pasado la mañana con los hombres y la tarde en la fábrica tratando los asuntos pendientes con la cooperativa de mujeres. Lo imaginó negociando las condiciones del trabajo y se preguntó si habría conseguido convencerlas para que confeccionaran ropa de cama.

Con Dan desaparecido, era Xuan la que hacía de traductora. Desde que habían llegado se comportaba con mayor madurez. Por el camino, la mujer les explicó que ahora el lino había que extenderlo en un campo detrás del almacén.

Dentro había más de una treintena de mujeres. Algunas levantaron la cabeza cuando las vieron entrar, pero la mayoría no se tomó un descanso ni para observarlas. Las trataron como a unas más y las pusieron a colaborar entre las risas de las más curiosas. Marta entendió su reacción; hacer trabajar a la mujer y a la hija mayor del hombre que compraba sus productos era para ellas una situación de lo más divertida.

Aquella tarde Xuan y ella compartieron faena e instrumentos. Esfuerzo y dolor de brazos. Marta la animaba cada vez que la niña se quejaba de tener las manos doloridas. Era la consecuencia de frotar sin parar el lino, caliente por el sol, y restregarlo con una piedra para conseguir quitarle la parte leñosa y quedarse solo con las largas fibras suaves. Aquella tarde, entre gestos de complicidad, se hicieron definitivamente amigas. La niña le traducía lo que las mujeres les ordenaban y la corregía cada vez que estas la amonestaban. Gracias a ella, disfrutó de la merienda que les ofrecieron. Xuan le enseñó a usar los palillos para rescatar los trozos de pescado y verduras que flotaban en el *pho gà*, y fue ella la que preguntó a las mujeres, después de cuatro horas, si podían terminar por ese día.

Hacía ya mucho tiempo que Marta estaba deseando dejarlo. Le dolían tanto manos y brazos que apenas los sentía, pero no había dicho nada por si con su poco solidaria actitud perjudicaba las negociaciones de Dan. Sin embargo, y a pesar de las ganas que tenía de sentarse, pidió que le mostraran el resto de las instalaciones.

Y descubrió que el proceso no era distinto a lo que había visto en los museos etnológicos que había visitado. Allí estaban las ruecas, los husos y los telares. Y las mujeres haciéndolos funcionar con una rapidez y maestría sin igual. El sonido de la manivela de las pequeñas ruecas, el silbido de las fibras tirantes en el huso y el traqueteo de los telares manuales acapararon la atención de Marta. Al fondo de la enorme sala estaban los estantes en los que almacenaban, delicadamente dobladas, las piezas de lino listas para el uso.

Sobre una de las dos mesas, apenas unos tablones dispuestos sobre caballetes, dos mujeres extendieron una tela. Un río de nieve se desplegó ante ella.

La mujer metió la mano debajo del tejido y lo alzó para que lo apreciara de cerca. Increíblemente delicado, casi transparente. Marta solo recordaba algo tan fino en alguna camisita de batista que su madre tenía guardada de cuando Espe y ella eran bebés, y de las que era imposible que se desprendiera con la excusa de que eran los únicos recuerdos que le quedaban de ellas a esa edad.

Alguien movió algo a su lado y la atención de Marta se desvió.

—¿Son esas las blusas que hacen? —preguntó a Xuan al ver un perchero corrido con al menos medio centenar de prendas colgadas.

Le bastó sacar un par para saber que Dan estaba en lo cierto. Eran bonitas, sí, pero sobre todo por la textura de la tela. Al diseño de la prenda le faltaba elegancia; no se diferenciaba mucho de los millones de camisas que se vendían en España con la etiqueta «Made in China». Aquellas prendas carecían de algo que las distinguiera del resto: les faltaba personalidad.

No pudo contener la curiosidad.

—Buena idea hacer sábanas…, como dice mi… marido.

Le costó pronunciar la última palabra; se sentía incómoda haciéndolo. Dan les había explicado a los niños que habría que contar aquella pequeña mentira. Sería su secreto. Estos habían aceptado el juego con entusiasmo. Marta había consentido a sabiendas de que en los lugares que visitarían encontrarían mentalidades más tradicionales que en las grandes ciudades. Además, aclarar todos los detalles del vínculo que les unía entre ellos y con los niños era, al menos, complicado.

En cuanto Xuan empezó a traducir sus palabras, la actividad de la fábrica se paralizó y varios grupos de mujeres se arremolinaron en torno a ellas. No había que ser muy perspicaz para darse cuenta de que en aquel pabellón había dos bandos enfrentados: las más jóvenes, a un lado, y las mayores, al otro.

Una chica de no más de veinte años descolgó una blusa y se la puso delante a una mujer del otro lado. Señaló la prenda y luego a Marta en varias ocasiones. No era una conversación amable, las palabras de la joven sonaban a desavenencia. El resto se limitaba a mirarlas. Marta sabía que uno de los pilares fundamentales de la sociedad vietnamita era el respeto a los ancianos. Se sintió muy violenta al ver la forma en que la joven recriminaba a la mayor. Esta esperó a que la chica terminara y le contestó de malos modos.

—¿Qué dicen? —preguntó en inglés a Xuan, que se había pegado a sus piernas nada más comenzar la refriega.

La niña señaló a la joven con timidez.

—Dice... tú no quieres la blusa..., es fea muy fea.

—Es vulgar —musitó Marta entre dientes.

Las voces subieron de tono y se sintió obligada a intervenir puesto que ella había sido la que había iniciado el conflicto. Sin pensarlo para no volverse atrás, dio unos pasos y cogió la blusa de las manos de la chica. Se la puso sobre la camiseta y la abotonó. Le quedaba grande e informe como un saco; enseguida se dio cuenta de que le sentaba fatal. Fue un error.

Descubrió sonrisas en el lado derecho y caras de disgusto en el izquierdo. Unas y otras comenzaron a discutir bastante enfadadas. Xuan contemplaba asustada el enfrentamiento.

—¡Marta! —exclamó al tiempo que le tiraba de la blusa—. Todas gritan. —Y se apretó contra ella.

Marta le ordenó:

—*Look for Dan! Quickly!*

Xuan se escabulló entre las mujeres, mientras ella continuaba siendo el muro de contención entre los dos bandos y rezaba para que Dan apareciera a la mayor brevedad. Ni siquiera se planteó si él sería capaz de calmar los ánimos, lo único que quería era que alguien interviniera antes de que dejara de ser una discusión verbal y pasara a mayores.

No debieron de transcurrir más de tres o cuatro minutos, aunque se le hicieron eternos. Sobre todo cuando vio que una daba un paso amenazante y el resto respondía de igual manera. Marta calculaba los metros que las separaban e imaginaba con horror lo que sucedería si el espacio entre ellas se reducía al punto de alcanzarse.

Tanto fue el temor a que se iniciara una pelea que terminó plantada en medio de las dos partes con piernas y brazos extendidos, pero no tuvo ningún efecto.

Su frustración había llegado al límite y estaba a punto de ponerse a gritar ella también cuando apareció por la puerta la comitiva compuesta por Dan, Xuan y tres mujeres que Marta no había visto antes. La que iba delante parecía la responsable, pero las otras dos tenían también un porte bastante marcial y no le iban a la zaga en cuanto a seriedad.

Nadie tuvo que explicar la situación, la primera de las recién llegadas hizo una inclinación silenciosa y todo el mundo se calló. Luego comenzó a hablar con la misma suavidad con la que había saludado.

Todos los presentes se agacharon en señal de respeto. Marta los imitó. Después se hizo a un lado y Dan y Xuan se colocaron junto a ella.

—¿Quién es? —musitó a Dan.

—La portavoz de la cooperativa de mujeres, la señora Ngo, y su opinión tiene mucho peso.

Mientras escuchaban a la señora Ngo soltar lo que Marta hubiera definido como «una buena bronca», no pudo evitar preguntarle:

—¿Cómo van tus negociaciones?

—Algo más calmadas que aquí, pero con el mismo resultado. No hay acuerdo entre ellas. La mitad quiere aceptar la propuesta y la otra mitad no; dicen que les va bien como están.

—Son las jóvenes contra las mayores —le explicó a Dan—. Pero me parece que el problema no es solo por el tipo de prenda, sino en el lado de quién cae el control de las decisiones.

—Me temo que eso no es algo que puedan solucionar en un día, ni nada en lo que nos podamos implicar. Nos marcharemos de aquí sin una respuesta.

Marta se acordó del *ao dai* que había comprado en Nha Trang.

—¿Y si les ofreces una solución intermedia?

—¿Como qué?

—Que cambien solo de orientación la mitad de la producción. Mitad y mitad. Además, se me ocurren algunas adaptaciones para las blusas que podrían contentar a unas y a otras.

—¿A qué te refieres?

Ninguno se había dado cuenta de que Ngo había dejado de hablar y la pregunta de Dan resonó en el almacén ya en silencio.

—¿Confías en mí? —le susurró ella.

La mirada de él era más de asombro que de confianza, sin embargo, dijo: «Sí».

—Traduce entonces. —Tomó aire y empezó el discurso—. Sé que la decisión a la cuestión propuesta por mi marido no es

145

fácil de tomar. Vuestras telas son las mejores y más finas que he visto nunca y hacéis unas blusas de gran calidad. Estoy segura de que hay muchas mujeres españolas que las compran, pero me gustaría haceros una pregunta: ¿cuántas de ellas volverán a comprar otra si ya tienen una?

La mujer mayor que había comenzado la discusión le preguntó algo.

—Quiere saber qué quieres decir con eso.

—¿Cuántos años hace que mi marido os compra estas blusas?

—Cuatro años —confirmó la señora Ngo, que escuchaba muy interesada.

—Las mujeres a las que van dirigidas estas prendas no son ya jóvenes —dijo Marta al tiempo que separaba la tela de su cuerpo para que todas vieran lo ancha que le quedaba—. Ellas cuidan su ropa, más todavía si saben apreciar un tejido como este. Eso significa que les durará muchos años y mientras tengan una, no comprarán otra igual. Por eso necesitáis ofrecerles nuevos productos. —Dan tradujo sus palabras y vio cómo las malas caras volvían a aparecer en el bando de las mayores, pero siguió hablando—. Pueden ser sábanas, como propone mi marido, pero también blusas. Solo tenéis que cambiar un poco el diseño para que sean distintas.

De nuevo fue la señora Ngo la que preguntó.

—¿Qué les propones? —tradujo Dan.

—Algo que seguro les gustará a todas. Tradición, su tradición. Blusas, más entalladas, sin cuello, elegantes y con una hechura que conocen bien.

Ahora no eran solo las mujeres las interesadas en la respuesta. Dan estaba también intrigado. Marta se lo vio en la mirada anhelante y en la forma en la que entreabría la boca. En el brillo de los ojos y en los labios húmedos.

—*Ao dai* —dijo simplemente.

—¿Exportar el traje tradicional vietnamita? No creo que tenga mucha aceptación.

—El traje no —lo interrumpió ella—, solo la blusa. Más corta, pero manteniendo las líneas. Habrá muchas chicas jóvenes que la comprarán, ya lo verás.

Dan había dejado de traducir para hablar con ella.

—¿Y la ropa de cama?

—También. Tú proponles lo del *ao dai* y luego seguimos.

Marta esperó a que Dan hablara, ansiosa por ver la reacción.

Las caras empezaron a suavizarse. A unas porque les gustaba la idea de seguir haciendo blusas y a las otras porque su trabajo llegaría a mujeres más jóvenes. Hasta la voz de la portavoz parecía haberse ablandado cuando hizo la siguiente pregunta.

—Quiere saber qué pasa con las sábanas.

—Les sugiero que hagan blusas para las mujeres jóvenes y sábanas para aquellas que compraron el primer diseño. Estas últimas son mujeres que gestionan su casa y comprarán la ropa de cama.

La sonrisa de Dan se fue haciendo más y más profunda a medida que repetía en vietnamita la propuesta. Marta tenía la vista clavada en su boca y, cuando él terminó y la miró con algo parecido al orgullo, ya no pudo concentrarse en nada más.

—¿Qué crees que decidirán? —le preguntó Marta a Dan varias horas después.

—¿Una opinión sincera?

—Por favor —rogó ella.

Él apoyó las manos sobre las rodillas.

—No tengo ni idea. Si me lo llegas a preguntar tras tu intervención, te hubiera contestado que seguramente aceptarían. A estas alturas, me temo lo peor.

—Sí, yo también lo creo. Si las hubiera convencido, ya habrían dado una respuesta. Creo que vas a tener que conformarte con las blusas de siempre.

—Bueno, no estaríamos peor que antes de venir.

—Me alegro de que te tomes tan bien los fracasos.

—Un fracaso solo lo es si tú dejas que lo sea. Yo más bien lo definiría como una oportunidad de cambio para la que hay que esperar un poco más.

—¿Sacado del espíritu… budista?

Él se rio.

—Sacado de mi propia cosecha.

Marta dejó de mirar la luz que salía por la puerta abierta del almacén para centrarse en él.

—Me gusta tu filosofía de vida. Enfocar las frustraciones como nuevas oportunidades me parece fantástico. No hay mucha gente que sepa hacerlo.

A Dan le pareció que lo decía por ella y una especie de ternura se le instaló en el pecho.

—No siempre me da resultado.

—Al menos, lo intentas.

Si no llega a ser porque estaban sentados sobre una valla, con los pies colgando y en equilibrio para no caerse, la habría abrazado.

—Eso lo digo ahora, espera a que revise el proyecto y me desespere por no poder entregar lo que quiero —aclaró—. Has estado fantástica esta tarde.

—No tuvo importancia.

—Sí la tuvo. Calmaste los ánimos.

—No dirías eso si supieras lo que pasó en realidad —confesó ella—. La verdad es que fui yo la culpable de que comenzara la discusión.

—No imagino cómo. —Frunció el ceño.

—Creo que yo lo provoqué todo. Y luego me probé una blusa y me quedaba tan grande que algunas de las mujeres vieron la ocasión para imprecar a las otras por querer seguir confeccionando una prenda así. Todo fue culpa mía.

—Sigo pensando que has estado genial —insistió él, que quería que a ella le quedara claro lo impresionado que estaba—. Las dejaste boquiabiertas.

La risa de Marta llenó la noche.

—¿A las mujeres? Me temo que a la única que impresioné fue a Xuan.

—Y a mí, me impresionaste a mí —musitó.

Dejó que el silencio envolviera sus palabras y deseó que se colaran en la mente de Marta con la misma intención con la que las había pronunciado.

Pero Dan conocía bien a los occidentales y no siempre estaban abiertos a la sutileza oriental, les costaba ver lo que no se les presentaba ante los ojos y oír lo que no sonaba. No quiso arriesgarse y actuó. Se inclinó hacia ella y la besó.

Acertó en la mejilla. Ella se volvió hacia él. Dan aprovechó la oportunidad y la besó de nuevo, rápido, en los labios, con la suavidad del batir de las alas de una libélula.

Marta no se apartó, no lo empujó, no se marchó. Se quedó allí esperándolo de nuevo. Él la besó otra vez y ella abrió la boca para acogerlo. Dan notó su humedad y esto alentó la impaciencia que llevaba controlando desde el lago. Necesitó abrazarla, tocarla.

Casi se cae. Se bajó de un salto, la cogió de la mano y tiró de ella. La apoyó contra los troncos de la valla y la besó de nuevo. Notó cómo se relajaba bajo su cuerpo.

Fue un gemido y un suspiro, fueron las ganas de tenerla. Fueron sus besos y la boca contra la suya. Fueron las manos en su pelo y la dureza de su abrazo. Dan se olvidó de la lógica que le dictaba la cabeza y atendió solo a su abandono y al fuego que ella le provocaba.

Fueron sus besos, y sus manos. Fue el calor de su piel. Era solo ella. Y sus besos. Únicamente Marta. Y su piel. Marta nada más, y su cuerpo. Ella. Y él la deseaba.

Por un momento pensó que se perdería, que el mundo desaparecería a poco que ella continuara besándolo. Hasta que las voces los obligaron a toparse con la cordura.

—¿Qué sucede? —preguntó Marta.

Dan tuvo que obligarse a abandonar aquella cálida neblina en que ella lo envolvía para enterarse de lo que ocurría. Varias mujeres habían salido del almacén y se aproximaban a ellos.

—Creo que ya han tomado una decisión y vienen a decírmela. Precisamente ahora —farfulló.

A Marta le debió de hacer gracia su enfado repentino porque la oyó reírse detrás de él. Dan la cogió de la mano y avanzó hacia la cabeza de la comitiva, pero Marta se soltó.

—Será mejor que me marche a nuestra cabaña —dijo y se escabulló antes de que lograra retenerla.

Solo, se acercó hasta las mujeres y se inclinó ante la señora Ngo. Esta le pidió que las acompañara y se dio la vuelta. Dan echó un último vistazo a la oscuridad por donde Marta había desaparecido y suspiró.

149

Marta se encaminó lo más rápido que pudo a la casa en la que les habían cedido una estancia. Solo cuando se acercó se dio cuenta de que los niños y la familia podían estar despiertos. La verían con las mejillas arreboladas y el corazón palpitante.

Por suerte, no había luz. Los imaginó dormidos. A pesar de la tranquilidad interior, se quedó fuera, apoyada en la barandilla.

Podía contar los hogares donde aún había alguien despierto por la luz que salía de ellos. También las del almacén, al final de la calle, estaban encendidas. Sus pensamientos volaron a instantes antes, cuando estaba entre los brazos de Dan y se sintió sin fuerzas.

Buscó la protección de la oscuridad. Se descalzó y recorrió el porche hasta la parte posterior. Se sentó en el suelo, en la última tabla del último rincón.

Hacía frío, pero apenas lo notaba. Tenía la sensación de los brazos de Dan rodeándola. Se abrazó a sí misma, mucho más consciente de la pérdida. Y aguardó unos pasos que no sonaron, una voz que no oyó, una presencia que no llegó.

Se resignó a dejar de esperarlo.

Estaba decidiendo si entrar en la casa e intentar descansar cuando apareció de repente. Se arrodilló junto a ella.

—Pensé que no vendrías. ¿Qué ha sucedido?

No hubo palabras. Él se apoderó de su boca con urgencia. Los problemas se borraron de la mente de Marta y se colgó de su cuello.

Buscó su ardor, mordió sus finos labios. A besos, recorrió la marcada mandíbula, y a besos, le buscó de nuevo la boca. Entrelazó la lengua con la suya. Dan también estaba arrebatado; Marta sentía sus manos por su cuerpo. Brazos, dedos y lengua. El fluir de las pasiones. Era como un embalse, pleno de agua, al que le habían abierto las compuertas.

Se tumbaron en el suelo sin notar la dureza de las tablas ni el frío de la noche. Entre Dan y ella solo existía el palpitar del deseo, los gemidos y los susurros apenas audibles.

Él se quitó la camiseta. La chaqueta azul que llevaba puesta en el almacén había desaparecido antes incluso de encontrarla.

Marta supo que necesitaba que la tocara en el instante en que puso las manos sobre su pecho y recorrió las líneas de su cuerpo. Él no tuvo que sugerirlo; ella se desprendió de su ropa sacándosela por la cabeza. Oyó el ruido de la prenda caer sobre la superficie de madera.

—Escandalosa —musitó él a la vez que le recorría el estómago y sus manos se posaban sobre el botón de su pantalón vaquero.

El tiempo que los dedos se demoraron en la cinturilla de la tela fue suficiente para que Marta entendiera la pregunta inexistente.

—Sí —dijo simplemente.

Y él lo hizo. Soltó el botón y dejó resbalar la presilla de la cremallera. Demasiado despacio. Marta moría por estar piel contra piel. Antes de que él tirara de la prenda hacia abajo, ella le había soltado la hebilla del cinturón y parte de los botones. Elevó las caderas para facilitarle la tarea.

El estómago le empezó a burbujear cuando se dio cuenta de cuánto había esperado aquel momento. Lo había deseado desde el principio, aunque no había querido reconocerlo. Aquella sonrisa ladeada y aquellos ojos rasgados, oscuros, vivos y brillantes; los quiso para sí en el momento en que lo vio.

Palpó en la oscuridad, ansiosa por un cuerpo que ya la buscaba. Lo notó a su lado, pegado a ella como una segunda piel. A sus manos en la cintura, en su costado, en su estómago, en el valle de sus senos. Dan elevó las copas del sujetador y le liberó los pechos. Notó su boca en uno de los pezones y las yemas de los dedos en el otro. Loca de deseo buscó la cintura del bóxer, que aún llevaba puesto, y deslizó una mano por dentro.

La lengua de Dan trazaba círculos en la areola de su pecho. Los huesos de Marta se diluyeron con la caricia. Su cuerpo tomó vida propia y se arqueó. Él respondió. La dureza de Dan le presionó la ingle; su torso, su pecho. Pero aún estaban demasiado lejos. La urgencia por poseerlo la aceleró. Con torpeza, intentó desprenderse de las prendas que todavía los separaban. Al final, tuvo que ayudarla él.

La humedad de la noche se coló entre sus piernas. Fue solo un instante porque él se posó sobre ella y el frío desapareció, sustituido por el calor de sus movimientos.

Ella lo rodeó con las piernas para que no se alejara nunca. Dan se apoyó en las manos y separó parte del tronco. Se quedaron mirándose a los ojos en la oscuridad. En la luz que robaban a la noche, él esperaba su asentimiento.

A Marta el corazón le comenzó a latir más rápido. Un grito de euforia le subió desde el esternón hasta la garganta.

—Dan, no no no —farfulló cuando la razón se impuso por encima de la excitación. El doloroso interrogante que apareció en su rostro la obligó a continuar—: No podemos, no sin protección.

El peso de la realidad.

Dan aflojó los brazos y, poco a poco, se dejó caer sobre ella. Marta lo abrazó como si hubiera perdido la gema más valiosa del mundo.

—Lo siento —se disculpó él tras un suspiro.

Marta le pasó los dedos por el pelo.

—No es culpa tuya.

No lo era de ninguno, y de ambos a la vez por no haberlo pensado antes.

Dan se deslizó a su lado y se apoyó en un codo, junto a su cabeza. La besó suavemente.

—Tenía tantas ganas de ti… —dijo simplemente.

Ella le acarició la cara.

Volvieron los besos, las caricias y los abrazos. Volvió el calor de su piel y el recorrido de su espalda. Volvió a sentir que el deseo se apoderaba de ella. Volvieron los dedos en el ombligo, en la cintura, en el bajo vientre. Sus manos entre sus piernas, los labios entre los muslos.

Notó la humedad de su lengua y el palpitar de su propio sexo. Abrió las piernas para darle acceso. Él no paraba de acariciarla, de excitarla. Su boca y sus movimientos circulares. Sin orden, sin control. Sus hombros y la mano en su pecho. El calor del sol, la arena del desierto.

Las caderas de Marta se elevaron, lejos ya de su propia voluntad. Dan ahondó en las caricias, aumentó la velocidad, más, más, aún más.

Después, la laxitud más maravillosa, la suavidad de su piel cubriéndola por entero. Y la seguridad de que la esperaba en la otra orilla.

—Lo siento —musitó ella, que se encontraba aún entre el reino del amor y del deseo—. Ahora, enseguida, yo…

Él le mordió los labios con suavidad.

Marta sintió su agitación e imaginó su mano sobre su pene, dispuesto a terminar lo que habían dejado a medias. Supo que tendría que esperar otra oportunidad para resarcirle, tal y como había hecho él con ella. Posó una palma contra la cara interior de su muslo y lo besó. Con toda el alma.

Nota para el blog, del 31 de diciembre de 2014

Hasta ayer me he limitado a observar y siento que he perdido un tiempo precioso. Sin embargo, las cosas han cambiado por completo porque… percibir lo que ocurre fuera es importante, pero lo es más sentir lo que sucede dentro, dentro de ti, dentro del resto.

15

*A*l día siguiente Marta se puso el *ao dai* y se recogió la melena en un moño prieto, para el que tuvo que utilizar las dos gomas que les había puesto a las niñas el primer día que se quedó a solas con los tres hermanos en Nha Trang. Se sintió la mujer más atractiva del mundo.

Y debía de serlo, a juzgar por las sonrisas que le dedicaron las mujeres de la familia mientras desayunaba con ellas.

Dan se había marchado al amanecer, después de una noche de susurros, suspiros y caricias, después de una noche de besos y dormirse acurrucada en sus brazos. Marta todavía no sabía cuál había sido la decisión de la cooperativa. Fuera cual fuese, estaba convencida de que sería para bien.

Los niños no le dieron ningún trabajo, se levantaron contentos en cuanto los despertó, sin nada de perezas, gruñidos ni silencios, como si hubieran adivinado su estado de ánimo antes incluso de verla. No tuvo que ocuparse de ellos. Xuan se comportó como la hermana mayor que era y animó a los pequeños a terminar cuanto antes sus tazones.

Dan apareció en cuanto abrieron la puerta para marcharse. Cruzó unas palabras con Xuan y le hizo una caricia en el pelo. Ella asintió y le dio un beso a Marta antes de irse. «Se han puesto de acuerdo», y no tenía ni idea de para qué.

—¿Qué le has dicho?

—Hoy iremos de excursión —le explicó él al tiempo que levantaba una cesta cubierta con una tela que Marta no había visto antes.

—¿Adónde?

—¿Estás preparada? ¿Algo que hacer, algo que coger?

—Nada.

Él enlazó una mano con la suya y tiró de ella. Le pasó un brazo por los hombros y la atrajo hacia así.

—Perfecto —le susurró y le dio un beso en el pelo—. Esta mañana estás muy guapa. Este *ao dai* te sienta muy bien.

Pero Marta sabía que el mérito no era solo de la ropa. «Hacer el amor contigo me sienta muy bien.»

—¿No esperamos a los niños?

La humedad de su boca despertó el corazón de Marta, que saltó desbocado. No pudo evitarlo y le mordisqueó el labio inferior, tentadora, aunque consciente del lugar en que estaban, a la vista de todo el pueblo.

—Será mejor que nos vayamos cuanto antes —gimió Dan junto a su cuello—, o nos detendrán por escándalo público.

—¿Y los niños? —insistió ella.

—Hoy nada de niños. Hoy somos tú y yo.

El día podría haber sido más azul, habrían podido caminar por una senda más abierta, podría haber sido más caluroso. Avanzaron, palma contra palma, pasos con pasos, piel contra piel. Era el día perfecto, tanto que Marta prefirió no decir nada para no estropearlo. Dejó a un lado los interrogantes de lo que sucedería con su recién estrenada relación, con el trabajo de Dan y con los niños, y se limitó a avanzar con él. A disfrutar de él. A su lado.

Siguieron la ribera del río durante una hora. Se arrepintió de no haber dejado en la cabaña el reloj que la ataba a la realidad.

—Este es el sitio. Aquí nos quedaremos —dijo Dan antes de desplegar una tela y extenderla sobre la hierba.

—¿Aquí, tan pronto?

Él palmeó el suelo, pero como Marta no terminaba de sentarse, tiró de ella.

—¿Querías ir a otro sitio?

—Cuando dijiste de excursión, pensé que iríamos más lejos.

Él la empujó suavemente para que se recostara y se inclinó sobre ella. Sus labios en los suyos otra vez, de nuevo el entendimiento de Marta evaporado entre la neblina de la mañana.

—Quería estar contigo, era simplemente eso.

Ella le echó los brazos al cuello.

—Me parece perfecto.

—Tengo una cosa que te va a parecer mejor aún —le anun-

155

ció. Del bolsillo trasero del pantalón sacó un sobrecillo cuadrado en el que se adivinaba la goma redonda que guardaba.

—Un condón, pero ¿cómo?

Él la silenció divertido.

—Hay cosas que llegan hasta el más recóndito de los rincones del planeta. —Le guiñó un ojo—. Y se pueden conseguir con el billete adecuado. Además, tengo otra buena noticia, no está caducado.

Marta fue incapaz de contener las carcajadas.

—Eso es lo que se llama un golpe de buena suerte.

—El mejor.

Curiosamente, saber que podía tenerlo en cualquier momento sin correr riesgos le dio a Marta una placentera tranquilidad y decidió disfrutar de la compañía de Dan, de las palabras y de los silencios, y arrancarle todas las caricias antes de unirse a él, tal y como estaba deseando.

—¿Cuál ha sido la decisión de las mujeres?

—Ahora no —se quejó él dejándose caer de espaldas.

—¿Por qué no? —Ella lo besó en el cuello—. Tenemos todo el día para nosotros, tú mismo lo has dicho.

Marta se apartó y lo dejó con la miel en los labios.

—Así que la señorita quiere jugar.

—Todo lo que pueda —le susurró juguetona antes de ponerse seria—. Y ahora di, ¿qué han contestado? ¿Han aceptado?

Él colocó las manos bajo la cabeza.

—Sí y no.

—¿Cómo es eso?

—En tres días me entregan media docena de blusas como las que sugeriste y un rollo de tela de la batista más fina. Podré usar las prendas para hacer la promoción y el tejido para presentarlo al proyecto. Esperamos que salga todo bien y puedan comenzar a producirlas.

—¿Y mientras tanto?

—Continuarán como hasta ahora. Aunque me han prometido que se pensarán lo de la ropa de cama. No se lo he dicho, pero pienso insistir en ese sentido con los jefes de los grandes almacenes. Sigo creyendo que es una buenísima idea —dijo animado.

—Yo solo buscaba ayudarte y al final he conseguido lo contrario.

Un instante después Marta estaba debajo de Dan.

—No pienses por un momento que me has arruinado el negocio. Se trata de que todos ganemos, sobre todo ellos…, ellas en este caso. Y no solo ganar dinero, eso te lo puedo asegurar. Me vale con tener lo suficiente para seguir adelante.

—¿Y tu socio también lo hace por altruismo?

Dan sonrió al recordar a Bing.

—Digamos que él se toma los resultados un poco más en serio que yo, pero es un buen tipo. Por suerte, ninguno tenemos una familia que mantener y nos arreglamos con poco.

—Soportáis problemas y sinsabores para llegar a fin de mes.

—Créeme, los problemas dejan de serlo cuando llegas a los pueblos y ves cómo ha mejorado la situación de las gentes con las que trabajas.

—¿Eran muy pobres?

—¿Quiénes?

—La gente de Dá Chát, las mujeres de ayer.

—No eran pobres, estaban en una situación miserable, y no lo digo solo por la falta de recursos.

—¿A qué te refieres?

—A la autoestima, a la falta de esperanza. Eran mujeres acostumbradas a levantarse, labrar los campos, hacer la comida, cuidar de los hijos, a vivir sin pensar, sin mirar al futuro, ni el de ellas ni el de sus hijos. Estaban resignadas a dejar pasar los días sin esperar nada a cambio. Ahora trabajan para algo, para conseguir un futuro mejor.

—¿Crees que eso es bueno? Me refiero a darles esperanzas.

—¡Por supuesto que sí! Trabajar para comer alimenta el cuerpo, pero hacerlo para mejorar alimenta el alma. Uno no sobrevive, vive. La diferencia es brutal, es lo que separa la desesperación de la felicidad.

—Y eso es lo que tú les aportas.

—Es lo que espero que ganen con todo esto, una razón para ser felices.

—Hablas de la felicidad de otros, ¿y qué hay de la tuya?

Él se limitó a apartarle un mechón de pelo que se le había soltado del recogido. Marta notó el roce de sus dedos detrás de la oreja.

—Felicidad, bonita palabra. La aspiración de todo hombre y mujer, la mejor opción para su futuro.

La melancolía que dejaba entrever la voz de Dan causó una profunda emoción en Marta. Su propia vida tenía una enorme similitud a aquella que él acababa de describir. La alegría del inicio de aquel día se les escurría entre los dedos.

—A menudo nos olvidamos del momento —dijo con la vista clavada en el cielo—. ¿Qué es la felicidad? A veces la respuesta es tan simple como describir lo que pasa ante los ojos.

Marta sintió sus dedos colarse entre los suyos. Él le apretó la mano y ella le respondió.

—Felicidad, sin pensar en… —susurró al viento él.

—Sin pensar en nada más —completó ella.

—El viento, el rumor de los árboles.

—Los pájaros.

—El olor de la tierra.

—La bruma matinal.

—El vuelo de la libélula.

158

Y antes de que pudiera pensar en la plasticidad del movimiento de sus alas, la vio. Era de color azul y se sostenía en el aire ante sus ojos. La velocidad con la que batía las alas hacía invisible el movimiento. Flotaba ante ella. No se atrevió a parpadear. Y de repente, eran dos, verde y azul, y jugaban ante ella. Marta quiso formar parte de aquello y echar a volar. No pudo aguantar más y cerró los ojos. Cuando los volvió a abrir, habían desaparecido. Se levantó de golpe.

—¿Las has visto?

Dan le sonrió con los ojos.

—Perfectamente.

—Parecían mágicas.

—En Vietnam lo son. Una buena señal. —Y como viera la curiosidad asomar en la cara de Marta, continuó—: Señal de buenas cosechas, de lluvia y después sol, el mejor de los presagios.

—Una bonita leyenda.

—Que a menudo se asocia con la gente con quien la compartes. A partir de ahora, cuando vea una de ellas, me acordaré de ti, *rông bay*.

Ella le acarició la barbilla.

—No sé lo que significa eso, pero me gusta.

—Y a mí, *rông bay* —ronroneó él en su cuello. Marta se vio envuelta en sus brazos y acunada por sus labios—. Mucho, *rông bay*, me gusta mucho.

El cielo se abrió en aquel momento e iluminó sus cuerpos; sin embargo, ella supo que el calor que sentía no lo provocaba el astro que brillaba en el cielo, sino el hombre que la acariciaba. Y era mucho mucho mejor.

Se tocaron, se exploraron, unieron boca, manos y piel. Marta aprendió sus músculos, la delicadeza de sus movimientos, la dureza de sus piernas y brazos, la suavidad de su piel. Descubrió sus hoyuelos, un remolino en su pelo, el hueco de los omóplatos, la redondez de sus nalgas. Exploró sus suspiros, sus zonas erógenas, la longitud de sus dedos. La excitación de sus gemidos. Gozó al ponerse sobre él. Disfrutó de su miembro, de cómo se le paraba la respiración cada vez que ella lo introducía en su interior y el gruñido de frustración cuando salía de él. Y también cómo encogía el estómago cuando movía las caderas sobre él. Y el gesto de su rostro al aumentar la velocidad. Le encantó verle explotar de placer bajo su cuerpo.

—Marta, antes…

Ella le tapó la boca. Escuchar un «lo siento» como el día anterior habría sido demasiado. Sin embargo, no era una mujer que se escondía detrás de mentiras o silencios y lo soltó, con miedo, pero liberó la mano.

—Antes te preguntabas qué era la felicidad. —Le pasó una mano por la espalda desnuda—. La felicidad es esto.

Ella intentó ocultar su tristeza y le sonrió. Habría preferido que la frase hubiera finalizado de otra manera, habría preferido escuchar: «La felicidad eres tú».

Fue un día perfecto. De los que se quedan anclados en tu vida para siempre, que cambian el carácter y alteran el alma; de aquellos que cuando llega la vejez y las décadas se mezclan en la mente, permanecen nítidos en los recuerdos.

A pesar de descubrir que Dan le había mentido.

—Hoy seremos tú y yo —recitó ella resentida cuando él le explicó a lo que iban a dedicar la tarde.

Pero su enfado, en vez de molestarlo, le hizo gracia. Primero se rio de ella y luego apaciguó su enojo con un beso en la punta de la nariz.

—No seas rencorosa, ya verás cómo te gusta.

El lugar al que iban no estaba muy lejos. Siguieron el río un tramo más hasta encontrar lo que buscaban.

—¿Es ahí? —preguntó Marta sin apartar la vista de la edificación de madera que se entreveía en la arboleda de la otra orilla.

—Esa es la casa.

Rodeada de vegetación por todos lados, parecía más el cobijo de un ermitaño que el de unos artesanos.

—No es un sitio fácil de encontrar, ¿cómo diste con ellos?

—La primera vez que estuve en Dá Chát me hablaron de Tiêt. Al parecer, se alejó del pueblo cuando murió su esposa al dar a luz a su hijo.

—¿Lo abandonó?

—Lo dejó a cargo de una hermana. ¿Recuerdas a la mujer que siempre acompaña a la señora Ngo?

—Una más baja y que va un paso por detrás de ella.

—Es una de las fundadoras de la cooperativa. Ella crio a Phuc.

—¿Y qué sucedió con el niño?

—Tiêt lo visitaba todas las semanas. Cuando se hizo mayor, decidió reunirse con él.

—Ahora trabajan juntos —terminó la historia Marta.

—Y trabajan la madera como nadie —apuntó Dan.

—¿Por dónde vamos a pasar?

A la vista no había puentes ni pasarelas, solo una pequeña barca en la otra orilla.

—Ellos deciden quién puede visitarlos.

—Unos auténticos ermitaños.

—Viven como quieren. Cada uno encuentra la felicidad a su manera —constató Dan aludiendo a la conversación anterior.

Y sin decir nada más, se metió dos dedos en la boca y pegó un fuerte silbido.

Marta estuvo a punto de taparse los oídos.

—Estoy segura de que eso no lo has aprendido en Vietnam.

—Cuando uno es adolescente, hace lo que sea con tal de que los amigos de verano lo acepten, y si eres el raro, mucho más.

—Por lo que veo, te adaptaste a la perfección.

—Acabé siendo el líder de la pandilla.

Marta quiso preguntarle la razón por la cual había regresado a Vietnam si estaba tan integrado en España, pero la aparición de una figura delante de la casa desvió su atención.

Dan se inclinó como saludo, a pesar de la distancia, y Marta lo imitó.

Phuc tiró de una cuerda y la barca comenzó a cruzar el río. Dan buscó con la mirada el otro extremo del cabo y lo encontró atado a una rama de un viejo árbol. Se dirigieron hacia allí.

La embarcación llegó a la vez que ellos.

—Sube —le indicó al tiempo que sujetaba la cuerda y comenzaba a estirar.

Marta tuvo que saltar y sentarse para no caerse. Dan se quedó de pie en un extremo de la barca, con la cuerda entre las manos y tirando para que esta regresara al lugar del que había partido.

Nada más descender, hubo nuevos saludos. A Phuc le agradaba la visita; quedaba claro por la sonrisa con la que los recibió.

Mientras seguía al joven y a Dan, Marta pensó que no parecía un huraño ermitaño sino más bien una persona en paz con la vida.

Cuando salieron de entre los árboles, descubrió que no era un edificio sino dos, unidos entre sí por una de las paredes. Fuera del más pequeño había una mesa con dos bancos; en la puerta del otro estaba el padre y maestro artesano.

Nada lo diferenciaba de Phuc excepto el color del pelo; negro el del hijo, blanco el del padre. Este tenía los ojillos más vivos que hubiera visto nunca. No había duda de que también se alegraba de ver a Dan.

Volvieron los saludos silenciosos y amables que tanto gustaban a Marta. Tiêt no dejó de sonreír mientras Dan la presentaba. Después este se acercó con confianza y comenzó a mirar la pieza que el hombre labraba. Era una mesa pequeña, las tres patas completamente repujadas con flores y hojas de distinto tipo y tamaño. Marta se preguntó el tiempo que le habría llevado hacer aquello. Semanas, tal vez meses.

Tiêt comenzó a explicarle algo a Dan sobre la mesa. Mientas hablaban, ella dejó vagar la mirada a su alrededor. Y lo que vio fue solo armonía; y lo que escuchó fue solo sosiego. Entendió entonces lo que Dan le había dicho sobre la búsqueda de la felicidad.

La llegada de Phuc interrumpió sus pensamientos. Se dirigió a ella y le dio a entender que lo siguiera. Marta miró a Dan en busca de aprobación. Lo cierto era que, a pesar de llevar en Vietnam casi dos semanas, no sabía nada sobre cómo eran las relaciones entre hombres y mujeres, mucho menos en la parte menos occidentalizada del país. Pero Dan estaba enfrascado en la conversación con el artesano.

Lo siguió al interior de lo que resultó ser el taller. Dos ventanas a la derecha y una al fondo bastaban para iluminar el interior. Había varias baldas en una pared, algunos muebles cubrían el espacio más lejano.

La condujo hasta las estanterías. Vasos, teteras, bandejas, figuras de animales, cajas, cubiertos, tazones y adornos para el pelo fueron pasando ante sus ojos. De paredes finas, pulidas, suaves, de tonos claros y más oscuros, con incrustaciones de madera y sin ellas. Más grandes, más pequeños. Todos ellos auténticas joyas. Cuantas más veces acariciaba su superficie, más suave los notaba.

Marta se preguntó cómo conseguirían aquella textura únicamente con la ayuda de los bastos instrumentos que había visto en la mesa del artesano y solo se le ocurrió una respuesta: paciencia y amor. Paciencia absoluta para tallar, lijar y bruñir. Amor por el trabajo bien hecho. Y todo sin saber en manos de quién o dónde acabarían aquellos objetos. «Y todo para satisfacer la vista de los desconocidos que terminarán siendo sus propietarios», pensó sin dejar de admirar una caja redonda que tenía en la tapa un paisaje fluvial hecho a base de maderas rosáceas incrustadas.

—Parece que te gusta lo que ves —comentó Dan detrás de ella.

Marta se giró y le tendió la caja.

—¿Has visto esto? Nunca había tenido algo tan bonito entre las manos.

—Ya te dije que te gustaría.

—Es precioso, todo es precioso. Delicado y sutil como… el rocío al amanecer.

Dan la observó con una expresión emocionada. Marta pensó que le diría algo, pero se dirigió al joven artesano.

Este se alejó un poco de ellos y, de los últimos estantes, en la zona más iluminada, trajo un par de piezas. Una era un ligero marco de fotos y la otra, una pequeña escultura que representaba una barca con un pescador tirando de una red.

Dan las examinó detenidamente y le dijo algo que hizo sonrojar a Phuc. Después se las tendió a ella.

—¿Qué te parecen?

¿Qué iba a decir ella que no supiera él? Ambas piezas irradiaban delicadeza por los cuatro costados, igual que el resto de las que había en aquel taller.

—Que pagaría lo que fuera por tenerlas en mi casa.

Dan rio con el comentario; Phuc también cuando le tradujo sus palabras.

—Estas las ha hecho él.

—¿Y el resto?

—Las que has visto hasta ahora, su padre. Las suyas están en aquel rincón.

163

Las últimas, las que nadie veía, las que no solía mostrar a los visitantes.

Marta no pudo evitar acercarse hasta el lugar donde las almacenaba. Sus ojos pasearon por unos cincuenta objetos, cada uno más bonito, cada cual más delicado, igual de maravillosos.

—Dile de mi parte que su padre puede estar muy orgulloso de él.

Dan lo tradujo.

—Dice que sabe que le quedan muchos años para alcanzar la pureza de su trabajo, él aún no ha comenzado el viaje mientras que su padre camina ya por la senda de la perfección. Como sabe que nunca podrá alcanzarlo, se limitará a seguir las huellas que deje.

Phuc la miraba a ella con una tímida sonrisa mientras Dan traducía. Marta sintió una profunda ternura por aquel artesano que, a pesar de su valía, anteponía el trabajo de su progenitor al suyo propio. Y sintió que era como Dan, que en ambos se aunaban los valores del auténtico Vietnam.

Dan la veía caminar entre las piezas de madera, examinándolas con admiración, y era incapaz de hacer otra cosa más que observarla.

Sabía que tenía a padre e hijo detrás de él, a la espera de que decidiera qué se llevaría ese día, qué le mandarían hasta Dá Chát al día siguiente y qué dejarían para que saliera hacia Saigón junto al siguiente envío de blusas. Sin embargo, no podía concentrarse en su labor. Había decidido disfrutar de Marta durante todo el día, y casi lo había logrado, aunque no había podido evitar pensar que en unos días las cosas serían muy diferentes.

La sombra del futuro próximo planeaba entre ellos y no solo cuando hablaban de eso. A veces los silencios eran más explícitos que las palabras. Marta se había encariñado mucho con los niños; él prefería no pensar en sus sentimientos, cada vez más intensos, hacia ellos. No lo iba a negar, le preocupaba su reacción cuando los tuvieran que dejar con sus familiares. Él había intentado pintar una bonita imagen familiar y temía que el cuadro no resultara tal y como Marta, Xuan, Kim y Dat lo imaginaban.

Se centró de nuevo en ella a sabiendas de que la paciencia de los artesanos era infinita. Marta levantó la cabeza y lo pilló mirándola.

—¿Ya has pensado qué nos llevamos?

Dan se deleitó en lo que significaba ese plural a pesar de saber que tuviera fecha de caducidad.

—Algunas cosas pequeñas y un par de muebles, los más delicados. No hay sitio para más en la furgoneta.

Marta examinó los estantes de las piezas menos voluminosas.

—¿Qué tipo de cosas?

—Las que tú elijas.

—¿Yo?

Dan se refugió en la broma para no pensar en el nudo que se le había formado en el estómago. La alegría de Marta lo compensó todo.

—Máximo veinte piezas pequeñas; no contamos con un tráiler.

—¿Veinte?

—Una tiene que ser grande, elige la cajonera más bonita y espectacular. ¡Ah!, y una mesa rinconera también.

—¿Para el proyecto de…? —Se rio ella sabiendo que era

tan importante, ahora que habían perdido las telas de seda y lo de la ropa de cama pendía de un hilo—. ¿Cómo las llevaremos hasta Dá Chát?

La inocencia de Marta lo derrotó y forzó la carcajada para evitar que ella siguiera mirándolo como si lo admirara.

—Mi mujer tiene miedo de no poder con todo —explicó a los artesanos.

La visión de las bocas abiertas y los ojos alegres de los hombres contribuyó a serenarle el ánimo.

—¿Qué sucede?

—No nos lo llevaremos ahora. Ellos nos las acercarán mañana o pasado, antes de partir. ¿Empiezas a elegir?

Lo primero que cogió fue la caja del río, lo siguiente el marco de Phuc. Dan pensó que le iba a costar mucho separarse de aquella mujer que, sin pretenderlo siquiera, acababa de honrar al anciano al elegir primero una de sus piezas y en segundo lugar otra de su alumno más aventajado; y al hijo, al preferir una de sus obras sobre otras de su padre.

Avanzar era lo único que podía hacer para no ceder a la tentación de estrecharla entre los brazos y convencerla de que Vietnam era el lugar donde debería quedarse. Se dirigió hacia las mesas y llamó a Tiêt.

Tardaron un rato en ponerse de acuerdo sobre qué modelo prefería. Al final, eligieron una mesa de té y una cajonera que podía hacer las veces de mesilla. Cada cajón tenía labrada una especie de plantas acuáticas y una tortuga junto al tirador. Era ideal para un dormitorio estilo oriental, tan en boga en algunos ambientes.

Disfrutó charlando con los artesanos y más todavía viendo cómo lo hacía Marta. Ella le preguntó cómo se decían un par de palabras en vietnamita. Cuando definió su trabajo como *dep* y *ao thuât* los tuvo a sus pies. A él, también. Los tres estuvieron de acuerdo, aun sin decirlo, en que ella era lo más bello y lo más mágico que les había sucedido.

La despedida fue igual de agradable que la llegada, más cordial si cabía. Las sonrisas de Tiêt y Phuc no desaparecieron hasta que los dejaron de ver desde la otra orilla del río.

Marta siguió charlando mientras avanzaban por el sendero hacia el pueblo. Comentaba todo lo que había visto, lo que le habían gustado aquellos hombres, lo verdes que estaban los árboles, lo tranquilo del día. Hablaba de la calidez de la gente de Vietnam, de que esperaba que las mujeres de la cooperativa apostaran por la propuesta de Dan, lo contenta que estaba de haber llegado hasta allí...

Dan se limitaba a admirar el brillo de sus ojos cuando volvía la cabeza en busca de aprobación, a asentir ante algunas preguntas, a sonreír y a contar los pasos que faltaban para llegar. Le daba la impresión de que mientras siguieran recorriendo los solitarios caminos del bosque, el tiempo no avanzaría.

Pero las ilusiones no son más que eso y cuando el ocaso llegó y el tejado del almacén de telas asomó entre las hojas de las plataneras, su voluntad cedió.

Dejó caer la cesta al suelo y la cogió por el codo. La hizo volverse y la besó. Hasta quedarse sin aliento.

—Marta, cuando lleguemos al pueblo...

—¿Crees que no lo sé, que no lo he pensado? Estos días no volverán —musitó ella—. Por eso no he parado de hablar, para no echarme a llorar cada vez que recordaba los pocos días que nos quedan.

Dan volvió a besarla, con rabia, con pasión, en un absurdo intento de que aquel instante no terminara nunca.

Dan llegó con una sorpresa al día siguiente: como se tenían que quedar más tiempo del previsto, hasta que las mujeres tuvieran listas las blusas y el rollo de batista, les cedían una vivienda al otro lado del río. Al principio, los niños no se lo tomaron como el regalo que era, pero cuando vieron que tenían que usar una barca para llegar y para salir de la casa, se convirtió en una aventura.

Era poco más que un cobertizo donde varias familias guardaban los aperos de pesca. A alguien se le había ocurrido la feliz idea de dividirlo por dentro en dos espacios. Todo un acierto.

Dan se las arregló para limpiarlo sin que su familia, pues así había empezado a llamar a Marta y a los niños en su interior, sospechara nada hasta que estuvo medianamente decente.

A ella le encantó la idea de dejar de molestar a otros. Además, les daba la privacidad que estaban deseando tener.

—Lo has hecho solo por eso —le susurró ella entre sonrisas mientras los pequeños examinaban los aperos de los pescadores que habían quedado arrinconados en la habitación del fondo.

Dan le guiñó un ojo como respuesta.

Durante tres días fueron una familia: desayunaban, comían y cenaban juntos, y sobre todo, se reían. Los niños charlaban con Marta con toda naturalidad, como si fuera capaz de comprenderlos. Cuando Dan los traducía, este le tomaba el pelo contándole lo que le parecía, que en ocasiones no tenía nada que ver. El resultado era que Marta mantenía con el resto las conversaciones más surrealistas del mundo. Y alegría, mucha alegría, y felicidad.

El resto del día Marta y Xuan lo pasaban ayudando en la cooperativa, Dan escuchando a los hombres planear la reorganización de los cultivos para que la empresa textil de sus mujeres no se quedara desabastecida de lino en ningún momento del año. Kim y Dat se sentaban a cenar cansados de pasarse el día de un lado a otro sin parar, pero poco a poco se iban tranquilizando y, con ayuda de la placidez de Xuan y el esfuerzo de los mayores para no exaltarlos demasiado, apenas duraban en pie una hora más.

Las noches eran solo para ellos dos, y las disfrutaban todo lo que podían. Alargaban el tiempo con el brillo de las estrellas sobre sus cabezas. Hablaban de ellos, de su infancia. Marta le contó lo aburrida que había sido su vida en el pueblo, donde el mayor entretenimiento eran las visitas a la biblioteca durante el invierno y a la piscina en verano. Le habló también de su familia, de lo mal que lo había pasado su hermana durante el divorcio y de lo valiente que había sido al decidir separarse de un hombre que, aunque bueno, era más un compañero de juegos que un padre para sus hijos. Hasta ella había tenido que interceder por su hermana pequeña ante sus padres, que no comprendían por qué se separaba de su marido cuando él juraba que aún la quería. Dan le explicó lo natural que le había resultado aunar las costumbres orientales y las occidentales. Con dos años aprendió a usar los palillos y el tenedor; a los cinco, rezaba al sol y a las plantas y a Dios al mismo tiempo, y a los diez, leía los poemas de Xuân Diêu y las aventuras de Julio Verne. Sus inviernos estaban llenos de Oriente y sus veranos de Occidente. Cada año pasaba de Hanói a Valencia, con escala

167

en París, Frankfurt o Bangkok, más la de Madrid. Hasta los dieciocho años echó de menos la paella, el bullicio de las terrazas
y la playa; a partir de entonces, cuando ya estudiaba en Valencia, añoró el altar dedicado a sus antepasados en la entrada de
la casa, los saludos silenciosos, el verde y las leyendas que le
contaba su abuela materna.

Y allí, junto al rumor de la corriente del río y mientras las
luces de las casas de Dá Chát se apagaban poco a poco, le contó a Marta por qué el búfalo desciende de los dioses y que el
monzón era provocado por el genio de las aguas en su encarni-
zada lucha contra el de las montañas. Cuando Dan comenzaba
a hablar de su país, Marta se recostaba contra su pecho y lo
escuchaba sin decir nada. Cuando terminaba, se quedaban un
rato sintiendo que formaban parte de la naturaleza, unían las
manos y entraban en casa.

Hacían el amor en silencio, sin hablar del pasado, mucho
menos del futuro.

Y llegó la sexta noche, la última, ambos lo sabían, por eso
estaban despiertos a pesar de que hacía ya varias horas que la
medianoche había quedado atrás.

—Mañana a primera hora las mujeres entregan el pedido.

—¿Te han contestado algo sobre la ropa de cama?

—Después de comer, la señora Ngo me invitó a tomar el té.

—No me habías dicho nada. Esas no son buenas noticias
—aventuró ella.

—Buenas y no tan buenas. Aceptan tu idea de las blusas.
Me han pasado varios bocetos que tendré que examinar con
Bing cuando llegue a Saigón; él también tiene algo que decir, la
mitad de la empresa es suya.

—¿Y con respecto a la ropa de cama?

—Siguen pensándoselo.

Marta sabía lo que aquello significaba.

—Lo siento, Dan.

—No acaban de comprender por qué unas sábanas son tan
importantes para un occidental y, por lo tanto, no me creen cuando les digo que podría ser un negocio mayor que el de la ropa.

—¿Cuándo te van a contestar?

—Han prometido enviarme una carta con la respuesta antes de un mes.

—¿Un mes?

—Si cumplen, podré presentar el informe tal y como lo había pensado. Me llevaré una muestra de la tela de lino para incluirlo en el proyecto y que, al menos, puedan evaluar la calidad del tejido. Mañana llegan Tiêt y Phuc. ¿Sabes qué quiere decir eso?

—Mañana nos vamos, ya no queda nada que hacer aquí.

—Exacto.

No hacía falta pronunciar el nombre del lugar al que se dirigirían.

—¿Cuánto tiempo piensas que…, cuánto nos queda para…?

—«Para separarnos de ellos.»

—Dos horas, quizás tres.

Marta se incorporó de golpe.

—¿Solo? —preguntó conmocionada.

—Estamos muy cerca de Son Trach.

—No lo sabía.

—¿De qué habría servido? Únicamente para que lo tuvieras presente a cada momento.

La oyó suspirar. Ella se recostó de nuevo y la atrajo hacia sí. Marta apoyó la cabeza sobre su pecho y Dan comenzó a acariciarle un brazo.

—Tendremos que decírselo a los niños —musitó ella.

—No pienses en eso ahora. —Le dio un beso en la frente—. Duérmete —dijo.

A pesar de que sabía que no lo haría. Ninguno de los dos lo haría.

Nota para el blog, del 5 de enero de 2015

Antes, para mí, la palabra «familia» tenía un significado muy claro: padres, hermanos, hijos, sobrinos.

¿Qué puede pasar en tres días para que hasta esto cambie tanto? Que se muevan los cimientos de tu existencia.

Despedirse de alguien que quieres y saber que no vas a volverlo a ver es como morirte antes de tiempo.

16

$\mathcal{M}$arta nunca olvidaría aquellos ojos oscuros clavados en su rostro. Dolía, a pesar de la suavidad con la que Dan les hablaba, dolía mucho. Y dolía más aún porque no lloraban. Llevaban más de diez minutos escuchando sin mover un solo músculo.

Cuando Dan terminó su explicación, el silencio se le clavó en las entrañas y se obligó a hablar. Era eso o dejar escapar las lágrimas delante de los niños. Respiró hondo.

—¿Les has dicho todo lo que habíamos quedado?

—Palabra por palabra.

—¿También que sabemos que estarán bien?

—Se lo he repetido varias veces.

—¿Estás seguro de que han entendido que los dejamos porque es lo mejor para ellos y no porque queramos abandonarlos? —insistió nerviosa.

—Sabes que sí, además ya hablamos en su momento con Xuan de esto. Conociendo cómo es, seguro que ella también lo habrá hecho con sus hermanos para tranquilizarlos.

Marta sonrió a la hermana mayor, que había intuido que hablaban de ella.

—Quiero que me hagas un favor, quiero que les traduzcas una cosa que quiero decirles.

—Marta, creo que este momento ya se ha alargado más de lo razonable. Si seguimos dando vueltas a lo mismo, la normalidad que queríamos transmitir se convertirá en un drama.

—No es nada de eso. Ya les has tranquilizado tú, lo que quiero decirles es algo personal. Necesito que lo sepan y, si no se lo digo ahora, después, con la recogida de la mercancía, el viaje y la llegada a la casa de sus familiares, será imposible.

—Puedes empezar.

—Sé que Dan os ha contado que hoy nos vamos de aquí y que esta tarde llegaremos a la casa de vuestra tía. Y yo me alegro mucho porque los niños tienen que estar con su familia, con la gente que los quiere. Estoy segura de que vais a ser muy felices con ellos. Pero antes de que nos separemos quiero deciros lo feliz que he sido yo estos días con vosotros. Me gustasteis desde el primer momento en que os vi. Me gustaron vuestras caras y lo fuerte que os cogíais de la mano. —Se le escapó una lágrima que se limpió con disimulo. Sonrió al recordar lo siguiente—: Me gustó la maleta en la que llevabais la ropa. Al principio estaba un poco preocupada porque estabais muy serios, pero claro, es que también estaban Ángela y José Luis. ¿Os acordáis de José Luis?

Esperó las palabras de Dan y el asentimiento de los niños. Kim dijo algo que los hizo reír a todos.

—Dice que parecía un príncipe que manda siempre.

Marta la cogió de la mano.

—Lo que pasa es que es un poco tonto. ¿Sabéis cuándo fue el momento en que me gustasteis de verdad? —Los niños negaron—. Cuando os reísteis por primera vez. Bueno, primero se rieron Kim y Dat, y Xuan un poco después. Sois lo mejor que me ha pasado en el viaje a vuestro país. —Notó la mano de Xuan sobre la suya—. Sí, sé que no hemos estado juntos más que unos días y que vosotros sois muy pequeños, pero espero que os acordéis de mí cuando seáis mayores porque yo… —Se le rompió la voz. Apenas consiguió recuperarse antes de que Dan terminara de repetirles sus palabras—. Yo no lo haré nunca, no os olvidaré nunca. Os quiero. *Tôi yêu ban.*

Se quedó vacía, más aún cuando vio que ninguno de los tres niños reaccionaba, hasta que se fijó en las lágrimas que corrían por las mejillas de Xuan y que su mano temblaba.

Marta la cubrió con su otra mano y, por sorpresa, apareció una más pequeña encima, la más pequeña de todas. Dat expresaba de esa manera lo que no sabía decir con sus escasos seis años. Kim fue la siguiente en sumarse al mar de manos.

A Marta le hubiera gustado ser un pulpo para poder abrazarlos a la vez. Los atrajo hacia sí. Con su cabeza entre las de los pequeños y el brazo de Dan sobre sus hombros, consolándola en silencio, lloró.

171

ϒ

Las rayas de la carretera pasaban ante los ojos de Marta mucho más deprisa de lo que deseaba. De vez en cuando, echaba una mirada al asiento trasero y asentía ante el mudo interrogante de Dan, preocupado, como ella, por los niños.

Bien, iban bien, cogidos de la mano y sin soltarse. Dat tenía su teléfono móvil entre las piernas. Se lo había robado de nuevo y Marta no había sido capaz de quitárselo. «Van bien —se dijo de nuevo—. Bien, sin una sonrisa. Bien, sin las bromas de los días anteriores y con la preocupación pintada en los ojos. Mal, van muy mal.»

Desvió la mirada hasta el reloj en el salpicadero.

—Ya falta poco —murmuró Dan.

Ella quería gritar, llorar, obligarlo a detener el vehículo y dar marcha atrás al tiempo. Sin embargo, permaneció callada, con la vista fija en la calzada, los brazos cruzados y el corazón en un puño mientras se obligaba a repetir la frase: «Todo irá bien», que Dan le había susurrado antes de entrar en la furgoneta.

El cartel sobre la carretera era blanco, aunque debería haber sido negro como la noche. Carretera Ho Chi Minh, dirección a Son Trach. Contuvo la respiración.

—¿Cuánto es poco?

—Unos cuarenta kilómetros.

Eso no le dijo nada a Marta; las distancias en Vietnam a veces no eran indicación de nada. La hora de llegada dependía más de las curvas y del tipo de calzada que de otra cosa. Dan lo sabía, por eso le aclaró:

—Treinta minutos.

—Deberíamos avisarles.

—No, solo serviría para que pasen un mal rato. Lo haremos cuando lleguemos.

Marta abrió la boca para protestar, pero la cerró enseguida. Dan tenía razón. Esperarían, lo que fuera con tal de no aumentar la angustia de los pequeños.

Rezó para que la tía fuera una buena mujer y los tratara como a sus propios hijos. Notó que algo le rozaba la pierna izquierda. Los dedos de Dan descansaban sobre su rodilla. Ella

172

puso una mano encima y le dedicó una sonrisa nerviosa. No la retiró hasta que aparecieron las primeras casas del pueblo.

Son Trach nada tenía que ver con Dá Chát. Era un pueblo más grande de lo que esperaba. Los vecinos no se asomaban a las ventanas con curiosidad por ver a los recién llegados; grupos de jóvenes ociosos se sentaban en bancos alineados en los escaparates de las tiendas con un cigarrillo en una mano y una cerveza en la otra. Aquel era un sitio supuestamente civilizado.

No le gustó en absoluto.

—No todos los pueblos de Vietnam son iguales.

—Tampoco se parece a los otros donde hemos estado —gruñó de nuevo al recordar Hòn Bà y la boda.

—Habrá que darle una oportunidad.

Por el tono de la voz, Marta supo que, a pesar de sus palabras, coincidía con ella. Dan detuvo la furgoneta junto a uno de los grupos de jóvenes.

—Ya hemos llegado —les dijo a los niños—. Voy a ver si alguien conoce a la familia Le.

—¿No tienes la dirección? —se alteró Marta.

—Familia Le, Son Trach. Esa es toda la información que me dieron. No pensé que fuera un pueblo grande —dijo y miró la fila de edificios a ambos lados de la carretera.

—No creo que sea difícil localizarlos.

En cuanto Dan entró en el bar, Marta se giró hacia el asiento trasero. No podían estar más asustados. Extendió las manos hacia ellos y las niñas se soltaron el cinturón para cogérselas. Dat se aferraba a su hermana mayor.

No había pasado ni un minuto y Dan estaba de regreso.

—¿Qué sucede?

—Me han mandado a otro bar al final del pueblo, al parecer la tía trabaja allí.

—Vamos entonces, y que la conozcan por fin.

Pero no, no la conocieron. Dan volvió, al igual que la vez anterior, solo con noticias.

—No ha venido. Hoy trabaja por la noche. Durante el día está en el campo.

—¿En enero? —Dan se encogió de hombros para indicar que no tenía ni idea de en qué momento se hacían las tareas agrícolas en esa zona de Vietnam—. ¿Y ahora qué hacemos?

173

—Tengo las indicaciones para encontrarla. O vamos a buscarla o nos quedamos a esperarla hasta esta noche.

—¿No podríamos conseguir la dirección de la casa?

—El hombre con el que he hablado asegura que no la sabe.

—¿No sabe dónde vive y sí dónde cultiva la tierra? Eso no se lo cree nadie.

Dan hizo un gesto hacia los hombres de la puerta del bar a los que, en ese momento, se les unía otro que salía y que se limpiaba las manos en la pernera de los pantalones.

—¿Quieres que bajemos y nos peguemos con ellos? —sugirió mientras le guiñaba un ojo.

—Será mejor que nos vayamos —decidió ella.

Abandonaron el pueblo por donde habían entrado. Marta vio un cajero automático, una pensión con una pegatina de wifi y un pequeño mercado. Recorrieron la carretera unos diez minutos antes de desviarse por un camino a su derecha.

Fue otro cuarto de hora de ascenso, otros quince minutos de silencio.

—¿Cómo era el sitio por dentro? El bar donde trabaja la tía, me refiero.

—No era el más lujoso del mundo.

—¿Estaba limpio?

Las ramas de un árbol rozaron la furgoneta. Dan contestó sin apartar los ojos de la maleza:

—Define «limpio».

—Mierda, es un antro.

—Eso no quiere decir nada. Que el lugar donde trabaja la tía no sea un jardín de rosas no significa que ella no sea una bella persona.

Marta dejó escapar el aire.

—Tienes razón. Estoy siendo un poco injusta con todo esto, ¿no?

—No te preocupes, es perfectamente entendible. Estás preocupada y es normal. Después de tantos días con ellos, se les coge cariño. A cualquiera le pasaría.

—Tengo los nervios de punta y lo peor es que los niños se dan cuenta —reconoció Marta.

—Deberíamos pensar un poco más en ellos y menos en nosotros.

—Déjame unos minutos y me pegaré una sonrisa en la cara y no la abandonaré hasta que nos vayamos.

Dan le palmeó la rodilla.

—Lo conseguiremos, ya lo verás.

Pero no fue ella sino el propio país el que obró el milagro. Fue la naturaleza, el verde, el cielo, la imagen de un niño montado en un buey, las jóvenes con sus *ao dai,* los ancianos con la cara arrugada y la sonrisa desdentada. La amabilidad de la mujer a la que preguntaron, los balbuceos del niño atado a su espalda, los colores de su ropa. Fueron el polvo y los baches del camino los que la convencieron de que la tía de los niños sería una mujer amable y cariñosa, como las costureras que habían conocido en Dá Chát. Le tranquilizó la idea de que Xuan, Kim y Dat fueran a vivir con una familia de campesinos, lejos de la influencia de la supuesta civilización.

El campo junto al que aparcaron la furgoneta estaba lleno de gente. Se les veía por encima de los matorrales. Había más de cincuenta personas entre hombres, mujeres y niños, y unos diez bueyes de tiro en la lejanía. Los campesinos más próximos los miraron un instante, pero pronto agacharon la cabeza y siguieron con sus quehaceres.

Salieron los cinco de la furgoneta.

—Quedaos aquí. Yo iré a preguntar por la tía —le avisó primero a ella y se lo repitió después a los niños.

Marta lo vio internarse en la plantación, que supuso dedicada al té o al café. Vio a Dan acercarse a dos hombres. Uno se quitó el *nón lá* y se secó el sudor de la frente con el dorso de la mano. El otro señaló a uno de los grupos más apartados.

Las cabezas se fueron volviendo hacia él mientras caminaba entre las plantas brotadas. Ninguno de los campesinos junto a los que pasó retomaba la labor, sino que seguía el avance de Dan con la mirada. Si un vehículo de extraños no era distracción suficiente, sí lo era, desde luego, que uno de esos extraños buscara a alguien de la comunidad. Tres niños se adelantaron a Dan y anunciaron su presencia. El que corría más deprisa llamó a gritos a una mujer. Pero fue un hombre el que salió al encuentro de Dan.

Marta se puso una mano de visera para diferenciarlo del resto, pero no alcanzó a distinguir sus rasgos. No era un hombre alto. Marta deseó que la mancha blanca que apareció en su cara fuera el brillo de los dientes detrás de una sonrisa y no una mueca de disgusto.

La conversación fue larga. Al principio, Dan señaló en su dirección. El desconocido pareció interesado en los niños porque los observó durante largo rato. Marta no sabía quién era aquel hombre ni por qué la mujer a la que se había dirigido el muchacho no se había movido del sitio.

Cuando el hombre se separó de Dan, Marta temió que la tía no fuera más que una alucinación. ¿Quién se suponía que había hablado con ella para contarle lo de su cuñado muerto? No pudo recordarlo. Empezaba a pensar que volverían a subirse los cinco en la furgoneta cuando el hombre regresó acompañado de una mujer.

A Marta le dio un vuelco el corazón. Contuvo el aliento mientras se acercaron hasta ellos. Dan se dirigió a los pequeños con una sonrisa tranquilizadora y les dijo algo. Los niños y la pareja se saludaron con seriedad. Pero pronto el tío rompió el formalismo y abrazó a los niños. La tía fue más tímida; aun así, a Marta le pareció una buena mujer, a pesar de su aspecto cansado y enfermizo.

Después de un rato de charla, en la que Marta consiguió distinguir los nombres de algunos lugares por los que habían pasado, Dan se los presentó. Se llamaban Anh la mujer y Hai el hombre. La sonrisa con la que la recibieron fue lo mejor y lo peor de todo. No supo si alegrarse por los niños o entristecerse por ella.

Marta dejó los platos sucios junto al fregadero.

—Estos son los últimos —dijo pese a saber que Anh, que lavaba los cacharros, no la entendía.

Esta la miró con ojos tristes. Notó su esfuerzo por agradecerle el gesto de ayudarla con la mesa, aunque apenas había conseguido esbozar una sonrisa.

Tristeza era lo que aquella mujer emanaba. Tristeza acompañada de silencios y, ¿por qué no pensarlo?, de miedo. Por mucho que Dan insistiera en que, según se internaban en el interior del país, las mujeres carecían de la desenvoltura de sus compatriotas del sur, Marta creía que la actitud servil de Anh hacia su esposo nada tenía que ver con la timidez, ni mucho menos con el respeto. Parecía más un animal asustado que un ama de casa comedida.

Llevaban con ellos más de seis horas y solo la había visto relajada una vez, mientras preparaba la cena con Xuan. La niña había ido a ayudarla y Marta se había asomado a la cocina para espiar cómo se desenvolvía con ella. Lo que había visto le había gustado. Estaban las dos inclinadas sobre la mesa y Anh le daba instrucciones de cómo cortar unos pimientos y unas cebollas. Su tono de voz era suave y relajado y la pequeña la escuchaba tranquila y con atención.

Sin embargo, en cuanto salió de la cocina y puso la comida sobre la mesa bajo la mirada exigente de su marido, regresó temerosa y silenciosa.

Marta vio un trapo colgado de un gancho y lo cogió para comenzar a secar lo que Anh fregaba. Ni se dio cuenta de que alguien la había seguido y había entrado en la cocina detrás de ella. Solo cuando el plato que frotaba se precipitó dentro de la pila, se enteró de que no estaban solas.

Hai no disimuló su disgusto por encontrarla ahí. En cualquier otra circunstancia, Marta se hubiera marchado con disimulo para dejar intimidad al matrimonio, pero aquel hombre no le gustaba. No podía dejar de pensar en que en unas horas ejercería de tutor de los niños. Quería ver cómo se comportaba.

Fue como si ella no estuviera, como si fuera un montón de rocas o un saco de trigo. El tono áspero y cortante que utilizó para dirigirse a su esposa le hizo dar un respingo. Por instinto, se pegó a la pared.

No fue la única; Anh también retrocedió.

Hui dijo cuatro frases más a las que ella respondió apenas con un hilo de voz. Él replicó con su desagradable tono y, airado, salió de la cocina, y de la casa, a tenor del portazo. La manera en que trataba a su mujer sería motivo de denuncia en España. Marta se acordó de Ángela y su relación con José Luis.

Anh le quitó el trapo a Marta. Por gestos, le indicó que no hacía falta que le echara una mano, que ya se encargaba ella, que regresara con el resto. Fue incapaz de contestarle. Si hubiera podido, le habría dicho que tenía mala cara, que parecía agotada y que se fuera a la cama a descansar. Se sintió frustrada al no poder proporcionar a aquella mujer un poco de alivio y se limitó a ponerle una mano en el hombro y sonreír, con la esperanza de que ese gesto fuera la representación universal del consuelo.

Hai entró en la cocina en cuanto Marta salió de ella. De nuevo oyó su desagradable voz. No supo qué le dijo, pero dos minutos después, Anh se marchaba de la casa.

—Pero ¿por qué…? —se quedó Marta a medio decir.

—Tiene que trabajar. Recuerda el bar donde estuvimos esta mañana.

—¿De noche?

—Parece ser. Ya me lo comentaron cuando pregunté por ella.

Ella miró a los niños, entretenidos con unos dibujos animados en el televisor.

—¿Y dónde dormiremos? No sabemos cómo nos tenemos que organizar.

Dan hizo un par de preguntas a Hai —a Marta le costaba pensar en él como en el tío de los niños—, que, en vez de contestar, salió de la casa otra vez.

—Quiere que hablemos fuera.

—¿No quiere que yo me entere?

—Dice que no quiere que nos oigan los niños.

—Voy con vosotros —decidió ella.

Dan se lo impidió cogiéndola por un brazo.

—Creo que será mejor que vaya yo solo.

A ella le molestó el rechazo.

—¿Tienes miedo de que haga algo inconveniente?

—Tengo miedo de que él haga algo inconveniente. No parece cómodo hablando con una mujer.

—Es un cerdo machista.

—Desde luego, lo parece, pero ni tú ni yo vamos a cambiar eso ahora. Por el bien de los niños, es mejor seguirle la corriente y que esté tranquilo en vez de sospechar de todo.

—No me gusta ese hombre, Dan. No quiero que los niños se queden con él.

—No es algo que podamos elegir. Son sus tíos, su familia, no tienen a nadie más.

—¿Y si nos los llevamos? ¿Y si buscamos a otros familiares, otros tíos, primos, abuelos? —preguntó esperanzada.

—Thái me dijo que la vecina ya lo había investigado y que no tienen a nadie más.

El abatimiento se apoderó de Marta de nuevo. Miró hacia el terraplén que se alzaba detrás de la casa. La figura de aquel hombre se recortaba en la penumbra de la calle.

—Será mejor que salgas, no queremos que se altere.

La conversación duró más de una hora. Marta se paseaba nerviosa por la habitación sin dejar de mirar por la ventana. Los dos hombres hablaban tranquilamente mientras compartían cigarrillo tras cigarrillo. En un momento dado, Dan metió la mano en el bolsillo trasero del pantalón, sacó la cartera y la abrió. Algo cambió de manos.

No tardaron en entrar.

No habían atravesado la puerta de la vivienda cuando Marta ya lo interrogaba con la mirada. Este agitó la cabeza en señal de negación.

Fuera lo que fuese lo que le había entregado, no era el momento de hablar de ello.

—¡¿Dinero?! ¿Le has pagado para que se quede con los niños? ¿Los acoge solo porque le has dado dinero? Pero ¿qué clase de parientes son? No pensarás que después de esto los voy a dejar con ellos porque no lo voy a hacer.

—¿Quieres hacer el favor de callarte?

Dan llevaba toda la noche haciéndose las mismas preguntas, pero escucharlas en boca de Marta a la mañana siguiente fue demasiado.

—No, no quiero ni puedo. —Marta señaló hacia el interior de la casa—. No voy a dejarlos ahí, y menos ahora que sé que no los quieren.

Dan saltó como nunca lo había hecho, los nervios a flor de piel.

—¡Tú!, tú sabes de todo, ¿verdad? Hablas de ellos como si yo no existiera y como si fuera el culpable de todo esto.

—¡Le has dado dinero!

—¿Y qué querías que hiciera? Has visto dónde viven, trabajan en el campo cuando pueden; Anh, además, en un bar por la noche. ¿Te has fijado en sus ojeras? Esa mujer no está bien. Hice lo que me pareció más correcto. Se nota que no les sobra nada y ahora tienen tres bocas más que alimentar. Ese dinero aliviará un poco sus apuros.

—¿Te lo ha pedido él?

Dan mintió. Si Hai tenía el valor de sacar provecho de sus sobrinos, él no lo tenía para contárselo a Marta.

—No, yo se lo ofrecí.

—Y él no lo rechazó.

—Yo, en su lugar, tampoco lo habría hecho, ¿tú sí?

Aquello dejó sin palabras a Marta.

—No, supongo que no —reconoció al fin.

Dan aprovechó que claudicaba para atraerla hacia él y abrazarla.

—Es lo mejor. Será una ayuda importante y podrán afianzar la relación con los niños sin la sombra de los problemas económicos. Las cosas irán bien, ya lo verás.

—No —susurró ella con la cara enterrada en su pecho—, yo no lo veré.

—Vendré de vez en cuando para saber cómo siguen.

Ella se separó de él.

—¿Vendrás?

—Te lo prometo.

Se dejó caer de nuevo sobre él, más aliviada.

—No he dejado de pensar durante toda la noche que podría haber alguna otra salida.

—¿Otra vez con eso? No la hay.

—¿Estás seguro?

No, no lo estaba, aquel día mucho menos que cuando todo aquello había comenzado.

—Una salida, ¿como cuál? Ya sabemos que no tienen otros familiares.

—¿Y otra cosa? Un centro de acogida, por ejemplo.

Ahora fue Dan el que se separó de ella y se sentó en la cuneta.

—¿Lo dices en serio? ¿De verdad crees que estarán mejor en un orfanato?

—Yo no he hablado de un orfanato.

180

—Pon el nombre más suave que conozcas, pero es lo que es. Si van a un centro de esos, para empezar, no tienes ninguna garantía de que los niños puedan estar juntos.

En aquello no había pensado. Se dejó caer junto a él, descorazonada.

—¿Crees que los separarían?

—Un niño y dos niñas, distinto sexo y diferentes edades, puedo hacerme una idea de dónde terminaría cada uno y, desde luego, no en la misma habitación. ¿Quieres que les suceda eso?

Marta se frotó los ojos en un gesto de desesperación.

—Lo que quiero es que su padre no se hubiera suicidado y que su madre estuviera aún viva, quiero verlos reír, quiero que sean felices, pero me temo que para eso ya es demasiado tarde. —Marta había ido perdiendo la voz poco a poco—. Quiero llevármelos conmigo, Dan.

—Sabes que no puedes hacerlo.

—Lo sé, por eso estoy tan enfadada, porque no puedo hacer nada por ellos.

—Yo creo que ya has hecho mucho; todos estos días has sido su mejor tía.

Notó que sonreía.

—Espero haber sido la tía enrollada y no la tía gruñona.

Dan la besó en el pelo.

—Yo diría que has sido un poco de todo.

—¿Crees que se acordarán de mí dentro de unos años? —musitó ella poco después—. Me encantaría creer que lo harán, sería como no abandonarlos.

Dan le cogió la barbilla y la obligó a mirarlo a los ojos. Después la besó despacio.

—Estoy convencido de ello.

Las pupilas de Marta saltaban impacientes.

—¿Por qué estás tan seguro?

—Porque eres inolvidable, *rông bay*.

17

$\mathcal{N}$o saldrían hasta después del mediodía. Marta y él lo estuvieron hablando hasta muy tarde. Al principio, pensaron que era mejor hacerlo a primera hora, cuando los niños aún estuvieran medio dormidos. Sería lo más fácil para todos. Darles un fuerte abrazo, decirles que no los olvidarían, desearles lo mejor para el futuro y marcharse antes de que reaccionaran. Pero después…, después pensaron en el mal sabor que se les quedaría a todos cada vez que recordaran una despedida rápida y difusa, y cambiaron de parecer.

Se quedaron con ellos toda la mañana. A Hai lo vinieron a recoger en un coche y se marchó a los campos como el día anterior. Anh se quedó con ellos para despedirlos.

Dan insistió en que salieran a conocer el pueblo. Fue todo un acierto. A Marta le había parecido lúgubre y tétrico, el típico pueblo de carretera de las películas americanas, pero aquel día estaba lleno de turistas que habían llegado para visitar el parque nacional de Phong Nha-Ke Bàng. Las calles estaban alegres en vez de silenciosas.

Dan aprovechó que había un cajero automático para sacar dinero puesto que le había dado todo lo que tenía al tío de los niños. Recordó de nuevo la desfachatez con la que Hai se lo había pedido, sin ningún tipo de vergüenza. Se había comportado como si quedarse con los niños fuera un favor que les hacía a Marta y a él, en vez de pensar que se lo habían hecho ellos al llevarlos hasta su casa.

En cualquier caso, Anh estaba muy contenta de tenerlos. Desde que su marido había desaparecido, no escatimaba cariño hacia ellos. En cualquier caso, nada que ver con los abrazos y besos que Marta les dedicaba a cada paso.

La hora de la comida marcó el momento final. Marta y Dan habían convenido no ser una carga para la nueva familia Le y eso conllevaba que esta no se gastara lo poco o mucho que tuvieran en ellos. Bastante habían hecho dándoles de cenar y desayunar.

El regreso a la casa fue bastante triste. Las risas de los niños fueron en descenso en cuanto iniciaron la vuelta a su nuevo hogar; desaparecieron junto a la furgoneta.

Fue una despedida rápida. Ya estaba todo dicho. Por un momento, Dan temió que Marta perdiera el ánimo del que había hecho gala toda la mañana y se echara a llorar. Estaría triste, mucho, pero los niños no se lo notaron.

Hubo abrazos para todos. Después se marcharon tranquilos, como si fueran a verse en breve. Marta bajó la ventanilla y partieron agitando las manos.

La realidad apareció con el fin de las casas. La vegetación, que había sido una vista tan agradable, les transmitió pena esta vez. Marta se fue apagando mientras la furgoneta sumaba kilómetros. Dan podía ver cómo la tristeza se apoderaba de ella con el girar de las ruedas, mucho más cuando sacó la cámara y en vez de guardar un recuerdo de los sitios por los que pasaban como siempre hacía, comenzó a revisar las instantáneas tomadas a los niños durante los quince días que habían estado juntos. Pudo imaginar las caras de alegría de Kim, las de sorpresa de Dat y el tímido rostro de Xuan aun sin verlos.

La congoja creció en el pecho de Dan, como imaginó que estaría sucediendo en el de Marta. «Era lo mejor para ellos.» Lo era y lo haría de nuevo si se presentara la ocasión.

La cámara estuvo en las manos de Marta más de una hora. Un tiempo en que sufrió por ella, ver a los niños una y otra vez no le haría ningún bien. Pero fue peor cuando la guardó y clavó los ojos en la carretera.

Transcurrió más de otra hora antes de que Dan dijera:

—¿Has pensado qué vamos a hacer ahora?

Ella se giró sorprendida, como si su voz la hubiera hecho regresar al mundo de golpe.

—Tú eres el que tenía un plan, tú sabes dónde vamos. Tu trabajo, ¿recuerdas? Alfombras, telas, ropa de cama, muebles y… ¿qué era lo otro? Joyas, creo. Eso era lo que te faltaba.

Sí, le faltaba localizar a un joyero genial, pero después de mirar a los ojos a Marta y ver todo el dolor que guardaba en ellos, había cambiado de opinión. Unos días de descanso, para pensar y hacerse a la idea de que la vida seguía a pesar de todo, no les vendría mal.

—Las joyas sabrán esperar. Ahora que estamos solos, podemos ir al sitio que más te apetezca.

Pero lo que a Marta le apetecía era discutir.

—Lo dices como si te alegraras de haberte librado de los niños.

Dan pisó el freno, se hizo a un lado del camino y se encaró con ella completamente indignado.

—¿Cómo puedes decir eso?

—Me limito a poner en palabras tus pensamientos.

—¿Me crees tan insensible?

Ella no respondió, sus ojos lo dijeron todo. Dan estaba tan enfadado con su comentario que estuvo a punto de empujarla. Se bajó de la furgoneta y se internó en un bosque de bambú. Quería estar solo para serenarse.

Pero estaba claro que Marta tenía ganas de pelea y lo siguió.

—¿Así solucionas tú las cosas, abandonando a la gente?

Él no se dio la vuelta y continuó con la vista fija en los troncos. Lo prefirió antes que encararse con ella, pero respondió:

—Métete en la furgoneta antes de que...

—¿Antes de que qué?, ¿antes de que te metas tú y salgas corriendo dejándome aquí?

—No eres tú la que habla, es tu ira —consiguió decir con la voz serena.

Al instante la tenía delante.

—Sí, es mi ira, ¿y qué? ¿Acaso no tengo derecho? Sí, estoy tan llena de rabia que..., que..., que... —Miró hacia todos los lados antes de encontrar las palabras—: Me pondría a dar puñetazos contra el bambú hasta destrozarme las manos.

La ternura se apoderó de Dan al darse cuenta de que lo que Marta necesitaba era exteriorizar lo que sentía y, sin embargo, estaba atrapada en la sensatez.

—Yo soy más blando, prueba conmigo.

Marta se lo pensó un segundo antes de aceptar. Dan supo que dudaba por cómo se mordisqueaba el labio inferior. Se quitó la cazadora, se sacó la camiseta por la cabeza, la tiró al suelo y echó los hombros hacia atrás.

Marta lo golpeó.

—¡¿No sabes hacerlo mejor?! —la azuzó él, dispuesto a conseguir que se quedara sin fuerzas para llorar y mucho menos para pensar.

El segundo golpe fue más fuerte.

—¡Dame con todas tus ganas!

Ella obedeció. Aún distaba mucho de hacerle daño.

—¡Así no pega ni una niña!

La furia apareció en los ojos de Marta, y Dan se sintió satisfecho, estaba consiguiendo enfadarla. Ella volvió a golpearlo como lo haría un contrincante serio.

—¡Pareces la Ratita Presumida! —voceó dejando a un lado sus modales orientales.

Esta vez dio en el clavo. Dan fue encajando un golpe tras otro, pero no dejó de gritar:

—¡No creo que esos niños te den tanta pena!

Ese sí que le dolió.

—¡Los has abandonado! ¡Esto era lo que querías, ¿verdad?! Pegarme, golpearme, eso era lo que querías desde que te dije que tenían que quedarse con sus tíos. ¡Venga! ¡Dame! ¡Golpéame si así te sientes mejor, pégame si eso es lo que necesitas!

No supo la razón, pero Marta bajó los brazos.

—¡Mierda, Dan! —jadeó antes de terminar de reponerse del esfuerzo.

—¿Por qué te detienes?

—No, no es esto lo que quiero.

—¿Ah, no? ¿Y qué es lo que quieres entonces?

Marta tenía fuerza, mucha más de la que había mostrado mientras lo golpeaba, una fuerza descomunal que lo arrastró hasta chocar contra un árbol y que lo mantuvo prisionero entre ella y el tronco.

No fueron sus puños los que lo retuvieron y lo dejaron paralizado, sino la fuerza de sus besos, enfurecidos, violentos, desesperados, excitados.

Fue una llamarada, una furia extraña que la quemaba por dentro.

Quería hacerle pagar por ser tan cobarde, por rendirse a la

185

primera, por no luchar por aquellos niños que tanto los necesitaban. Quería castigarlo por parecer tan templado cuando ella se deshacía a pesar de su aparente control. Quería sacarlo de sus casillas y que llorara, igual que ella hacía. Quería mortificarse a sí misma por amarlo. Y a la vez, poseerlo y ser poseída. Necesitaba sentirlo en su interior para desprenderse del vacío que la devoraba.

Sin dejar de besarlo, sin salir de su boca, se despojó del jersey y la camiseta a la vez. Dan se había contagiado de su delirio y la apretaba contra la dureza de su miembro mientras le mordía el labio inferior. Marta lo imitó con más ímpetu. Él dio un respingo y ella sintió el metálico sabor de la sangre. Pero eso no hizo sino espolearla y lo devoró de nuevo. Dolor y pasión que sustituían a la ternura y el calor.

Y la dureza del suelo contra la piel de su espalda. Ahora era Dan quién la tenía presa. Le sujetaba las dos manos mientras, sin miramiento alguno, le subía el sujetador por encima de los pechos y se los devoraba. Pinchazos de dolor seguidos de una opresión en el bajo vientre. Estaba completamente excitada.

Luchó por desasirse y no cejó hasta conseguirlo. Lo siguiente fue desabrocharse los pantalones. Dan fue más rápido. Le bastó soltarle el botón y pegar un tirón para dejarla desnuda. Después se bajó la cremallera.

Marta se sintió ingrávida. Él tenía los labios hinchados, roja la herida abierta. Quiso volver a morderlo, pero no lo consiguió porque él ya la estaba penetrando.

Se miraron un instante, y después ella le rodeó la cintura con urgencia y empujó. Dan leyó el momento en sus ojos y empujó también. Con fuerza, con furia, con rabia los dos. Sin pensar en nada más que en la propia satisfacción. Marta cerró los ojos y disfrutó de la violencia que ejercían el uno contra el otro, como si se odiaran, como si fueran dos desconocidos borrachos en el baño de un bar, apelando a sus instintos más primarios. Sexo, puro sexo, únicamente sexo llenando el lugar que debían ocupar los pensamientos.

Marta se movió minutos después de que todo finalizara. Dan aligeró un poco el peso que ejercía sobre ella, pero no quiso separarse, convencido de no poder asumir la grieta que estaba a punto de abrirse entre ellos. Incapaz de decir algo que tendiera un puente sobre el abismo, la abrazó con la esperanza de que aquel gesto sustituyera todas las palabras no pronunciadas.

Marta no lo rechazó y él pudo, al fin, recostarse contra su cuerpo. Permanecieron así unos minutos más, entre las plantas de bambú adormecidas y el sonido de sus silenciosos pensamientos. Cualquier movimiento que hicieran, cualquier cosa que dijeran resultaría tan banal que ninguno tuvo el valor de ser el primero.

Los gritos procedentes de la carretera los salvaron de lo que debería haber llegado después. Dan nunca imaginó que alguien podría vestirse en tan poco tiempo. Apenas unos segundos y ambos tenían camiseta, pantalones y jersey donde estuvieron antes de que la locura comenzara. A Marta hasta le había dado tiempo a atusarse el pelo. Parecía haber tenido un cepillo a mano aunque se había limitado a meterse los dedos entre la melena.

Los dos hombres aparecieron al tiempo que ellos salieron del bosque. Dan confirmó que no los habían sorprendido en plena actividad cuando el más joven, que llevaba una cámara de fotos colgando del cuello, se interesó por ellos:

187

—¿Les ha sucedido algo?

Parecían preocupados. La alarma inicial de Dan dio paso a su confianza en el ser humano y sonrió. Puso una mano en la espalda de Marta.

—Mi mujer quería dar un paseo.

—Vimos la furgoneta y temimos que hubieran tenido un accidente.

—No hay ningún problema, ya lo ven. Íbamos a reanudar nuestro camino ahora mismo —añadió Dan justo cuando llegaron hasta ellos.

Subieron la pequeña colina los cuatro juntos. Los hombres habían aparcado su coche blanco delante de la furgoneta. La puerta del copiloto estaba abierta. Los hombres se despidieron con un *Bye!* y reanudaron el viaje.

Dan tenía la llave en el contacto, pero no se decidía a arrancar. Una especie de claustrofobia, que le sobrevino de repente a pesar de estar al aire libre, lo obligó a mirarla de nuevo por encima del capó.

—Esto no cambia nada.

—No, no lo cambia.

Pero ambos sabían que mentían. El agujero estaba allí, a sus pies, y empeñarse en mirar atrás no los libraba del riesgo de caer en él.

Fue el clic de la puerta lo que lo salvó de decir una tontería más. El ruido del motor les abrió un recorrido de cientos de kilómetros ante ellos.

Estaban de nuevo en un hotel y todo resultaba muy extraño. Después de dormir en casas particulares y de compartir manta y comida con muchos de sus propietarios, aquella lujosa y aséptica habitación de la ciudad de Cua Lò era de todo menos acogedora.

Marta dejó su *trolley* sobre el banco, tiró el bolso y la cámara sobre una de las camas y se acercó al balcón. Imposible soñar con tener una vista mejor. Sin embargo, ni el azul del cielo ni el verde del mar ni el blanco de la espuma de las olas que lamían la arena de la playa consiguieron conmoverla. Los lugares no son nada sin la gente que vive en ellos.

Se separó de la barandilla y se sentó en una silla, que junto a una mesita redonda intentaba ser el paraíso que las guías de viaje pretendían que fuera. No apartó la vista de la playa. Sintió a Dan acercándose y los nervios se le instalaron en el estómago. En parte, sentía que debía justificarse por lo sucedido en el bosque, aunque le resultaba complicado encontrar las palabras adecuadas.

Pero… no era cuestión de disculparse ni tampoco de pedir perdón. Eran adultos y sabían perfectamente qué hacían y qué querían. Si habían tenido una sesión de sexo más duro y rápido de lo normal era porque así lo habían aceptado ambos. Lo que realmente la carcomía por dentro era ser consciente de que había usado a Dan como desahogo. A pesar de ello, no se arrepentía; por esa misma razón no encontraba ni el momento ni la forma de expresarlo.

Curiosamente, él repitió los mismos pasos que había dado ella. Se acomodó en la barandilla durante un rato y luego se sentó en la otra silla.

—Parece que sin ellos, ya nada tiene sentido, ¿verdad? Cuesta vivir con tanto silencio.

—Lo peor ha sido cuando hemos llegado aquí y no han salido de la furgoneta.

—Y no tener que explicar que necesitamos dos habitaciones en vez de una. También tú los echas de menos. —La miró y Marta pudo ver que había llorado—. Es difícil despedirse de la gente, por mucho que estés convencido de hacer lo correcto.

—La práctica no lo hace más sencillo —añadió ella, que intuía que no hablaba solo de aquella ocasión.

—No, no lo hace. Los sentimientos están ahí y, por mucho que las situaciones se repitan, el dolor parece siempre distinto, cada vez más intenso.

Estuvo segura de que hablaba por experiencia propia. Le acarició el cuello, lo atrajo hacia ella y lo besó. Con toda la dulzura que le provocaba saberlo herido. Él, por primera vez desde que unieron sus labios, no le respondió.

—Voy a darme una ducha, creo que la necesito —comentó después de separarse de ella.

A Marta no le dio tiempo a responder; ya se había marchado.

La brisa marina le enfrió los labios todavía entreabiertos. Comenzó a temblar, no de frío sino por el temor de que la sospecha que acababa de aparecer en su mente se hiciera realidad. Permaneció sentada un rato más, dándole vueltas a la posibilidad de que hubiera hecho añicos su relación y que todo hubiera finalizado. Solo había una cosa que mantenía viva la esperanza y era que Dan había pedido una sola habitación en lugar de dos. Eso indicaba que la quería junto a él. «Pero no se ha quejado cuando le han ofrecido las dos camas.» Aquella era una mala señal. Más si se tenía en cuenta que ninguno estaba como para derrochar en habitaciones de hotel. Compartir gastos era lo más razonable.

Ideas absurdas. Totalmente absurdas, sí, y, sin embargo, esos irracionales pensamientos se le clavaron como alfileres.

Despejar todas las dudas la levantó del asiento. Se oía el agua de la ducha. Intentar compensar el amargo sabor que se le había quedado después de su última relación la llevó al baño. Marta no había llegado a entrar en él, por eso no imaginó lo que se iba a encontrar.

Una enorme ducha que cubría toda la pared izquierda y un no menos grande ventanal que ocupaba la derecha.

Y a Dan, mojado, desnudo y de espaldas a ella, recibiendo en la cara el agua. Tenía los hombros vencidos. Parecía un hombre derrotado.

Igual fue para darse tiempo a reunir el coraje necesario o, simplemente, para disfrutar mirándolo en secreto, el caso fue que se demoró en quitarse la ropa. Antes de abrir la puerta de la cabina, dobló las prendas y las dejó, plegadas y ordenadas como nunca había hecho antes, sobre un banco de madera. Desnuda, se coló dentro.

Dan se volvió al sentir el frío del exterior que se había colado con ella.

Un golpe de temor por ser rechazada nubló el corazón de Marta. Fue solo un instante porque en cuanto la rodeó con los brazos y la apretó contra el pecho, el sol volvió a lucir y los planetas regresaron a las órbitas de las que se habían desviado.

Mientras los chorros de agua caliente resbalaban por sus cuerpos, la ternura regresó de nuevo a sus caricias. Hicieron el amor, esta vez sí.

190

Nota para el blog, del 6 de enero de 2015

La culpabilidad es a veces muy difícil de llevar; es mucho más sencillo acusar a la persona amada, aunque corras el peligro de perderla.

18

$\mathcal{M}$arta no se enteró de que le había desaparecido el móvil hasta el día siguiente.

Cua Lò era una localidad de la costa, de las muchas que los visitantes del país habían descubierto hacía pocos años. En un breve plazo de tiempo, había pasado de ser una población arrasada por la guerra a enclave turístico. Por suerte, la edificación reciente había jugado a su favor. Los últimos hoteles —o *resorts*— estaban diseñados para integrarse en el paisaje y evitar el impacto visual. Terrazas ocultas, piscinas internas y resguardadas de ojos ajenos, pasillos al aire libre llenos de vegetación y habitaciones en bungalós. Sin duda, era el mejor lugar para descansar, pero Marta y Dan preferían la playa.

Habían bajado el primer día al amanecer para evitar las aglomeraciones y el amontonamiento de cuerpos al sol. Horas más tarde descubrieron que, a pesar de ser mediodía, apenas había una veintena de personas en la arena. La sorpresa inicial dio paso a otra mayor al descubrir que los tres bares que tenía el hotel en torno a la piscina estaban atestados. Entonces cambiaron de plan y se limitaron a hacer lo contrario a lo que habían pensado inicialmente: pasaban la mañana en la playa y cenaban en la terraza de la habitación. Y entretanto, paseaban, descansaban, leían y contemplaban la puesta de sol. Durante las siestas, hacían el amor; por la noche, hacían el amor y comentaban cosas intrascendentes. No hablaban de los niños, no hablaban del futuro, de nada que pudiera enturbiar aquellos momentos, temerosos de romper la paz de aquel oasis temporal.

Era el tercer día que pasaban allí y Marta comenzaba a plantearse la posibilidad de poner fin a aquella ilusión. Dan no había dado señales de querer irse, pero ella sabía que no podrían quedarse mucho tiempo más. Estaba el trabajo de Dan, estaba su guía. Vivir a tres metros sobre el suelo era muy bonito y muy poco real. Necesitaba pisar de nuevo tierra. Y había decidido que la cámara de fotos sería la plomada que conseguiría bajarla del cielo.

Por eso había salido aquella tarde con ella y por eso le había insistido a Dan para pasear por las calles menos turísticas. Entrar en un par de restaurantes llenos de gente, aspirar las especias de los guisos cocinados al aire libre y fotografiar a las mujeres sudorosas que aguantaban desde la mañana a la noche cocinando para otros había sido un buen baño de realidad. Pero por si aquello no fuera suficiente, había insistido en meterse en las intrincadas callejuelas comerciales, que le recordaron al zoco de la medina de Marrakech.

Marta había hecho muchas fotos y comenzaba a preguntarse cómo iba a subirlas al blog, cómo iba a escribir en él todos los sentimientos que estaba volcando en su libreta sin plantearse contar lo que había sucedido con los niños. Estaba segura de que en cuanto abriera la página web, el corazón le iba a estallar de tal manera que no podría contener la necesidad de hablar de ellos. Esa es la razón por la que no se había preocupado por su teléfono, aparte de un correo electrónico a su operadora para dar de baja el número y otro a su hermana para confirmarle que estaba bien, ni siquiera había gestionado la compra de otro.

Pero ahora que había retomado su costumbre de plasmar con la cámara sus impresiones tendría que hacerlo. Le resultaba imposible hacer un paréntesis y obviar la relación con los niños, las alegrías y las penas que había sufrido junto a ellos. Temía el momento de hablar con Espe, pero necesitaba saber que la salud de su padre seguía estable.

Ella no era la única sobre la que hacía efecto el baño de realidad. Dan parecía más animado, igual no más feliz, pero sí más vivo. Algo le decía a Marta que los días de permiso habían finalizado.

«Siempre nos quedarán las noches», pensó al atravesar la puerta del hotel en la que, sin duda, sería la última tarde que pasarían en él.

—Sube tú, voy un momento a mirar una cosa en el ordenador —le dijo a Dan tras tomar la decisión de no demorar las cosas.

—¿Vas a mostrar tu mundo al mundo? —La besó en los labios—. Me alegro mucho.

Ella esperó hasta que él entró en el ascensor. Solo entonces, al sentirse sola, dejó escapar el suspiro que le provocaban sus ademanes.

—¡Marta! —oyó que alguien gritaba a su espalda.

Aquella voz… Marta se dio la vuelta y la sorpresa fue mayúscula, sobre todo porque no esperaba encontrarse con ella hasta el día de su regreso, en el avión.

—¡Ángela! ¿Qué hacéis aquí?

Nunca habían sido amigas, y después de su última conversación en Nha Trang ni en sueños se habría imaginado que la novia de José Luis se abrazara a ella como si fuera el único madero en un mar embravecido.

—Qué bien, qué bien que te encuentro.

Le costó separarse de ella.

—¿Estás bien? —Recordó sus sospechas sobre el trato que José Luis le daba—. ¿Va todo bien?

Pero Ángela en vez de contestar se salió por la tangente:

—¿Vamos al bar y tomamos algo?

«¿Y correr el peligro de tener que tratar con mi querido compañero?»

—¡No! Mira, yo iba hacia la sala de los ordenadores. Tengo que hablar con mi familia, tengo que enviar unas cosas a la editorial. Lo siento, pero no puedo ahora. —Y echó a andar hacia el fondo del vestíbulo.

—¿Puedo ir contigo?

Ángela no le dio opción y la siguió. Ni se detuvo a esperarla, pero la chica estaba decidida a no darse por vencida.

Al llegar, buscó un ordenador libre. La sala tenía una mesa alargada con tres aparatos. Dos estaban ocupados por una pareja y un hombre de negocios de aspecto nórdico. Se acercó al que quedaba libre. Para su desgracia, había dos sillas. Se sentó en una y Ángela en la otra.

Se le ocurrió que igual podía sacar ventaja de la situación y averiguar los planes de José Luis.

193

—¿Dónde habéis estado? ¿Y qué vais a hacer los días que nos quedan?

—No sé, yo hago lo que José Luis me dice y voy adonde él decide.

Aunque ese fuera el plan de la pareja desde el principio, a Marta le pareció que el deje de despreocupación de Ángela se había tornado resignación. Tuvo que morderse la lengua para no volver a preguntarle si él la maltrataba de algún modo. En su última discusión se lo había dejado muy claro: que se metiera en sus asuntos. En cualquier caso, insistió:

—¿Todo bien?

Observó cómo Ángela se mordía los labios y luego forzaba una sonrisa.

—Por mí no te preocupes. —Fingió que no pasaba nada—. Mientras trabajas, ¿puedes contarme tú dónde habéis estado?

Marta comenzó por la enfermedad del artesano de las alfombras, siguió por la boda a la que habían sido invitados y terminó por la solitaria playa de Cua Lò, que tantas veces había recorrido de la mano de Dan aquellos días. Le habló de cómo era el interior del país, de las reservas naturales, de la cooperativa de mujeres y de los artesanos de la madera. También de atardeceres y amaneceres, de comidas compartidas con familias que no tenían nada pero que lo daban todo, de las sonrisas desdentadas de los ancianos y de las miradas curiosas de los niños. Y también de cómo había disfrutado de todo aquello.

Según resumía sus días pasados, la voz se le escapaba más deprisa, más elevada y, sobre todo, más entusiasmada.

—Está claro que te gusta el país.

—Y vosotros, ¿dónde habéis estado?

El relato de Ángela se resumía en tres palabras: sol, playa y copas.

—José Luis ha decidido hacer en la guía un apartado especial sobre turismo costero.

—¿Ha decidido? —preguntó Marta, extrañada de que el José Luis que conocía tomara semejante decisión, que afectaba a la orientación de la publicación.

—Dice que en España solo se conocen los arenales de Nha Trang y su zona, y también cerca de Vinh hay playas estupendas como esta.

194

Ninguna referencia a las bombas que habían arrasado medio país durante la guerra, nada sobre las muertes y la destrucción, mucho menos sobre el sufrimiento de las gentes.

—Así que lleváis todo este tiempo de hotel en hotel y saliendo por las noches.

—No —se le escapó a Ángela—, saliendo por las noches no, al menos, yo no.

De nuevo le entró aquella sensación de alarma. Estuvo a punto de obligar a Ángela a poner las cartas sobre la mesa de una vez, pero alguien se le adelantó.

—Estabas aquí. ¡Ah!, no estás sola. Hola, Marta. ¿Qué tal tu excursión por el país?

—He conseguido casi todo lo que buscaba: las alfombras, las mesas, muestras de tejido de lino… Sí, también parte del envío de las blusas. ¿Qué tal con los transportistas de Nha Trang? ¿Llegó todo en la fecha prevista? ¿Has hablado con Santiago? ¿Tenemos los permisos? Ok, yo creo que en una semana podré estar de regreso. Mañana estoy en Hanói, el domingo a lo sumo. Ya sé que llevo fuera dieciocho días; me quedaré un par de días para localizar al joyero y después regreso a Saigón. Antes de lo que crees estoy de nuevo operativo. ¿Crees que podrás arreglártelas hasta entonces?

Dan no colgó hasta que Bing le confirmó que lo tenía todo controlado. Pero como le empezaba a pesar la conciencia de que su socio ocupara todas las horas del día en el negocio, se comprometió a encargarse de varios correos que necesitaban respuesta urgente.

Esperó a que le enviara un par de fotografías con el listado de productos y precios. En cuanto le llegaron, no desaprovechó el tiempo y se puso manos a la obra. Media hora más tarde había mandado dos propuestas de descuento: una a Oxfam Intermón y otra a un empresario valenciano amigo de su hermana que estaba pensando en montar varias tiendas en algunas de las poblaciones costeras más conocidas; y un calendario con la previsión de llegada de los artículos a España.

Para cuando terminó, se había conectado varias veces al blog de Marta y ojeado cada uno de los *post* que ella acababa

195

de subir. Le daba cierto orgullo leer los textos que había escrito y las fotografías que había tomado. No se lo iba a decir, pero se sentía un poco *voyeur*. Mantenerlo en secreto era una tontería, sobre todo porque era la propia Marta la que hacía públicas sus opiniones y sus sensaciones. Sin embargo, le seguía pareciendo que, de alguna manera, invadía su privacidad. A pesar de todo, estaba deseando conocer si, después de tantos días pasados en común, lo mencionaba.

La desilusión no tardó en aparecer, al mismo tiempo que las primeras fotos y justo antes de que ojeara en diagonal los párrafos con los que describía las imágenes. «Atardeceres de ensueño, amaneceres de película y la inigualable sensación de pasear sola por la playa.» No se podía decir que aquellas palabras narraran experiencias comunes de los dos. A menos que con «atardeceres» y «ensueño» describiera lo que sucedía entre ellos en la habitación todas las noches.

Volvió a repasar las doce imágenes: las olas, las palmeras, la piscina del hotel, el sol poniéndose en el horizonte, nubes anaranjadas, la línea del mar perdiéndose en el cielo, un racimo de bananas colgando del árbol, arena dorada, una cometa agitada por el viento, un anciano pescador… Nada que permitiera sospechar que había sido Marta y no cualquier otra persona la que había subido aquellas imágenes. A pesar de que los textos eran en ocasiones comentarios muy personales, ¿dónde estaban los niños y el resto de la gente con la que había tratado y con la que había disfrutado desde que salieran de Nha Trang?

Como si todo lo vivido juntos no hubiera sucedido. La compasión le indicó que podía ser la necesidad de olvidar a los niños. Para él también estaba resultando muy doloroso estar lejos de ellos y, sin embargo, sabía que había hecho lo correcto al dejarlos con su familia. También le pasaría con Marta. Tenía la misma sensación que al abandonar España para regresar a Vietnam. El dolor fue casi insoportable aquella vez. La herida se había ido cerrando poco a poco. Tenían razón los que decían que el tiempo todo lo curaba. Su país y él mismo eran un claro ejemplo de ello, aunque lo suyo no era comparable con la tragedia sufrida por Vietnam durante la guerra con Estados Unidos. Lo suyo fue un asunto a todas luces más prosaico. Se le escapó una sonrisa irónica. «Una cuestión de amor.» Buen título para una de aquellas comedias románticas que aparecían varias veces al año en las carteleras de los cines de Saigón. Hasta sería gracioso si no escociera aún, a pesar de que no tenía ningún derecho a sentirse herido. Al fin y al cabo, la decisión de regresar fue únicamente suya; Pilar solo había sido la víctima. Entonces, ¿por qué se sentía el sufridor?

Regresar a su país fue una decisión muy pensada y le costó casi tanto como contársela a su novia. Había imaginado muchas veces su reacción ante la noticia, cuanto menos una sensación de tristeza, pero no desde luego aquella rotundidad en su negativa a acompañarlo y aquel aparente desapego, como si nunca hubieran estado juntos, como si fueran simples compañeros de piso y no una pareja estable desde hacía tres años, como si no lo quisiera, como si el corazón de Pilar se hubiera hecho de piedra cuando él pronunció: «Estoy pensando en regresar a Vietnam».

Dan asumió que debía comportarse como ella; para cuando subió al avión, mes y medio después de aquel día, sus años en España se habían transformado en una más de sus experiencias vitales: la mejor y, sin duda, la más intensa. Aun así, salió del país que lo había acogido durante diez años con un regusto amargo que le hizo más fácil la partida. Dejaba allí a los abuelos y a Mai, pero reencontrarse con su madre y con su otra abuela compensaba lo que dejaba atrás.

Durante los siguientes cinco años se centró en el trabajo sin atender las insinuaciones de algunas mujeres que intentaban atraerlo con sonrisas sutiles y caídas de ojos. Hasta que llegó Marta.

Se había prometido a sí mismo no enredarse en una relación, mucho menos en una que estuviera tan abocada al fracaso como aquella. ¿En qué momento había bajado la guardia y había cambiado de parecer? En cuanto la vio por primera vez en el despacho de Santiago. Lo reconocía, le había gustado desde el principio y la atracción había podido con su voluntad.

Ahora ya era demasiado tarde. Sabía que estaba perdido y que cuando ella se fuera en… —no quiso contar los días que le quedaban para ser feliz—, tendría que preparar un buen vendaje para aplicar a su corazón roto.

Volvió a mirar la última foto que Marta había colgado hacía

197

unos diez minutos. Después de un «Para tocar el cielo basta venir a Vietnam», tampoco había vuelto a escribir una frase más. Recargó la página y no apareció nada nuevo.

El reloj marcaba las seis y media. Salió al balcón a esperar a que ella subiera y se cambiara de ropa para tomar juntos algo antes de la cena.

Media hora después aún la esperaba. Algo le decía a Dan que la tardanza no se debía a nada relativo al blog. Por si acaso, cargó de nuevo la página. El *post* de ese día estaba más que terminado. Hacía cuarenta minutos que lo había dado por finalizado. Pero seguía sin aparecer.

Metió el móvil en el bolsillo delantero del vaquero, la cartera al trasero y la tarjeta que hacía las veces de llave al de la única camisa blanca que tenía, y que había decidido ponerse aquella noche. Salió de la habitación dando un portazo.

En medio del pasillo le vibró el móvil. Era Bing, que le mandaba otra imagen con el final de la lista de los artículos que Dan no necesitaba para nada. La borró antes de salir del WhatsApp.

No tuvo paciencia para esperar al ascensor y bajó por las escaleras. En el vestíbulo se cruzó con dos parejas con las que se habían topado en otras ocasiones y las saludó con una inclinación de reconocimiento. Ellos salían ya del comedor, él aún tenía que encontrar a su *partenaire*.

Un vistazo rápido a la sala de los ordenadores le confirmó que no estaba equivocado. Las pantallas estaban apagadas y los ratones quietos sobre la mesa. Empezó a alarmarse. Lo peor era que ni siquiera podía llamarla por teléfono.

Se fue derecho a la cafetería: varias mujeres, un grupo de turistas y dos ejecutivos haciendo negocios. Estuvo a punto de preguntar en recepción, pero le avergonzaba reconocer que estaba preocupado y puso rumbo a los bares de la piscina.

La encontró en el tercero, sentada en la barra en compañía de Ángela y de José Luis. Resopló al verlos otra vez cuando ya los tenía más que olvidados. Él estaba contando algo; las dos chicas lo miraban muy serias. Dan se tranquilizó. No le había sucedido nada a Marta.

El alivio inicial dio paso a otro sentimiento más complejo: ¿nerviosismo, inquietud, preocupación?

Se le cambió la cara en cuanto lo vio. La sonrisa de Marta

fue su alegría. José Luis, en cambio, se puso más tenso que la última vez que habían cruzado las miradas. Lo que le extrañó fue el alivio de Ángela.

—Dan, ¡qué alegría! —exclamó mientras se ponía en pie y le plantaba dos besos en las mejillas.

—Lo mismo digo. Yo también me alegro de volver a verte.

Era sincero en eso. Ángela tenía una cosa mala y era que seguía a aquel mamarracho sin que nadie entendiera la causa. Prefirió eludir la única razón plausible que se le ocurría, porque alabar la potencia sexual de aquel tipo no era de su agrado. Se inclinó a besar a Marta y le dedicó una caricia apasionada por debajo de la espalda, en parte por fastidiar a José Luis y en parte por dejar patente que tenía un veinticinco por ciento de participación en aquel grupo, la misma que el otro hombre, ni más ni menos.

Después acercó un taburete desde la otra esquina de la barra. Se acomodó junto a José Luis en el hueco que Ángela había abierto entre su novio y ella.

—¡Vaya casualidad! No imaginábamos encontraros otra vez —comentó Ángela.

—Tampoco nosotros. ¿Cuándo tomasteis la decisión de parar en Cua Lò? —siguió Marta la conversación con ella.

Dan esperó un exabrupto cualquiera de José Luis, que no llegó. La advertencia fue mucho más sutil, pero igualmente eficaz: la hizo callar poniéndole una mano sobre la pierna. Así, sin más; un ligero roce y ella se calló como una muerta, bajó la mirada y comenzó a frotarse las manos.

El ambiente se congeló. Los ojos de Marta se clavaron en los suyos y quedó patente que ambos se habían dado cuenta de que algo sucedía. Ángela parecía una oveja acorralada por el lobo.

—Propuse a la editorial hacer un especial —contestó José Luis como si nada hubiera sucedido—. Ninguna de las guías de la competencia lo tiene, seríamos los primeros en hablar de Vietnam como del paraíso de los deportes de playa y las estancias costeras. Podríamos situar a este país al nivel de Tailandia y llenarlo de turistas, ¿no crees?

A Dan le gustaría explicarle dónde se podía meter a esos turistas que tanto parecían gustarle. Vietnam nada tenía que ver con Tailandia y lo único que le faltaba era entrar en el circuito de

199

los destinos de playa, en los cuales lo que menos importaba a los visitantes era el nombre del país ya que buscaban únicamente diversión loca o, peor, niñas menores de catorce años para que les alegraran la vista y otras cosas. Lo hubiera soltado si no llega a ser porque, al igual que había hecho José Luis con su novia, Marta lo frenó con una mano en la rodilla y la mirada más seria que le había echado desde que se conocieron. Dan entendió que Marta tenía miedo de la reacción de su compañero en una disputa.

—No sé el éxito que puede tener una cosa como esa en Vietnam. Esto no es Tailandia —se limitó a decir.

—Información, la información es lo importante. Nosotros nos limitamos a presentar al cliente los mejores sitios, a contarle los mejores planes. El resto es cosa suya y de los agentes de viajes que les venden el paquete turístico.

—Lo importante —terció Marta para rebajar la tensión— es conocer nuevos sitios y hablar de ellos. Al fin y al cabo, la guía ya está escrita y los lugares importantes de Vietnam ya están incluidos. En eso José Luis tiene razón.

Dan decidió que no iba a participar en aquella farsa, así que dejó a Marta el peso de la charla.

—¿Quiere alguien otra cerveza? —Señaló las tres botellas vacías sobre la barra—. Voy a pedir una para mí.

José Luis pidió una de importación, Ángela, nada, y Marta, una Saigon. Dan no esperó a que la camarera los atendiera y se aproximó al final de la barra para relajarse un poco. A su regreso, se limitó a sentarse, a dar tragos a la cerveza, a observar a Ángela y a preguntarse cuánto tiempo quedaría hasta que se despidieran. Según pasaron los minutos, Marta parecía encontrar más puntos que tratar con José Luis y, de repente, Dan se encontró pensando en cuando ella se marchara. La tranquilidad que se había autoimpuesto le duró hasta ese instante. Lo suyo no era más que un lío pasajero con fecha de caducidad.

«Joder, pero no tan pronto.» El relax dio paso a una opresión en el pecho cuando pensó que esa noche podría ser la última que pasara con ella.

La alarma ante la posible frase: «Nos vamos mañana, ¿te vienes con nosotros?» lo tuvo en vilo la hora y media que duró la conversación y el tormento.

Pero nadie hizo mención a la cuestión de la partida y Dan casi había conseguido relajarse cuando apareció. Por eso lo pilló por sorpresa cuando Ángela lo preguntó:

—¿Cuánto tiempo os quedaréis?

Era la primera vez que intervenía después del silencio impuesto por su novio. Era innegable el tono de alarma en su voz.

—No lo habíamos pensado, la verdad —confirmó Marta.

—Nosotros nos iremos mañana hacia el norte. Llegaremos a Hanói el domingo. Podríamos ir juntos. ¿No te parece buena idea, José Luis? —le preguntó a su novio sin dejar de mirar a Marta. Estaba claro que imploraba una respuesta afirmativa.

Dan la vio tragar saliva y, luego, de nuevo aquella mano sobre la pierna de Ángela.

Marta dudaba, lo miraba a él y a Ángela alternativamente, dudando entre el deseo y el plan estipulado.

Se adelantó a su respuesta:

—Estoy cansado. Creo que me marcho a la cama sin cenar —dijo con amabilidad, pero con firmeza.

Y se fue sin esperar reacción alguna. No tenía nada claro querer escuchar lo que le fueran a decir. No pasó de la puerta.

—¿A qué viene esto? —Marta parecía muy enfadada.

—No sé lo que está pasando, solo sé que no quiero estar con ellos.

—Creo que sucede algo grave. La tiene cohibida. ¿Has visto cómo la controla?

—Llámame egoísta, pero en este momento no tengo ganas de cargar con los problemas de otros.

Se lo llevó fuera para evitar que la pareja los viera discutir.

—He intentado sonsacarle antes. Me acompañó a subir las fotos a Internet. Por más que lo he intentado, no he conseguido nada. Cada vez que intento hablar de su relación con José Luis se cierra como una ostra. Igual deberíamos acompañarlos porque...

Dan la cortó en ese punto:

—Quédate con ellos. Estoy cansado. Me voy.

—Te estás comportando como un crío.

Aquello despertó de golpe a Dan.

—Lo que tú llamas niñería, yo lo llamo madurez.

—A eso no se le llama madurez, se llama a estar cuando te necesitan.

201

Dan sintió vibrar el teléfono en el bolsillo. Bing, con el resto de las imágenes de la lista que faltaban. No dejó que el mensaje le distrajera de la discusión con Marta.

—Si yo soporto mi vela, que el resto haga lo mismo con la suya.

Marta lo apartó aún más de la puerta.

—¿Cómo puedes decir eso? Te digo que esa chica tiene problemas.

—Es lo que pienso, ¿o prefieres que te mienta con cualquier excusa? Pensé que eso de decir frases bonitas y desviar la atención era potestad de los vietnamitas, que los españoles éramos más directos.

—Tú no eres español.

—Para algunas cosas sí.

—Para las que te interesa.

—Y para las que te interesan a ti. —Dan se pasó la mano por el pelo. El móvil vibró de nuevo. Palpó el bolsillo por fuera, como si pudiera detenerlo con aquel gesto.

—¿Qué quieres decir con eso? —le preguntó ella alterada.

—Creo que esta conversación está yendo demasiado lejos, ya hablaremos mañana si es que no te has marchado antes.

Marta se quedó lívida.

—¿Acaso te estás despidiendo? —tartamudeó.

—¿Vas a decirme que no te lo estás pensando? Se van a Hanói, igual que tú, y en unos días a Barcelona.

—¿Eso significa que…?

Agotado, Dan estaba mentalmente agotado.

—Lo siento, Marta —se disculpó—, mañana hablamos, creo que deberíamos hacerlo. —Otra vez el móvil saltando dentro del bolsillo—. Ahora tengo trabajo.

Se dio media vuelta y echó a andar. Para no pensar en lo que acababa de suceder entre ellos ni en lo que podría ocurrir a la mañana siguiente sacó el teléfono del bolsillo y abrió el primer mensaje recibido.

Era una imagen, sí, pero no la que esperaba, ni tan siquiera se la enviaba Bing, sino Marta; mejor dicho, alguien desde el teléfono desaparecido de Marta. Era una fotografía que nunca hubiera querido ver, que nunca hubiera imaginado que tendría ante los ojos.

Se dio la vuelta muy despacio sin apartar la vista de la pantalla, de aquellos ojos pintados, de aquella mirada rota, de aquella boca aterrada, de aquellos labios teñidos. De aquel grito silencioso.

—¡Marta! —llamó. Estaba tan horrorizado que no supo cómo le salía la voz.

Ella lo observaba todavía enfadada. Dan dio gracias a sus antepasados porque siguiera allí y no tener que buscarla para mostrarle la espantosa imagen. El rostro de ella cambió cuando intuyó que algo grave sucedía.

—¿Qué pasa?

Dan fue incapaz de explicárselo a aquella distancia, pero tampoco pudo moverse, horrorizado por la idea que le daba vueltas en la cabeza. Fue ella la que salvó los pasos que los separaban. Él giró el teléfono y se lo puso delante.

—La han mandado desde tu teléfono.

Ella se acercó preocupada. Y nada más posar los ojos en el móvil, estos se le fundieron, como le había pasado a él.

—Pero ¿qué…?, pero ¿dónde está Xuan…?, ¿por qué está en sujetador y con esa falda… tan corta? Esto es un bar, está lleno de botellas. No. —Agitó la cabeza con vehemencia cuando entendió lo que estaba mirando—. No no, no es lo que parece, ¿verdad? Dan, dime que esto no es cierto, que esos… no la han puesto a trabajar de…, que no la han obligado a… —Le costaba respirar—. Dime que no la están ofreciendo como mercancía a…, a… unos degenerados. Dime que no, por favor, Dan, dímelo, Dan, dímelo.

No había tiempo ni para mentir.

—Sí, creo que sí.

Marta trastabilló, perdió el equilibrio. La sujetó para que no se cayera.

—¡Dios mío, Dan, pero qué le hemos hecho a esa niña!

Nota para el blog, del 9 de enero de 2015

Y es ahora cuando descubro que el exotismo oculta a veces la podredumbre humana.

203

19

*D*an se moriría si les pasaba algo a los niños.

«Mataré a quien sea como les hayan hecho daño.»

«Xuan apenas tiene doce años. ¿Cómo se puede pensar en…, con una cría? ¿Qué clase de degenerado se excita mirando a una chiquilla?»

«¡Dios mío, sus tíos, sus propios tíos! Tenía que haber sospechado cuando ese tío me pidió dinero.»

«No podíamos saberlo de ninguna manera. ¿Cómo nos íbamos a imaginar algo así? Pero estaba tan ofuscado con que estaba haciendo lo correcto que no sospeché nada como eso.»

«Tenía que haber hecho caso a Marta y habérnoslos traído con nosotros. Haber avisado a las autoridades y que ellos se hubieran hecho cargo de los pequeños.»

«Solo han pasado tres días, tres días solo, esperemos que no les haya ocurrido… eso. Tres días son más que suficientes; una hora bastaría para que les suceda un daño irreparable.»

«¿Cómo supera una niña de doce años una violación? Juro que mato a quien le haya tocado un solo pelo de la cabeza. ¿Y sus hermanos, qué habrá pasado con ellos? Y como se lo hayan tocado a Kim y a Dat, también.»

«A Dat. Y a Kim. ¡Dios mío, no!»

—¿Estás bien? Tienes mala cara.

—Tengo el estómago revuelto. ¿Cuánto falta aún?

—Menos de una hora.

—Es más de medianoche.

—Los encontraremos.

—¿Y si no están en su casa?

—Iremos primero al bar donde trabaja Anh, ya que está al principio del pueblo.

—¿Crees que es el mismo bar donde estaba Xuan?

—No sabría decirte, apenas estuve dentro dos minutos, pero me parece lo más lógico.

—Tú estuviste allí. ¿Cómo era ese sitio?

—Era una barra americana.

—Me lo temía.

—¿No vas a decir nada más?

—¿Qué más quieres que diga?

—Quiero que me grites, que llores y me maldigas. Quiero que reacciones de una vez y no vuelvas a hundirte en el mutismo en el que estás desde hace más de tres horas.

—No es momento para nada de eso. Cuando todo esto acabe, me reservo el derecho de hacerlo.

—¿Y si no termina bien? ¿Y si les han causado algún tipo de daño a los niños?

—Ni se te ocurra decirlo. No les ha sucedido nada.

—Estás muy segura.

—Igual de segura que cuando mi intuición me decía que no los dejara con ellos.

—Espero que tengas razón, como la tuviste antes.

—Yo también lo espero, es en lo único que pienso.

En cuanto entraron en Son Trach, vieron a cuatro hombres en la puerta del local donde trabajaba la tía de los niños. Dan no se lo pensó dos veces y paró en medio de la carretera vacía.

—¿Sabes conducir? —Marta asintió—. Quédate aquí con el motor en marcha y en cuanto me veas salir del bar, arrancas. No bajes de la furgoneta por ningún motivo.

Pero Marta estaba fuera antes de que terminara la advertencia. Se miraron por encima del capó.

—¿A qué estamos esperando? —preguntó ella haciendo caso omiso de su mirada asesina. Estaba ansiosa por sacar a Xuan de aquel infierno si la niña estaba allí como sospechaban.

Entraron en el bar sin atender las miradas curiosas de los que estaban fuera. Los recibieron con humo, música enlatada, oscuridad y un extraño olor acre que a Marta le provocó náuseas.

Recorrieron el lúgubre pasillo con los ojos puestos en la

barra que brillaba al fondo. Detrás del mostrador, una figura conocida.

Anh llenaba un vaso con un líquido transparente que Marta no se molestó en analizar. Vestía con el mismo estilo *erótico* que Xuan en la fotografía que les había llegado. Tenía aspecto de la muñeca rota que seguro sería. Terminó de servir la copa al cliente que tenía delante y levantó la vista. El rictus le cambió al instante.

Marta habría jurado que se alegraba de verlos. Durante el viaje había imaginado cómo reaccionaría Dan al tenerla delante y estaba convencida de que gestionaría sus sentimientos de forma racional. No podía haberse equivocado más.

Él se olvidó de la cortesía vietnamita y se dirigió a ella. No alzó la voz. Aunque Marta tampoco entendió lo que le dijo, no fue necesario. Una mezcla de autoridad y desprecio dejó a la tía de los niños sin habla.

No fue lo más oportuno. Marta temió que se encerrara en el mutismo que tanto le había molestado cuando la conoció. Si esto sucedía y no les decía dónde estaba Xuan, lo tenían todo perdido. Y no había tiempo que perder.

Se dio la vuelta y recorrió con la vista la sala que se abría a un lado de la barra. Había una docena de hombres. Ninguno los miraba, pendientes únicamente de lo que sucedía al fondo de la estancia.

Allí estaba Xuan, subida a un escenario improvisado, junto a una joven que podía ser su madre, moviéndose con torpeza, medio desnuda, soportando las miradas lascivas de los hombres, sus obscenos comentarios y sus silbidos.

Lloraba. La niña lloraba; el corazón de Marta también.

Rozó la pernera del pantalón de Dan para llamar su atención. Consiguió pronunciar su nombre, a pesar de que la boca se le había quedado áspera y seca.

Él se giró y soltó el juramento que ella había contenido.

Lo vio salir hacia el escenario como una exhalación quitándose la cazadora. A los pies de las bailarinas, alzó los brazos. Xuan se echó a ellos como si lo hubiera estado esperando toda la vida.

Marta reaccionó. Ni se percató de los empujones ni de los traspiés que tuvo que dar debido a la escasa luz que iluminaba aquel tugurio. No hubo tiempo para celebraciones ni muestras de cariño. Dan la depositó en sus brazos y Marta la abrazó con la fuerza de un titán. Xuan enterró la cara en su cuello.

La chaqueta de Dan cubría los hombros desnudos de la pequeña.

—Vámonos de aquí cuanto antes —masculló él.

Decirlo fue más fácil que hacerlo.

Antes de conseguir abandonar aquel improvisado teatro, se toparon con el dueño del local. Un vietnamita pequeño y con aspecto enfermizo, pero muy mal encarado, comenzó a chillarles. Dan no se quedó atrás.

A pesar de la ventaja que la altura le proporcionaba a este, el hombrecillo no se amedrentó y se enfrentó a él. Ninguno escuchaba al otro. Las imprecaciones salían de sus bocas a toda velocidad. Marta, a la espalda de Dan, estudiaba la posibilidad de salir corriendo con la niña mientras los hombres discutían, pero era el mismo Dan quien le dificultaba el paso.

El dueño del local cambió el destinatario de sus gritos y señaló a Anh. Esta se encogió hasta casi desaparecer. Su jefe se acercó a la barra.

Dan cogió a Marta del brazo y la empujó hacia la salida. La niña tiritaba.

—¡Ahora! —la animó con la decisión dibujada en el rostro.

A cada paso que daban, a Marta le parecía que la puerta estaba más lejos. Temió no conseguir llegar al exterior.

La noche seguía tan serena como la habían dejado cuando bajaron de la furgoneta.

—Métela enseguida —le indicó Dan.

A Marta le costó desprenderse de Xuan. Cada vez que lo intentaba, esta se aferraba a ella entre sollozos. Se subieron juntas a los asientos traseros a trompicones. La fuerza con que Dan cerró la puerta lateral sobresaltó a Xuan, que dio un brinco en su regazo.

—Llora, no pasa nada —la tranquilizó Marta mientras se acomodaba con la niña encima—. Os hemos venido a buscar para llevaros con nosotros. Por nada del mundo os quedaréis otra vez con ellos. Ya ha pasado todo.

El bamboleo del vehículo y un fuerte golpe procedente del exterior le indicaron lo contrario. Por la ventanilla pudo ver al dueño del bar que amenazaba a Dan con un garrote. Este lo esquivaba como podía, hasta que falló. A Marta le dolió el golpe que acababa de encajar en las costillas. «Lleva las de perder», pensó angustiada. Hasta que vio a Dan contratacar. Aprovechó que el hombrecillo volvía a agitar el palo contra él para cogerlo por el extremo y empujar hacia delante. Lo alcanzó en medio del estómago. El agresor se dobló en dos. El garrote rodó calle abajo.

No supo de dónde salió Anh porque no la había visto abandonar el bar, pero allí estaba, junto a Dan, poniéndole algo en la mano. Después se dio la vuelta y lo dejó solo.

Dan entró en la furgoneta a toda velocidad y arrancó. No hubo tiempo para cinturones, no hubo tiempo para hablar. El motor rugió cuando el vehículo salió despedido hacia delante. Entre el pelo desordenado de Xuan, Marta pudo ver a Anh en la puerta del local y estaba claro que no tenía intención de socorrer a su jefe. Si se hubiera podido preocupar por alguien que no fueran Xuan, Kim y Dat, Marta lo habría hecho por aquella mujer.

Rescatar a Xuan supuso un alivio muy tenue.

—¿Crees que los pequeños estarán bien?

—Enseguida lo sabremos.

Dos minutos tardaron en llegar a la casa. Esta vez Dan no le ordenó a Marta que se quedara; se dirigió a Xuan. Su pregunta consiguió lo que no había logrado ella: que la pequeña dejara de esconderse en su hombro y hablara con alguien.

—Dice que se quedará sola aquí dentro.

—No me parece buena idea. Está aterrada.

—Te necesito ahí arriba, Marta —replicó él al tiempo que señalaba el edificio que tendrían que tomar al asalto—. Si hay que entrar por la fuerza, será mejor que estemos los dos.

Fue como si Xuan adivinara lo que Dan le estaba pidiendo porque se soltó de Marta.

—En el suelo —le señaló ella—. Dan, dile que es mejor que se esconda en el suelo para que nadie la vea. Espero que al hombre del bar no se le ocurra perseguirnos hasta aquí.

—Tenemos que darnos prisa y marcharnos cuanto antes.

—Subamos entonces.

Aporrearon la puerta al unísono. Golpearon al menos siete veces antes de notar movimiento dentro de la vivienda.

208

Tuvieron suerte. Hai no tuvo la precaución de comprobar quién llegaba. En cuanto se abrió una rendija, Dan dio una patada a la puerta, que se abrió por completo. Entraron como los secuestradores que eran.

Dan se encaró con él mientras Marta buscaba a Kim y a Dat. Encontrar las habitaciones vacías le aceleró el pulso y, por un instante, imaginó a los pequeños en iguales —o peores— circunstancias que su hermana mayor. Regresó a la sala aterrada ante la posibilidad de que los hubiera vendido a tratantes de personas.

—No los veo por ningún lado —anunció asustada.

Kim se le echó a los brazos como una exhalación.

—Estaba dormida en la cocina —le explicó Dan.

Marta vio la botella de licor de arroz medio vacía a un lado del sofá y se dio cuenta de que el hombre al que Dan retenía no estaba en su mejor momento. La bebida le tenía embotada la mente y no había reaccionado al asalto.

—¿Y Dat? ¿No está en la casa? —Los nervios de Marta se desataron—. ¿Dat? —se encaró con Hai, que continuaba sentado.

En vez de contestar, el hombre se rio. Hasta que Dan lo cogió por la pechera y lo levantó con furia. Entonces empezó el interrogatorio en vietnamita. El maltrato verbal enfureció a Hai, que se soltó y se encaró con Dan a pesar de estar en inferioridad de condiciones.

El intercambio de voces no fue más leve que el del bar. Ninguno de los dos se amedrentó. Ambos se enfrentaban como perros de presa. Al final, Dan echó mano de la misma estrategia que ya había usado con él.

Le pagó. La primera vez fue por quedarse con los niños; aquella vez, por dejarlos partir.

—Vámonos de aquí antes de que me den ganas de vomitar —farfulló cuando el dinero pasó a manos de aquel sinvergüenza.

Pero Marta se negó a moverse.

—¿Dónde está el niño?

—Dat está en el campo de café donde los localizamos. Al parecer, lo ha arrendado a unos vecinos —masculló mientras se hacía cargo de Kim y comenzaba a bajar las escaleras.

Marta lo siguió a todo correr.

—¿Ha arrendado a Dat?

—Lo ha alquilado a un módico precio para que los ayude en la recogida del café. Ha estado trabajando todo el día. Duermen allí mismo y mañana vuelven a empezar en cuanto salga el sol.

«Seis años, tiene seis años.» Kim y Dan ya estaban junto a la furgoneta. Marta se repuso y los alcanzó a toda prisa.

—Vámonos ya.

Xuan estaba en el mismo sitio donde la habían dejado. Dio un pequeño grito cuando Marta abrió el portón, pero su cara de espanto cambió nada más reconocerlos. Se levantó y se abrazó a su hermana y a ella, sin dejar de llorar. Las tres lo hacían. Marta, de manera silenciosa al pensar en el horror vivido por aquellas dos criaturas indefensas. Kim, con hipidos intermitentes. Y Xuan, la tímida, la comedida, la silenciosa, con total desgarro. Fue su llanto el que se agarró al alma de Marta. Dedicó unos segundos a serenarse y respiró hondo varias veces mientras se repetía que todavía faltaba encontrar al niño. La noche podía ser aún muy larga y tanto Dan como ella tenían que mantener la cabeza fría.

Ahora que las hermanas se tenían la una a la otra, aunque siguieran aterradas, Marta decidió ocupar el asiento del copiloto para planear con Dan el siguiente paso.

La calle parecía desierta y no se preocupó en mirar atrás cuando se apeó. Un hombre se le abalanzó por la espalda y la estampó contra el lateral de la furgoneta. Recibió todo el impacto en la nuca. Apenas fue consciente de lo que pasaba; se lo impedían el dolor de cabeza y los chillidos de las niñas dentro del vehículo. El contorno de la persona que la había agredido se le desdibujaba, incapaz de enfocar la vista. Se sucedían los portazos, golpes metálicos, improperios en vietnamita. Y ella solo podía sujetarse la cabeza y esperar a que desapareciera el paralizador zumbido que la torturaba.

Poco a poco, la silueta de la rueda se hizo más nítida. Después consiguió ver la manilla de la puerta. Alguien gritó su nombre, seguido de una orden.

Era Dan, pero él no estaba dentro del vehículo. Le gritaba en vietnamita desde la carretera, al otro lado de la furgoneta. Y su mente confusa no pudo comprender por qué se dirigía a ella en un idioma que no entendía. Oyó la respuesta de la persona que la había golpeado y comprendió que las voces de Dan no se dirigían a ella. Y también que no estaba sola.

Intentó fijar la vista en el otro lado de la calzada. Le costó, aunque al final lo consiguió.

Hai blandía un cuchillo de cocina en la mano.

Instintivamente se pegó a la chapa del vehículo. El estómago se le volvió de piedra, le empezaron a sudar las manos y su respiración se hizo más pesada. Aturdida aún, era incapaz de idear una estrategia para librarse de él, lo único que sabía era que no podía separarse de aquella puerta porque las niñas estaban dentro.

Se clavó al portón. Por suerte, el hombre no se movió. Marta recordó el desprecio con el que trataba a su mujer y cómo cambiaba de actitud cuando se dirigía a Dan y a ella. Y supo de repente que aquel individuo era un cobarde, de los que solo imponía su carácter a quienes se mostraban sumisos con él. Lo desafió con la mirada.

Hai gritó de nuevo y otra persona le contestó. Marta intuyó que su atacante esperaba confirmación para ejecutar lo que había venido a hacer. Aquella situación no podía alargarse más.

—¡Dan! Tengo al tío ante mí.

—¡Entra dentro!

—No pienso abrir esta puerta mientras este tipo esté aquí. No me daría tiempo a cerrar antes de que él me alcanzara. Tiene un cuchillo.

—¿Estás bien?

—Sí.

—Yo también tengo compañía por aquí. Dos hombres.

—¿Qué podemos hacer?

Fue una mujer la que decidió por ella. Apareció por la acera, como la vez anterior, salida de ningún sitio. Marta la vio porque Hai se giró al intuir su presencia. Era Anh, quieta y silenciosa. Miraba a su marido con ojos reprobatorios. Este pareció ponerse nervioso y comenzó a imprecar a su esposa. Ella no se alteró, y Marta pensó que parecía una muerta en vida, un espectro, una muñeca de cera.

Sin embargo, estaba entreteniendo a su marido. Marta no desaprovechó la ocasión y se fue deslizando por la chapa del vehículo hasta la puerta del copiloto. Con cuidado para no hacer ningún ruido que lo distrajera de los insultos que dedicaba a su mujer, accionó la manilla. La puerta se abrió con suavidad y se coló dentro. En un segundo había bajado el seguro de aquella puerta y la de las niñas. Las llaves colgaban del contacto. Se deslizó al asiento del conductor y echó el cierre de esa puerta también. Un poco más adelante en la calle, Dan estaba frente a dos tipos. Uno era el dueño del bar del que habían sacado a Xuan. Al otro no le había visto nunca.

Sin pensárselo dos veces, arrancó. Pisó el acelerador y lanzó la furgoneta en dirección a los hombres.

Estos no reaccionaron. Marta no se acobardó y no corrigió la dirección a pesar de tenerlos delante y de estar a punto de atropellarlos. Lo había visto en las películas, siempre se apartaban en el último instante. La gente no era tan tonta como para dejarse matar por una niña de doce años. Rezó para que en la vida real ocurriera como en el cine.

Los hombres saltaron apartándose de la trayectoria asesina de la furgoneta y desaparecieron de la vista de Marta. Por el retrovisor vio a Dan correr hacia ella. Pulsó el botón del mando para abrir todos los seguros. Dan subió al vehículo como una exhalación.

Marta pisó a fondo el acelerador y salieron disparados. Lejos quedaron aquellas cuatro figuras plantadas en medio de la calle.

—No sabía que condujeras así.

Marta se permitió apartar los ojos del tramo de carretera que iluminaban los faros.

—¿Así cómo?

Lo vio sonreír.

—Así de bien.

—He estado a punto de matar a dos hombres.

—No ha sucedido nada.

—Pues tu cara no dice eso. Te ha salido un moratón en la mejilla. —Intuyó que él se había llevado la mano a la contusión porque le oyó dar un respingo—. ¿Duele?

—Solo un poco. En unos días desaparecerá.

Marta miró por el retrovisor. Xuan y Kim seguían abrazadas.

—¿Crees que sus heridas también se curarán en tan poco tiempo?

Dan se giró y les dijo algo. Xuan sonrió. Kim soltó una especie de risa contenida.

—Están bien. Preocupadas por Dat, pero bien. Les he dicho que en un par de horas estaremos todos juntos y nos podremos bañar en la playa. ¿Sabes por dónde ir al cafetal?

—Por aquí, en algún lugar, había que tomar un desvío a la derecha.

—Es un poco más adelante. Detrás de una curva cerrada.

—¿Lo lograremos?

—Lo hemos hecho hasta ahora, ¿no? Esperemos que esa gente que ha alquilado al niño sean personas de bien y no como... —Marta casi pudo oír cómo le rechinaban los dientes—, como el malnacido de su tío.

La curva apareció y abandonaron la carretera principal. Empezaron a ascender por la montaña.

—¿Se han dormido las niñas?

—Sí, la una junto a la otra.

Marta dio rienda suelta a los nervios. La adrenalina, que le había mantenido serena hasta entonces, había desaparecido por completo.

—Todo esto ha sido culpa nuestra. Pobres, lo que han debido de pasar estos días.

La mano de Dan en su pierna detuvo el discurso y el arrepentimiento.

—Habrá tiempo más adelante, para esto y más. Ahora hay que pensar en Dat, solo en él.

—Pero ¿cómo crees que me siento cuando...? —Las lágrimas pugnaron por escapar.

—Para el vehículo.

—¿Aquí, en medio de la nada?

—No vamos a salir, no te preocupes.

Marta obedeció.

—¿Y ahora qué?

—Ahora vas a tranquilizarte y a repetirte que todo ha salido bien, que las niñas están bien y nosotros también.

—Dices que las niñas están bien. No lo sabemos en realidad.

213

—No podemos pensar en eso ahora. Todavía no tenemos a Dat. Hay que centrarse solo en él. ¿Me oyes, Marta? Solo en él y en cómo lo recuperaremos. —Se separó de ella. Estaba más sereno, más serio—. Necesito que estés conmigo en esto, *rông bay*. Necesito tu fuerza y las agallas que tuviste en el pueblo; de otro modo, no lo conseguiremos.

El silencio de la selva los envolvió por un instante. Marta asintió y arrancó de nuevo. No pensó, no lloró, no se lamentó por lo que podía haberle sucedido a Xuan. No habló. Condujo, solo condujo.

El trayecto hasta el cafetal se le hizo interminable, por eso cuando los faros de la furgoneta iluminaron el barracón donde supusieron que dormían los recolectores, Dan se sintió profundamente aliviado.

—¿Y ahora qué? —le preguntó Marta.

—Son las cuatro y veinte de la madrugada, estarán dormidos. Hora de despertarlos.

Salió de la furgoneta y se colocó junto a la puerta del conductor, la abrió y, sin darle una explicación, apretó el claxon hasta el fondo.

El estruendo hizo añicos la placidez de la noche. Hasta un buey habría salido a ver qué sucedía. Las niñas se despertaron y empezaron a chillar. Marta las tranquilizó mientras Dan insistía hasta que las figuras de dos hombres se recortaron en la puerta del barracón. Se adelantó sin acercarse demasiado. Elevó las manos en son de paz.

—Venimos a buscar a un niño. Nos marcharemos en cuanto esté con nosotros —les pidió.

Tal y como había previsto, aquella vez no hubo engaños. No fingieron no saber de quién hablaba, ni negaron que Dat estuviera con ellos ni intentaron convencerlo de que el negocio que habían hecho con el tío era legal. Como buenos comerciantes, le explicaron la cantidad por la que accederían a dejarlo marchar. Tres millones de *dongs*, quince días de trabajo para un vietnamita.

Dan reunió la experiencia de todos sus años de comerciante y se portó como un zorro: hábil y artero. Regateó hasta conseguir reducir la cantidad a la mitad. Durante el proceso, los campesinos se lamentaron del tiempo que tardarían en hacer el trabajo que el niño no completaría, de los dolores de hombros que sufrirían al tener que aumentar el ritmo de la recolección y de las explicaciones que tendrían que dar a sus familias si le dejaban llevarse al niño sin recibir ninguna compensación.

—¿Cuánto dinero te queda? —le susurró a Marta.

Ella le dijo una cantidad que, ni por asomo, se acercaba a lo que les pedían. Él se había quedado sin nada tras pagar al tío de los niños. Empezó a desesperarse. Marta no dejaba de moverse, nerviosa, y los hombres no parecía que fueran a ceder. La idea de volver a liarse a golpes con aquellos campesinos era casi inimaginable. Podía comportarse como el español que le apetecía ser, abrir las carteras de ambos y plantárselas delante de sus caras con la frase: «Es esto o nada». Sin embargo, se comportó como el vietnamita que era y se sentó en el suelo con toda tranquilidad.

Los hombres dieron por hecho que las negociaciones continuaban y se acomodaron también en la dura tierra. Establecieron turnos de palabra. Ellos hablaban y Dan rebatía cada uno de sus argumentos.

Aprendió mucho de café, se enteró de los nombres y edades de sus mujeres e hijos, se lamentó de sus problemas y se alegró por sus planes de futuro. En algún momento Marta debió de decidir que no necesitaba ayuda y se refugió dentro. Las familias de los hombres se fueron a descansar lo que quedaba de noche.

El amanecer hacía ya acto de presencia cuando sellaron el acuerdo: cambiar a Dat exactamente por la misma cantidad que les había ofrecido dos horas antes.

Uno de los hombres entró en la cabaña y salió acompañado de una joven con el niño de la mano.

A Dan le dio un brinco el corazón cuando lo vio tan pequeño. Acababa de despertarse y se frotaba los ojos aún medio dormido.

Se acercó y le cogió la mano que la chica había soltado. El niño se marchó con él con toda naturalidad. Dan alabó la inocencia de la infancia.

Al llegar a la furgoneta se dio la vuelta. Los campesinos y la chica habían desaparecido. Se agachó junto a Dat y solo

215

entonces, con la serenidad de saber que todo había finalizado, lo abrazó. El pequeño se le agarró al cuello. A Dan se le llenaron de lágrimas los ojos y el corazón le comenzó a latir deprisa, alegre.

—Ahí dentro están tus hermanas con Marta. Seguro que están dormidas, no podemos asustarlas.

Dat asintió muy serio. El panorama que descubrió al asomarse al portón abierto de la furgoneta lo llenó de ternura. Marta estaba en medio, dormida, las niñas tumbadas y con las cabezas apoyadas sobre sus piernas.

—Marta —susurró Dan mientras la agitaba levemente para despertarla.

Ella se enderezó asustada.

—Ya lo tenemos.

La suave mirada que le ofreció Marta al niño fue una de las mejores cosas de aquella noche.

—Hola, cariño —le dijo al tiempo que le dedicaba una caricia—. Vamos a decirles a tus hermanas que ya estás aquí, ya verás lo contentas que se ponen, ¿te parece bien?

Dan tradujo. Dat despegó los ojos de él y volvió a Marta. Se lamió los labios y asintió otra vez.

Las niñas se fueron espabilando poco a poco. No tuvieron que contarles nada porque, en cuanto abrieron los ojos, Dat saltó a sus cuellos riéndose sin parar.

Les costó controlar el alborozo de los hermanos porque ellos estaban igual de felices y participaron abrazándolos todo lo que pudieron. Marta, siempre tan juiciosa, parecía haber perdido la razón, y Dan, consciente de que sería mucho mejor desaparecer cuanto antes, la dejó disfrutar un rato antes de intervenir.

—Creo que ya es hora de irnos.

—*Everybody to their seats!* —ordenó ella alegremente.

Se pasó al asiento del copiloto y dejó que Xuan ejerciera de hermana mayor.

Dan arrancó sin más demora. La calma se instaló dentro de la furgoneta en menos de diez minutos. El cielo aún no había abandonado la completa oscuridad y los niños estaban cansados. Muchas horas, poco descanso y demasiados temores sufridos a solas. Se quedaron dormidos enseguida.

Pero a Marta y a Dan todavía les quedaba una última prueba antes de poder respirar tranquilos: para salir de allí tenían que cruzar de nuevo el pueblo de Son Trach.

—¿Crees que nos estarán esperando? Seguro que imaginan dónde hemos ido.

—Con un poco de suerte, el pueblo estará desierto todavía a esta hora —la animó.

Aunque no contaban con los turistas que se levantaban antes que el sol para admirar las maravillas que ofrecía el parque natural de Phong Nha-Ke Bàng. Dan esperaba atravesar el pueblo sin detenerse. No fue así. Se paró varias veces. Un autobús se había quedado atravesado en la carretera; una veintena de enormes alemanes se arremolinaron en torno al único cajero automático y colapsaron la calle, y aún tuvo que esperar a que un campesino apartara dos bueyes. Ni rastro de los tíos ni del dueño del bar cerrado.

Marta no dejó de mirar atrás para confirmar que los niños seguían dormidos.

—No te preocupes —la tranquilizó cuando los últimos edificios de Son Trach quedaron atrás—. No se han enterado de nada.

—Mejor así. ¿Y ahora qué? ¿Adónde vamos?

—Por esta zona del país solo tengo un lugar donde dormir.

—¿Entonces?

—Entonces, derechos a Hanói.

Marta se acomodó en el asiento, ¡por fin! Echó la cabeza hacia atrás y cerró los ojos.

—Dicen —murmuró— que es una ciudad preciosa.

—Lo es, sobre todo si estás con la persona adecuada —le contestó él.

Pero ella se había quedado profundamente dormida.

«Derechos a Hanói», había dicho y, sin embargo, no lo cumplió. Sabía lo que se encontrarían a su llegada, por eso precisamente recordó la promesa que le había hecho a Xuan: lo primero de todo, irían a la playa.

ϒ

—¿La embajada española? Soy Daniel Acosta. Quisiera hablar con Antonio González Zamora. Muchas gracias, espero. ¿Antonio? Soy Daniel, espero no molestarte. No, no tiene nada que ver con lo de los pasaportes de mis amigos. Sí, sí, en unos días llegarán, ya deben de estar camino de Hanói. Se trata de otro asunto. Necesito información sobre las leyes vietnamitas con respecto a niños huérfanos. Solo información, no te preocupes, la embajada no se va a ver envuelta en ningún problema. Se trata simplemente de saber qué hacer y adónde acudir con unos menores de edad que se han quedado sin familia. Se trata de unos amigos. ¿Cómo? No, no los tengo yo, los conozco simplemente. ¿Cuándo podrás tenerla? ¿Dos días? —Respiró hondo al enterarse de que el tiempo de estar con los pequeños se agotaba. Lo sabía antes de hacer aquella llamada, pero le dolió igualmente—. Ahora te mando un mensaje con mi correo electrónico. ¿Puedes enviarme allí lo que encuentres? Muchísimas gracias. Sé que esto no os compete, pero no sabía a quién preguntar. No, no estoy en Hanói. Estaré para cuando reciba tu correo. Le daré recuerdos a mi madre de tu parte. Antonio, muchísimas gracias de nuevo. Pasaré a saludarte.

Dan colgó. Volvió a mirar la playa y cogió la botella de cerveza que había dejado en el muro del paseo marítimo. De un trago, apuró lo que le quedaba a pesar de saber que, por mucho que bebiera, no se quitaría el amargor que tenía instalado dentro. Había pasado el tiempo en que saber que hacía lo correcto era un consuelo para él.

El castillo de arena estaba ya casi terminado. Perfilar las almenas, hacer la puerta y llenar el foso de agua pondrían fin a la escultura. Y a su aventura, también.

Volvió a coger el teléfono.

—¿Bing? ¿Qué tal va todo? No, no he podido hacer nada de lo que hablamos. Los correos aún están sin enviar, me surgió un problema que he tenido que solucionar primero. Ya te contaré. No, por ahora no puedo contártelo. No, no es de mi familia. Tampoco, tampoco es de *esa* chica. Sí sí, está todavía conmigo. Pero… ¿no te estoy diciendo que no es de ella? ¿Que con quién entonces? ¿Quieres hacer el favor de dejarme hablar? No es ningún secreto, solo un asunto delicado, simplemente eso. No vas a parar de preguntármelo hasta que te lo cuente, ¿verdad?

Ha sido un problema con los niños. Ya sé que te dije que los había dejado con los tíos, el caso es que... eran mala gente y los habían puesto a trabajar. Sé que hay muchos niños que trabajan, pero esto era distinto. Ya te lo contaré. El caso es que ahora los tengo conmigo y me los llevo a Hanói. Estoy intentando enterarme de qué tengo que hacer con ellos. Necesitaré unos días para organizarlo todo. Te lo aseguro, esta misma noche, mañana lo más tardar envío esos correos. ¿Cómo? No es para tanto, solo han pasado unas horas desde anoche. —Clavó los ojos en las figuras que se acercaban por la arena. Agitó la mano en respuesta a su saludo—. Bing, tengo que dejarte. Solo unos días, te lo prometo, ya he puesto a alguien a mover el asunto. Te mantendré informado. Hablaré con Santiago para ver cómo van los permisos del mes que viene. Vale vale, pongo un correo para informarte. —Se despidió a todo correr.

Colgó justo a tiempo. Ni los niños ni Marta se habían enterado de nada.

—¿Quién era?

—Bing con una cosa de la empresa.

—¿Algo importante?

—Nada que no pueda esperar hasta esta noche. —Cogió la botella vacía y siguió a los niños, que ya avanzaban por el paseo.

—Pero lo suficiente para que tengas que hacerlo antes de mañana.

Dan se detuvo. Pudo sentir la pena en el rostro de Marta.

—Tenemos que seguir adelante, Marta.

«No podemos quedarnos aquí, tienes que marcharte a tu país, hay que separarse de los niños.»

—Lo sé. Te prometo que estoy haciendo todo lo que puedo. Dan, unas horas, solo unas horas más —rogó.

Él volvió a dejar la botella de cerveza sobre el muro. Los niños seguían andando sin mirar atrás. Pensó que solo unos días antes Marta o él los habrían llamado y obligado a esperarlos. Sin embargo, había llegado la hora de dejarlos partir.

La abrazó. Ella se cobijó en sus brazos y enterró la cara en su pecho. Él notó la presión de sus brazos en la espalda. La besó en la cabeza.

—Un día si quieres.

Marta se soltó despacio.

—Unas horas, esta tarde nada más.

—¿Estás segura?

Ella le rozó los labios con mucha ternura. Después se volvió a mirar a los niños, que les llevaban una ventaja considerable.

—Lo estoy —dijo sin vacilar.

Dan no estaba convencido de que ella estuviera preparada. De lo que sí estaba seguro era de que él no lo estaba. Y lo sabía porque cada vez que pensaba en todo lo que perdería en los próximos días, se sentía igual de vacío que aquella botella.

Nota para el blog, del 10 de enero de 2015

Hoy de nuevo se abren las nubes, de nuevo brilla el sol y el verde se apropia del mundo. Hoy, otra vez, Vietnam se llena de colores.

20

*H*anói los recibió con una suave lluvia y a punto de anochecer. Las luces de la ciudad fascinaron a Marta y a los niños, que enmudecieron. Y no era porque nada de lo que vieran fuera muy distinto a lo que ya conocían —allí estaban los altos edificios, concesionarios de coches, pagodas, restaurantes, coches y motos, muchas motos, parques, vías con trenes cargados de contenedores—, sino porque todos sabían que era su destino final.

La emoción se hizo patente cuando la carretera atravesó un lago, y mucho más al descubrir un circo instalado en un parque. Dan se rio al oír las exclamaciones de los niños y detuvo el vehículo para que pudieran verlo de cerca.

Aunque estaba cerrado, los niños bajaron de la furgoneta y se aproximaron corriendo. Marta los dejó marchar solos. Estaba mucho más tranquila desde que había hablado con Xuan a solas la noche anterior y le había asegurado que ni el dueño del bar ni ningún otro hombre la habían tocado. «*Only sing and dance.*» Bailar y cantar para una decena de mirones había sido su único cometido. También le había mostrado la foto que había recibido Dan en su móvil. Se la había sacado su tía y fue Xuan quien la envió a petición de la mujer, que no tenía ni idea de cómo usar el aparato.

Saberlo la reconcilió con Anh y volvió a sentir lástima por ella. Su situación de inferioridad con respecto a su marido no le había permitido evitar la suerte de los pequeños, pero al menos había hecho todo lo posible para avisarles de lo que sucedía con sus sobrinos, para hacerles ver que habían dejado a dos niñas y a un niño a merced de un desalmado. Una a punto de entrar en la adolescencia para sacarle partido a su incipiente madurez y otra en edad de ejercer de criada, porque Kim se había dedicado a hacer las tareas de la casa. Hasta del más pequeño había sacado rendimiento.

Ahora que los veía subidos a la valla que rodeaba el circo, que escuchaba sus exclamaciones y los observaba señalar la carpa de colores, sintió un profundo alivio. Marta celebró el momento en que Dat se había hecho adicto a los juegos de su teléfono móvil y convertido en un ladronzuelo. Sin él, su suerte habría sido muy distinta. Se estremeció solo de pensar en el final que podrían haber tenido.

—Cualquiera diría que han estado a punto de vivir una tragedia —dijo Dan a su lado.

—Lo olvidarán pronto.

—Los pequeños puede, pero ¿y Xuan?

—Ella también. Ayer estuvo muy tranquila mientras me lo contaba. Es excepcional, serena y madura como pocas. Se ganaría a cualquiera que tratara con ella por muy reacia que fuera la persona.

—¿Estás segura?

—Completamente. —Y ante su incrédula sonrisilla, preguntó—: ¿Por qué lo dices?

—En diez minutos lo comprobaremos.

—¿Qué insinúas? —Una luz se abrió paso en su cerebro—. ¿Adónde nos llevas?

—A casa de mi abuela.

—¿De tu abuela?

Dan estaba a punto de estallar en carcajadas ante su estupor mientras que ella lo único que podía hacer era temblar.

—¿Dónde pensabas que nos íbamos a alojar?

Un hotel, la casa de unos amigos, una tienda de campaña en medio de un parque, cualquier alternativa valía, pero ¿la casa de su abuela?

—En tu propia casa. Tú mismo me dijiste que…

—Que tenía un lugar donde dormir en Hanói, pero no que fuera de mi propiedad. Yo vivo en Saigón y allí tengo mi piso. Me gustaría poder tener otro aquí, por desgracia el sueldo no da para todo. Cuando vengo a Hanói, me alojo en la casa de mi abuela.

—¿Y la abuela va en el mismo lote que la casa?

Él asintió.

«Mierda.»

—Casa con abuela dentro. ¿Preocupada?

—¿Yo? No —mintió—. ¿Por qué iba yo a preocuparme por una ancianita de…?

—De ochenta y siete años —le aclaró él.

—Por una abuela vietnamita de ochenta y siete años, a la que probablemente no le importa lo que haga su noveno nieto.

—Su primer y único nieto varón —la corrigió—, al que quiere con locura y que la adora a ella y tiene en gran consideración sus consejos —continuó divertido.

Miedo no era exactamente lo que sentía. Comprendió de golpe a los desertores de guerra y a las novias que abandonan a sus prometidos ante el altar. Si hubiera tenido pasaporte, si no estuvieran los niños y si se hubiera encontrado en una ciudad conocida, habría salido corriendo hacia el aeropuerto y cogido el primer vuelo hacia cualquier lugar.

—Nos dirigimos a casa de tu abuela. —Igual si lo repetía suficientes veces terminaba por parecerle algo natural y dejaba de temblar—. Tu abuela, que vive… sola.

—Con una criada.

—¿No hay abuelo?

—No, no lo hay.

—Menos mal —masculló—. ¡No!, no quería decir eso, no es que me alegre, claro, que tu abuelo se haya muer…, fallecido —siguió farfullando con torpeza y estropeándolo aún más—, de verdad que no, la muerte de un ser querido siempre es dolorosa y la de un abuelo, un abuelo al que quieres, mucho más. —Recordó de repente que Dan no tenía padre—. Bueno, claro, que lo peor es que se mueran los padres, o los hermanos, sí, eso es lo peor, pero después de los padres, lo peor son los abuelos. Recuerdo que cuando mi abuela materna se hizo mayor y…

—Marta —la cortó él—. No pasa nada. Fue hace muchos años, yo apenas lo conocí.

—Así que tu abuela vive con una criada.

—Y con mi madre.

—¡¿Cómo?! —se le escapó. ¿Me estás diciendo que vamos a la casa de tu madre y no me has avisado antes?

—Técnicamente, la casa es de mi abuela, que la heredó de sus padres y estos de los suyos y… Llegaron a Hanói desde las

223

montañas del norte hace más de ciento cincuenta años y desde entonces han vivido siempre en ella —le explicó tan tranquilo.

Marta se quedó sin habla y sin movimiento. Dan lo interpretó como una aceptación y llamó a los niños para terminar el largo viaje.

Cuando faltaban diez minutos para llegar, ella consiguió reaccionar.

—¿Saben ellas que venimos?

—Llamé esta mañana y se lo dije. Están encantadas de recibirnos. Mi abuela es una mujer muy especial. Tiene una intuición excepcional. Mi madre siempre dice que es capaz de penetrar en el corazón de las personas y descubrir sus más íntimos deseos.

«Una adivina, genial.»

Describir lo que sentía como pánico era como estar ante la Capilla Sixtina y calificarla simplemente como bonita. Pánico elevado al millón. Los nervios hicieron que soltara una risita tonta:

—¡Qué bien!

—Siempre he pensado que mi madre ha heredado ese don de ella. Es más discreta y le deja protagonismo a mi abuela, pero tiene su misma clarividencia.

Un millón de bombas le cayeron encima de golpe. El único hombre de la familia. Cada vez tenía más claro que en cuanto entrara en la casa familiar de los Nguyen la tratarían como al enemigo.

La anciana que les abrió la puerta vestía una falda larga y una blusa sencilla. Desde luego, para nada parecía la dueña de la casa, pero… nunca se sabe con las abuelas. Ella no disimuló su alegría. Dan dejó a un lado los formalismos y la abrazó como si fuera su abuela. Marta, en cambio, tenía todos los músculos en tensión.

Él le presentó a Xuan, Kim y Dat, y luego a Marta. La anciana les hizo mucho caso a los pequeños y poco a ella. Los invitó a seguirla sin dejar de parlotear con Dan. Marta se repitió, sin creérselo realmente, que si algo caracterizaba a los vietnamitas era su aprecio por ancianos y niños, y que era eso lo que justificaba la fría recepción que le dispensaba.

En cuanto atravesó la puerta, recordó una frase que debía de haber leído en alguna guía de viaje: «Vietnam, un mundo por descubrir». Y debían de referirse a aquella casa. Estaba situada en el barrio antiguo, en la calle de la Plata, entre casas-tubo donde la falta de espacio obligaba a vivir en pequeñas habitaciones y a transitar por larguísimas callejuelas. Y al traspasar el umbral se encontró con otro mundo: una isla de tranquilidad en medio del caos del tráfico de una ciudad que no descansaba nunca.

Solo el patio ocupaba el equivalente a siete u ocho casas de aquella misma calle. Entre los bambúes, las palmeras y un par de estanques, distinguió tres edificios de una sola altura. Los trinos de los pájaros sustituían al ruido de los motores y hasta el aire parecía menos contaminado.

—Es por ahí —le indicó Dan cuando se dio cuenta de que se había detenido y no seguía los pasos de la anciana.

—Estoy intentando descifrar por qué vives en Ho Chi Minh en lugar de en Hanói —respondió admirada por descubrir ese trozo de selva en plena ciudad.

—¿Te gusta?

—¿A quién no?

—Pues espera a ver el resto.

«El resto» era un comedor el doble de grande que todo su piso de Barcelona, ubicado en uno de los pabellones que daban al patio. Había varios cojines dispuestos alrededor de una mesa baja, que ya estaba puesta; los esperaban.

Los niños se descalzaron y se sentaron en el suelo a todo correr, emocionados con la idea de hacer una comida en condiciones y por el hecho de estar en un palacio como aquel. Marta los imitó quitándose los zapatos, que se quedaron en el jardín. Le habría encantado detenerse en cada detalle de la decoración, en los techos de madera, en las plantas y las imágenes coloristas; sin embargo, imitó a los niños de muy buena gana al descubrir que estaba famélica.

Todos recibieron los sucesivos platos con entusiasmo. Primero fueron los *goi cuon* rellenos de verduras, a los rollitos le siguieron las sopas: una *cháo cá* con un delicado sabor a pescado fresco y un delicioso *pho bò*. Luego llegaron los *bánh deo;* después de las crepes, costillas de cerdo que cocinaron ellos mismos sobre las brasas de una pequeña barbacoa. Para finali-

225

zar, una enorme macedonia de frutas donde los lichis, las uvas, las naranjas y la fruta de dragón competían por el protagonismo. Aquella comida fue un placer para los sentidos.

Dan charlaba sin cesar, les contaba a los niños cómo era la capital y luego le hacía a ella un breve resumen. Ellos lo escuchaban con interés y la boca llena. Marta nunca los había visto tan relajados, felices y confiados, como si hubieran dejado atrás todo lo malo que les pudiera suceder. Habían tenido que atravesar el país y pasar por momentos muy duros para que se obrara el milagro.

La anciana era la única persona que vieron. Por su forma de servirles, Marta confirmó que sería la criada. Ni rastro de la abuela ni de la madre. Marta no preguntó por ellas, el miedo a que aparecieran para inspeccionarla pudo más que su curiosidad. Pero se quedó con ganas de saber por qué las mujeres más importantes en la vida de Dan no salían a saludar a su único hijo y nieto.

A pesar del hambre que tenían los cinco, sobraron generosas raciones de casi todos los manjares. Marta no pudo menos que lamentarse por aquel despilfarro, a la vez que se alegraba de haber tenido la oportunidad de probar tan variados y deliciosos platos.

Kim empezó a alborotar en cuanto terminó el último bocado de fruta, al mismo tiempo que Dat bostezaba.

—Creo que deberíamos irnos a descansar. Han sido dos días muy intensos —sugirió Marta.

Dan pareció salir de la ensoñación en la que se había encerrado.

—Las habitaciones están en el otro edificio, el que está a la derecha.

—¿Hay que salir al patio, no podemos ir desde aquí?

—Son edificios independientes. En este, está el comedor familiar y la cocina. Normalmente comemos en ella, el comedor es solo para las ocasiones especiales —le explicó a ella, y luego les dijo a los niños que había llegado el momento de conocer dónde iban a dormir.

Las habitaciones estaban una frente a otra, la destinada a los chicos y la de las chicas. Todo muy tradicional, todo muy organizado. En el pasillo había otras dos puertas.

—Esta —señaló Dan la de al lado de las chicas—, es la de mi madre. Esa —junto a la de los chicos—, la de mi abuela.

—¡Qué bien, todos en amor y compañía! —se le escapó a Marta.

En cuanto salió al patio, Dan descubrió cuánto había echado de menos aquel jardín. Por encima del muro, ahora que había oscurecido, llegaban los ecos de los ruidos urbanos. La mezcla del sosiego del Vietnam más tradicional con las prisas de la modernidad lo fascinaba. «Aunar los saberes del pasado y los beneficios del presente para construir un futuro.»

—Los problemas no se hacen más pequeños por mucho que pienses en ellos.

Dan se giró al oír la voz familiar. Sus ojos, acostumbrados ya a la penumbra, la descubrieron enseguida.

—*Mé!*

La mujer se acercó despacio, le cogió la cabeza y lo besó en la frente. Dan la abrazó con fuerza. Ella lo llevó hasta el rincón de los sillones de bambú que quedaban ocultos entre el follaje. Dan apartó la manta desplegada sobre el asiento y la echó sobre el respaldo.

—Hacía muchos meses que no venías. Tu abuela y yo habíamos llegado a pensar que nos habías olvidado. ¿Demasiado trabajo?

Su madre siempre le preguntaba por el negocio. Le preocupaba. Igual que a él.

—Mucho. Bing y yo estamos intentando reducir costes. Hemos cambiado de almacén y estamos en conversaciones con los transportistas…, y también hay un proyecto que me preocupa mucho en España. ¿Te acuerdas de esos grandes almacenes que hay en todas las ciudades? —Dan achicó los ojos cuando se fijó en la expresión traviesa de su madre—. Pero tú no quieres preguntarme por el trabajo.

—Dice tu abuela que no has venido solo.

—¿Has hablado con ella?

—He pasado por su habitación un momento cuando he llegado.

—Entonces, estoy seguro de que ya conoces todos los detalles. —Se rio al recordar las veces que su madre le sonsacaba sus correrías del día sin que él apenas se enterase.

—¿Es cierto que son los niños de Huy?

—¿Lo recuerdas?

—Un niño triste con el que solías jugar en el jardín trasero de la embajada.

—No pudo soportar la pérdida de su mujer y se quitó la vida él también. Una tragedia —murmuró. Y por primera vez desde que se enteró de la noticia, se permitió juzgar al que fuera su amigo—. ¿Cómo es capaz un padre de tres criaturas de abandonarlos a merced de unos desconocidos?

Sabía cuál sería la reacción de su madre: comprensión.

—A veces la desesperación de perder a un ser querido nubla la mente.

Dan conocía, porque lo había vivido en sus propias carnes, la tristeza en la que se había refugiado su madre tras la muerte de su padre. No habían sido un día, ni dos, sino muchas semanas durante las que se había esforzado por sacarla de su soledad y por ocultar a su hermana pequeña lo que sucedía. Al final lo había conseguido. Se habían apoyado uno en el otro como un cojo en su muleta y habían caminado juntos hasta que la herida se cerró dejando cicatrices indoloras.

Aquello los había unido mucho. «Demasiado», en opinión de su abuela paterna, que echaba a ese lazo la culpa de la decisión que había tomado hacía cinco años de abandonar novia y trabajo en España y regresar a Vietnam.

—¿Qué vas a hacer ahora?

—¿Con los niños?

—¿Acaso hay otra cosa sobre la que tomar una decisión importante?

Dan no cayó en la trampa. No iba a comentar con ella su relación con Marta.

—Ayer hablé con Antonio González, de la embajada.

—Lo recuerdo.

—Estoy esperando noticias suyas sobre adónde llevarlos. El Gobierno tendrá que hacerse cargo de ellos, ya que no tienen un lugar donde quedarse. —El silencio de su madre fue mucho más elocuente que cualquier exclamación—. ¿No vas a decir nada?

—¿Y qué harás después de dejarlos?

—Seguir con mi vida, ¿qué, si no?

—Prométeme que no vas a pensar en ellos nunca más.

—Sabes que no puedo. Llevan veinte días viviendo conmigo, son los hijos de Huy, ¿cómo voy a olvidarlos?

—Pensar en ellos te hará desdichado. «Las flores marchitas no adornan una casa» —recitó su madre.

—O «agua pasada no mueve molino», que diría la abuela Nieves. En el fondo no sois tan distintas. No, no voy a olvidarlos, no podría.

—Ni tampoco a ella.

Le quedó claro que su madre y su abuela habían tenido una conversación mucho más larga y profunda de lo que le había dado a entender.

—Está aquí trabajando. Se marcha a España en breve.

—Eso es lo que tú sabes, pero ¿qué es lo que sientes?

—Nunca te rindes, ¿verdad?

—Soy tu madre.

Aquello lo decía todo: «Me preocupo, me importas, te quiero».

El ruido de unos pasos sobre las losetas de barro del jardín cortó la conversación. La abuela descansaba en su habitación, la criada en la suya junto a la cocina, los niños dormían profundamente. Solo podía ser una persona.

Su madre volvió a darle un beso en la frente como despedida. Su figura desapareció por detrás de él al tiempo que por el otro lado aparecía ella.

—No podía dormir —se justificó Marta—. Te oí hablar con alguien.

—Era la criada, que me preguntaba si quería tomar algo antes de retirarse —mintió. No le resultaba fácil explicarle que su madre se hubiera marchado sin saludarla. En España las cosas se veían de manera muy distinta y a veces la discreción se confundía con grosería. Él sabía que lo había hecho para dejarlos a solas. Y para que su hijo se enfrentara con sus demonios personales.

—Los niños duermen como angelitos. Dat también, he pasado por vuestra habitación.

—Yo tampoco podía dormir.

No hubo más palabras durante un rato. Los dos se dejaron mecer por el eco lejano de los ruidos de la calle. En algún lugar del jardín se agitaron unas hojas y Dan pensó en las veces que había perseguido a los lagartos de niño. Poco a poco, se fueron apagando los sonidos. Todos, menos la respiración de ella, a la que Dan acompasaba la suya, a sabiendas de que los días a su lado finalizaban sin remedio.

Las preguntas de su madre habían hecho que desenterrara la idea de que ella se marcharía en unos días y la perdería para siempre.

La profunda herida que se había abierto en su interior le sobrecogió por inesperada. Si había superado separarse de Pilar en Valencia, ¿por qué le dolía tanto hacerlo de una mujer con la que había compartido solo unos días?

Apretó los dedos con fuerza contra el reposabrazos del sillón, decidido a no abrazarla. Marta alargó una mano y la posó sobre la suya. Él contuvo la respiración. Rota la decisión de no tocarla, le ofreció la palma. Ella entrelazó los dedos con los suyos y los cerró con suavidad.

—¿Qué va a pasar a partir de mañana? —susurró Marta.

Él no quería contestar, pero le dio la respuesta obvia:

—Tú irás a la embajada a por tu pasaporte y el resto de papeles, y yo a enterarme de qué tengo que hacer con los niños.

«Tengo», en singular. Él, solo, sin ella. Tenía que empezar a acostumbrarse.

Marta sabía que tenía razón, por eso no dijo nada. Dan sospechó lo que pasaba por su cabeza. Abandonarlos, de nuevo. Internarlos en una institución, probablemente separarlos.

Solo. Sin los niños, sin ella.

El lacerante dolor se le hizo insoportable. Días, meses, años. Toda la vida. Sin ellos, sin ella.

Una idea emergió del lugar donde guardaba la esperanza. Los niños se quedaban en Vietnam, podría verlos.

La ilusión estalló en el aire, se rompió en mil pedazos que desaparecieron en la noche. A los niños sí, pero no a Marta. Toda la vida sin ella.

Sin pretenderlo siquiera, apretó su mano para retenerla para siempre. Tiró de ella suavemente y la hizo sentarse en su regazo. Comenzó a besarla, sin ruido, muy despacio, para que le durara toda la eternidad.

Marta le respondió de la misma manera, con la suavidad de una pluma flotando en el viento, con la delicadeza del vuelo de las libélulas.

—*Rông bay.* —Libélula, su libélula, la portadora de las buenas noticias, la que le había devuelto la ilusión. Durante un tiempo.

Se tocaron, se besaron. Recorrieron cara, cuello, manos. Labios, lengua, piel. Suspiros apagados por besos apremiantes. Gemidos ahogados en la penumbra. Deseo contenido y desbordado. Caricias imposibles de refrenar.

Dan metió las manos por debajo de su camiseta y paseó los dedos por su estómago, espalda, ombligo. Ella le soltó los botones de la camisa y se la aflojó. Lo besó en el hombro, en el cuello, en el pecho.

Cuando él empezó a jugar con la cinturilla de su pantalón, Marta regresó a la realidad.

—Dan, tu familia…

Él desterró sus dudas con un beso largo, vivo, apasionado. Después la hizo levantarse, cogió la manta del respaldo, la llevó junto al muro del fondo del jardín y le hizo el amor.

Y allí, tumbados en el suelo y en silencio, pasearon por la arena de la playa aunando pasos, besos y caricias. Anduvieron en medio de la selva, felices de la mano. Se acunaron a oscuras y callados. Repitieron los días pasados juntos, con los niños y a solas.

Se ofrecieron en secreto y sin reservas, con ternura, con calor, con amor.

Dan le obsequió lo mejor de él y la aceptó como el regalo que era.

Nota para el blog, del 11 de enero de 2015

Al llegar a Vietnam, el día de regreso parece muy lejano. Pero solo después de enamorarte de la sonrisa de sus gentes descubres que mirar el billete de avión duele.

21

*D*espués de regresar a sus respectivos dormitorios, Marta no consiguió dormir. Se pasó las horas en blanco con la abrumadora sensación de que las caricias de Dan de aquella noche eran una despedida. El peso que sentía en el pecho contrastaba con la liviandad de la respiración de Xuan y Kim. Por primera vez desde que las rescataran se preguntó qué iba a ser de ellas.

Aún no eran las seis de la mañana cuando salió al jardín con la esperanza de que el sosiego del amanecer apaciguara su inquietud.

La vio antes de traspasar el umbral. De espaldas a ella, la anciana que se había ocupado de ellos el día anterior hacía taichí en medio del patio. Marta no quiso perturbarla y se sentó en la puerta. Se enfundó el jersey que había cogido a oscuras de la maleta y se dispuso a observar los sosegados movimientos.

La vio inclinarse, estirar los brazos, adelantar un pie y flexionar la rodilla. Despacio, muy despacio. La vio mover manos, mantener posturas y quedarse en reposo. Siguió sus ejercicios en silencio, hasta que una extraña relajación se apoderó de ella. Casi podía notar cómo la serenidad de la mente de la anciana penetraba en la suya propia.

La sesión duró una media hora, tiempo durante el cual las pupilas de Marta no se apartaron de aquella figura. A pesar de tenerla delante, casi se olvidó de que no estaba sola. Por eso dio un respingo cuando la anciana habló.

Marta se levantó de un salto, avergonzada de que la hubiera descubierto espiando.

La mujer era más bajita que ella y su mirada tenía una viveza especial. Pensó que si alguien sacaba una fotografía solo de sus ojos, nadie adivinaría que fueran los de una anciana. Las arrugas le surcaban la frente y las comisuras de los labios. Por primera vez se dio cuenta de que, a pesar de estar seria, parecía sonreír.

—*Den* —le pidió y se dirigió a la cocina.

Marta entendió la invitación a que la siguiera y no quiso agraviarla. Se detuvo antes de entrar, sorprendida por lo que vio. No esperaba encontrar una cocina moderna en una casa que respondía por completo a la arquitectura tradicional del país.

La mujer se movía por la estancia como si hubiera nacido en ella. Estaba claro que era la cocinera de aquel hogar. La pilló observándola mientras retiraba una cazuela de hierro del fuego para servir café en una taza y una sopa en un cuenco.

—*Không* —le dijo señalando el café y negando con la cabeza—. *Pho* —añadió con un enérgico asentimiento.

La anciana la examinó con curiosidad, como si una extranjera no pudiera asumir los gustos vietnamitas. Apartó la taza con el café y sirvió otro cuenco de *pho*. Después la invitó a sentarse con ella a la mesa, cerca de un ventanal que daba al jardín.

—*Rat tot* —apreció en cuanto lo probó. Estaba realmente bueno.

Le hubiera gustado entablar conversación con la criada y preguntarle si conocía a Dan desde niño, enterarse de cómo era entonces y reconocer en las anécdotas que le contara al hombre en que se había convertido.

Se limitaron a mirarse y a sonreírse. La situación podía haber sido algo tensa, dos mujeres que no se entendían, a solas y compartiendo desayuno. Sin embargo, la serenidad que emanaba de su rostro arrugado le sirvió a Marta para relajarse.

—Es una cocina muy bonita —dijo cuando ambas terminaron sus cuencos, abarcando con la mano desplegada los muebles y los electrodomésticos.

La anciana esbozó una sonrisa y alguien contestó a su comentario:

—El padre de Daniel insistió en que la pusiéramos a la europea. A mi madre le costó adaptarse, pero ahora se alegra de tenerla así, es mucho más cómoda que las tradicionales vietnamitas.

En la puerta estaba una mujer más joven que la anciana,

233

aunque pasaría de los sesenta. Hablaba un español extraño. Marta se levantó cuando se dio cuenta de quién se trataba.

—Buenos días, soy Marta —saludó de forma precipitada a la madre de Dan. Y si aquella era la madre, entonces, la anciana no era la criada como había pensado, sino...

La mujer respondió a su cortesía con una amable inclinación.

—Quynh, la madre de Daniel. Discúlpeme porque ayer no estuviera para darle la bienvenida a usted y a los niños. —Se acercó y le dio dos besos. Marta reaccionó con torpeza y apenas puso las mejillas—. Llegué cuando ya se habían ido a descansar.

—No pasa nada. No me perdonaría que cambiaran sus costumbres por nosotros. En realidad..., no debería haber venido. Dan no me lo dijo hasta el último momento. Esto debe de ser un engorro para ustedes. Creo que debería marcharme.

—No es ninguna molestia. —Intercambió unas palabras en vietnamita con su madre. La anciana asintió y le dedicó a Marta otra sonrisa—. A mi madre le encanta tener invitados en casa. Y si además viene su nieto con ellos, mucho más. Siéntese, por favor. ¿Quiere tomar algo más?

—Otro cuenco de *pho* sería perfecto.

La abuela sirvió tres raciones y se acomodó también en la mesa.

—¿Se quedará muchos días en Hanói?

Marta suspiró antes de contestar:

—En principio, falta justo una semana para la fecha de salida de mi avión.

Quynh atendió a lo que decía su madre y le tradujo a Marta:

—Quiere saber si le gusta Vietnam.

Marta se alegró de que la conversación abandonara terrenos pantanosos y se ciñera a la seguridad de la tierra firme.

—Es un país precioso. —Esperó a que Quynh le trasladara su respuesta, pero no lo hizo.

—Si habla despacio, ella puede entenderla. No es capaz de decir una palabra, pero fueron muchos años los que Jaime vivió en esta casa. Siempre hablaba con los niños y conmigo en español.

Mucho mejor. Miró directamente a la anciana y continuó:

—Es un país maravilloso, a pesar de sus defectos, ya sabe, la inseguridad, la contaminación, el tráfico… Me parece muy auténtico y sugerente a la vez.

La anciana frunció el ceño y contestó algo que a Marta no le pareció muy agradable.

—Es fácil ver solo cosas buenas en un lugar mientras se está solo unos días. Dice que este país tiene poco de sugerente, o de fantasía, y que hay que vivir aquí para entenderlo.

—Bueno, creo que también he visto la cara amarga de Vietnam —aclaró pensando en lo sucedido a los niños—, y sigo diciendo que me encanta.

La abuela replicó de nuevo.

—Vivir aquí no es solo pasearse por las calles. Muchas mujeres no se casan por amor sino por negocio, muchos niños trabajan desde pequeños, fuera de las ciudades no hay luz ni agua, todavía falta mucha educación.

—Lo sé. He estado en varios pueblos, pero permítanme decirles que hay otras muchas cosas que compensan las carencias. La gente se ayuda y se apoya. Es amable y respetuosa. Se honra a los mayores y se aprecia a los niños. Muchas de estas cosas se han perdido en países que se dicen más civilizados.

—Hay gente que sí y gente que no. Nuestra cultura no es vuestra cultura —dijo Quynh en nombre de su madre, que añadió algo que la molestó, así que dejó de traducir y ambas intercambiaron frases muy deprisa. Hasta que la abuela hizo un comentario categórico y Quynh bajó los ojos y acató lo que a Marta le pareció una orden—. Quiere que le diga que hay veces que la vida se ilumina de colores, pero que cuando estos se van, todo queda en blanco y negro. Quiere saber si usted está dispuesta a ver a Daniel solo en dos colores.

Marta sintió una conmoción cuando miró a los ojos de su interlocutora. Las palabras eran de la abuela, pero estaba claro que Quynh también quería saber la respuesta. Aquellas mujeres, con las que apenas había cruzado más que una docena de frases, le estaban preguntando si renunciaría a su trabajo, a su familia, a sus amigos y a su país para quedarse con Dan.

Y la verdad era que no lo sabía. La anciana podía llevar razón, se había dejado envolver por el ambiente, por los paisajes

235

paradisíacos, por la suavidad del trato de la gente, por los días con los niños y las noches con Dan. Se había aferrado a las maravillosas sensaciones para no plantearse qué sucedería cuando llegara el momento de irse.

Las mujeres seguían con la mirada clavada en ella, esperando una contestación que no llegaba. La ansiedad comenzó a crecer en su interior.

—Dan y yo… Dan… Yo… —balbució.

La anciana se levantó con suavidad. Recogió los cuencos del *pho*, incluido el suyo, que se había quedado sin terminar, se inclinó ante ella y se retiró de la cocina.

—Discúlpela, por favor, me temo que mi marido no fue muy buena influencia, ambos eran de los que decían lo que pensaban. Yo confío en mi hijo y en sus decisiones.

Marta supo que quería hacerle ver que si él la había elegido como pareja, sería por algo y que aprobaría su decisión. Quynh se apresuró a ratificarlo:

—Sé que es un hombre y lo veo como tal, pero soy su madre y no quiero que sufra. Ya eligió en una ocasión y me consta que le costó mucho. Renunció a todo lo que tenía en ese momento. Él nunca me lo ha confesado, pero puedo imaginar el sacrificio que le supuso. No me gustaría que tuviera que enfrentarse a lo mismo de nuevo.

Si Dan había sufrido, ella estaba a punto de que la invadiera el pánico. La palabra «decisiones» bailaba ante ella la danza del león y hacía acrobacias y movimientos de artes marciales que le provocaban unas ganas irresistibles de salir corriendo.

Dan se puso a hacer llamadas de teléfono nada más levantarse y ya no paró. Marta intentó enterarse de algo, pero le fue imposible. Excepto su conversación con el amigo de la embajada, habló con todos en vietnamita.

Habían quedado en que cada vez que colgara el aparato le haría un brevísimo resumen de lo que había tratado. Pero a partir de la tercera llamada se olvidó de ella, y Marta se tuvo que conformar con esperar que todas aquellas gestiones tuvieran el éxito esperado.

Ella tenía que ir a la embajada a por el nuevo pasaporte

y la nota verbal, pero había decidido aplazarlo hasta saber qué sucedía con los niños. No tenía intención de marcharse antes de la fecha impresa en su billete de avión, que era el 18 de enero. Y para eso todavía faltaban seis días que pensaba pasarlos con ellos. A todas horas.

Dan colgó en el instante en que ella se levantaba. No pudo contener la impaciencia.

—¿Quién era esta vez?

—Bing. Necesito que averigüe si hay alguna manera de acudir al Comité para denunciar el caso de los pequeños sin necesidad de que lo hagan sus tíos. Bing se maneja bastante bien en temas legales. Y tú, ¿adónde vas?

—Voy a despertarlos, parece que hoy se les han pegado las sábanas —dijo mientras señalaba el reloj del panel del microondas.

Unas risas en el patio le indicaron que estaba muy equivocada al pensar que seguían dormidos.

—¡Nos vamos con la señora! —fue el grito unánime de Kim y Dat en cuanto entraron en la cocina.

Marta tuvo que esperar a que se lo tradujeran para entender la causa de su júbilo.

Los dos pequeños se referían a Quynh, que entraba en la cocina justo detrás de ellos. La elegancia con la que andaba, la tranquilidad de su rostro y la familiaridad con que la trataban provocó un pinchazo de envidia en Marta.

—Los he ayudado a lavarse y a vestirse —dijo—. Les he prometido que pueden venir conmigo al centro.

—¿Al centro, a qué centro? —preguntó Marta que no sabía si se refería a un centro comercial, al de la ciudad o a uno de acogida.

Dan se apresuró a explicárselo mientras su madre se adelantaba a Marta para prepararles el desayuno a los pequeños.

—Mi madre colabora con una ONG australiana. Tienen varias casas repartidas por el país en donde acogen a niños pequeños para que sus madres puedan acudir al trabajo. La mayoría son vendedoras ambulantes y, en general, mujeres que se buscan la vida como pueden.

Marta entendió que Dan no quisiera hablar de prostitución delante de los niños.

—También damos clases de inglés a los más mayores —añadió Quynh—. Tenemos voluntarios de varios países. Y estos —señaló a los tres, centrados en sus tazones humeantes— ya han tenido suficientes días libres. Así que a partir de hoy van a venir conmigo todas las mañanas.

Quynh se sentó con ellos y comenzó a explicarles lo mucho que iban a aprender y a divertirse.

—Los bebés son muy pequeñitos y tendréis que cantarles para que no se aburran. Y también tendréis que jugar con los otros niños.

El entusiasmo de los tres hermanos fue creciendo en la misma proporción en que disminuía el suyo. Dan había retomado las conversaciones telefónicas y Xuan, Kim y Dat no le hacían ningún caso. En cambio, miraban a Quynh con algo parecido a la adoración. Cuando entró la abuela y les dijo algo en vietnamita, comenzaron a reírse y la anciana coreó la alegría con nuevas bromas.

Marta salió de la cocina sin decir nada. Estaba claro que sobraba.

Pasó la mañana entre asustada y triste; asustada por el futuro de los pequeños y triste al pensar que en unos meses no sería para ellos más que «aquella extranjera tan simpática». La falta de noticias a la que le sometía Dan tampoco contribuía a mejorarle el ánimo. Tenía que guiarse por sus expresiones. Y lo que Marta veía en su cara era mucha extrañeza, más inquietud y bastante alarma.

Llevaba horas con el corazón en un puño y había salido al patio para serenarse.

Dan apareció de repente con la cara desencajada. No reparó en ella y en dos zancadas había atravesado el jardín y estaba de regreso.

—¿Qué te han dicho? —Lo detuvo—. ¿Ha sucedido algo malo?

—No, malo no, no tiene por qué ser malo.

—Pero puede serlo.

Dan soltó un suspiro.

—Aquí no, Marta, será mejor que demos un paseo.

Necesitaba convencerse de que, según las explicaciones de Antonio, lo peor que podía pasar no iba a suceder. Necesitaba unos minutos para conseguir inyectar un poco de optimismo a su desaliento y que Marta creyera que las cosas iban a salir todo lo mejor posible. Para convencerla de que los niños estarían a salvo y serían felices.

Entrar en las viejas calles y verse rodeado de ruidos y gente fue un alivio momentáneo. Ni el ir y venir de los distintos vehículos, ni el paso apresurado de las mujeres con cestos llenos de panes en la cabeza, ni los gritos de los vendedores de libros copiados, ni los olores de los puestos de comida fueron capaces de hacerle olvidar ni un instante lo que Antonio acababa de contarle. Sin embargo, no podía detenerse; si lo hacía, no tendría más remedio que explicarle a Marta lo que sabía. Y no podría seguir fingiendo que ignoraba qué hacer con los niños. Si lo hacía, los tendría que entregar a las autoridades, los perdería. Igual que la iba a perder a ella.

Fue Marta la que lo obligó a detenerse.

—¡Dan! —exclamó y se quedó clavada en la acera—. ¿Adónde vamos?, ¿qué estamos haciendo? ¿Qué te han dicho en la embajada?

—Tienen que pasar un proceso, un largo camino.

—Te escucho.

—Sus tutores o familiares, si no los pueden cuidar, tienen que informar al Comité Popular de la comuna en la que viven para que esta les busque una familia.

Marta parpadeó un par de veces. Dan imaginó que repasaba mentalmente las palabras hasta encontrar el significado real.

—Eso quiere decir… —Un punto de histerismo se coló en su voz.

—Quiere decir que son sus tíos los que tienen que acudir al Comité.

—No, no puede ser. Tiene que haber otra forma, Dan, tiene que haberla, tiene que haberla.

—Si la hay, no la conocemos por ahora.

—No puede ser, Dan, no podemos volver allí. Hai no va a soltar a los niños esta vez. ¡Los va a esclavizar de nuevo!

Dos jóvenes que pasaron a su lado los miraron incómodas ante lo que a sus oídos parecía una discusión. Dan le tocó el brazo para tranquilizarla y señaló al otro lado de la calle. Cruzaron y se internaron en el parque.

—Ya veremos qué puedo hacer. —Se dio cuenta de que sonaba a promesa que, sin embargo, no sabía si podría cumplir—. Antonio no es un experto. Me ha hecho un favor enterándose de por dónde tengo que empezar. Igual la vecina que los cuidó puede encargarse de hacer esa gestión. Seguro que sí —añadió para creérselo él mismo.

—¿Tienen que volver a Ho Chi Minh?

—En principio, sí.

—¡Por Dios! —musitó Marta.

Dan comprendió su desánimo. Saigón significaba regresar al principio. Los niños tenían que volver a empezar, retornar al mismo lugar, revivir los malos recuerdos y añadir nuevos problemas.

Marta se sentó en un banco. Dan no fue capaz ni de eso.

—Marta…

Ella levantó la cabeza hacia él.

—Hay más cosas, ¿verdad?

—¿Cómo lo sabes?

Ella le cogió las manos y se las apretó.

—Porque lo sé.

Así, sin más. A Dan le dolió el corazón.

—Van a publicar un edicto público para encontrar posibles adoptantes para los niños. La comuna se hace cargo de ellos durante un tiempo mientras busca a alguien que lo haga después —dulcificó la realidad. Aunque no sirvió de nada.

—¿Mientras busca adoptantes? Un edicto has dicho, ¿público? —Casi se atraganta—. ¿Qué quiere decir eso?

Dan la soltó para pasarse las manos por el pelo, en un gesto de desesperación. ¿De qué servía mentirle a ella y mentirse a sí mismo?

—Significa que van a poner un bando, que van a exponerlos al mejor postor, que se los van a entregar a… unos desconocidos, a los primeros que digan que los quieren, aunque sea mentira. —El mundo se le vino abajo en cuanto puso en palabras sus temores.

—Eso no puede ser. Una cosa es que los soliciten y otra que se los entreguen. Habrá alguien, algún mecanismo que los evalúe, les realizarán un seguimiento, les harán un estudio de idoneidad, entrevistas… Esperarán un tiempo hasta que determinen si serán o no unos buenos padres. No van a entregarlos a cualquiera, no, eso sí que no, estoy segura de ello. Esas cosas ya no…

Dan tenía que cortar sus ilusiones.

—¡Marta, esto no es España! No habrá estudios de idoneidad ni informes positivos, ni rechazarán a nadie ni elegirán a los mejores padres. Nadie se preocupará por mantenerlos juntos y mucho menos les preguntarán qué prefieren. —Bajó la voz hasta convertirla casi en un susurro—. ¿No lo entiendes, Marta? Vietnam no es España.

Se le quebró la voz, no pudo continuar. Se cubrió la cara con las manos para ocultarse de sus propios pensamientos.

Pareció una eternidad hasta que uno de los dos reaccionó. Sintió cómo los dedos de Marta se colaban entre los suyos y le separaba las manos.

—¿Y has pensado en…?

—¿Adoptarlos? —terminó él por ella.

—Lo haría yo misma, prometo que lo haría… si pudiera.

—Pero no puedes. Eres una extranjera que en unos días abandonará el país para no regresar.

Se puede llorar sin lágrimas; Dan lo hacía. Marta también, puesto que se adivinaba el sufrimiento en su rostro.

—Puedo intentarlo desde España.

Él esbozó una ligera sonrisa ante su ingenuidad.

—¿Cuantos años dura el proceso de adopción en el extranjero? Por lo que sé, varios. Y ni siquiera sabemos si se puede elegir al niño. Para entonces Xuan sería mayor de edad y podría hacerse cargo de sus hermanos. Es imposible planteárselo.

—Entonces, si tú tampoco vas a…

—Yo no he dicho eso. No es una decisión que se pueda tomar a la ligera.

—Ya lo sé, pero… no puedes dejarlos ahora, Dan.

Él le echó una mirada airada. Se levantó para intentar serenarse.

—No lo voy a hacer, Marta. Yo no —dijo sin poder evitar un poco de rencor.

—Yo tampoco —se defendió ella de la sutil acusación—. Voy estar con ellos todo lo que pueda.

—Tienes un billete con fecha de partida —recordó Dan.

—Lo cambiaré. El visado que me dieron duraba una semana más. Cambiaré la fecha de regreso y agotaré el plazo que el Gobierno de Vietnam me dio.

—¿Y tu trabajo?

—Lo solucionaré, ya lo verás. Me quedaré con ellos y contigo hasta el final.

Dan rogó para que aquellas palabras, dichas con tanta convicción, se cumplieran de verdad.

Última nota para el blog, del 12 de enero de 2015

Dicen que Vietnam es un país que adora a sus niños. Hombres y mujeres juegan y ríen con ellos. Ruego por que sea cierto.

22

$\mathcal{M}$arta salió de la embajada española en Hanói y comprobó el papel que le había dado la funcionaria. Buscó la dirección del Departamento de Control de Inmigración en el móvil y decidió ir sola. No podía pedirle a Dan que la acompañara, lo de los niños era prioritario. Se las arreglaría. Hablaría en inglés, mejor o peor, al fin y al cabo tampoco era el idioma materno de aquella gente. Seguro que hablaban de forma parecida a como lo hacía ella. La nota verbal que le habían dado en la embajada estaba en vietnamita y en inglés y allí lo explicaba todo. Ella no tendría que hacer ninguna aclaración más. Estarían hartos de gestionar peticiones como esa. ¿Cuántos miles de turistas pasarían por allí todos los años? Solo tenía que ir, pagar las tasas, recoger lo que fuera que le dieran, dar las gracias y marcharse. No podía ser tan difícil.

Por suerte, en el papel aparecía como fecha límite para su salida del país la misma que la del visado original: día 25 de enero de 2015.

Antes de parar un taxi en el lujoso barrio de las embajadas y encaminarse hacia su siguiente gestión, sacó el teléfono móvil del bolso. Estaba deseando hacer una de las dos llamadas que tenía pendientes; la otra, no tanto. Empezó por esta última.

—¿Miquel? Soy Marta Barrera. Sí sí, todo bien. De eso precisamente quería hablarte. Necesito unos días más en Vietnam. ¿Crees que sería posible cambiar mi billete de avión para una semana más tarde? Ya, ya me imagino. Sé que es complicado, pero no te lo pediría si no fuera necesario. Bueno, en parte se trata del libro —mintió—, me gustaría quedarme unos días más en Hanói para estudiar los gremios de artesanos de la ciudad. Estoy dispuesta a poner de mi bolsillo la diferencia de precio y cogerme los días de vacaciones que sean necesarios. ¿De verdad? Muchísimas gracias, Miquel, no sabes cómo te lo agradezco. Espero la llamada del departamento de viajes con la confirmación de la nueva reserva. Y, de verdad, asumiré cualquier contratiempo que esto te genere con la editorial.

Estaba tan contenta que hasta le hubiera mandado un beso si no llega a ser porque su jefe ya había colgado. Con la misma alegría, llamó a su hermana.

—¿Espe? ¡Soy yo! —gritó al notar el ruido de fondo al otro lado de la línea—. ¿Dónde estás? ¿Que no puedes hablar ahora? ¿Estás en una estación de tren? Se oye una megafonía. Sí sí, estoy en Hanói y me llegan bien las llamadas. Vale, pero llámame, que tengo que decirte que retrasaré mi regreso unos días. ¡No te olvides…!

Espe ya le había colgado.

La gestión de los papeles fue mucho más costosa de lo que había imaginado. Lo primero que le pidieron fue el billete. Marta tuvo miedo de que al no coincidir las fechas, se la cambiaran y le limitaran la estancia a la impresa en aquel. Primero fingió no entender, sin dejar de señalar con el dedo la fecha final del visado. Al ver que su paciencia, y la del resto de la gente que había llegado después de ella, se agotaba antes que la del hombrecillo del otro lado de la mesa, decidió entender las cuatro palabras de inglés que este chapurreaba y fingió haber olvidado el billete en el hotel y tener muchísima prisa. La reacción del funcionario vietnamita fue rapidísima. Desgajó un pedazo de folio y escribió «*It will cost you…*» seguido de una cantidad de cinco ceros. Rompió la nota tan pronto como ella abrió el monedero. Marta sudaba cuando salió de allí. Eso sí, tenía el documento de salida del país a buen recaudo en el bolso y varios miles de *dongs* menos en la cartera.

Decidió volver en *xích lô*. Tenía mucho en qué pensar. En Ho Chi Minh no se había planteado montar en ninguna de aquellas bicicletas con asiento delantero para el pasajero. Le recordaba a los *rickshaws* que había visto en las películas. A pesar de que sus usuarios eran locales y de que —se repitió hasta la saciedad— no era un tipo de explotación, le costó animarse

244

a parar uno. Más tarde, se alegró de haberlo hecho. Ver lo que sucedía en la calle desde detrás de los cristales de un automóvil era como ver los fuegos artificiales por televisión.

Le llegaba todo el colorido y el bullicio. Le parecía estar participando en la vida de la ciudad, podía oír las voces de la gente y pasar al lado de ella.

Era al mismo tiempo gratificante e inaguantable, sobre todo cuando el tráfico se hacía tan denso que tenían que detenerse. Marta consiguió hacerse entender para que la condujera por el borde de la calzada; cerca de los transeúntes, de las tiendas.

Llevaban ya más de cinco minutos en un cruce. El olor de los buñuelos de pescado que freía una mujer junto a ella no le daba tregua. Su estómago se quejaba de hambre desde hacía un rato. Estaba a punto de alargar la mano para pedir media docena cuando la vio bajar unas escaleras. Sobre ella, el cartel rezaba: «Hoa Binh Palace Hotel».

Era Ángela. Sola. Y lloraba.

A todo correr, sacó del monedero un billete de diez dólares. Se bajó sin regatear ni discutir por las vueltas.

Cruzó la calle sorteando tres coches y una veintena de motocicletas con la cara de alegría del conductor del *xích lô* a su espalda.

A pesar de las prisas, casi la pierde. De vez en cuando, estiraba el cuello para seguir los rizos rubios que sobresalían como una flor amarilla entre el césped de un campo de golf en medio de aquel mar de cabellos lisos. La alcanzó al final de la calle.

—Ángela, Ángela —resopló jadeando.

—¡Marta!

El abrazo de la novia de José Luis casi la tira al suelo. La oyó sollozar sobre su hombro.

—¿Qué sucede? ¿Qué hacías en ese hotel? ¿No estabais alojados en el Metropol?

Las lágrimas de Ángela aumentaron con las preguntas hasta convertirse en un mar. La gente las miraba con curiosidad; a pesar de la vergüenza, esperó a que se tranquilizara.

—Perdón —se disculpó Ángela cuando consiguió hablar.

—¿Qué ha sucedido? ¿Dónde está José Luis? —Era la primera vez que la veía sin él.

El desconsuelo regresó al rostro de la chica. Marta notó

245

cómo la congoja se le atascaba en la garganta y ella inspiraba para controlarla. Entonces también se percató de la rojez que se adivinaba por debajo de la capa de maquillaje.

Temiendo otro llanto público, miró a su alrededor. En la acera de enfrente localizó un café. El Green Tangerin parecía un local tranquilo para una conversación privada. La cogió de la mano y la condujo hacia allí.

En cuanto entraron, recordó que no había comido todavía. Las primeras mesas estaban ocupadas; Marta siguió pasillo adentro hasta un patio. El suelo empedrado, las plantas y las puertas y ventanas color turquesa del edificio estilo francés que se abría ante ellas le parecieron idóneos para aislarse y conseguir que Ángela le contara lo que sucedía.

Se acomodaron junto a una pareja de ingleses que aprovechaba el descanso para consultar sus guías de viaje y disfrutar de una taza de té.

Marta no disimuló la impaciencia.

—¿Qué pasa con José Luis? Tiene que ver con él, ¿verdad?

—En realidad, no es tan malo.

—Entonces, ¿por qué tienes esa cara y por qué has salido del hotel llorando?

—Sí…, en realidad es una cosa con…

La aparición del camarero la obligó a interrumpir la explicación. Marta tenía hambre, pero no tiempo. La expresión de Ángela le indicaba que iba a ser incapaz de elegir nada del menú.

Cambió la comida por unas cervezas. Al menos ella necesitaba algo más fuerte que un refresco. Temía lo que Ángela pudiera decirle.

—Puedes seguir —la apremió en cuanto el camarero se alejó.

—¿Recuerdas…, recuerdas lo que me preguntaste aquella noche en el hotel de Nha Trang?

—¿La noche que llamé a vuestra habitación para ver si ocurría algo?

—Sí. Pues sí ocurría.

—Te pegó.

—No no, no me pegó. Aquella noche no.

Marta saltó en el asiento.

—¿Y después sí?

Las lágrimas regresaron a los ojos de Ángela.

—Bueno...

—¡Ángela!, ¿sí o no?, te ha pegado, ¿sí o no?

—A... ayer por la noche. Y solo una vez. —Sonó como si lo estuviera justificando.

—¡¿Cómo que solo una vez?! Una vez es suficiente. ¿Qué sucedió? ¿Has llamado a alguien? —La cara de Ángela ante esta última pregunta fue la peor contestación posible—. No, claro. No puedes ir a la Policía de Hanói para decir que te pega tu novio. No van a hacer caso a una extranjera que se va dentro de unos días.

Ángela golpeó la mesa nerviosa y derramó su cerveza. Marta observó el líquido avanzar hasta el borde y caer sobre el suelo como una cascada silenciosa.

—No podía hacer nada.

—Podías haber llamado a la embajada, podías haberme llamado a mí.

—No tengo tu número de teléfono.

—No lo habrías hecho ni aunque lo hubieras sabido.

Ángela se tapó la cara con las manos.

—Me daba vergüenza. Después de lo mal que te traté cuando lo insinuaste. No creí..., no creí que sucedería. Él era..., es un poco celoso. Lo justo.

—¿Lo justo? —bufó—. Pero si te controlaba el teléfono.

—No me parecía importante.

—Tampoco que no te dejara hablar y que ridiculizara cada una de tus opiniones. ¡Por Dios! ¿En qué mundo vives?

—Como es un poco mayor que yo..., pensaba que era normal.

—Ser un maltratador no es cuestión de años, sino de carácter.

—José Luis no es un maltratador.

Marta no salía de su estupor.

—Acabas de decirme que te ha pegado ¿y todavía lo defiendes?

—Ha sido un arrebato. La verdad es que igual fui yo, lo saqué de quicio porque me negué a...

—¡No, de ninguna de las maneras! ¡Ni se te ocurra pen-

247

sar eso! Nada, ¿me oyes?, nada justifica un acto como ese, por mucho que le dijeras o que le hicieras enfadar; nada justifica la violencia. Te has marchado, ¿verdad? Te has marchado y te alojas en ese hotel.

Ángela asintió en silencio. Marta la habría abrazado pero no quería derramar también su cerveza. Se limitó a apretarle las manos.

—Me fui anoche cuando todavía dormía. Cogí un taxi y le pedí que me llevara a un hotel. No me he atrevido a salir de la habitación hasta ahora.

—¿Cuál fue el supuesto motivo, Ángela?

—Ha sido este viaje. Al principio estaba como siempre, pero luego…, cada vez que sucedía algo se enfadaba más y más. Todo empezó cuando Dan dijo que se traía a los niños. Luego tú hablaste con tu jefe y preferiste irte con él y dejar a José Luis. Me gritaba por todo, todo le parecía mal, me trataba fatal, se reía de mí y decía que lo aburría. Cuando os volvimos a encontrar, yo estaba asustada. Por eso quería estar contigo todo el rato, para no quedarme a solas con él. Pero os fuisteis otra vez.

—Tuvimos que hacerlo —se disculpó Marta—. Era un asunto importante con los niños.

—Me acusó de que me gustaba Dan y de que prefería pasar el rato con cualquiera antes que con él. Yo le dije que estaba harta de que me dejara en el hotel los ratos que a él se le antojara. Se puso rabioso y me levantó una mano, pero no me pegó —terminó con rapidez.

—Pero ayer sí.

—Habíamos bebido —explicó Ángela como si fuera un eximente—. Regresábamos de cenar. Al llegar a la habitación, le dije que estaba muerta y que no lo acompañaría en sus correrías. Él empezó a decirme que no le tenía ningún respeto, que pensaba que estábamos de vacaciones, que él era muy profesional, mucho más que tú, y que no iba a permitir que una mujer le amargara la vida. Me gritó que yo haría lo que me ordenara, fuera acompañarlo o… —se detuvo unos segundos y respiró hondo—, o joderme. Y me tiró sobre la cama.

—¡Será cabrón!

—Me levanté y me dio una bofetada. Me encerré en el cuarto de baño y me quedé dormida en el suelo. Sobre las cinco de la madrugada, me desperté. —Apretó las manos de Marta, que continuaba sin soltarla—. Estaba aterrada y decidí que no quería quedarme con él. Solo había sacado el neceser y poco más de la maleta, así que recogí lo que tenía en el baño, la cerré a todo correr y me marché.

—Has sido muy valiente. Ya estás a salvo —dijo Marta, aunque no tenía ni idea de si era cierto. No se había enfrentado nunca a situaciones como esa, no conocía a ningún elemento como el que había resultado ser José Luis y no sabía cómo reaccionaba ese tipo de gente.

—¿Puedo..., puedo acompañarte a tu hotel hasta el día que nos vayamos? No quiero encontrarme sola con él en el avión.

Marta vio delante de ella a un pollito asustado y le invadió la ternura.

—No estoy en un hotel, estoy en la casa de la familia de Dan. No puedo llevarte conmigo sin consultarlo con ellos. Además...

Estaba a punto de decirle que tendría que regresar a España sin ella cuando su teléfono móvil comenzó a vibrar.

Pensó que al colgar sin contestar su hermana se daría por enterada. Pero no fue así y allí la tenía de nuevo, insistiendo con su llamada.

—Espe, perdona. No me pillas en buen momento.

—¡No me cuelgues!

A Marta le asustó el punto de histerismo.

—¿Qué sucede?

—¿Cuándo regresas?

—En una semana, pero estoy pensando en alargarlo un poco más.

—¡Ay, Marta! No quería preocuparte, por eso no te había dicho nada, pero hoy... hoy...

—¿Es papá?

—Sí. Ahora está estable, los médicos han dicho que irá mejor si pasan cuarenta y ocho horas y no hay otra recaída. Lo hemos visto un momento desde el otro lado del cristal de la UCI y nos ha sonreído. Eso es buen síntoma, se lo he dicho a mamá. —Marta solo tenía conciencia de la primera frase. «Está estable, está estable», se repetía en su cabeza y no era capaz de atender la verborrea de su hermana—. Ella estaba muy asustada, pero bien. No he conseguido que se fuera a casa. Voy a ver si la convenzo, aquí no pintamos nada, no nos dejan verlo más que unos minutos. Igual podrías ponerte tú y decirle algo…

—Espe —la interrumpió—. Has dicho estable. ¿Eso significa que ha tenido otra angina de pecho?

—Le ha dado un infarto, Marta.

Incapaz de seguir sentada, se levantó y salió del café. Notar el aire de la calle la alivió por un breve instante.

—Un infarto, no una angina —dijo en voz alta.

—Uno de verdad; de los gordos.

—¿Cómo ha sido?

—Lo hemos cogido a tiempo. Esta mañana me he levantado con una sensación extraña, llámalo intuición. Después de dejar a los niños en el colegio, he pasado por su casa a pesar de que llegaba tarde al trabajo otra vez. Papá estaba todavía en la cama y mamá decía que lo dejáramos descansar, que había dormido mal, pero yo he insistido en despertarlo. Nos lo hemos encontrado en el suelo. Decía que estaba mareado y revuelto, peor de lo que se había sentido nunca. He llamado a emergencias y en diez minutos teníamos una ambulancia medicalizada a la puerta de casa. Después me han dicho que lo han tenido que reanimar de camino al hospital. Mamá no lo sabe, pero ha tenido un pie en el otro lado.

Marta se imaginó a su padre en un ataúd y se le cortó la respiración. Tuvo que sentarse en el suelo.

—No puedo, no puedo.

—¿Marta? ¿Estás bien? ¡Marta!

—No puedo quedarme. Necesito cambiar el billete. No sé si mañana podré volar, pero haré lo posible.

Adelantar el regreso con todo lo que eso significaba no era una decisión para tomar a la ligera. Además, su hermana era de las que se ponían la vida por montera y se echaba los problemas a cuestas hasta que los solucionaba. Que Espe no dijera nada para quitarle la idea de la cabeza le dio una pista del nivel de angustia que sufría.

—Ven lo antes posible —le rogó, desaparecida ya la necesidad de fingir—. Estoy aterrada, Marta. ¿Y si se muere?

—No lo digas ni en broma.

—Delante de mamá pongo buena cara y le echo valor, pero

por dentro estoy temblando. No dejo de pensar en cómo se lo voy a explicar a los niños. —Se le notó la congoja en la voz—. Espero no ponerme a llorar delante de ellos.

—¿Dónde están Rubén y Mateo? Debe de ser de noche en España.

—Por ahora se los ha quedado Begoña, mi vecina. Luego llamaré a su padre, a ver con qué me sale. No me fío de que se los lleve; ya sabes lo poco que le gusta, ahora que esa chica está más tiempo en su piso que en el suyo propio. Por eso necesito convencer a mamá de que nos marchemos de aquí. Pero no quiero que se vaya sola y no quiere venir conmigo. Ya no sé qué decirle. ¿Puedes hablar tú con ella?

—Dile que se ponga.

Marta escuchó cómo Espe le daba la noticia a su madre de que en unas horas Marta se reuniría con ellas.

—¡Hija! ¿Vas a venir?

—Hola, mamá. ¿Cómo te encuentras?

—Mejor que tu padre, hija. ¿Te ha dicho tu hermana que casi se nos va? —La voz de su madre se debilitó—. No llores, mamá. Se va a poner bien, ya lo verás.

—No lo has visto, Marta. Tiene muy mala cara, está pálido y apenas abre los ojos.

—Los médicos dicen que se pondrá bien.

—También dijeron que no le volvería a pasar y mira tú.

—Ahora está controlado. Ya verás cómo después de esta noche mejora. Mañana lo verás mucho mejor. Mamá, ¿por qué no te vas a casa con Espe y les haces a los niños una tortilla de esas que tanto les gusta?

—No estoy para meterme en la cocina. Yo me quedo aquí, quiero estar junto a él por si sucede algo. —Su madre dejó de disimular el llanto—. Dicen que en cuanto se recupere un poco, lo meten en el quirófano.

—¿Cómo que al quirófano?

—¿Tu hermana no te lo ha dicho?

El teléfono cambió de manos y pudo hablar con Espe de nuevo.

—Lo operarán en cuanto esté un poco más fuerte. Tres válvulas van a cambiarle y a ponerle dos *stents* y probablemente un marcapasos.

251

—Te lo prometo, Espe: mañana salgo de Vietnam y en menos de veinticuatro horas me tienes ahí.

Lloró, angustiada y dividida entre lo que tenía en Vietnam y lo que perdía en España.

Ángela se empeñó en que fueran a su hotel para hacer allí los trámites juntas. Marta sabía que cambiar el billete de avión era imprescindible para marcharse cuanto antes, pero no se encontraba con fuerzas; tenía el ánimo a tres metros bajo tierra. Su padre, o Dan y los niños: injusta elección. Parte de su carne o parte de su alma, ¿quién podía decidirse? Por suerte, Ángela debió de verla tan afectada que tomó las riendas. Primero trató con la responsable de los viajes en la editorial y después consiguió que el recepcionista del hotel hablara con Qatar Airlines para que les cambiaran a las dos el día de regreso. Así consiguió dos plazas en el vuelo Hanói-Barcelona, con escala técnica en Bangkok, por el módico precio de 472 euros en concepto de penalización y tasas. Lo que Marta no pudo delegar fue la llamada a su jefe para que se olvidara de lo hablado aquella mañana. Explicar cuál era la situación de su padre era como ratificar la gravedad. Ya tenía un correo electrónico con la confirmación del cambio de vuelo cuando marcó el número de la oficina. Por suerte, habló con el contestador automático que Miquel había conectado.

Apenas le dio tiempo a colgar cuando Ángela se la llevó derecha al bar a pesar de sus quejas. Antes de que Marta hiciera un solo gesto, tenía delante un gin-tonic color azul con un montón de hielo y una rodaja de limón.

—Bebe —fue lo único que le dijo.

Como si emborrachándose fuera a cambiar algo. Marta se lo tomó entero, sorbo tras sorbo, sin poder decir nada, sin poder pensar en otra cosa que no fuera que aquella era la última noche que los veía, la última que pasaba con él.

—Debería marcharme —decidió.

—¿Estás mejor?

De su garganta salió una carcajada nerviosa.

—¿Mejor? Más borracha puede ser, pero ¿mejor? Mi padre se puede morir en cualquier momento, me voy dentro de unas horas y ellos se quedan aquí, al otro lado del mundo.

—Hoy en día el mundo es muy pequeño —intentó consolarla Ángela—. Sabías que esto sucedería, antes o después. La despedida solo llega una semana antes de lo previsto.

En esto Ángela tenía razón. Sin embargo, no por ser más cierto, dolía menos.

—Se está haciendo de noche —constató Marta como si la sorprendiera. Se levantó despacio—. Tengo que marcharme.

—Marta, ¿te puedo pedir que me vengas a buscar para ir juntas al aeropuerto?

—No te preocupes, no tendrás que salir a la calle sola —le prometió antes de marcharse del hotel.

Cogió el primer taxi que encontró. El trayecto transcurrió con la mirada clavada en las luces de los edificios junto a los que pasaba. A su llegada, ni se enteró de la cantidad que le pidió el conductor. Solo pagó y bajó del coche.

Ante la puerta de la vivienda donde pasaría la última noche en aquel país, lloró.

Era ya de noche cuando la campanilla perturbó la paz de la casa. Por suerte, fue la criada la que abrió y no tuvo que hablar con ella. Una sonrisa apenas esbozada fue suficiente para agradecerle la atención a aquellas horas. Si hubieran sido Dan o alguno de los niños, no estaba segura de haber podido mantener la compostura.

Las luces del comedor y de la cocina estaban apagadas. La familia ya había cenado y se había retirado a descansar.

Se preguntó si los niños estarían acostados. Iba a comprobarlo cuando algo llamó su atención. En el tercero de los edificios del patio, una luz titilaba sin descanso. Se acercó y descubrió el altar de la familia. Era mucho más sencillo que otros que hubiera visto. Una pequeña mesa, una imagen de Buda, varias velas encendidas, un plato con frutas de dragón y flores de loto, muchas flores.

Entró y, sin pensarlo, se arrodilló ante él. No recordaba el tiempo que hacía que no rezaba.

Pidió a los antepasados de Dan que lo protegieran, que le dieran constancia y suerte para solucionar lo de los pequeños, que lo ayudaran en sus negocios y que consiguiera que el tejedor de seda hiciera telas más firmes, que las mujeres de la cooperativa de Dá Chát aceptaran la propuesta de coser ropa de cama y que el artesano de las esteras y su hijo se repusieran pronto. Rogó

253

a los dioses —ni siquiera sabía sus nombres— que lo cuidaran y lo mantuvieran lejos de la enfermedad y la muerte, que le permitieran ser feliz. Imploró para que la perdonara.

—Haced que sean felices con la familia que les toque. Cuidad de ellos. No permitáis que los separen, sobre todo que no los separen.

—¿Marta? ¿Qué haces aquí?

Dan entró en el pequeño templo. Ella se limpió las lágrimas a todo correr con el dorso de la mano, ensayó su mejor sonrisa y se alegró de que la estancia estuviera en penumbra. Los ojos enrojecidos pasarían desapercibidos. Se levantó en cuanto se repuso. Le dio un ligero beso en los labios, como si se hubieran visto hacía solo un rato.

—Solo estaba aquí —respondió sin decidirse a explicarle que no les quedaban más que unas horas.

—Buenas noticias —contó él entusiasmado.

—¿Noticias de Bing? Soy toda oídos —contestó ella con una gran, y dolorosa, sonrisa.

—No, no son de Bing. Espero que me llame mañana con más información. Es otra cosa: Antonio piensa que igual los niños podrían quedarse con nosotros mientras dure el periodo del edicto. Al parecer, hay antecedentes, ha sucedido antes.

La tristeza que embargaba a Marta se desvaneció en parte por la buena nueva.

—Me alegro muchísimo. Es un respiro para todos.

—Los podemos tener con nosotros todos los días hasta entonces y después… ya iremos viendo cómo se desarrollan las cosas. Nos dará tiempo al menos a explicarles qué viene a continuación, y a ellos a intentar hacerse a la idea.

—¿Les has dicho ya algo?

—Todavía no. Estaba esperando a que regresaras. Creo que ya va siendo hora de que volvamos a retomar las salidas con los niños. ¿No te parece? —No, no le parecía, a Marta no le parecía nada—. No tengo que quedarme en casa. Bing tiene mi teléfono, llamará al móvil. Hasta que no se entere de lo del Comité no podemos hacer nada. No veo la necesidad de quedarnos encerrados. He planificado unas cuantas cosas. —Se sentó en el suelo, frente al altar, y palmeó sobre la alfombra. Marta se quedó de pie, incapaz de moverse—. A ver qué te parecen estas.

Por la mañana, nos acercaremos a la pagoda Tran Quoc. Comemos en casa; mi abuela disfruta con los invitados. Después, por la tarde, iremos al lago Hoán Kiem. A los niños les encantará. Y pasado mañana, a la Ciudadela y luego… —Sacó unas entradas del bolsillo trasero de los vaqueros—. ¿Hace cuánto tiempo que no ves marionetas?

Marta salió al patio. Necesitaba respirar, llenarse los pulmones de aire frío antes de que el pecho le estallara de dolor.

Lo oyó seguirla. No se volvió hacia él.

—Un momento, Dan, solo un momento y estaré bien.

Sin embargo, él la abrazó por detrás y apoyó la barbilla en su hombro. Lo peor llegó cuando habló:

—Sé lo que estás pensando. Todavía quedan muchos días para tu partida. —Acercó la boca a su oído y la besó—. Las cosas son como son y no podemos cambiarlas. Disfrutémoslas al menos.

Pero ¿cómo se hace cuando no se dispone de tiempo? Ella no lo sabía. Se le ocurrían pocas cosas y todas pasaban por un brusco «se acabó», un simple «adiós» o un lejano «fue tan bonito mientras duró». Cualquiera de esas opciones le parecía demasiado cruel. Además, no tenía valor para enfrentar el momento de decírselo. Él empezó a besarle el cuello.

—Dan… —comenzó. Él gimió como un gatito satisfecho ante un plato de leche templada—, mañana…

—Mañana lo pasaremos bien —susurró—. Seremos de nuevo una familia.

El corazón de Marta se rompió en mil pedazos.

—A mi padre le ha dado un infarto. Me voy mañana, ya tengo el billete.

Él se detuvo un instante. Después, muy despacio, descendió hasta su cuello y lo besó. La velocidad de la sangre de Marta se unió a la de su corazón. Sentía las sienes palpitar. Le escocían los pulmones y tenía la boca seca.

—¿Ha sido grave?

—No se ha muerto.

El pecho de Marta descendió como muestra de alivio. Era como si la esperanza se hubiera abierto paso en su interior al pronunciar aquellas palabras. Él la apretó todavía más, en un estéril intento de consolarla.

—¿Quién te lo ha dicho?

—Me ha llamado mi hermana. Tienen que operarlo. Tengo que ir.

—Por supuesto. —La brisa empezó a soplar en ese instante y ella se estremeció a pesar de que la tenía abrazada—. Vamos dentro.

Dan pensó en sus antepasados a los que estaba dedicado el altar. Se sentó en el suelo, apoyado en la pared, y tiró de su mano. Con cierta renuencia, terminó por agacharse junto a él. La hizo acomodarse en el hueco de sus piernas.

—¿Quieres que te cuente una historia? —Marta no contestó, y en la penumbra de las velas, comenzó—: Es la del príncipe Lac Long Quân, el Rey Dragón, un dios que reinaba en el reino de las aguas. —Su voz consiguió que Marta se relajara—. Un día que volvía de una de sus múltiples aventuras, se encontró en el camino a una joven de belleza sobrenatural. Era un hada de las montañas; se llamaba Âu Co. Se prendaron uno del otro inmediatamente y, transportados por su amor, se unieron y se instalaron en el reino del hada. Su felicidad era inmensa y la llegada de los hijos completó su vida.

»Pero Lac Long Quân no olvidaba que su alma pertenecía a otro reino y, con frecuencia, se perdía en lejanas ensoñaciones que lo conducían a su océano querido. Allí estaba su naturaleza profunda contra la cual no podía rebelarse. Con gran dolor de su corazón, tuvo que volver al mar. Antes de partir le dijo a su mujer: «Soy un Señor Dragón y tú un Hada inmortal. Yo vivo en las aguas y tú en la tierra. No pertenecemos al mismo universo. Tengo que dejarte a pesar de mi amor por ti y del afecto que siento hacia nuestros hijos». El Señor Dragón y el Hada inmortal se pusieron de acuerdo en esto: cada uno se llevaría la mitad de los hijos. Se repartirían de ese modo el territorio.

»Así lo hicieron. Todos crecieron sanos y fuertes, hasta ser hermosos jóvenes, habitantes de cimas y riberas, de los montes y llanuras. Fundaron juntos el hermoso reino de Van Lang y se convirtieron en reyes y príncipes. ¿Sabes lo que más me gusta de esta leyenda?

Marta se había dormido. Dan le acarició el pelo y se lo besó antes de continuar:

—Lo que le dijo el Rey Dragón al Hada Inmortal cuando se separaron: «No me olvides jamás. Si cualquiera de los dos tiene problemas, el otro irá a ayudarlo sin tardar».

A Dan le habría gustado pronunciar las últimas frases con la misma tranquilidad que había conferido a su relato, pero la pesadumbre que sentía las tiñó de negro.

Pasó mucho tiempo antes de que se moviera. Se quedó allí, saboreando la ventura de tenerla entre los brazos, hasta que las llamas de las velas se consumieron y las sombras de la noche se cernieron sobre ellos.

PARTE III

Más allá de los ojos

Nada hay más atractivo que la valentía y el amor.
Nada más valiente que reconocer los errores.

23

*E*n algún momento de la noche, Dan la despertó. Sin saber apenas qué le decía ni adónde iban, la llevó de la mano. Solo se dio cuenta de qué sucedía cuando la dejó ante la puerta del dormitorio que compartía con las niñas y quiso soltarse.

—No no —murmuró ella sin permitírselo.

No hubo manera de convencerla.

Durmieron juntos el resto de la noche. De la misma forma que lo habían hecho hasta que llegaron a Hanói: desnudos y abrazados.

Antes del amanecer, Marta abrió los ojos de repente, con la sensación de que alguien le había susurrado al oído las palabras: «Hoy te marchas».

El corazón le palpitaba con fuerza. Partía aquella tarde a las cinco. No volvería a ver a Dan, no volvería a ver a los niños. Tuvo que contener las ganas de vomitar que esa idea le provocaba.

Se marchaba. A las cinco. ¿Cómo iba a aguantar la espera, a resistir la angustia? ¿Cómo se iba a despedir de los niños? No podía soportar imaginarlo siquiera.

Tomó una decisión, cobarde, pero quizá la única salida.

Rozó el pecho de Dan con los labios. Se despidió de él con los ojos cerrados. Después lo despertó.

—¿Adónde vas? —murmuró él soñoliento.

Ella hizo lo que le pedía el corazón: lo besó con toda el alma.

—Voy a marcharme —susurró despacio para que comprendiera lo que decía—. No quiero que me vean aquí cuando se levanten. No podré soportar sus lágrimas ni contener las mías. Se convertirá en una tragedia y no quiero eso para ellos.

Él encendió la luz de la mesita. La observaba en silencio con aquella mirada oscura y rasgada.

—¿No vas a decir nada?

—No me olvides jamás. Yo no lo haré. —Le cogió las manos y se las besó.

Los ojos se le anegaron de la dicha de sentirse amada, de la angustia de la pérdida, de la ausencia.

Marta apagó la lamparilla. A oscuras y en silencio, con lágrimas en los ojos y la congoja atenazando sus gargantas, se despidieron entre caricias y suspiros. Se echaron de menos antes incluso de separarse.

No se encontró con nadie en el pasillo. Se metió en la habitación de las niñas a hurtadillas. El día anterior había dejado la maleta sobre la cama. No había tenido tiempo ni de vaciarla. El clima de Hanói no tenía nada que ver con el de Ho Chi Minh y los bañadores, pantalones cortos y camisetas de tirantes permanecían guardados. A todo correr, y ayudándose con la luz de la pantalla del teléfono móvil, recogió el resto de sus cosas esparcidas por la habitación: unos pantalones por aquí, el jersey verde por allá y un par de zapatos de debajo de la cama.

Cerró la maleta y descubrió que solo había dejado fuera la ropa que acababa de recoger del suelo de la habitación de Dan. Con la prisa de marcharse antes de que alguien la descubriera, se la puso de nuevo. Tendría tiempo de cambiarse en el hotel de Ángela.

Renunció a pasar por el cuarto de baño para no asumir el riesgo de cruzarse con la madre o la abuela de Dan, mucho más madrugadoras que el resto. No tenía ni idea de la hora que era. Una tecla del teléfono y la pantalla se iluminó. Aún no eran las seis de la mañana.

Con mucho sigilo, se colgó el bolso en bandolera y se dirigió a la puerta. No llegó a tocarla y ya se estaba arrepintiendo.

Dejó el equipaje en el suelo y regresó sobre sus pasos. Las dos hermanas dormían juntas, de espaldas una junto a la otra.

Se acercó a Kim. Apenas la veía en la oscuridad, pero se la imaginó perfectamente: con la cara bien lavada después de que Dan consiguiera que pasara por el baño antes de sentarse a cenar.

—Que tengas mucha suerte, niña mía. Haz siempre caso a

tu hermana, que es la mayor y la responsable. —Le pasó una mano por el pelo—. En realidad, no, no dejes de hacer locuras. Tú eres la alegría de tus hermanos.

Marta se inclinó sobre la pequeña y la besó. Con toda la delicadeza, con todo el amor acumulado en los escasos días desde que la conocía. La niña debió de notar el contacto porque se pasó una mano por la cara. Marta dejó de respirar hasta que se convenció de no haberla despertado.

Con mucha cautela, dio la vuelta a la cama. También Xuan descansaba feliz, ajena a la tormenta que se descargaba con furia dentro del corazón de Marta. Se tomó más tiempo para despedirse de ella.

—¿Sabes? —comenzó a decirle en un susurro apenas audible—, la primera vez que te vi pensé que eras una superviviente. Lo eres. Mucho más que tus hermanos. Ellos no son conscientes de todo lo que os ha sucedido ni de la situación en la que os encontráis. Tú sí, lo sé. No hay más que mirarte y ver tus ojos brillantes y profundos para darse cuenta. Es tan fuerte la sensación de desamparo que irradias que a veces duele observarte. Eres muy especial, Xuan. —No pudo controlarse y le apartó un mechón de pelo que le caía por la cara—. Mucho, mucho más de lo que nunca imaginarás. Cuídalos, pero cuídate tú también. No dejes que las obligaciones familiares se impongan a tu propia felicidad. No lo hagas, cariño, no lo hagas.

Fue justo en ese momento cuando descubrió que hablaba a una niña despierta. ¿Cuándo había abierto los ojos?

La niña se frotó la cara, soñolienta aún. Marta tenía la callada esperanza de que se volviera a dormir. Pensar que se tendría que despedir de verdad de ella la paralizaba por dentro.

El destino no se puso de su parte. La niña encendió la lamparilla. Parpadeó varias veces antes de dirigirse a ella.

—*Ban de lai.*

Marta la entendió. No era una pregunta.

—*Yes, I'm sorry. I have to go to Spain.*

—¿*Dan*?

—*He stays here, with you.*

—*Why?*

Marta sabía que no sería capaz de decir en inglés todo lo que le rondaba por la cabeza y optó por hacerlo en español.

263

Xuan no la entendería, pero esperaba que comprendiera el significado de la pena que le salía de dentro.

—Estos días que he vivido en Vietnam van a ser imposibles de olvidar. Ha sido como tocar el cielo y el infierno a la vez. Una espiral de emociones tan intensa que sé que nunca, nunca más en mi vida, podré sentir nada tan fuerte y tan dentro. Dan, Kim, Dat y tú habéis pintado un cuadro donde yo quisiera vivir. Dan ha puesto el lienzo y el marco, y vosotros —se le quebró la voz—, vosotros lo habéis pintado de colores. Por unos días creí que podría formar parte de él y vivir feliz para siempre, pero pronto me di cuenta de que ese cuadro no era para mí, que yo, simplemente, he tenido la dicha de contemplarlo durante un tiempo, pero no puedo entrar en él.

»Allí —continuó— tengo una familia, padres y una hermana, y otras obligaciones; aquel es mi mundo; este es el vuestro. Vosotros no podéis marcharos de aquí y Dan, tampoco. Los dos sabíamos que esta historia tenía fecha de principio y fin, solo que el final ha llegado antes de lo esperado.

Para entonces, las lágrimas ya corrían por sus mejillas. La niña elevó una mano y le pasó los dedos por la cara, en un delicado intento por consolarla. Marta la cogió, se la llevó a los labios y la besó.

—No quería que esto sucediera, por eso me marchaba antes de que amaneciera, antes de que nadie me descubriera, como una ladrona.

La niña le sonrió y Marta no aguantó más. La atrajo y la estrechó contra ella. Xuan recibió el abrazo destinado a ella y sus hermanos.

—Te quiero mucho, muchísimo. *Tôi yêu ban. Do not forget*. Cuídalos todo lo que puedas, pero sé feliz. *I will love you forever. Do not forget.*

—*I will not forget you, never* —contestó la pequeña en voz baja.

Ella le dio un emotivo beso en la mejilla y otro abrazo. Después se levantó de la cama, cogió bolso y maleta y se marchó.

Según recorría el pasillo de la casa de los Nguyen, resonaban en su cabeza las últimas palabras de la niña. «Ni yo tampoco», gritó en silencio mientras la palabra *never* le arrancaba jirones del corazón.

¡Era tan fácil salir de allí! Apenas unos pasos, correr el pasador de la puerta que separaba el jardín de la calle, parar un taxi. Esos actos tan simples la alejarían del mundo de la fantasía para regresar al real.

Y, sin embargo, se quedó clavada ante el altar de los antepasados de Dan, rememorando el momento de placer en que su voz la transportó al país de los sueños. Volvió la cabeza al edificio que acababa de abandonar. Se le hizo insoportable no volver a entrar y meterse de nuevo en su cama. De un bolsillo lateral de la mochila sacó el cuadernillo y el bolígrafo. Tuvo mucho cuidado para escribir con una letra que se entendiera. Comenzó a escribir. Una sola frase.

Dejó la nota doblada sobre el altar. Pero, por alguna razón, aquel gesto que había pensado que la aliviaría en parte no la consoló. En absoluto.

Se despertó con sensación de vacío. Se había destapado y tenía frío. Estaba solo. Echó un vistazo a la cama de al lado. Dat dormía plácidamente. Se dejó caer en la almohada. Marta se había ido.

Dolía. Se había ido.

Aunque desde el primer día se había repetido que no era más que un amor pasajero, el dolor lo había atrapado al fin. ¿En qué momento se había olvidado de que ella se iría? Podía ponerle fecha y lugar. Fue en Sa Ry, el pueblo del artesano de la seda, cuando esperaba la llegada del novio a la puerta de la casa de la novia vestida con el *ao dai* y el pelo recogido. Y después, en Dá Chát, su risa era más cantarina. Y en Son Trach, con los niños, su carácter era más paciente. Y por fin, en Cua Ló, sus silencios. Habían sido los silencios al atardecer y la intensidad de las emociones al amanecer lo que había terminado por enamorarlo.

Se había ido. Para siempre.

Tenía mil cosas que hacer, mil problemas que solucionar; estaban los niños y el negocio. Tenía que hablar con Bing. Tenía que levantarse.

Fue incapaz de moverse.

Al final fue Dat el que lo obligó a retomar la vida. Se le coló en la cama antes de que se diera cuenta. Pero según el niño entraba, él salió por el otro lado. Para que no notara su desnudez, se vistió a todo correr. Le dio un beso de buenos días, cogió el móvil y salió.

Pasó la mañana ocupado, hablando con Bing, con la vecina que había acogido a los niños, con una señora que aseguraba ser la secretaria del Comité Popular y que le negaba la posibilidad que Antonio había mencionado el día anterior. Según ella, tenía que llevar a los niños a Ho Chi Minh cuanto antes y entregárselos. Su yo vietnamita fue muy amable y mantuvo a raya su carácter español. Durante tres horas consiguió no pensar en Marta.

Fue durante una visita a la cocina para beber un vaso de agua cuando el muro construido a su alrededor se desmoronó como la montaña de arena que era. Encontró a los niños llorando; Marta se había ido.

Fue incapaz de quedarse, no pudo consolarlos, no logró dar con las palabras adecuadas. Él también se sentía derrotado, absurdamente triste.

Salió de casa aturdido, en busca de un poco de aire, y solo encontró dolorosos recuerdos plantados por los rincones del jardín. Allí había hecho el amor con Marta.

Entró en el altar. Su abuela había sustituido las velas consumidas la noche anterior. También había llevado una bandeja con fruta como ofrenda para los antepasados. El rojo del rambután, el rosa de la fruta del dragón, el amarillo del maracuyá y el naranja de una papaya recién cortada contrastaban con el blanco de un papel doblado junto a ellos.

Dan alargó una mano temblorosa. Tenía miedo, a pesar de saber que cualquier cosa que pusiera no podría ser peor que su ausencia.

Leyó: «"No me olvides jamás", le dijo el Rey Dragón al Hada Inmortal. No me olvides jamás».

Por primera vez desde que murió su padre, lloró.

Una figura se deslizó por detrás de él y por un instante pensó que...

Sus ojos se posaron sobre el papel que sostenía en la mano y comprendió que la idea de que pudiera ser Marta no era más que un espejismo. En su vida no tenían cabida las ilusiones. Se limpió la cara con disimulo.

—Sabía que te encontraría aquí —susurró una voz cálida a su espalda.

—*Mé*, pensé que te habrías marchado ya.

—Ya ves que no. Hoy hay alguien que me necesita en esta casa.

Él agitó el papel.

—La has leído —constató.

—No me ha hecho falta. Sabes que tengo el sueño ligero. La oí marcharse. Además, tu abuela ha estado aquí esta mañana; ha venido a buscarme para contármelo.

Él suspiró. Su madre se puso a su lado, con la mirada clavada en el altar, como la tenía él.

—No es lo mismo, Dan, no es lo mismo que con tu padre.

—Lo sé. Ahora dime que al menos yo tengo el consuelo de saberla viva.

—Lo tienes.

—Debo de ser muy egoísta porque me sigo sintiendo igual de desgraciado que hace un rato.

—Ella puede regresar.

—No lo va a hacer y lo sabes. —La imagen de Pilar y su negativa a acompañarlo hacía cinco años pasó fugazmente por su mente—. Como el Rey Dragón, ella no pertenece a este mundo. Yo, en cambio, estoy atado a él.

—Tu abuela está de acuerdo conmigo en una cosa.

—¿En qué?

—En que se ha llevado el corazón lleno. Eso es bueno.

—¿Bueno para qué? —preguntó él con desaliento.

—Los recuerdos a veces se obstinan en no marcharse por mucho que uno se empeñe. Un grifo que gotea tarda muchas horas en llenar una pequeña jarra. Su corazón tardará mucho tiempo en vaciarse de todo lo que se ha llevado de Vietnam.

—Pero la jarra termina por llenarse y el corazón por vaciarse. Los ratos felices de unos días no sirven para que dos personas permanezcan unidas.

—No, lo que hace falta es que ambos peleen para despejar la vegetación que cubre el camino. Y vosotros os rendisteis, Dan. Ella se marchó desde el principio, y tú también.

—Eso no es cierto —se defendió él.

—Lo es.

—¿Cómo lo sabes?

—No había más que miraros a los ojos para ver la sombra de la separación en ellos.

Dan claudicó ante la realidad de las palabras de su madre.

—No podíamos hacer otra cosa. Sabíamos que ella se iría. Sabía que esto sucedería y, sin embargo, ahora que ha ocurrido… Igual es cuestión de tiempo, también papá y tú estabais muy unidos, y cuando él… Al menos tú nos tenías a Mai y a mí.

—Tú también tienes algo.

—¿Qué? Dame una sola razón por la que tenga que animarme.

—No te daré una sino tres. Los tienes en la cocina y tienen menos de quince años.

Dan parpadeó un par de veces para sosegarse. Después dobló con cuidado la nota de despedida de Marta y se la guardó en la cartera.

Su madre lo cogió por la cintura. Permanecieron juntos y en silencio un rato más, echando de menos a sus seres queridos y ayudándose a soportar la pérdida. Su madre, la de su padre; él, la de Pilar, la de Marta, y decidió que las heridas causadas por el mordisco del destino eran más profundas que las provocadas por uno mismo.

Las voces en el patio lo hicieron decidirse. Su madre tenía razón: tenía tres poderosas razones para seguir.

24

*L*as nueve horas de vuelo desde Hanói fueron un infierno; la llegada al aeropuerto de El Prat, una carrera de obstáculos. No esperó a la salida de su equipaje para no perder tiempo. Ángela le aseguró que se encargaría de recogerle la maleta y guardársela los días que hiciera falta. Marta se lo agradeció y se lo tomó como una compensación por soportar sus lágrimas y sus lamentos.

Sacó el móvil del bolso en cuanto traspasó las puertas del aeropuerto. En los diez minutos de espera en la cola del taxi cambió varias veces de ánimo. Empezó por el miedo al no localizar a su hermana; pasó por el sobresalto cuando esta contestó, y llegó a la consternación al enterarse de que su padre llevaba ya una hora dentro del quirófano.

Tardó veinte minutos más en llegar a casa para coger las llaves de su coche, aparcado desde hacía un mes frente al portal.

Barcelona-Zaragoza, el trayecto más largo, más inquietante y más horrible que había hecho en su vida. Cuando llegó a las puertas del hospital Miguel Servet, le dolía todo el cuerpo, incluido el corazón.

Encontró a su madre y a su hermana sentadas en la sala de espera de la tercera planta.

—Es la única en la que no había gente. Mamá no quería quedarse en la habitación esperando —le explicó Espe nada más verla aparecer.

—Se me caía el mundo encima al mirar la cama vacía y pensar que igual no volvemos a verlo en ella.

Marta abrazó a su madre con lágrimas en los ojos. Tuvo que esforzarse mucho para no romper a llorar y deshacerse de la opresión que la partía en dos, para luchar por no venirse abajo.

Se separó de su madre y pasó la mano por el rostro de su hermana. Demasiadas caricias guardadas. Espe la retuvo unos instantes.

—Tienes ojeras —constató Marta.

—Han sido unos días malos.

—¿Y Rubén y Mateo?

—Se han ido con su padre. —El gesto de Espe lo decía todo. No le hacía ni pizca de gracia que sus hijos compartieran techo con la nueva novia de su ex.

—Ahora que estoy aquí, mañana vas a buscarlos y los llevas de vuelta a casa; yo me quedo con mamá. —Marta las obligó a sentarse—. ¿Qué os han dicho?

—Nada por ahora. Sigue en el quirófano.

—Cuéntamelo todo, desde el principio.

—¡Ay, hija, fue horrible! Y yo, que no quería molestarlo. —Su madre se secó una lágrima con el pañuelo que apuñaba en la mano derecha—. Si no llega a ser por tu hermana, se nos muere en casa.

Marta le apretó el hombro para infundirle el cariño que necesitaba.

—Se les quedó antes de llegar al hospital de Fraga. Fíjate si lo vieron mal que, en cuanto lo reanimaron, lo trajeron directamente a Zaragoza.

—Y cuando llegamos a Zaragoza y nos contaron lo que le había sucedido…

—Nos dijeron que lo teníamos vivo de milagro.

Marta la acercó de nuevo a ella.

Se dio cuenta de que su mera presencia era como un bálsamo para ellas, y eso la consoló en parte.

Espe trató de cambiar de tema para distraer la espera:

—Bueno, ¿y tú qué nos cuentas de Vietnam?

—Eso, hija. —Su madre le acarició la mano—. ¿Qué tal lo has pasado?

A Marta se le llenaron los ojos de lágrimas. Otra vez.

Su padre parecía ir mejor. Seguía en cuidados intensivos, y el «Ha pasado buena noche» con que las recibía el médico todas las mañanas a las once y el «Mañana seguro que está mejor» con que las despedían las enfermeras a las ocho de la tarde les aliviaba la espera.

A pesar de la negativa inicial de su madre a alejarse más de cien metros del hospital, Espe y ella la habían convencido apelando a sus supuestas obligaciones como abuela. Espe había renunciado a los días libres, a los que tenía derecho por hospitalización de un familiar directo, y había vuelto a trabajar. Era la justificación perfecta para conseguir que su madre estuviera entretenida los ratos que no pasaban en el hospital. Al fin y al cabo, solo les dejaban permanecer junto a su padre sesenta minutos al día, repartidos entre mañana y tarde. Y ya llevaban así cuatro días.

Marta soltó las bolsas de la compra en la cocina de su hermana, que se había convertido en el cuartel general de la familia, y puso la radio. Una estrategia más para mantener los pensamientos de su madre a raya.

—Voy a sentarme un rato. Esto de hacer la compra es fatal para la espalda.

—Los jóvenes de hoy no valéis para nada. Si hubieras tenido que cargar de niña con un cubo lleno de ropa mojada como hacía yo en el pueblo, no dirías eso.

Marta le dio un beso en la mejilla.

—Pero es culpa vuestra que no lo tuviéramos que hacer. Es lo que tiene criar a los hijos en una ciudad con todas las comodidades, que se les quita la coraza y se vuelven blandos.

—Hija, nosotros nos fuimos del pueblo con la mejor intención, para que estudiarais y tuvierais vuestro trabajo y no dependierais de nadie.

—Y menos mal que lo hicisteis —respondió Marta ya al otro lado de la puerta de la cocina—, porque ya ves: yo soltera y tu otra hija, también después de los años.

—La pobre Espe, con dos niños que dependen de ella. Tú fuiste más lista.

Marta se sintió herida y se dejó caer en el sofá. Un balazo en medio del pecho debía de doler más o menos como las palabras de su madre. Dos hijos no, tres hubiera tenido de buena gana.

Cogió el bolso del rincón donde lo había dejado tirado. «Contactos», «Dan» y pulsó. Llamada, llamada, llamada, llamada, llamada… Hubiera esperado hasta el infinito, pero su teléfono se cansó antes que ella y decidió que ya era suficiente.

Dudó si sería de noche en Vietnam e hizo el cálculo del cambio de horario. Seis horas más a sumar a las dos de la tarde: las nueve. Podría ser tarde para los niños; para Dan no.

Pulsó otra vez con el mismo resultado. Después de la tercera, se planteó que él no quisiera responder y se hundió en el sillón pensando en si Dan era tan rencoroso como para aplicar con ella la ley del Talión: ella no había llamado para preguntar por los niños y él tampoco para hacerlo por su padre; ella no había llamado para decirle cuánto lo echaba de menos, él tampoco.

—¡Me da igual!

—¿Qué dices, hija? —le preguntó su madre entre ruidos de cazuelas.

—Nada, cosas mías.

—¡No te oigo! Si quieres decirme algo, tendrás que venir; entre la radio y el extractor, no me entero de nada.

Los ojos de Marta saltaban de uno de los números al otro; del móvil de Dan, al fijo de la casa de su familia en Hanói. Sí, no, sí, no, sí, no, sí. Sí. La vida no estaba hecha para los cobardes. Si él no quería contarle cómo estaban Xuan, Kim y Dat o si no quería echarla de menos, si a él no le apetecía hablar con ella, a ella sí hacerlo con él.

Al teléfono le costó establecer línea y cuando Marta oyó el tono de llamada, ya le estaban hablando en vietnamita. Rogó para que no fuera la abuela. No tenía ni idea de si podría entenderse con ella.

—Soy Marta. ¿Está Dan? Llamo desde España —enfatizó cada palabra.

—¿Marta? Soy Quynh.

El suspiro fue tan notorio que hasta le dio vergüenza.

—¿Señora Acosta? ¿Qué tal está?

—¿Cómo está tu padre? Dan me lo contó al día siguiente.

Le enrojeció hasta la raíz del pelo al darse cuenta por primera vez de que en su afán por no hacerles pasar a los niños —ni a ella misma— por el trago de la despedida, tampoco había dicho adiós a la familia de Dan.

—Perdone por irme de madrugada, pero todo ocurrió tan deprisa. Había cambiado el vuelo y el día anterior regresé tarde y…

—No te preocupes, sé perfectamente que cuando sucede una cosa de estas, el resto desaparece. ¿Cómo está?

—Mejor, muchas gracias por preguntar. Sigue en el hospital muy grave, aunque cada día nos dan nuevas esperanzas.

—Me alegro mucho. Mi madre y yo pedimos todos los días por su recuperación.

Marta las imaginó delante del altar familiar encendiendo una vela todas las mañanas e inclinando la cabeza en señal de recogimiento. Imposible describir con palabras la gratitud que sentía hacia aquellas dos mujeres.

—Se lo agradezco muchísimo, de verdad, mucho. Se lo diré a mi madre y a mi padre esta misma tarde.

Imaginó a Quynh serena y sonriente.

—Imagino que has llamado para hablar con él.

—Sí. ¿Está en casa?

—Me temo que no. Se marchó ayer.

—¿Con los niños?

—Sí, por supuesto. Están de camino a Saigón. Tiene que entregarlos a las autoridades allí.

—Así que al final ha pasado lo que temía —murmuró afligida.

—Se ofrecieron a venir a buscarlos, pero él se negó en redondo. Ya sabes cómo es. No llegarán a la ciudad hasta mañana por la tarde. Es un viaje largo.

—He llamado a su teléfono y no responde.

—Igual no tiene cobertura por la carretera.

—Probablemente. —Marta deseó con todas sus fuerzas que fuera eso y no que la estuviera rehuyendo.

—¿Quieres que le diga algo si me llama?

—Sí sí, claro, dígale que se ponga en contacto conmigo cuando pueda y me cuente cómo están los niños. —«Dígale que lo echo muchísimo de menos.»

—Ellos están bien, aunque un poco preocupados.

—¿Se lo ha explicado Dan, les ha dicho que van a tener que separarse de él e ir a un centro?

—Se lo dijimos entre los dos.

—¿Y qué hicieron?

—Primero se quedaron callados; luego los dos pequeños cogieron la mano de Xuan y, después, lloraron.

273

Marta imaginó la escena: los tres hermanos, con la cabeza baja, dejando caer las lágrimas, despacito y en silencio. Le entraron ganas de llorar y de abrazarlos. Pero no los tenía con ella. Apretó los labios para no dejar escapar un gemido y mantener la compostura antes de despedirse.

—¿No dijeron nada?

—Ellos no. Dan les aclaró lo que iba a suceder: que irían a un colegio con otros niños y que él los iría a visitar. Se quedaron preocupados, pero al rato los dos pequeños estaban jugando en el patio con mi madre.

—Son unos niños maravillosos.

—Sí, lo son, los cuatro.

Marta estuvo de acuerdo con ella y, a pesar de saber que estaba donde tenía que estar, los miles de kilómetros de distancia le dolieron como la dentellada de un lobo hambriento.

25

Siete días habían pasado desde que los entregó a la comuna de Biên Hòa. Y en esos siete días no había acumulado más que desazón, problemas y ninguna solución. Tenía un socio enfadado y persistente, el mal humor que almacenaba cada vez que buscaba respuestas en la Administración de su país, el proyecto de El Corte Inglés interrumpido y mucho sueño acumulado. Pero nada le habría impedido acudir a su cita de aquella tarde.

Se paró ante la verja. Oyó risas de niños antes de poner un pie en el recinto del centro de acogida. Pudo ver a unos pequeños; jugaban con la tierra en un rincón de lo que debería ser el jardín y no era más que una explanada polvorienta. Con rapidez, recorrió sus caras sin encontrar a los que buscaba. Se encaminó al interior lo más rápido que pudo.

El vestíbulo era más grande de lo esperado. Un par de bancos pegados a las paredes eran lo único que llenaba el vacío. En uno había una pareja. A un lado, un largo pasillo en el que no vio a nadie. La pareja le indicó que debía esperar a que saliera alguien.

—¿Viene también a conocer a uno de ellos? —La mujer señaló al exterior, desde donde entraban las voces infantiles.

—A unos hermanos, solo que ya los conozco. Son los hijos de un antiguo amigo.

Ella contestó con una sonrisa de entendimiento, no dejaba las manos quietas, y el marido movía una pierna compulsivamente. Los nervios podían con ellos.

Con Dan también, solo que no lo demostraba. Por la pregunta, pudo imaginar que era su primera vez. En eso él tenía ventaja porque ya había disfrutado de la compañía de sus pequeños.

Por el pasillo apareció un grupo. Dat iba delante, lo seguían Xuan y Kim, y detrás de ellas, una mujer con rictus serio. Se levantó de un salto y a los niños se les cambió el gesto y a él se le llenaron los pulmones de aire. Los niños corrieron hacia él, que los recibió con una rodilla en el suelo y los brazos abiertos.

La alegría les duró poco. La mujer llegó a su altura muy enfadada. Dan tuvo que esforzarse para dejar de abrazarlos y escucharla.

—¿Cómo que un error? No hay ningún error. Yo he venido a ver a estos niños, ¿no se da cuenta de que me conocen?

—Ellos primero. —Señaló a la pareja.

Las sonrisas desaparecieron de unas caras y aparecieron en otras.

—¿Ustedes… también los esperaban a ellos?

La pareja agitó la cabeza muy contenta. La responsable del orfanato empujó a los niños hacia ellos. Dan los vio atravesar la puerta del jardín. Pero antes de desaparecer, Xuan se dio la vuelta y clavó los ojos en los suyos; bien podía habérselos clavado en el corazón por cómo le dolió; la niña mostraba el mismo semblante que cuando la había conocido. De su expresión habían desaparecido las montañas, el aire, los árboles y el sol para dar paso a las nubes de tormenta. Y a la infinita tristeza, que era mucho peor.

—¿Cuánto tendré que esperar?

—Dos horas.

Apenas le daría tiempo a volver a Saigón y ya tendría que regresar. Trabajaría desde el centro de acogida, sobre todo para quitarse de la cabeza que él no era el único interesado en los tres hermanos, para no tener que pensar en que la oportunidad de quedárselos se acababa de reducir un ochenta por ciento. Eran una pareja —casada, de eso no tenía ninguna duda— contra un hombre soltero.

Sacó el móvil y llamó a Bing.

Durante la siguiente hora y media, mandó un correo electrónico a los de El Corte Inglés para pedirles un aplazamiento de la fecha límite para la presentación de su proyecto, habló con Santiago en la Oficina Económica y con el transportista de Nha Trang. Solo este le dio buenas noticias: el artesano de las esteras había llegado el día anterior con material nuevo y le había contado que tanto él como su suegra y su pequeño estaban bien.

Los siguientes diez minutos después de terminar las gestiones fueron una tortura; la manecillas del reloj parecían no avanzar. Decidió que era absurdo pasar aquel mal rato pensando en lo injusto que sería si la Administración de su país dejaba a los niños en manos extrañas en vez de entregárselos a él y llamó a su madre para oír una voz amable. No tuvo suerte; ni su madre ni su abuela estaban en casa.

En cuanto se guardó el móvil en el bolsillo, lo notó vibrar. No fue un espejismo; Marta le sonreía desde la pantalla, en aquella fotografía que le había robado el día de la boda en Sa Ry. Sabía por las llamadas perdidas y por su madre que lo había intentado localizar.

—¿Dan?

Cerró los ojos para disfrutar del sonido de su voz.

—Marta.

—Hola, ¿qué…, cómo estás?

La distancia y el tiempo conseguían amortiguar la intimidad y la confianza.

—Hola. ¿Qué tal tu padre? Ya me dijo mi madre que las cosas iban bien.

—Bueno, sí, el otro día parecía que sí, pero… tuvo unas complicaciones y hubo que volverle a operar. Sigue en estado crítico.

—Lo siento mucho, Marta. Pensé que no había peligro y que se estaba recuperando. Por eso no te llamé.

—¿Y los niños?

Dan se levantó del banco y comenzó a pasear por el vestíbulo.

—Precisamente hoy he venido a verlos. Están en un centro; no me quedó más remedio que entregarlos.

—Me lo dijo tu madre. ¿Los has visto? ¿Cómo está Xuan? ¿Y el pequeño Dat? Kim lo estará llevando mejor; conociéndola, estoy segura de que ya juega con todos los niños del centro. No los habrán separado, ¿verdad? Porque Xuan no lo soportaría. ¿Estás con ellos? ¿Puedes ponérmelos al teléfono?

Podría haber dicho que sí porque en ese mismo instante

277

los pequeños aparecieron por la puerta. Dat entraba delante, detrás, Xuan y Kim, y por último, la pareja. Las niñas lloraban y el pequeño también. Y a él casi le da un infarto solo de imaginar que el matrimonio podía haberles hecho o dicho algo que les doliera.

—Marta, perdona, pero ahora no puedo atenderte. Los niños —pensó en contarle una mentira piadosa, pero le pareció absurdo—, no he podido estar con ellos todavía. Hay otras parejas que están viéndolos. Justo ahora mismo están con una de ellas y en breve empieza mi turno.

—¿Puedes llamarme luego, cuando los tengas contigo?

—Lo intentaré, descuida. Hasta dentro de un rato.

Fue un rato largo. Más de dos horas. Marta ya no sabía qué hacer para pasar el tiempo. Al principio, no quiso entrar en la habitación de su padre y se quedó esperando en el pasillo del hospital, pero le pareció demasiado tiempo para dejar a su madre sola. Le había quitado el sonido al teléfono para no molestar. La precaución fue en vano porque nadie llamó. Su padre dormía y su madre se había puesto las gafas y hojeaba de nuevo la revista del corazón que su hermana había llevado unos días antes.

—¿Esperas a alguien? —le preguntó su madre la octava vez que se sacó el aparato del bolsillo trasero del pantalón.

—No, a nadie en concreto —mintió ella.

—Pues no lo parece.

—A Espe, me ha dicho esta mañana que igual se pasaba después del trabajo —aumentó la mentira al tiempo que miraba a su padre dormido.

—Acaba de llamar, mientras estabas fuera, le he dicho que no hacía falta, que esta noche te quedabas tú y yo vendré a primerísima hora para que puedas llegar al trabajo antes de las diez.

Marta se frotó los ojos de puro cansancio.

—Volver a trabajar, casi ya ni me acuerdo de cómo era. Y la verdad es que no me apetece nada.

—No puedes abandonar tu vida. Tienes tus obligaciones.

—Mi obligación es estar aquí.

—Me las arreglaré. Entre tu hermana y yo nos organiza-remos.

—Pero es que no me parece bien, mamá. Espe también tie-ne su trabajo y a los niños, y yo estoy a más de trescientos kilómetros.

—Las cosas son como son y no como queremos que sean, y para cobrar a fin de mes hay que trabajar. Papá no se perdo-naría que perdieras tu trabajo por quedarte a su lado. Él no va a estar mejor ni peor porque estés aquí. Son los médicos y él mismo los únicos que pueden hacer algo.

Marta nunca le había escuchado a su madre algo tan trans-cendental. Todavía estaba valorando el alcance de sus palabras cuando el móvil le vibró en el bolsillo. Salió de la habitación a todo correr.

—¿Dan? ¿Y los niños?

—Lo siento, de verdad, pero no he podido hacer nada para que hablaras con ellos.

Marta cargó toda su decepción contra la pared. Se apoyó en ella y se dejó escurrir hasta el suelo, sin que le importara que las enfermeras le llamaran la atención.

—¿Cómo ha sido la visita?

—Bastante mal. Mucho peor de lo que pensaba. Antes han estado con un matrimonio. Han regresado llorando.

—¿Llorando? —se alteró Marta.

—Apenas me he enterado de qué ha sucedido. Con ellos los han dejados solos las dos horas que duraba la visita, pero conmigo no. Una mujer se ha quedado vigilándome todo el rato. Nos ha seguido cuando los he sacado al patio y al verme el teléfono móvil en la mano, me lo ha quitado hasta que la visita ha finalizado.

—Pero ¿por qué?

—¡Y yo qué sé! Le habré parecido peligroso o algo así.

—¿No has podido enterarte de cómo estaban?

—Xuan dice que bien; Kim, que no le gustan ni el lugar ni la gente, y Dat, que quiere marcharse conmigo.

—¿Han... han dicho algo de mí? —preguntó con miedo.

—La verdad es que no.

—Ya. —Su decepción fue patente.

—Han pasado ya tres semanas. —Si Dan pretendía consolarla, no lo consiguió en absoluto—. Además, creo que es mejor así.

El comentario la levantó del suelo.

—¿Mejor olvidar a la gente que te ha querido?

—Superar la ausencia no es olvidar. Hay recuerdos imborrables y no tienen que ser dolorosos. Las personas amadas se cuelan por tu piel y se mezclan con tu sangre. Las tienes muy dentro, tanto que respiras con y por ellas.

Y eso era lo que no podía hacer Marta en ese momento, respirar. El dolor era tan fuerte, era tan profundo, que hasta oír su voz era una agonía.

—La próxima que vez que los veas diles que no los olvidaré, que no lo hagan ellos tampoco.

—Se lo diré.

Necesitó decírselo a él, necesitó escucharlo de nuevo:

—Dan, lo nuestro, lo tuyo y lo mío, fue de verdad.

—Lo fue.

Pero el verbo en pasado ahondó aún más en la herida.

Le entraron ganas de llorar, pero ni eso le permitieron hacer porque, en ese instante, la planta del hospital se volvió loca. Los timbrazos venían de alguna habitación, oyó voces, alguien llamaba a las enfermeras, gritos por el pasillo pidiendo un médico. La puerta de su padre se abrió de pronto. De ella salió su madre con la cara desencajada.

—¡Es tu padre, hija, tu padre se muere!

—No podemos hacerlo, Dan, no llegaremos a tiempo.

—Podemos y lo haremos.

—¿Cómo? Te piden que estés allí dentro de dos semanas. ¡Dos semanas! Y con muestras de todos los productos; todos, y no unos pocos, no una parte sino todos. ¿Has entendido?

—Sé leer en español.

—Nos faltan las joyas, nos faltan las telas…

—Las telas no nos faltan. Recuerda que traje más de siete metros para enseñárselas a ellos y a Oxfam Intermón.

—Me corrijo, tenemos telas, pero sin transformar en el producto final; no hay sábanas ni fundas nórdicas, ni nada de nada.

—Hay alfombras, hay blusas.

—Pero no de seda, sino de lino.

—Del mejor lino; también tenemos los muebles.

—En resumen, solo tenemos la mitad de los productos. ¿Tú crees que con eso vas a convencer a los de El Corte Inglés de que confíen en nosotros? No hemos sido capaces de reunir las muestras, ¿y vamos a poder asumir la producción y el suministro continuado?

—Sí, lo creo. ¿Tú no?

El socio de Dan se revolvió en la silla.

—Lo importante no es que yo lo crea, sino que lo crean ellos. Y la respuesta es no, no van a confiar en nosotros.

—Lo harán.

—¿Por qué estás tan seguro?

—Porque vamos a ofrecerles exactamente lo que nos han pedido.

—¿Cómo?

—Tú mismo has dicho que quedan quince días para la reunión.

—Y dos son de viaje.

—Entonces, tenemos trece.

—Precisamente, porque solo son trece…

—Mañana me marcho a Hanói. Las joyas saldrán de allí.

—¿Por qué de Hanói?

—¿Recuerdas el lugar donde vivía mi abuela?

—Claro, en la calle Hàng Bac, en aquella estupenda casa con ese jardín donde jugábamos a… —Bing se calló en el momento en que se dio cuenta—. La calle de la Plata.

—Mi abuela tiene más de ochenta años y todos los ha vivido en la misma casa del barrio de los artesanos. ¿Te haces idea de a cuántas familias de joyeros conoce?

—Eso es jugar con ventaja.

—Eso es aprovechar las cartas.

—Bien, entonces en tres… —Dan movió la mano hacia adelante—, pongamos cuatro días tenemos localizado a un artesano que hace joyas con una factura excelente y que es capaz de diseñar una colección completa de pendientes, pulseras, colgantes y anillos.

—Lo tendremos.

—Seguimos con el problema de la ropa de cama.

—Después de Hanói me acercaré a Dá Chát. He visto lo que son capaces de hacer esas mujeres; en un par de días habrán confeccionado un juego completo; con suerte, dos. Tienen las telas, solo hay que buscar un dibujo bonito.

—Solo —apunto Bing con sarcasmo.

—He pensado que nada de bordados. Nosotros vendemos calidad y sencillez. Les pediremos algo natural y discreto.

—A nosotros, los vietnamitas, los reyes de los *ao dai* llenos de flores de colores.

—No seas cínico. Hay miles de dibujos geométricos en los trajes tradicionales del país; en la provincia de Quang Nam sin ir más lejos…

—No me digas nada más. Tú consigue lo que necesitamos y yo aceptaré lo que traigas si de esa manera nos quedamos con ese contrato.

Dan se puso serio de repente. Ahora venía cuando le decía lo que llevaba atrasando todo el día y a Bing le daba un síncope.

—Te traeré algo que te hará ganar el contrato a ti.

Se miraron fijamente. Parecían los protagonistas de un *western*, cuando los pistoleros se enfrentan en duelo.

—Espero que lo que quieras proponerme no te excluya a ti.

—*Touché*. Por eso eres mi socio, porque las pillas al vuelo.

—No voy a ir yo a España.

—Tienes que hacerlo.

—Eres tú al que conocen, con el que han contactado todos estos meses, quien les ha hecho el informe y las propuestas. Tú eres el único que habla español.

—Ya es hora de que desempolves tu inglés. Estoy seguro de que en El Corte Inglés tendrán a más de una persona que hable inglés y que esté dispuesta a escucharte.

—Será mucho más complicado. Perdemos la baza de la espontaneidad, del tú a tú, de la camaradería. Ir yo significa que estaremos en igualdad de condiciones que cualquier otra empresa.

—Lo sé. Lo he pensado mucho; soy consciente de que si vas tú nos quedamos sin la ventaja que teníamos hasta ahora. A pesar de todo, confío en ti y en nuestras opciones.

—Me parece absurdo. El esfuerzo económico que hemos

hecho, y el que nos queda aún por hacer, para acudir a Madrid con todas las muestras es importante. Estoy convencido de que lo podríamos conseguir si eres tú el que va; si no es así, las cosas pueden cambiar mucho.

—Es lo que hay. No es negociable, no voy a ir.

—Pero ¿por qué?

—Una semana es todo lo que puedo alejarme de Saigón. Las visitas son todos los jueves, ese es mi plazo. Voy adonde quieras de viernes a miércoles, pero tengo que estar de vuelta el jueves siguiente.

—No lo entiendo, de verdad, no comprendo cómo has elegido complicarte tanto la vida.

—¿Elegir, decidir? Estás muy equivocado, Bing; ellos nunca han sido una opción.

283

26

*D*espués de la primera operación les aseguraron que su padre había tenido mucha suerte y que saldría adelante. Tras el segundo infarto, descubrieron que el calvario no había hecho más que empezar. Las palabras cateterismo, baipás, obstrucción arterial, cardiopatía y coronariografía, así como las siglas IC, AAS, DA y CPT isquémica habían pasado a formar parte de su vocabulario habitual. También los síntomas de que las cosas no iban lo bien que los médicos esperaban: retención de líquidos, arritmias y disfunciones eran ahora viejos conocidos. Aquellos meses los había pasado entre largas operaciones y recuperaciones más largas aún, miedos, viajes por carretera y las lágrimas de su madre. Se había cogido un permiso de tres meses sin sueldo, pero luego había tenido que empezar a trabajar. Su hermana se ocupaba de su padre martes, miércoles, jueves y viernes por la mañana; los viernes tarde, sábados, domingos y lunes eran para ella. Había tenido que alargar la jornada laboral para recuperar las horas del lunes durante el resto de la semana.

Maldurmiendo, así había pasado aquellos cinco meses.

Había llamado a Dan en otras dos ocasiones y nunca había novedades. No había podido tampoco hablar con los niños, lo único que sabía de ellos era que parecían estar bien y que eran dos las familias que habían mostrado interés por ellos. Sus conversaciones habían sido cortas y contenidas. Marta sospechaba que a Dan le pasaba como a ella, que prefería mantener los sentimientos a un lado y no correr el riesgo de que la herida se abriera de nuevo. Los kilómetros de distancia pesaban demasiado.

Durante aquellos cinco meses tres preocupaciones habían ocupado su mente al completo, no tenía cabeza ni tiempo para nada más: su familia, Dan y los niños, y el trabajo. No había hecho absolutamente nada con respecto a las dos últimas. Con sus padres y Espe lo había dado todo; respecto a Dan y los niños, se sentía bloqueada, y en cuanto al trabajo…

Había llegado el momento de explicar la causa por la que no tenía escrito el libro prometido sobre Vietnam, y lo único que podía pensar era en que aquel sería el primer fin de semana que pasaría en su piso de Barcelona desde hacía cinco meses, lejos de hospitales, médicos y del penetrante olor a desinfectante, y también de las largas noches de insomnio, de los aterradores suspiros y de preocupaciones infinitas. Apagar el despertador y dormir hasta bien entrada la mañana. Marta apenas era capaz de recordar qué era eso, ni de centrarse en nada.

Menos mal que Ángela la esperaba en la editorial con una sonrisa. Se levantó para recibirla.

—Sabía que vendrías. Me lo dijo Miquel. ¿Qué tal tu padre?

—Parece que remonta. Menos mal, porque por un momento pensamos que era la última vez que abría los ojos. ¿Qué tal tú, más tranquila?

No hacía falta que lo preguntara directamente. Ambas sabían a qué se refería Marta. Era su secreto.

—Depende a lo que llames tú tranquilidad.

—¿José Luis? —Se alteró ante el asentimiento de Ángela—. ¿Viene por aquí? ¿Te ha hecho algo?

—Este es su último regalo. —Señaló un ramo de rosas rojas que tenía sobre la repisa de la ventana.

A Marta se le salió el corazón por la boca.

—No habrás vuelto con él.

Ángela desvió la mirada.

—No te preocupes.

—No sé si me quedo mucho más tranquila.

—Reconozco que cuando pronuncia mi nombre, el estómago me da vueltas todavía.

—Ni se te ocurra hacer caso a nada de lo que te diga. ¡Por muy cariñoso que se ponga!

—Todo lo que me vayas a decir ya me lo he dicho yo antes, pero…

—Ángela, prométeme que…

La voz de su jefe le llegó alta y clara:

—¿Es Marta esa que habla contigo?

—Será mejor que entres, antes de que te ponga en la lista negra.

—Creo que ya me tiene —masculló ella antes de golpear con los nudillos la puerta abierta.

Miquel levantó la cabeza de los papeles que estaba leyendo y le dio paso.

Marta le ofreció una disculpa antes de que a él le diera tiempo a preguntar cómo llevaba el libro.

—¿Vienes con las manos vacías? Esperaba que trajeras algo: unos cuantos folios, algunas imágenes, el esquema de los capítulos, aunque fuera escrito a mano.

—He escrito cosas, pero tengo que organizarlas en mi cabeza primero.

—Mejor sería en el ordenador.

—En el ordenador, sí.

Su jefe la miró como si estuviera desequilibrada, y ella se sintió un poco así.

—Cuando te propuse el trabajo, me pareciste la persona perfecta. Pero ahora ya no estoy tan seguro. La enfermedad de tu padre ha sido muy complicada, ya lo sé y lo siento, pero el hecho es que llevas ya cinco meses de retraso. No has pensado en ella; no tienes ni un boceto de la estructura de la guía. Siento decirlo, pero creo que me confundí al confiar en ti y darte esta excelente oportunidad.

La acusación era injusta, sobre todo porque la «excelente oportunidad» que le había ofrecido Miquel fue ser la acólita de José Luis. Ella tomó la decisión de separarse de él y le convenció de que podía hacer algo distinto. Pero por desgracia, no tenía nada con que callarle.

—Te agradezco mucho la confianza y me disculpo de nuevo por el retraso. Han sido unos meses muy malos.

—Problemas personales que no deberían haber interferido en tu trabajo como lo han hecho.

—Tienes razón, pero no he sabido hacerlo de otro modo. Cuando me incorporé hace dos meses, me pasaste también la corrección de la guía de la India y la de los fiordos bálticos. Eran muy urgentes, tú mismo me pediste prioridad sobre otras cosas.

—Se sobrentendía que habías tenido un plazo razonable, tres meses, para presentar un esbozo.

Marta se envaró en el asiento ante la injusta acusación.

—¿Desde cuándo tres meses de excedencia sin sueldo son tres meses de trabajo?

—Al buen profesional le da igual cómo y dónde esté.

—Ya, y según tú, debería haber llenado las horas de hospital con trabajo.

Su jefe —no se merecía ni que pensara en él por su nombre de pila— apretó los labios.

—Yo no organizo el trabajo de nadie, solo pido resultados; al igual que los de arriba me los piden a mí.

—Supongo que los resultados son solo aquellos que se pueden cuantificar en una hoja de cálculo. Y, claro, no existe una columna donde colocar la humanidad y la compasión.

—Te he llamado para hablar de tu libro. Hemos fijado la programación del semestre que viene, tu guía saldrá en octubre.

—¿Octubre?, pero… eso significa que la tengo que entregar…

—En un mes, dos meses con las correcciones; a mediados de septiembre la quiero maquetada y en mi ordenador. Elige una de tus fotografías para la cubierta.

—No sé si…

—La tendrás. —A Marta le hubiera gustado que aquellas palabras fueran una muestra de confianza—. A menos que prefieras que todos los problemas que has causado a la empresa trasciendan. —Pero no, eran una orden.

Salió del despacho como una exhalación y pasó junto a Ángela sin detenerse. Prefería no pararse, no quería darle tiempo a la secretaria a preguntarle cómo le había ido. Prefería guardarse para sí las palabras de rabia que tenía en la punta de la lengua.

¡La había amenazado! No persuadido ni amonestado, no, la había amenazado con pisotearla cual gusano. Lo peor era que Marta entendía su postura: ella había prometido un trabajo que no tenía; le parecía normal que la editorial tomara medidas. Estaba en su derecho a despedirla. El problema eran las formas de Miquel.

—Vaya cara que traes —le dijo uno de los mensajeros al pasar junto a ella.

Otras tres personas se dieron la vuelta ante el comentario y se la quedaron mirando. Marta se metió en el cuarto de baño para evitar ser la comidilla de la editorial.

Se apoyó en un lavabo. La mirada que le llegó del otro lado del espejo era la de una mujer con muchísimas ganas de mandarlo todo al carajo. Ni trabajo, ni libro ni nada. ¿Qué pintaba ella en Barcelona? El deseo de deshacer sus pasos, entrar de nuevo en el despacho de su jefe y decirle adiós para siempre era muy fuerte. Las pupilas de su reflejo bailaban sobre las suyas como buscando un resquicio a la cordura. «Uno, dos, tres, cuatro...», contó mentalmente.

Y de repente no estaba sola. Ángela entró en el servicio ¡con José Luis detrás!

—¿Qué demonios estás haciendo aquí? —le espetó él.

—¿Qué haces con este?

Ángela se puso pálida. No fue capaz de responder.

—Venimos a hablar —contestó él.

—Creo que no tienes nada que hablar con ella.

—Lárgate de aquí.

—No pienso marcharme. No voy a dejarla a solas contigo. Lo que tengas que contarle se lo dices delante de mí.

—Ángela, dile que se largue.

La secretaria de Miquel la miraba asustada.

—Creo..., creo que será mejor que te marches.

Marta cruzó los brazos.

—No. ¿Ya has olvidado lo que te hizo en Hanói?

—No —murmuró ella.

—Ya le he pedido perdón por eso. Fue un arrebato. No volverá a suceder. Ángela lo ha entendido, ¿verdad, cariño?

—¡¿Cariño?! ¡Ángela!

—Él dice que...

—Me da igual lo que te prometa. ¿No lo has visto miles de veces en la televisión?, ¿no escuchas la radio? Se comportan así, primero pegan y luego lloran. La mujer los perdona y ellos vuelven a la carga. —Marta la sujetó por los brazos y la sacudió—. Una vez que lo han hecho la primera vez, lo repiten. No cambian.

Ángela se soltó con un movimiento brusco.

—¡Eso no lo sabes! Él no es como el resto.

La sonrisa ladeada de José Luis le indicó que la consideraba la perdedora de aquella guerra.

—Será mejor que me marche. No quiero estar en el mismo lugar que esta loca —dijo él y le dio un beso en el pelo a su novia—. Luego hablamos.

Se quedaron solas y se miraron como rivales hasta que a Marta le venció el horror de la realidad y se le aflojaron las piernas.

—Deberías alejarte de él.

—No pienso dejar mi trabajo por una tontería.

—¿Tontería? ¿Te recuerdo el día que te encontré cuando salías de aquel hotel en Hanói? Te fuiste de su lado de noche antes de que se despertara, del miedo que le tenías.

—No sé lo que me pasó. Lo he pensado bien y fui una exagerada. Debió de ser por estar en un país extraño. Además, si yo no le hubiera gritado de aquel modo… Se enfadó por mi culpa.

—¿Estás oyéndote? Ni se te ocurra pensar eso. —Marta sospechaba que nada de lo que le dijese serviría para nada; aun así, se arriesgó—: Denúncialo.

—¿Estás loca? José Luis tiene razón; como no tienes una vida propia, tienes que meterte en la de los demás. —Y antes de darse la vuelta para salir, añadió—: Deja de preocuparte por el resto y dedícate a ti misma. Será mucho mejor para todos, y mucho mejor para ti.

Marta la vio marcharse con la cabeza alta y los hombros rectos y deseó que no llegara nunca el día en que se le encogiera la postura por culpa del desgraciado de su novio. Estaba claro que en aquel asunto no tenía nada más que hacer.

Se miró de nuevo en el espejo. La mirada que le devolvió era la de una mujer con muchísimas ganas de atender el consejo que acababa de recibir.

La cámara de fotos estaba sobre la cama, en el mismo lugar donde la había dejado a la vuelta del viaje; el ordenador sobre el escritorio y los recuerdos distribuidos en distintas carpetas en función del capítulo donde había decidido utilizarlos.

Fue por culpa del verde. Y del azul. Fueron los puestos de frutas. Los millones de motocicletas con familias enteras montadas en ellas. Los mercados al aire libre. Los puestos de comida en las aceras. Los kilómetros de cables flotando sobre las calles de Ho Chi Minh. La luna. El delta del Mekong. Las niñas camino del colegio vestidas con sus *ao dai*. La vendedora de cerámica desafiando las leyes del equilibrio con cincuenta jarrones blancos sobre una bicicleta. Las puertas rojas y doradas de las pagodas. La arena de la playa. La niebla de los lagos al amanecer. Las hojas de betel y nueces de areca en las manos de la novia. Los jardines de las casas de Hanói.

Y luego estaban las personas. La mirada orgullosa de Tiêt y Phuc, los artesanos de Dá Chát. La seriedad de las mujeres de la cooperativa. Las arrugas de las ancianas vendedoras callejeras. Un cigarro en la comisura de unos labios. Dos manos sobre una cerveza. Una porción de rostro bajo un *nón lá*.

Y los ojos. Jóvenes, viejos, risueños, enfadados, que acariciaban sin palabras, profundos e insondables. Y los labios. Y los pies descalzos. Y los brazos. Fuertes y frágiles, curtidos y sedosos. Y las caras. Sonrisas risueñas y desdentadas. Infantiles e inocentes, las de Dat y Kim. Sensatas y tímidas, las de Xuan. Preocupadas, las de él.

Se obligó a apartar los ojos de aquellas imágenes que tanto daño le hacían, no solo por la pérdida de los momentos felices, sino porque le recordaban su propia cobardía.

«Me habría tenido que marchar de todas maneras», se había repetido muchas veces durante las largas horas de hospital. Sin embargo, sabía que solo era una mentira más; ya casi estaba de camino cuando su padre había sufrido el infarto. No había luchado ni por Dan ni por los niños. Había asumido que tenía que marcharse desde el mismo instante en que llegó al país.

Pero llevaba cinco meses martirizándose con la idea de que podía haberse quedado; haber gestionado una estancia, de algún modo; haber insistido en ello; haberle pedido a Dan que la ayudara. Podía haberlo hecho.

Se acordó del blog. Había tenido mucho tiempo para actualizarlo. Las noches en vela le habían valido para plasmar sus sensaciones. Poco a poco, había ido sacando las frases de la libreta donde las había apuntado y borrándolas de ella a medida que se transformaban en entradas del blog. Hacía días que no comprobaba si alguien había puesto un comentario. Estaba segura de que no; le habría llegado un mensaje al correo electrónico si hubiera sido así.

Abrió el explorador y escribió *muycercadelparaiso.com*. Ante sus ojos se desplegaron las últimas fotografías que había subido. La inundó una mezcla de melancolía y arrepentimiento, pero la sensación de pérdida se impuso con tanta fuerza que pensó que se desmayaría.

No dejó que sucediera y pinchó el último *post* que había colgado. Leyó: «Vietnam es un país maravilloso, pero sin su gente nada tendría sentido».

Y es que desde que había vuelto, a veces nada tenía sentido.

Fue a la cocina y se preparó un sándwich de jamón y queso que llevó al cuarto. De la estantería sacó un libro, *Cuentos y leyendas de Vietnam*, que había comprado por impulso al verlo en una librería de Zaragoza. Lo abrió por la señal y se sentó delante del ordenador.

http://www.blogger.com

«Entrada nueva.» Comenzó a copiar:

La leyenda del Rey Dragón y el Hada Inmortal

Hace muchísimo tiempo, cuando los dioses y los espíritus erraban al otro lado del mundo, nació el príncipe Lac Long Quan, el Rey Dragón. De ascendencia divina, reinaba en el reino de las aguas…

Mientras escribía, oyó la voz de Dan narrándole la leyenda y echó de menos la maravillosa sensación de quedarse dormida en sus brazos.

Entre bocados de pan y bocados de vida, Marta fue inmensamente feliz.

—Tía Marta, ¡ríndete ahora mismo o te arrojaremos a los tiburones!

La tenían inmovilizada, con Mateo sobre la tripa y Rubén haciéndole cosquillas.

—¡Me rindo, me rindo! —reconoció entre carcajadas.

—Capitán Garfio —le dijo Rubén a Mateo—, acabamos de vencer al pirata Barbarroja.

—¡Bien! ¡Hemos ganado, hemos ganado! —Se alejaron saltando y gritando al unísono para que el resto de los niños del parque se enterara de su hazaña.

Marta les agradeció que la liberaran y se levantó —¡por fin!— de la hierba. Como si le hubiera pasado una apisonadora por encima, se arrastró hasta donde estaba su hermana, junto a la silla de ruedas de su padre.

—¡Madre mía! ¿Qué les das a tus hijos para que tengan esa vitalidad?

Espe levantó la vista de la *tablet* con la que se entretenía mientras su padre dormitaba.

—No tengo ni idea, te prometo que hago la compra en el supermercado, como todo el mundo.

—¿Estás trabajando?

—Contestando unos correos del trabajo y cotilleando un poco.

—¿Cotilleando qué o a quién?

—¿Sabes con quién me encontré el otro día?

—¿Con quién?

—Con Rafa Barbero, el hijo de Aurora, la del tercero.

—Sé quién es Rafa, te recuerdo que estaba en mi clase en la escuela.

—Me preguntó por ti. Sabe que has estado en Vietnam. Parece que quiere ir él también y encontró el blog por casualidad. Me dijo que le había encantado y me preguntó qué te había sucedido.

—¿Sucedido con qué?

—Igual podías decírmelo tú a mí.

—No sé qué quieres decir.

—¿Seguro? —Espe giró la tableta hacia ella.

Era Dan. Una de las fotos que había colgado los últimos días.

—Era…, es…

—¿Era o es?

—Te diviertes con esto, ¿verdad?

—No te puedes imaginar cómo. Empieza a hablar.

—Lo conocí en Vietnam. Era mi guía.

—*Tu* guía. ¿No fuiste también con otra gente?

—Nos separamos; y él me enseñó el país.

El dedo de Espe se deslizó por la pantalla a toda velocidad.

—¿Y ellos?

—Ellos —repitió y tomó aire—. Es una historia un poco complicada. Son los hijos de un amigo de Dan; él tenía que llevarlos con sus tíos, que vivían en el centro del país y yo...

Tardó más de media hora en explicarle a su hermana cómo había sido su viaje. Al principio, las palabras le salían atropelladas y faltas de coherencia. Pero cuando se centró en el verdadero Vietnam y la imagen de Dan quedó flotando en el aire y las risas de los niños resonaron en sus oídos, fue mucho peor. El nudo de la garganta no se deshizo y tuvo que hablar a pesar de la ronquera que la emoción imprimía a sus palabras.

—No me habías dicho nada.

A Marta le sonó a reproche.

—Fue todo muy caótico. Recuerda cómo llegué. Había pasado unas horas horribles, sin saber si papá vivía y consolando a Ángela, que lloraba sobre mi hombro.

—No me digas más, y tragándote la pena cada vez que te acordabas de ellos.

—Era lo único que podía hacer. Ellos viven allí y yo aquí.

—Eso no es cierto.

—¿Cómo que no?

—Tú vives en Barcelona, no en Fraga —intervino su madre, que acababa de llegar de la peluquería—. ¿De qué hablabais?

Marta miró a Espe para pedirle que fuera discreta, así que esta contestó:

—Del lugar donde queremos estar.

—¿Y dónde queréis estar?

—Yo, aquí —afirmó Espe con vehemencia—. Aquí tengo mi casa, aquí viven mis hijos y mi exmarido, que, aunque a veces sea peor que los niños, es su padre; aquí tengo mi trabajo y mis amigos. Fraga es mi hogar.

—A veces pienso que deberías haberte ido con tu hermana a Barcelona, tal y como te insistimos tantas veces.

—De eso nada, vivo aquí porque quiero. Aunque os hubierais ido vosotros, yo me habría quedado de todas maneras. Me gusta este pueblo, soy feliz aquí.

Su madre puso una mano sobre la de su hija mayor.

—Me alegra saberlo. Los hijos tienen que vivir su propia historia. Tu padre y yo lo hemos hablado estas últimas semanas, cada uno es dueño de su propia vida y no nos gustaría saber que renunciáis a algo tan imprescindible por atendernos. Nosotros ya hemos disfrutado de la nuestra, ahora os toca hacerlo a vosotras.

Dos pares de ojos se clavaron en el rostro de Marta; habrían sido tres si su padre hubiera estado despierto. Estaba segura.

Pero Espe aún tenía algo que añadir a la pequeña disertación de su madre:

—¿A cuántos kilómetros está Vietnam de España? ¿Cinco, seis mil kilómetros?

—A más de nueve mil —contestó Marta sin dar crédito a lo que insinuaba su hermana.

—¿Y qué son nueve mil kilómetros para ti?

—Nada de nada.

¿Era ella la que había dicho aquello?

27

*D*an había sido incapaz de acudir solo al Comité. Sabía que no lo dejarían pasar a la sala. Él ya había tenido oportunidad de explicar su interés por los niños. Tenía delante a los dos matrimonios que también querían adoptarlos, y muchísimas ganas de que se largaran de allí. Por más que lo había intentado, no había podido conseguir información vital sobre ellos: si eran buena gente, si tenían otros hijos, el sueldo que ganaban o cuáles eran sus aspiraciones para los niños. En una ocasión, Bing —que no conseguía entender sus razones para convertirse en padre de tres niños— le había preguntado qué ganaría con saberlo cuando nada podía hacer. Dan no podía estar más en desacuerdo con él. Vietnam no era distinto a otros países y allí, como en el resto del mundo, había pocas cosas que el dinero no consiguiera.

Pero hasta en eso se había cebado su mala suerte, ni siquiera había tenido la oportunidad de sacar el talonario de cheques; en el centro de acogida se ocupaban de que los adultos no tuvieran contacto entre ellos. La responsable que los custodiaba los días de visita hacía bien su trabajo. Y ahora era ya tarde para hacer algo distinto a esperar la resolución del tribunal con los nervios apretándole el pecho.

—Tranquilízate —le susurró Thái tras el tercer paseo—. Siéntate de una vez.

Dan hizo caso a su amigo y ocupó un lugar en el banco.

—Voy a perderlos —vaticinó.

—Todavía no lo sabes. Tienes una oportunidad entre tres.

—Soy hombre, estoy solo y soltero. Seguro que el tribunal piensa que soy *gay*. Ellos son cuatro, casados, y tienen pinta de buena gente. Voy a perderlos. ¿Crees que los tratarán bien?

—Al menos, pudiste convencer al Comité de que los tíos no eran los adecuados para cuidarlos.

—Menos mal. Si los llegan a entregar a esa gente, te prometo que los voy a buscar, cruzo la frontera de Laos y los saco del país. Tuve suerte, la fotografía de Xuan vestida de... aquella manera ayudó mucho.

Una funcionaria abrió la puerta de la sala del tribunal que decidiría quiénes serían los tutores legales de los niños hasta su mayoría de edad. Dan se puso en pie; las dos parejas también. Todos la miraron fijamente. Al darse cuenta de la expectación, agachó la cabeza, aplastó unas carpetas contra el pecho y siguió pasillo adelante.

Dan dejó escapar un suspiro y volvió a sentarse. A esperar de nuevo.

—Vas a ponerte enfermo, relájate. Me alegro de que hoy se acabe todo.

—Yo solo me alegraré si me los entregan a mí.

—Parecía más fácil, ¿verdad?

—Mucho más fácil. ¿Recuerdas cuando regresé de Hanói con ellos?

—Estabas contento por lo que te habían dicho en la embajada española.

—Tenía que haber sospechado que las cosas no podían ser de la manera en que Antonio me las había contado. Cuando se negaron a que solicitara la adopción desde Hanói y me hicieron traerlos a Saigón, tenía que haberlo presentido. ¿Sabes qué ha sido lo peor de estos meses?

—¿Qué?

—El día que los traje al Comité. Pensaba que solo tenía que firmar una solicitud, pero me los quitaron. —Hundió la cara en las manos—. Todavía me acuerdo de los gritos de Dat cuando aquella mujer consiguió soltarlo de mi cuello. Aunque no creas que las veces que los podía ver eran mejores. La llegada estaba llena de abrazos y la partida de sollozos desgarrados. Una vez a la semana durante cinco largos meses.

Al principio era el único que los visitaba, pero luego iban también ellos. Los niños le decían que los trataban bien y que parecían buenos, y él fingía alegrarse, pero se marchaba a casa derrotado.

—Ha sido muy duro —constató Thái.

—En cualquiera de esas dos familias tendrán una madre. ¿Sabes tú lo importante que es eso para unos niños?

—La mía es la mejor del mundo.

—No tengo que explicarte nada entonces. Sé que Xuan echa mucho de menos a la suya y Kim también. Dat no tengo ni idea porque creo que apenas la recuerda.

—Eso te beneficia.

—Sí, pero su opinión no cuenta. Es Xuan la única a la que el tribunal va a escuchar. Ella hará de portavoz de sus hermanos, y sé que ella, ante todo y sobre todo, necesita una figura femenina a la que acudir.

—Tú tienes madre y abuela, ¿no ha valido eso?

—Ya lo hemos intentado. Sabes que mi madre estuvo el mes pasado declarando. Esperemos que sirva para algo. Si al menos a Mai y a Albert les hubiera dado tiempo a llegar…

—Que tu hermana y tu cuñado estuvieran aquí, apoyándote y mostrando la familia que tendrán los chicos habría ayudado. Pero las cosas son como son. ¿Cuándo llegan al fin?

—A finales de la semana que viene. Mai no ha podido coger vacaciones antes.

La secretaria regresó con las carpetas y entró en la sala. Cinco pares de ojos ansiosos la siguieron hasta que la puerta se cerró de nuevo.

—Todo debe de estar recogido en esos papeles. Ya está decidido.

—Seguro que sí. Ha debido de ir a hacer copia de los documentos para entregároslos.

Una de las parejas no aguantó la impaciencia y decidió pasear. Sin embargo, no hicieron más que llegar al final del pasillo y regresar al banco.

—Parecen preocupados, ¿no?

—No tanto como tú.

—Si se los dan a ellos, creo que pueden ser unos buenos padres.

—Pues yo creo que deberían entregártelos a ti. Tú eras amigo de su padre y la persona que más se ha desvivido por ellos hasta ahora.

La sombra de la cara de preocupación de Marta, sus lágrimas y su desesperación pasaron por la mente de Dan en ese instante.

—Sí, me imagino que así es.

La secretaria salió de nuevo. Esta vez abrió las dos puertas de par en par. Los cinco posibles padres se levantaron de un salto.

No tuvieron oportunidad de entrar en la sala porque eran los niños quienes salían de ella. Xuan daba la mano a Dat y este a Kim. La mayor llevaba una carpeta en la mano.

Dan esbozó una sonrisa a la que ninguno de los pequeños respondió. Contuvo la respiración. Los había perdido.

Los tres se detuvieron nada más traspasar el umbral. Xuan miró primero a una pareja y luego a la otra. Él fue el último en quien posó los ojos.

Dan se quedó paralizado hasta que Thái le palmeó el hombro. A duras penas entendió lo que le dijo.

—Lo siento mucho, amigo, tu vida acaba de convertirse en una pesadilla.

Este reaccionó y puso la mano sobre la de Thái para confirmarle que estaba de acuerdo con él.

No le importaba en absoluto.

—Esto es precioso —comentó Mai cuando salió de la cocina de su abuela con dos copas de vino y las colocó sobre la mesa del jardín.

—Casi tanto como el hotel donde trabajas —replicó Dan.

Mai era la paisajista del hotel Asia Gardens de Alicante, un muestrario de la delicadeza y la belleza asiáticas trasladado directamente al Levante español. Llevaba cuidando y planificando los patios, piscinas y jardines tropicales desde hacía cuatro años. El gusto que tenía para combinar colores, formas y plantas con el agua era exquisito, y sus ganas de sorprender a los clientes, ilimitadas. El hotel ocupaba todas sus habitaciones durante el año entero, y por eso le consentían cualquier capricho, por descabellado que fuera.

Acarició las brillantes hojas del enorme pie de elefante que caía sobre el sillón que ocupaba su hermano. Él siguió las líneas de la mano y después de la manga del *ao dai* que tenía el gusto de vestir cada vez que regresaba a Vietnam.

—Yo no hago nada. Solo hay que plantar y esperar a que crezcan.

—Plantarlas, regarlas, abonarlas, limpiarlas, desechar las hojas muertas, cuidar los viveros…

Su hermana se rio.

—Eso no es mérito mío sino de los jardineros.

—Ya lo sé. Pero lo que sí es mérito tuyo es el diseño de esta maravilla y la selección de las plantas. —Señaló las murallas de enredaderas, las hojas de las plataneras alternadas con las kentias y las flores rojas, lilas y amarillas que asomaban entre el verde.

Ella le guiñó un ojo.

—Lo hago para otros, ¿no lo voy a hacer en la casa de mi familia? ¿Sabes que este año les he convencido para celebrar el Têt?

—Lo que tú no consigas… Celebrar en Valencia la fiesta vietnamita de inicio de año.

—Serán solo dos días en vez de los siete de Vietnam, pero voy a llenarlo todo de flores, como se hace aquí. He pensado que junto a la cascada vendría bien un…

Dan aprovechó para relajarse y disfrutar haciendo suyas las ilusiones de su hermana pequeña. Un rato después, señaló a los niños que seguían dentro de la piscina portátil que Mai y Albert les habían comprado nada más bajar del avión.

—Deberíamos decirles que salieran del agua. Se van a quedar como una uva.

—Se dice como una pasa —lo corrigió Mai—. Déjalos que disfruten. Después de tantos sinsabores tienen derecho a ser felices. Apuesto a que es la primera vez que se ríen desde que se murió su madre.

Dan se hizo el ofendido.

—De eso nada, desde que los recogimos en su pueblo, Marta y yo nos esforzamos para arrancarles una sonrisa cada vez que pudimos.

Los ojos de Mai se iluminaron.

—Es la primera vez que la mencionas.

—¿Sabes quién es?

—Claro. Llamo a casa todas las semanas.

—Ya. *Mé* no ha podido callarse las penas de tu hermano mayor.

—No ha sido *mé*.

—La abuela entonces. Vaya trío de chismosas.

Su hermana dejó pasar el comentario porque no le interesaba esa discusión sino otra muy distinta.

—¿Vas a ir a buscarla?

—No.

—Pero ¿por qué? *Mé* dice que…

—Así que no habías hablado del tema con ella.

—Yo no he dicho que no lo haya comentado con ella, he dicho que fue la abuela quien me lo contó.

—Entonces ya sabes que se fue. Fin.

—Lo que sé es que te duele mucho, probablemente más de lo que quieres dar a entender, porque de otro modo no te negarías a hablar de ella.

—Está a miles de kilómetros de aquí.

—Necesito que me expliques por qué vas a dejar pasar esta oportunidad.

—Está muy claro. Ella tomó una decisión y yo la respeto. No hay otra razón.

—No fue una decisión. Tenía que marcharse del país, su padre se estaba muriendo.

—No se iba a quedar de ninguna manera. Se marchó, apenas hemos vuelto a hablar. Es mejor así. Ella ha regresado a su vida, a su trabajo, con su familia, amigos, igual hasta con su novio, marido o amante.

—¿Eso piensas? ¿Era de esas mujeres que llegan a un país exótico en busca de una aventura y luego regresan satisfechas porque un desconocido de ojos rasgados les ha echado unos polvos de campeonato y se olvidan de él?

—¿Saben *mé* y la abuela que hablas así? Te has vuelto de lo más grosera.

Pero su hermana no estaba para bromas.

—¿Te has enamorado de una de esas mujeres? ¿Has dejado que te utilice y encima te has enamorado de ella?

—No digas estupideces, ¡claro que no!

Mai alzó las cejas satisfecha.

—Ya me parecía a mí.

—Para tu información, Marta es cariñosa y comprensiva, y se resiste a perder a los que quiere. Si la hubieras visto cada vez que pensaba que tendría que separarse de los niños…

—Y aun sabiendo eso de ella, sigues creyendo que te ha olvidado, a ti y a los niños.

—Eso no es cierto. No creo que los haya olvidado.

—Nos —lo corrigió Mai.

—No nos ha olvidado. Simplemente tomó una decisión. Hay veces que no queda más remedio. Lo sé porque yo también lo hice. Tenía una vida y decidí cambiarla. Fue una opción personal y la gente que te rodea no tiene por qué compartir tus opciones.

—Dices eso porque Pilar no te siguió y te has convencido de que es lo normal.

—Yo fui quien se alejó de ella, ¿por qué tenía que abandonarlo todo si yo mismo no estaba dispuesto a renunciar a mis sueños por ella?

—Os separasteis y continuasteis cada uno con la vida que habíais elegido porque no os queríais lo suficiente. Tú no la amabas, reconócelo. La pregunta es: ¿amas a Marta?, o dicho de otra manera, ¿estás dispuesto a perderla?

—Te equivocas; la pregunta es: ¿me ama ella a mí?

—Y la respuesta es…

—Está claro que no.

Mai se recostó en el sillón. Era evidente que no esperaba esa contestación.

301

Dan había insistido en que ni su madre ni su abuela se preocuparan por ellos.

—Que sí, abuela, que sí. Ya nos organizaremos nosotros. Las niñas querían dormir con Mai, pero aún no sabemos si lo harán con ella y con Albert o conmigo. Sea como sea, no pasa nada porque chicos y chicas durmamos en el mismo cuarto. No van a ver nada que no hayan visto antes. Bueno, no quiero decir que…, a mí no me han visto…, tendré cuidado cuando me quite la ropa.

Su abuela le hizo una advertencia silenciosa y se metió en la casa. Dan resopló aliviado al verse libre de dar más explicaciones.

—Me encanta verte en apuros —reconoció Mai.

Albert soltó la carcajada que había estado conteniendo.

—La abuela siempre será genio y figura. Dan, tenías que haberme advertido de que me casaba con una mujer cruel.

—Bien sabías dónde te metías —respondió su cuñado mientras se sentaba de nuevo a la mesa.

Les dieron las dos de la madrugada hablando. Los niños habían estado viendo una película en un canal infantil de televisión y se habían quedado dormidos en el sofá de la cocina. Allí seguían, amontonados y felices.

—¿Cuál es el plan? —preguntó Dan, que aún no se había planteado cómo iban a dormir seis personas en dos dormitorios.

—Está todo pensado. Los niños juntos en un cuarto, tú con Albert en tu habitación y yo en el sofá de la cocina.

—De eso nada —rebatió Dan a su hermana—. Los niños y yo nos quedamos en mi cuarto y vosotros os convertís en novios de nuevo y hacéis malabarismos en las camitas de la habitación de invitados.

Mai protestó un poco, pero Dan, con la colaboración de su cuñado, que ponía los ojos contentos ante la idea de rememorar sus tiempos de novios, la convenció enseguida de que dormir en la cocina no era una opción.

Dan consiguió que Xuan y Kim se despertaran. Mai las condujo medio dormidas, seguidas por Dan, que llevaba a Dat en brazos.

Tardaron un buen rato en lograr que pasaran por el cuarto de baño y se pusieran el pijama.

La habitación de Dan tenía una cama de matrimonio y otra pequeña. Dan extendía la sábana sobre los niños cuando vio el portátil de su cuñado. Lo habían dejado allí a la espera de decidir cuál era su cuarto definitivo. Mai le adivinó el pensamiento.

—¿Necesitas utilizarlo?

—Son las dos de la madrugada.

—Es tu única oportunidad. Mañana Albert se lo lleva antes de las ocho.

—Lo cierto es que estoy harto de contestar correos desde el teléfono móvil.

Su hermana dio al botón de encendido, esperó a que apareciera la ventana de la contraseña y la tecleó. Antes de que Dan se diera cuenta, lo había conectado a los datos de su teléfono móvil.

—Diez minutos —le concedió—, en diez minutos me lo llevo.

Los diez minutos se convirtieron en una hora. Mai y Albert seguían en el jardín. Dan los oía hablar y reírse de vez en cuando. Hacían una pareja perfecta. Se sintió feliz por su hermana. Llevaban juntos toda la vida. Habían sido amigos de adolescentes y luego novios. Su relación había continuado tras la universidad y, ahora, ocho años después de acabar los estudios, seguían siendo la pareja feliz de siempre.

Contestó el último correo. A la semana siguiente Bing estaría en España y todavía tenían que concertar alguna visita. La última, una cita con un matrimonio que acababa de abrir una tienda de comercio justo en el barrio de Gràcia. Pinchó el botón de «Enviar» y se apoyó en el respaldo de la silla.

Trabajo terminado. Solo le faltaba un clic, botón «Cerrar», otro clic, botón «Apagar». Y sin embargo, abrió el explorador y escribió *muycercadelparaiso.com*.

Mai entró en la habitación en ese instante.

—¿Todavía sigues trabajando? ¿Qué estás viendo? ¡Es un blog!

La silla de Dan pasó a ser la silla de su hermana. Mai sabía que era el blog de Marta cuando él no recordaba habérselo contado.

Ya no tenía remedio. Se acercó a la cama y volvió a tapar a los niños con la sábana. Kim abrió un instante los ojos, pero, por su expresión, notó que seguía dormida. Le apartó el pelo de la cara y le susurró: «Duerme, cariño», y la pequeña volvió a cerrarlos con un suspiro.

Se acercó a la ventana y la abrió un poco para que el fresco de la noche entrara en la habitación. Le daría a Mai unos minutos más para que su curiosidad quedara satisfecha.

—¿Qué hacéis aquí? —susurró Albert desde la puerta.

—Ven a mirar esto —lo invitó Mai entusiasmada.

—Lo que faltaba —masculló Dan cuando vio que su cuñado aceptaba de buena gana—. Al final vais a despertarlos.

—Nos vamos a la cocina entonces —propuso Mai con el portátil en la mano.

Albert y Mai ocuparon la primera fila, él se tuvo que conformar con la segunda.

303

—A ver qué te parece esto —le dijo Mai a su marido antes de leer—: «Empiezo el viaje con mucha pereza y con ganas de llegar. Rodeada de desconocidos y de muchos besos. De demasiados besos».

—Tiene buena pinta. —Miró a Dan—. Te has buscado una chica que escribe bien.

—¿También lo sabes tú? ¿Es que las mujeres de mi familia no saben callarse nada?

—¿Pensabas que tenía secretos para mi esposo?

—Lo que creo es que estoy rodeado de las mayores chismosas de Vietnam.

—De lo que estás rodeado es de tres mujeres que te quieren muchísimo, grandísimo tonto.

—Callaos los dos —sentenció Albert—, quiero saber cómo sigue esto.

—«Primeras impresiones de mi viaje» —leyó de nuevo Mai—. Esta foto es preciosa. ¿Dónde estará sacada?

—Apuesto a que en el delta del Mekong —contestó Albert—. Llegó primero a Ho Chi Minh, ¿verdad? También es buena fotógrafa; los colores del cielo, del río y los verdes de los árboles. Se nota que a Marta le gustaba lo que veía.

Dan dio un bufido. «Marta», había dicho Albert con toda confianza. Comenzó a pensar que si en algún momento había sospechado que el tiempo le haría olvidar a aquella mujer, su familia se lo iba a poner muy difícil.

—Espera a ver esto. —Mai pinchó la siguiente entrada—. «Detalles del camino.» Al texto lo acompañaban seis fotografías: paisajes y personas al borde de la carretera.

—Ahí ya habíamos comenzado el viaje juntos.

Mai leyó los pies de las fotos.

—«Me siento una espectadora privilegiada… Uno piensa que en Vietnam todo puede suceder… Naturaleza, animales y vida fundidos en un solo paisaje… Los días son demasiado cortos…»

—Pasa a otro *post* —pidió Albert muy interesado.

—«A veces el camino marcado no es el camino soñado, hay veces que hay que seguir la ruta que indican los latidos del corazón.» ¿Y esto?

Mai se quedó mirando a su hermano como si esperara una respuesta. Se quedó sin ella.

Dan sabía qué día había escrito Marta aquello, el que se habían separado de Ángela y José Luis y se había ido con él. La bruma que se le había instalado en la mente hacía seis meses comenzó a disiparse.

—Ya estaban los niños. Mira a Dat chutando un balón. Este chaval llegará lejos. ¿Has visto con qué fuerza le da? —advirtió Albert encantado con su nuevo sobrino. Su cuñado seguía quedando todas las semanas con los amigos para jugar al fútbol sala.

—«La inocencia de la infancia saca lo mejor de uno… El inicio de una nueva vida… Cosas sencillas, cosas eternas… Inesperadamente maravilloso…» —leyó de nuevo Mai.

Dat y Kim jugando con los niños de Hòn Bà, la entrega de presentes en la boda a la que habían asistido, el baile en que le habían hecho participar y una fotografía de Dan de perfil y apoyado en la barandilla del porche trasero de la casa «donde hicimos el amor por primera vez».

—Esa foto no estaba ahí antes —descubrió de repente.

—«Inesperadamente maravilloso» —repitió Mai con toda intención—. Parece toda una declaración.

Dan arrimó su silla a la mesa y Mai y su cuñado le hicieron sitio.

—Pulsa el siguiente —ordenó a su hermana.

—«Atrás quedaron las primeras impresiones y los prejuicios…» —comenzó ella a leer.

—Las fotos, las fotos, baja hasta las fotos.

En un lago, en un camino, en el coche, tumbados en la hierba, dormidos, riéndose, enfadados, haciéndose cosquillas, andando, cantando, llorando… Los niños y él, él y los niños, los niños, él, siempre, en todos los *post*. Vietnam de fondo y siempre ellos. Él.

Dan pasó páginas y leyó textos. Escuchó las frases recitadas por su hermana y supo de los anhelos de Marta, de sus penas y alegrías, del descanso de su corazón y de la tranquilidad de su mente. De su rabia, de la tristeza y de su amor. Dan la redescubrió en ese instante.

Había leído el blog varias veces pero siempre había interpretado sus palabras como un canto al país recién explorado. Pero ahora que ella había incluido las imágenes, los textos cambiaban de sentido por completo.

—Esta es la última entrada. La escribió hace solo seis días: «La leyenda del Rey Dragón y el Hada Inmortal. Hace muchísimo tiempo, cuando los dioses y los espíritus erraban al otro lado del mundo...».

—Os digo cómo termina: «Y él le dijo cuando se separaron: "No me olvides jamás. Si cualquiera de los dos tiene problemas, el otro irá a ayudarlo sin tardar"».

Y antes de que Mai o Albert dijeran nada, del bolsillo trasero de los vaqueros sacó su cartera. El pequeño papel doblado se deslizó entre sus dedos. Lo abrió con mucho cuidado.

«"No me olvides jamás", le dijo el Rey Dragón al Hada Inmortal. No me olvides jamás», apareció ante los ojos de los tres.

—Buf —soltó su cuñado después de leerlo.

—¿No vas a decir nada más? —le riñó Mai.

Albert le dio una palmada en el hombro a Dan.

—Sí, solo una cosa: chico, estás perdido.

28

*D*an acompañó a Bing hasta el arco de seguridad del aeropuerto de Hanói porque él se lo pidió. Su socio había llegado a la capital la semana anterior. Entre los dos habían negociado con el joyero la colección que querían mostrar y este les había tallado un conjunto de pendientes, sortija, pulsera y colgante inspirado en la forma del bambú. Era la única artesanía que Bing llevaría consigo, las demás habían salido quince días antes desde Ho Chi Minh con el envío mensual.

—Repasemos de nuevo la agenda.

—No vas a tener ningún problema. Mañana a las ocho de la tarde llegas a Madrid. Una vez que tengas la maleta y pases el control de seguridad, sigues las indicaciones. Recuerda: tren o Renfe, no me acuerdo cuál es el cartel. Una vez que cojas el tren, la parada en la que tienes que bajarte es Pirámides. El hotel lo tienes a tu espalda nada más salir. Si no quieres comer allí, en los alrededores hay varios restaurantes. Pides una ración de croquetas, de esas que te hice aquella vez y que tanto te gustaron, y te vas a dormir.

—No voy a poder con el *jet lag*.

—Te organizas como quieras, pero descansas. Te esperan en la calle Hermosilla a las nueve de la mañana.

—No te olvides de llamar esta tarde para asegurarte de que las muestras han llegado.

—No te preocupes. En cuanto salga de aquí y llegue a casa, llamo. La mensajería me aseguró que nos garantizaban la recogida en el puerto de Barcelona en menos de un día. El barco llegó ayer, a estas horas tiene que estar el camión de la empresa de transportes viajando hacia Madrid.

—Mira que como llegue yo a la reunión y no estén las alfombras, las telas y los muebles, nos quedamos sin proyecto. Solo las joyas no bastan para llevarnos el contrato.

—Estarán.

—Eso espero.

Dan sabía que su socio ocultaba el nerviosismo. Y es que se jugaban la supervivencia de la empresa y la de todas las familias que dependían de ella.

—Tenías que haber ido tú.

—Ya sabes que no puedo. Me acaban de conceder la custodia de los niños. Se están adaptando a su nueva vida y a su nueva familia y no puedo marcharme ahora.

A Bing le salió su educación francesa:

—*Merde!*

Dan decidió que ya era hora de retirarse del frente y le dio unas palmadas de ánimo.

—Eso mismo te digo. Como dicen los actores antes de salir a escena: «¡Mucha mierda!».

Lo último que vio de su socio fue cómo le hacían quitarse el cinturón para pasar por el detector de metales. Esperaba no volver a saber de él hasta diez u once horas después, pero se equivocó por completo. Le había dado tiempo a salir del aeropuerto, a recoger el coche y estar en medio de un atasco cuando lo llamó.

—¿Qué sucede? ¿Alguna otra lección que quieras repasar? —se burló.

—No seas tan gracioso, que te cuelgo y te quedas sin que te lo diga.

—¿Que me digas qué?

—Esa chica, la española con la que fuiste a llevar a los niños…

Dan se enderezó en el asiendo de la furgoneta.

—¿Qué pasa con ella?

—¿Tienes una foto de ella?

—¿A qué viene eso ahora?

—Tú calla y contesta, ¿la tienes o no?

—Alguna tengo, sí.

—Mándamela.

—Pero ¿para qué?

—Porque quiero comprobar una cosa.

—Bing, no entiendo nada.

—Tú envíamela y que sea rápido, en cualquier momento me meten en el avión y te quedas sin saberlo.

—Pero ¿qué?

Bing pensó que le preguntaba por las fotos porque contestó:

—Una en la que se la vea bien. Es importante.

Dan se tomó en serio la gravedad con la que Bing pronunciaba la última palabra. Buscó a todo correr una de las muchas fotos que almacenaba de Marta. Localizó la primera y se la mandó en un wasap. Esperó hasta que le llegó la confirmación de que su socio la había visto y volvió a ponerse al teléfono.

—¿Me vas a decir ahora qué sucede con Marta?

Bing no sabía nada de su relación. Cuando Dan regresó a Hanói con los niños había sido bastante duro contarle lo sucedido y los planes que tenía con ellos y que afectaban a la empresa. El dolor que sentía por la pérdida de Marta lo dejó para sí mismo.

—Espera a ver lo que acabo de mandarte.

En ese instante sonó la advertencia de que había llegado un nuevo mensaje. El tráfico avanzó unos metros y él lo hizo también. Cuando las tres motocicletas que llevaba delante se pararon otra vez, se dio prisa por comprobar lo que le había enviado. Era otra foto. Pinchó sobre ella. Los cuatro segundos que tardó el círculo de descarga en completar la vuelta se le hicieron eternos.

No era una buena foto. Tomada desde lejos y con el motivo en movimiento, estaba un poco borrosa; aun así, se distinguía perfectamente a la persona retratada. Era Marta.

Dan empezó a sudar. Con maestría, consiguió arrimar el vehículo a un lado de la calle y lo detuvo.

—¿Qué es esto?

—Hace media hora ha bajado del avión en el que nos van a meter a nosotros. Es ella, ¿verdad?

—Pero ¿qué hace aquí?

—¿Crees que le he dirigido la palabra? La he reconocido por las imágenes del viaje que me enseñaste.

—No entiendo nada.

—¿No? —La pregunta tenía mucho sarcasmo—. Abren ya el embarque. Ni tiempo les habrá dado a limpiarlo en condiciones. Oye, apuesto a que no viene para un par de días.

Dan seguía mirando la imagen que le había enviado su socio. Tenía la garganta seca, el corazón a mil y la sensación de que el estómago le daba vueltas como el tambor de una lavadora.

Dudó si mandarle un mensaje o llamarla por teléfono. Vaciló entre enviar un correo o conectarse al blog y escribir un comentario en cualquier *post*. Y pensó que se moriría de vergüenza si hacía cualquiera de esas cuatro cosas y ella le decía que estaba en Vietnam por motivos de trabajo.

Tenía miedo de preguntar y de las respuestas, y de que su corazón volviera a sangrar y ya no hubiera vendas para detener la hemorragia. Imaginaba algunas de sus palabras y un horrible terror se instalaba en él. «Sí, no. No, sí. ¿Por qué? ¿Qué crees? Me marcho en quince días otra vez.»

Estaba tan asustado que le había escrito a su hermana. Mai y Albert estaban haciendo una ruta por las montañas del norte del país. Mai no había tardado en responderle desde el hotel de Sa Pa.

«¿La has llamado?»

«Y qué voy a decirle: Sé que estás en Hanói, ¿has venido por mí? Esas cosas no se preguntan por teléfono.»

«Entonces, ¿la estás buscando? Seguro que no la estás buscando.»

«Ni siquiera sé dónde se aloja.»

«¿Dónde va a estar? En un hotel.»

«No puedo llamar a todos y preguntar por ella.»

«No veo por qué no. Sí puedes, no quieres.»

«¡Pues claro que quiero!»

«¡ENTONCES NO SÉ QUÉ ESTÁS HACIENDO!»

Un Ok, «Yo también te quiero» y unos corazones fueron su despedida.

Por una parte, se decía que si Marta estaba en Vietnam, era ella la que debía buscarlo; por otra, sabía que su hermana tenía razón. Tenía que encontrarla. Se arrepentiría para siempre si no lo hacía. Saber que estaba tan cerca y no intentar verla era una estupidez de la misma magnitud que haberse quedado en España, con Pilar, hacía cinco años. Aquella vez puso en juego su sensatez; esta, su felicidad eterna.

Pero la idea de presentarse ante ella y fracasar le resultaba muy poco atractiva. Además, estaba el hecho de que Marta era la que se había marchado de su lado y la que había regresado, no sabía muy bien para qué, y no había dado señales de vida todavía, ni siquiera para preguntar por los niños. Eso le mortificaba un poco. Bastante. Se sentiría más aliviado si fuera ella la que diera el primer paso, la que se acercara a él.

No le gustó sentirse tan inseguro y, sin embargo, fue precisamente esa sensación la que le dio la seguridad de que la mujer que ocupaba sus pensamientos día y noche se le había colado tan dentro que se había fundido con él y amenazaba la solidez de sus huesos y la felicidad de los años que le quedaban por delante si no la conseguía.

Oyó los gritos alegres de los niños chapoteando en la piscina y supo que no había nadie mejor para él. Ni para sus hijos. Ella era el contrapunto perfecto de las líneas que le faltaban por trazar.

Echó a la basura la inseguridad y el temor; cogió boli y papel y localizó en Internet el listado completo de los hoteles de Hanói. Descartó los de cinco estrellas y los de una. Empezaría por los de tres, luego por los de cuatro y finalmente por los de dos. Como no estuviera en ninguno de ellos, seguiría por el resto de alojamientos del barrio antiguo. Calculó más de mil y se estremeció. No quería ni pensarlo.

311

Después de sesenta minutos marcando su número y de que saltara el buzón de voz todo el rato, decidió llamar al teléfono fijo de la casa de su abuela. Lo dejó sonar hasta que el tono se cortó. Lo arrojó sobre la cama y soltó el aire hasta que los pulmones se quedaron tan vacíos como ella. ¿Y si no estaba en Hanói sino en Ho Chi Minh? Desde que lo había pensado nada más subir al avión, aquella idea no la había abandonado. Se llamó tonta más de cien veces. ¿Cómo no se le había ocurrido antes? ¿Dónde vivía él? En Ho Chi Minh. ¿Dónde trabajaba? En Ho Chi Minh. ¿Dónde le había dicho que había tenido que llevar a los niños? A Ho Chi Minh.

—Entonces, ¿por qué demonios he pensado que estaría en Hanói?

Porque era allí donde habían hecho el amor por última vez; allí donde se habían dado el último beso, donde se habían separado y donde le había pedido que no la olvidara jamás. Ho Chi

Minh había sido el inicio, pero ella solo se conformaba con el ilimitado infinito. Hanói era ese lugar.

Cogió de nuevo el móvil. Lo iba a localizar. No había ido hasta allí para quedarse sin él y sin los niños.

—Por mi vida, Dan, que te encontraré por muy lejos que te hayas escondido.

Aquella vez sí, el tono de llamada había perdido la aceleración de la negativa y seguía la cadencia normal de la esperanza. Se preparó para lo inevitable, hizo frente a los nervios; estaba a dos sonidos de la felicidad.

—¿Marta, dónde estás? —Fue la mejor pregunta que pudo hacerle.

—¿Dan? Estoy en Hanói. ¿Y tú?

A él se le escapó una risilla.

—El hotel, ¿en qué hotel estás?

—¿Tú también estás aquí?

—Sí sí sí. El nombre del hotel.

—El Hoa Binh…

—Ahora mismo voy para allá.

Miles de chispeantes burbujas corriendo por sus venas. Verlo, volver a verlo. Refugiarse en sus brazos y en sus besos. Compartir sueños, años; compartir la vida con él.

Espe tenía razón: «Apenas estarás a doce horas de aquí». Doce horas que se le habían hecho doce años.

Sus ojos se posaron en la maleta sobre la cama. Había llegado al hotel con una única idea en la cabeza y no había tenido tiempo para deshacerla, ¡ni para ducharse!

—¡No vengas! Dan, no vengas. —Él no dijo nada, pero Marta notó su estupor—. Tengo…, tengo que arreglarme.

La carcajada procedente del otro lado del teléfono le caldeó el corazón.

—Está bien —aceptó él—, te esperaré.

Pero no pudo hacerlo.

La mirada de cariño de Xuan y las de ilusión de Kim y Dat lo obligaron a intentarlo de nuevo. Era la tercera vez que llamaba al teléfono de su habitación sin que nadie contestara. ¿Y si se había marchado? ¿Y si se habían cruzado por el camino?

Se arrepintió de haber ido con los niños. Nervioso, volvió a mirarlos. ¿Y si se había precipitado al llevarlos?

—Parece que no está, pero voy a subir a comprobarlo. Quedaos ahí. —Señaló un par de sofás en una esquina del vestíbulo del hotel.

Él solo, sería lo mejor. Así se aseguraría de que las cosas seguían el rumbo correcto antes de que los niños la vieran.

Para tomarse el tiempo que necesitaba, no subió en el ascensor. Tres pisos, ocho tramos de escaleras y un pasillo demasiado frío para ser el hogar de nadie, y mucho menos de Marta.

Golpeó la puerta con prudencia. El corazón se le salía del pecho.

—¿Quién es? —preguntó ella desde dentro en español.

Al oír de nuevo su voz, ella se convirtió en real. Estaba allí y esta vez no iba a dejarla escapar.

—¿Marta?

La puerta se abrió de golpe.

—¡Dan!, pero ¿cómo…?

Dan podía haber sido buen chico y sentarse en la butaca hasta que ella terminara de arreglarse. Podía, pero la oportunidad era demasiado buena para desaprovecharla. Se coló en su cuarto, se coló en su sábado tarde y deseó colarse en su vida.

Marta se apretó la toalla contra el pecho; Dan no pudo evitar sentir ternura ante su turbación al encontrarla desnuda cuando hacía unos meses la había hecho gemir entre sus brazos.

Podía haber llenado el silencio con preguntas, con el cómo, cuándo y por qué de su aparición, pero decidió que ya habría tiempo. Después de cada una de las fotos que ella había colgado de él, de los niños y de Vietnam, tenía claro que habría muchos después.

—He venido a buscarte. ¿No vas a decir nada?

Ni una sola palabra salió de su boca. Pero Dan vio cómo se le transformaba el gesto: sorpresa, reflexión, dulzura, ilusión. Luego dejó caer la toalla al suelo como respuesta.

Dan alargó la mano y le acarició el hombro, el cuello, la nuca, las mejillas. Con la otra mano, la atrajo poco a poco y se inclinó hasta que tuvo los ojos a su altura, hasta que tuvo la boca frente a la suya.

—No me has olvidado —murmuró ella.

313

Dan aspiró las palabras como si su vida dependiera de ellas.

—Jamás —contestó antes de besarla.

Cuando dejaron de girar, cuando pararon de besarse, cuando el vértigo de la aceptación se calmó y posaron las frentes una en la del otro, recordó que había otras personas aparte de ellos dos.

Recogió la toalla del suelo y la envolvió con ella. Marta se la ajustó a un lado del cuerpo para que no se le cayera. Él le peinó los mechones mojados hacia atrás y la metió en el cuarto de baño.

—Termina de arreglarte. Luego hablamos —dijo antes de salir a la carrera.

—Pero ¿dónde vas?

Todavía se cubría con la toalla cuando él ya pulsaba los botones del ascensor.

Tres pisos más abajo, sentados donde les había indicado y cogidos de la mano, seguían los pequeños.

El resto pasó todo muy deprisa y dos minutos después se lanzaban sobre una Marta conmovida.

Dat fue el primero en echarse encima de ella.

Después llegaron los besos, los abrazos, los lloros y los gritos, la alegría desbordaba y la felicidad completa. Pasaron más de veinte minutos antes de que Marta dejara de llorar y lograra hablar de nuevo.

Sin soltar a los niños, que se abrazaban a su cintura como el ancla de un barco al fondo del mar, lo miró a los ojos y dijo:

—Los has traído contigo.

—Donde yo voy, vienen ellos. Son mis hijos. Y tuyos, si quieres.

Ella solo dijo dos palabras:

—Sí, quiero.

Dan los abrazó a todos mientras se decía que nunca más se separaría de aquella mujer. Le daba igual si en el reino de las aguas o en el de las montañas, pero viviría con Marta donde ella escogiera.

EPÍLOGO

*E*ran más de las dos de la madrugada cuando entraron en la casa. Dat se había quedado dormido en brazos de Dan a pesar del ruido de los cohetes y la algarabía de la gente.

La fiesta del Têt acababa de comenzar y habían salido a recibir el año nuevo lunar. Las luces de los fuegos artificiales reflejados en el lago Hoàn Kiem era lo más bonito que Marta había visto en su vida. Rodeada de sus tres hijos y con la mano fuertemente sujeta por Dan, había estado a punto de llorar al ver las estrellas blancas caer sobre ellos.

Marta se encargó de cerrar la puerta del jardín. Se paró un instante ante el altar que la madre de Dan había instalado junto a la entrada, tal y como era costumbre hacer en la fiesta del Têt, y después siguió a Dan y a las niñas al interior de la casa.

Se encontraron en el pasillo unos minutos después.

—¿Se han quedado dormidas ya?

—Acaban de acostarse. ¿Y Dat?

—Ni se ha enterado cuando le he quitado la ropa y le he puesto el pijama.

Marta dio un suspiro y Dan la estrechó hacia él. Ella sintió el beso en el pelo y se apretó más aún.

—Estás agotada.

—Sí, pero no quiero irme a dormir todavía.

—Tendríamos que hacerlo. Mañana hay que levantarse temprano para esperar al primer invitado. Ya sabes que es muy importante.

Lo sabía. El primer visitante de cada casa en la primera mañana del Têt anunciaba la suerte de la familia para el siguiente año. Si se acostaban en ese instante, podrían descansar al menos cinco horas; sin embargo, arrastró a Dan al patio.

—Mañana llegarán tus familiares del norte, pasado los parientes lejanos y al día siguiente, los amigos de la familia. No vamos a tener un momento para nosotros hasta dentro de cuatro días.

Dan se sentó en uno de los sillones de bambú y Marta se acomodó sobre sus rodillas. Los cuatro faroles solares que habían instalado en el jardín se encendieron en cuanto notaron su presencia.

—No sé si ha sido buena idea —se quejó Dan—, no dejan espacio a la intimidad.

Marta le dio un beso en los labios antes de que la sonrisa desapareciera.

—Me encargaré de esconderlos en cuanto terminen las fiestas.

—Gracias —dijo él.

—¿Por qué?

—Por ayudar a mi madre a llenar la casa de flores, por colgar las banderas del país a pesar de lo que piensas del Gobierno, por los meses de consuelo por la muerte de la abuela, por acceder a vivir en la casa de mi madre, por encargarte de los niños cuando yo no estoy, por aprender este idioma mío tan complicado, por abandonar a tu familia y venirte conmigo. Gracias por estar, gracias por amarme.

Una sensación sedosa y cálida se extendió por los huesos de Marta. Le rodeó el cuello con las manos y empezó a acariciarle el pelo.

—De nada, puesto que nada me ha costado hacerlo. Las flores de melocotón y las rosas eran tan preciosas que ha sido un placer colocarlas; a los niños les encantan las banderas, ¿cómo no iba a ayudarlos a colgarlas?; siento lo de tu abuela, era una mujer excepcional, y lo siento por tu madre, sé que estaban muy unidas; esta casa es maravillosa, no se me ocurre un lugar mejor para vivir; ¿sabes qué es lo mejor de tus ausencias? Cuando apareces por la puerta y me llenas de luz con tu presencia, aunque a los de El Corte Inglés deberías decirles que las negociaciones para los siguientes envíos pueden ser por videoconferencia; estudiar vietnamita sí que es bastante difícil, te acepto las gracias en este caso, y sobre a que me haya venido a Vietnam a vivir contigo, recuerda que las vacaciones de verano las pasamos en España sí o sí. Estoy en el lugar donde quiero estar.

—¿Y con respecto al resto?

«Gracias por amarme», había dicho Dan. A Marta se le ocurrieron varias contestaciones como: «Eres el hombre de mi vida», «Te amo por cómo eres» y algunas más, pero todas le sonaron muy manidas. Y es que, a veces, las palabras no llegan a la altura de los sentimientos.

—Vámonos dentro —le susurró con mucha intención.

A Dan le brillaron los ojos como nunca. Su respuesta encogió las entrañas de Marta:

—Donde tú quieras, como tú quieras. *Rông bay,* pequeña libélula, vuela sobre mí —le susurró.

Ella fundió su boca con la de él y se movió despacio deleitándose con el contacto de los cuerpos.

—Volaremos —le aseguró segundos después—, pero juntos. Siempre juntos.

317

Este libro utiliza el tipo Aldus, que toma su nombre
del vanguardista impresor del Renacimiento
italiano, Aldus Manutius. Hermann Zapf
diseñó el tipo Aldus para la imprenta
Stempel en 1954, como una réplica
más ligera y elegante del
popular tipo
Palatino

El vuelo de la libélula
se acabó de imprimir
un día de primavera de 2021,
en los talleres gráficos de Egedsa
Roís de Corella 12-16, nave 1
Sabadell (Barcelona)